Was fehlt, bist Du

Lola Jaye

Was fehlt, bist Du

Roman

Aus dem Englischen
von Ulrike Wasel
und Klaus Timmermann

Wunderlich

Die Originalausgabe erschien 2012 unter dem Titel
«Being Lara» bei HarperCollins, UK.

1. Auflage Januar 2013

Redaktion Gisela Klemt
Satz Dolly PostScript, InDesign
Gesamtherstellung CPI – Clausen & Bosse, Leck
Printed in Germany
ISBN 978 3 8052 5047 4

Für Nanno

Prolog

Heute

Lara war jetzt ein Alien.

Ihre Verwandlung hatte sich rasch vollzogen, und zwar auf der Party am Abend ihres dreißigsten Geburtstags, rund sechseinhalb Minuten nach dem Auspusten der dreißig Kerzen, die in einem riesigen Vanillekuchen steckten.

«Du musst deine Augen zumachen, bevor du sie auspustest!», befiehlt Agnes. Also schließt Lara die Augen ganz fest. Sie meint, die Türklingel zu hören. Die Innenseiten ihrer Lider sind dunkel. Irgendwer schaltet das Licht aus. Sie ist ganz hibbelig vor Aufregung, überlegt sich einen Geburtstagswunsch.

«Noch nicht! Mach sie wieder auf!», sagt Jason. Sie öffnet die Augen. Es wird gesungen. Jemand stellt den Kuchen, der die Form einer Chanel-Handtasche hat, schwungvoll vor sie hin. Sie brennt darauf, die cremige Butterglasur zu kosten. Sie schließt die Augen erneut. Sie kann die Hitze der Kerzen spüren.

«Wünsch dir was!», ruft Mum in ihrer neuen, malvenfarbenen Strickjacke.

Laras Lunge füllt sich mit Luft. Das Licht geht wieder an.

«Jetzt doch noch nicht!», schreit Mum empört.

«Licht wieder aus!», befiehlt Sandi.

Es ist schwer, die Luft anzuhalten. Dad ist an der Tür, neben ihm eine Frau mit einem strengen, blau-schwarzen Tuch um den Kopf. Batik? Sie reden miteinander. Er sieht gestresst aus.

Sogar wütend – das Gesicht kreideweiß. Lara kennt die Frau nicht. Sie will jetzt ausatmen, denn sie kann die Luft nicht mehr so lange anhalten wie als Kind. Sie ist jetzt immerhin dreißig.

Sie pustet die Kerzen aus, endlich. Klatschen. Lauter Jubel.

Sie starrt die Frau an. Die Frau starrt zurück. Sie ist eine Fremde. Sie war nicht eingeladen. Wer ist sie? Warum ist sie gekommen? Die Fragen wirbeln ihr störend durch den Kopf. Keine Antworten – aber obwohl Lara Reid nicht weiß, wer die Frau ist, hat sie das ungemein starke Gefühl, ja fast die Gewissheit, dass sie sie schon ihr ganzes Leben lang kennt.

Dass es ein Alien war, erfuhr das Kleine Mädchen zum ersten Mal am Morgen seines fünften Geburtstags mitten auf dem Schulhof, neben dem weißen, länglichen Springbrunnen.

Erklärt wurde ihm dieser Umstand mit nicht gerade sprachlicher Eleganz durch eine Kombination aus Gesten und Erwachsenenworten von jemandem namens Connie, die Mundgeruch und Sommersprossen hatte und zwei verschiedenfarbige Söckchen trug.

«Du bist ganz klar ein Alien!», wiederholte Connie, deren akkurat geflochtene blonde Zöpfe hin und her schwangen wie zwei Peitschen und so das boshafte Verhalten unterstrichen, das das Kleine Mädchen mittlerweile von Connie erwartete. Es gehörte praktisch zu seinem Schulalltag dazu.

Das Kleine Mädchen wollte unbedingt wissen, von wem Connie die Information hatte, und war keineswegs überzeugt, dass die Behauptung jeglicher Grundlage entbehrte.

«Willst du wissen, woher ich das weiß?», fragte Connie. «Mein Dad hat's gesagt!», erklärte sie, eine Hand auf der Hüfte, den Körper irgendwie s-förmig verdreht, was in dem Kleinen Mädchen sogleich die Überzeugung weckte, dass Connie Jones nicht bloß gemein war, sondern auch Gedanken lesen konnte. Dieses Wissen und die jähe

Vorstellung, dass ein richtiger Erwachsener ihre ET-Abstammung bestätigt hatte, verbanden sich zu einer beklommenen Erkenntnis, die den Moment in ein neues und unerwünschtes Licht tauchte.

Offensichtlich würde das Kleine Mädchen gleich enttarnt werden.

«Und … und … was hat dein Dad noch so gesagt … über mich?»

«Er hat gesagt, du bist ein Alien. Hast du nicht zugehört?»

Die Worte hingen in der Luft wie ein unliebsamer, stechender Geruch, drohten, alles Gute oder Vernünftige im Umkreis des Kleinen Mädchens zu überdecken. Obwohl das Kleine Mädchen an Connies Gehässigkeiten gewöhnt war, spürte es, dass Connies Selbstsicherheit, ihr ganzes Auftreten plus die erwachsene Informationsquelle bedeuteten, dass sich diese spezielle Beschimpfung irgendwie von den übrigen abhob. Eine gigantische Offenbarung in einem Meer kleiner Kränkungen, die es in den letzten Wochen über sich hatte ergehen lassen müssen.

Das Kleine Mädchen suchte den Schulhof nach einem freundlichen Gesicht ab, wäre gern zu den Jungs in den kurzen Hosen gelaufen, die weiter hinten mit Murmeln spielten und sich über Jungskram unterhielten. Es sehnte sich nach einer solchen Einfalt, wünschte sich fort von den beunruhigenden Erkenntnissen, denen es sich jetzt stellen musste, Connie sei Dank.

«Ich sag meinem Dad, dass du gesagt hast, wir wären Aliens!», drohte es, wohl wissend, dass diese kleinmütige Reaktion die Sache auch noch schlimmer machen könnte.

Es wich zurück, und Connie rückte nach.

«Wieso? Der ist doch kein Alien, bloß du. *Hat mein Dad gesagt!» Connies blaue Augen blitzten triumphierend.*

«Ähm … woher weiß er das denn?»

«Haben die ihm bei der Arbeit gesagt!»

«Du lügst», entgegnete das Kleine Mädchen, als Connies Worte anfingen, sich zu Formen und Farben zusammenzusetzen, die es einfach nicht verstand.

«Mein Dad hat gesagt, bloß du *bist ein Alien! Das haben wir alle gesehen, als deine Mum die Geburtstagstorte reingetragen hat. Wenn du mir nicht glaubst, guck doch in den Spiegel, wenn du nach Hause kommst!», sang Connie schaurig.*

«Du lügst», entgegnete das Kleine Mädchen noch einmal, hauptsächlich, weil seinem fünf Jahre alten Gehirn nichts Besseres einfiel, um die Gefühle von Verwirrung, Hilflosigkeit und wachsender Frustration in Worte zu fassen.

«Du siehst nicht so aus wie sie, weil du nämlich ...» Connie verdrehte spöttisch die Augen, und das Kleine Mädchen fing an, sich auszumalen, was das wohl für ein Gefühl wäre, ihr einfach sämtliche Zähne aus dem Schädel zu hauen. «Weil ... du ein Alien bist, *Blöööödi!»*

Und mit diesem hammermäßigen Schlusssatz hüpfte Connie davon, um eine andere Klassenkameradin zu terrorisieren oder eine Spinne zu zertreten. Der Nachhall ihrer Worte waberte in ihrem Kielwasser wie Treibasche nach einem Großbrand.

Noch am selben Abend rief das Kleine Mädchen seinen Vetter Jason, der bei ihnen übernachtete, unter dem raffinierten Vorwand, sich die Reste der Geburtstagstorte mit ihm teilen zu wollen. Es zog ihn an seinem orangensaftbefleckten T-Shirt vor den großen Spiegel im Flur, während Mum gebannt auf den Fernseher starrte und Dad neben ihr döste.

«Was machst du?», fragte Jason beunruhigt, als es ihn zwang, sich direkt neben es zu stellen, Schulter an Schulter, wie Zinnsoldaten beim Appell. Er senkte trotzig den Kopf, doch das Kleine Mädchen drückte ihn geschickt mit dem Zeigefinger wieder hoch.

«Steh still, Jase! Das ist mein Ernst!», zischte es leise, um die Eltern ja nicht bei ihrer «Auszeit» zu stören.

Es fixierte den Spiegel, dann Jason, dann wieder den Spiegel und wieder seinen Vetter. Das Kleine Mädchen machte das so oft, dass ihm schon der Nacken weh tat.

«Waaaaas?», jammerte Jason, der vielleicht froh gewesen war, seinen herrischen älteren Schwestern für einen seligen Abend zu entkommen, jetzt aber wünschte, sie könnten eine spektakuläre Rettungsaktion starten, A-Team-mäßig, und ihn von seiner offensichtlich geisteskranken Cousine wegholen.

«Steh doch endlich still!», sagte die und zog an seinem stocksteifen Arm.

«Das sag ich Tante Pat», drohte er.

Das Kleine Mädchen kniff die Augen zusammen und bündelte die Konzentration, die für eine so wichtige Aufgabe unerlässlich war. Es starrte aufmerksam ihre beiden Spiegelbilder an, ohne recht zu wissen, wonach es eigentlich suchte.

«Tante Pat!», schrie Jason, der Verräter.

Das Kleine Mädchen öffnete den Mund, um ihn zurechtzuweisen, blickte aber weiter in den Spiegel. Das Einzige, was ihm ins Auge sprang, war, dass Vetter Jason anscheinend etwas größer war als es selbst.

«Was ist hier los?», fragte Mum, als sie im Flur auftauchte und einige blonde Haarsträhnen zurückstrich. Sie waren aus dem Gummiband gerutscht, mit dem sie sich einen Pferdeschwanz band, wenn sie in Eile war.

«Sie hält mich als Geisel!», heulte Jason in maßloser Übertreibung.

«Lass deinen Vetter los, bitte!», sagte Mum warnend.

Das Kleine Mädchen runzelte die Stirn, als versuchte es, die Siebenerreihe im Kopf zu rechnen, ehe es gehorchte. Jason flüchtete postwendend Richtung Schlafzimmer, während Mum in die Knie ging, auf Augenhöhe, und sich die Nase des Kleinen Mädchens mit dem vertrauten Lavendelduft füllte. Mum nahm die Hand ihrer Tochter, und genau in dem Moment wurde etwas offenbar.

«Schätzchen, was ist denn?», fragte Mum.

Das Kleine Mädchen riss vor Verwunderung die Augen weit auf, bekam den Mund nicht mehr zu, so unmittelbar, so real war diese frische Erkenntnis, die ihm da aus dem Spiegel entgegenstarrte.

Mums Augen sahen anders aus als seine eigenen.

«Was ist denn, Schätzchen?»

Und Mums Brauen waren nicht so buschig wie seine.

«Schätzchen?»

Und das Stück genau über dem Mund stand bei dem Kleinen Mädchen ein bisschen vor, aber bei Mum nicht.

Und das winzige Löchlein oben an seinem Ohr und die richtig langen Wimpern hatten weder Mum noch sonst wer in der Familie. Tatsächlich sahen sich Mum, Dad, Onkel Brian, Tante Agnes, Keely, Annie und Jason untereinander irgendwie alle ein ganz kleines bisschen ähnlich, wohingegen das Kleine Mädchen …

Es zwang sich, noch einmal Mums Hand anzugucken, und die Wahrheit klopfte noch etwas kräftiger an die Tür der Verdrängung, und auf einmal wusste es überhaupt nicht mehr, was eigentlich los war.

«Schätzchen, was hast du denn?», fragte Mum erneut.

Ohne recht zu wissen, warum, starrte es, statt zu antworten, nur stumm nach unten, registrierte, wie hübsch die rosa-weißen Elfenpantoffeln mit dem aus einem Zauberstab rieselnden Glitzergoldstaub an seinen Füßen aussahen. Sie waren eines der vielen Geburtstagsgeschenke von Mum und passten zu dem rosafarbenen Nachthemd mit dem schlafenden Teddybär vorne drauf.

Es blickte wieder in den Spiegel, in dem sie beide zu sehen waren, und Mum rief seinen Namen.

Das Kleine Mädchen sagte nichts. Es konnte nichts sagen. Nicht, weil es unartig sein wollte, sondern weil nichts herauskommen würde, wenn es den Mund aufmachte. Das Bild im Spiegel hatte ihm die Sprache verschlagen. Die Elfenpantoffeln waren mit dem Boden verwachsen, sein ganzer Körper wie gefangen auf einer Insel, die von Haien umkreist wurde.

Und die Angst. Niemand, den es rufen konnte. Eingesperrt an einem Ort des Schreckens – und am schlimmsten war, dass Connie und ihr Dad die ganze Zeit richtiggelegen hatten.

Lara Reid war tatsächlich ein ALIEN.

Kapitel 1

Damals

Laras Familie war zweifellos anders als alle, die rings um den Entwistle Way in Essex wohnten.

Sie hob sich ab.

Mum hatte mal das Wort *singulär* benutzt, was immer das heißen mochte. Aber größtenteils waren Lara die Unterschiede zwischen ihrer Familie und den Familien ihrer Nachbarn und Freunde klar. Es hatte viel mit Mum zu tun, die nicht immer schon in Essex gelebt, nach Lavendel gerochen, selbst gekocht und ihre Wäsche selbst gewaschen hatte. Vor langer, langer Zeit, als Lara noch nicht auf der Welt war, hatte Mum das Leben eines internationalen Popstars geführt, mit Nummer-eins-Hits wie ‹Do You Want This?›, ein «Disco trifft Pop»-Song laut Dad und einigen alten Zeitschriften, die Onkel Brian von Zeit zu Zeit hervorkramte. Mums Songs waren von so gut wie jedem englischen Radiosender gespielt worden, hatten es ihr ermöglicht, durch die Welt zu jetten und andere Stars zu treffen und regelmäßig in Glitzerkleider zu schlüpfen, die sie nicht mal bezahlen musste. Mums Geschichten aus dieser Zeit waren wie süße Erdbeermarmelade auf einer warmen Scheibe Toast – beruhigend und vertraut –, und die siebenjährige Lara konnte sich einfach nicht dran satthören.

«Wie war das so?», fragte sie Mum bestimmt schon zum zehnten Mal in diesem Jahr mit sehnsüchtigen Augen und einem breiten Lächeln, das Kinn artig in die Hände gestützt.

«Na ja», sagte Mum, stellte einen ofenheißen Biskuitkuchen auf den Tisch und wischte sich die Hand an einer leicht abgetragenen Blümchenschürze ab. Ihre roten Schuhe glänzten wie die von Dorothy, als sie sich hinsetzte, ein Bein über das andere schlug und mit der wohligen Wärme lächelte, die Lara vertraut war. «Welche Geschichte soll ich dir denn heute erzählen, Schätzchen?»

Lara setzte sich auf Mums Schoß, vor ihnen der dampfend heiße Kuchen. Irgendwo im Hinterkopf war sie sich genau darüber im Klaren, dass sie zu alt für so etwas sein könnte, und sie schlug sich Sindy-Puppen, Connie Jones und die Frage, ob Dad je aufhören würde, ihr Pommes vom Teller zu stibitzen, aus dem Kopf und hörte zu.

Lara «schnappte nach Luft», als Mum die so oft erzählte Geschichte zum Besten gab, wie sie tatsächlich mal Madonna kennengelernt hatte (ehe die ein Star wurde), kicherte über das, was bei dem Fotoshooting mit dem pampigen Maskenbildner passiert war, und malte sich aus, wie es sich wohl anfühlen musste, auf einer Riesenbühne zu singen, belagert von Massen kreischender Fans.

«Erzähl weiter, Mum, biiitte!»

Lara schlang die Arme um den Hals ihrer Mum und gab ihr, während sie lauschte, immer mal wieder geistesabwesend einen Kuss auf die Stirn. Diese Geschichten waren unendlich weit entfernt von dem kleinen Reihenhaus auf dem Entwistle Way, mit einer Mum, einem Dad und einem unsichtbaren Hündchen, und doch machte gerade die Unerreichbarkeit sie so faszinierend. Laras junger Verstand saugte jedes Wort auf, um es bis zum nächsten Tag auf dem Schulhof zu behalten, wo sie ihren Freundinnen dann alles erzählen würde, natürlich mit reichlich Ausschmückungen, während Connie Jones neidisch von weitem zusah. Connie ärgerte sie nicht mehr so oft wie früher. Sie gab nur ab und zu noch ein paar aufgewärmte Sticheleien von sich, die mittlerweile auf taube Ohren stießen.

«Vermisst du es, Mum?»

«Warum sollte ich? Ich hab doch dich und deinen Dad, mehr brauche ich nicht.»

«Und das Hündchen ...», fügte Lara hinzu, wobei sie in Mums Augen nach der Bestätigung suchte, dass sie tatsächlich eines Tages einen Hund bekommen würden.

«Außerdem, Schätzchen, ist das lange her, vergangen. Vergiss nicht, du und ich machen irgendwann zusammen unsere eigene kleine Konditorei auf.»

«Au ja, Mum! Dann verkaufen wir jede Menge knallbunte Törtchen. Und wir verkleiden uns mit Perlen und langen Handschuhen!», sagte sie begeistert.

«Genau. Und jetzt ...», sagte Mum, während sie vorsichtig aufstand und Lara von ihrem Schoß rutschte, «mach ich die Butterglasur, und wenn du ein braves Mädchen bist, lass ich dich vielleicht sogar die Schüssel auslecken.»

Laras Augen weiteten sich vor Freude bei dem Gedanken, den großen Löffel mit niemandem teilen zu müssen. Es war schön zu wissen, dass ihre Mum mal ein Popstar gewesen war, aber noch schöner war, dass Mum nicht mehr dauernd nach Los Angeles oder zur Oscarverleihung reisen musste, oder was Popstars sonst so machten, und sie sie ganz für sich allein haben konnte.

Lara freute sich immer auf die Sommerferien, und als sie sieben Jahre alt war, verbrachte ihre Familie diese kostbare Zeit in einer Stadt namens Blackpool.

Blackpool war viel mehr als bloß eine stimmungsvolle Welt aus Kirmeskarussells und Zuckerwatte. Es war ein Höhepunkt ihrer Kindheit, an dem Lara die Süße der Freiheit und der verbotenen Genüsse kostete – alles immer unter Mums wachsamen Augen. Es gab nichts Schöneres, als Popcorn und bunte Zuckerwatte zu essen, bis ihre Lippen aussahen wie geschmolzene Regenbögen, und zu lachen, bis ihr Wangen und Kinn weh taten. Lara liebte die lärmenden, ausgelassenen Stadtrundfahrten in den oben offenen Doppelstock-Straßenbahnen – ein Riesenabenteuer, das eines Indiana Jones würdig gewesen wäre – und am Strand den sorgfältigen Bau stabiler Sandburgen und einen kreischenden Dad vom Hals bis zu den Füßen einzubuddeln. Außerdem fiel es ihr in den Ferien auch leichter, Freundschaften zu schließen. Ein Mädchen – Sarah aus dem Ferienhaus nebenan – war sogar einverstanden, für den Rest des Aufenthalts die Puppen mit Lara zu tauschen, was einen unausgesprochenen Pakt besiegelte, der bis zum Ende der Ferien halten sollte. Sarah hatte zwei Brüder, Ryan und Toby, die gern mit einem Ball kickten, während Sarah und Lara lieber über Spielhäuser und Puppen diskutierten – Jungs und Mädchen bemüht, sich nicht gegenseitig in die Quere zu kommen, derweil beide Elternpaare sich gemeinsam am Strand sonnten.

Eines Tages sagte Ryan zu Lara: «Wieso sind die deine Mum und dein Dad?»

«Weil sie's sind», erwiderte sie selbstsicher und dachte zugleich, dass das ja wohl die blödeste Frage war, die sie je im Leben gehört hatte.

«Kann ja gar nicht!», widersprach er trotzig.

«Ich bin adoptiert», konterte sie, legte herausfordernd den Kopf schief und freute sich, als seine Miene von ungläubig auf verwirrt umschaltete. Mum und Dad hatten sich eines Tages mit ihr zusammengesetzt und ihr alles erklärt, hatten gesagt, dass Lara etwas Besonderes und ihnen geschickt worden war.

Ein ganz besonderes kleines Mädchen, hatte Mum gesagt.

«Kann trotzdem nicht!», sagte er. Lara beschloss, seine

himmelschreiende Dummheit zu ignorieren, und rannte los, um Sarah zu suchen. Er war nun mal ein Junge, und unter Laras Freundinnen herrschte schon lange die übereinstimmende Auffassung, dass Jungen ein bisschen doof waren.

Am Abend gingen Mum, Dad und Lara zurück zu ihrem gemieteten Ferienhaus. Dad hielt Laras Hand, während sie neben ihm her hüpfte, und Mum trug den fast leeren Picknickkorb, in dem nur noch eine Banane und ein halb gegessenes Sandwich mit Cheddar und Branston Pickle lagen. Laras Augenbrauen zogen sich zusammen, als sie merkte, dass sich die Gedanken an Ryan zu einem großen Fragezeichen über ihrem Kopf zusammenballten.

Wieso sind die deine Eltern?

Lara sah zu ihrem Dad hoch, dessen Schnurrbart zu lächeln schien. Er freute sich, dass er nach einer vollen Woche Urlaub endlich sonnengebräunt war, weil Mum ihn die ganze Zeit wegen seiner blassen Haut geneckt hatte. Sie hatte ihn käsig genannt, und er hatte mit einem verspielten Klaps auf ihren Po reagiert, was bei Lara und ihren neuen Freunden allgemeine Heiterkeit ausgelöst hatte. Aber sosehr Lara auch versuchte, Ryans Frage wie eine lästige Fliege zu verscheuchen, sie ging ihr nicht aus dem Kopf. Und in diesem Moment drängten sich Gedanken an den «Alien»-Zwischenfall auf dem Schulhof vor zwei Jahren in ihr gegenwärtiges Bewusstsein – zusammen mit dem damals alles beherrschenden Wunsch nach einer Tiny-Tears-Puppe und der Abneigung gegen Kohl – und drohten, sie wieder einmal durcheinanderzubringen.

Sie waren seit ein paar Wochen wieder in Essex, und als Mum Lara an dem Abend, bevor die Schule wieder losging, ins Bett brachte, erzählte sie ihr eine Geschichte von einer wunderschönen, soulsingenden Prinzessin und dem wild den Kopf hin und her schüttelnden Punkrocker, die sich ineinander verliebten und glücklich und zufrieden bis ans Ende ihrer Tage in einer mit Glitter bedeckten Villa in Surrey lebten. Wie immer nach einer ihrer Geschichten, die sie nie aus irgendwelchen Büchern vorlas, gab Mum Lara je einen Kuss auf die Stirn und auf beide Wangen und sagte: «Schlaf schön, bis morgen, Schätzchen», genau aufs Stichwort, wie jeden Abend, so lange Lara zurückdenken konnte. Lara hasste die Dunkelheit und ließ stets die kleine, graue Lampe mit dem verstellbaren langen Stahlhals neben ihrem Bett bis tief in die Nacht, wenn nicht gar die ganze Nacht über an.

«Mum ...», sagte sie, als sich die Tür schon fast geschlossen hatte.

Mum kam zurück, kniete sich neben Laras Bett und zog die gelbe Bettdecke zurück. «Was ist denn?»

Hinter Mums Kopf klebte mit Tesafilm ein altes Poster aus Mums Popstar-Zeit an der Wand; sie hatte eine auffällige blonde Dauerwelle, bedeckt von einer kolossalen Ledermütze, die modisch keck über das linke Auge gezogen war, und trug eine Unmenge blauen Lidschatten. Auf dem Poster sah Mum schön aus, und das tat sie noch immer, auch wenn sie sich manchmal die Haare mit einem Gummi hochband.

«Ich hoffe, du versuchst nicht bloß, länger wach zu bleiben», sagte sie und zog die Bettdecke wieder hoch über Laras Schultern. Das war ein Trick, den Lara schon öfter ausprobiert hatte, aber nein, diesmal hatte sie wirklich etwas auf dem Herzen. Etwas Wichtiges. Diesmal wollte sie wissen, was Ryan gemeint hatte und warum. Denn die ganze Zeit, die sie danach noch in Blackpool verbracht hatten, war Lara nicht entgangen, dass sie mitunter von fremden Leuten angestarrt wurde, wenn sie und ihre Mum und ihr Dad in Souvenirläden stöberten oder sich ein Eis am Stiel kauften. Sie hatte mitbekommen, wie manche Leute anscheinend mitten im Gespräch verstummten, wenn sie zu dritt Hand in Hand die belebte Strandpromenade entlangbummelten, mit der Sonne im Gesicht und kreischenden Möwen um sie herum. Und auch hier, in heimischer Umgebung, beim Metzger, im Supermarkt, überall außerhalb der Geborgenheit ihres Elternhauses, fiel ihr auf einmal etwas Seltsames auf. Blicke, Geglotze, Getuschel – Dinge, die sie zuvor nicht bemerkt hatte.

«Du hast zwei Minuten, um mich zu fragen, was du wissen willst, mehr nicht. Du brauchst schließlich deinen Schlaf.»

Mums lieblich duftendes Lavendelparfüm drang Lara in die Nase, umhüllte sie wie eine warme Umarmung, gab ihr das Gefühl zurück, geborgen zu sein und vielleicht gar keine Frage mehr stellen zu müssen.

Lara gähnte herzhaft. «Ist schon gut, Mum. Ich schlaf jetzt.» Sie drückte fest die Lider zu und dachte an nichts mehr, bis zum Morgen, als sich die Gedanken alle wieder zurückmeldeten, diesmal sorgsam versteckt inmitten eines Trommelfeuers aus Fragen, die für Siebenjährige wohl kaum ungewöhnlich waren.

«Wie können Tauben hören, wenn sie keine Ohren haben?»

«Wo wohnen die Sterne am Himmel denn nachmittags?»

«Warum bin ich … anders?»

Für diese spezielle Frage suchte sich Lara die Abendessenszeit aus. Sie saß am Tisch vor einem Teller mit Kartoffelpüree, Würstchen und Bohnen, und eine Folge von Mums Lieblingsserie *Dallas* lief im Hintergrund. Kurz vor dem abendlichen Ritual, unterm Esstisch spielerisch mit den Beinen zu strampeln, während Mum die Getränke holte und Dad sich in «Dads Sessel» vor den Fernseher setzte, den warmen Teller auf einer Ausgabe der *TV Times* im Schoß, fragte Lara:

«Warum bin ich anders?»

Das Kartoffelpüree blieb Dad plötzlich in der Kehle stecken, und Mum ließ den Krug mit «gesundem und nährstoffreichem Wasser» fallen, das sie ihnen gerade eingießen wollte.

Schweigen.

Mum ging Wischlappen, Eimer, Kehrblech und Handfeger aus der Küche holen, und die Stimmung blieb extrem ruhig, nur durchdrungen von Sue Ellens unhöflichem Gequassel.

Lara sah verzweifelt zu ihrem Dad hinüber, wartete bang, dass er ihr eine vernünftige Erklärung geben würde, damit sie sich über ihr Essen hermachen konnte, obwohl sie auf einmal gar keinen Hunger mehr hatte.

Also wiederholte sie die Frage, diesmal mit etwas mehr Nachdruck und einer Prise Drama. Trotzdem blieb die anschließende Stille intensiv, drohte, sie regelrecht zu verschlingen, und veranlasste sie, auf ein Mittel zurückzugreifen, das sie ausschließlich in verzweifelten Situationen einsetzte. Wie damals, als Mrs Kershaw, ihre Lehrerin, fragte, wer einen Filzstift quer durch die Klasse geschmissen hatte, während sie mit dem Rücken zu den Schülern stand. Alle wussten, dass es Connie gewesen war, doch Lara hatte nur den Kopf geschüttelt und gesagt, sie hätte nichts gesehen.

Lara würde wieder lügen müssen.

«Ryan hat gesagt, ihr hättet mich bestimmt irgendwo auf der Straße gefunden und mit nach Hause genommen. Stimmt das?», fragte sie mit Blick auf ihren Dad.

«Sei nicht albern!», sagte Mum und bückte sich, um Glasscherben auf das grüne Kehrblech zu fegen.

Irgendetwas, ein Gedanke, ein Gefühl oder eine Erinnerung, raunte Lara zu, dass das hier richtig ernst werden könnte, und sie sehnte sich geradezu danach, in Doc Browns Zeitmaschine zu springen, wahllos irgendwelche Knöpfe zu drücken und sich dann fünfzehn Minuten früher wiederzufinden, nein, besser noch drei Wochen früher, dann hätte sie fröhlich weiter am Strand von Blackpool herumtollen können, mit der einzigen Sorge, ob sie schon genug Muscheln gesammelt hatte oder nicht.

Sie sehnte sich einfach danach, wieder sie selbst zu sein. Lara vom Entwistle Way, irgendwo in Essex. Aber ihr Gehirn, das unfähig war, den ersten Blick in die Büchse der Pandora zu begreifen, die sie soeben geöffnet hatte, beschloss, auf die einzige Art und Weise zu reagieren, die ihr in diesem Moment irgendwie sinnvoll schien.

«Sagt mir einfach, was er gemeint hat!», schrie sie endlich und spürte eine seltsame Befreiung, als ihr Blickfeld sich leicht rot färbte und ihr Herz in jäher Empörung anfing zu rasen. Sie wollte die Wahrheit wissen, heute, in dieser Minute, in dieser Sekunde!

Aber selbst jetzt gab keiner einen Ton von sich – außer einem unabsichtlichen Aufstoßen von Dad –, während Mum weiter die letzten Splitter zusammenfegte, die Augen auf den Boden gerichtet.

Dad warf Mum einen besorgten Blick zu. Mum richtete sich zu ihrer vollen Größe auf und starrte leer die Wand an.

«Mach dir deshalb keine Gedanken», sagte sie fast wie ein Roboter. Lara öffnete den Mund, um bockig zu widersprechen, doch in dem Moment ergriff Dad das Wort, wahrscheinlich weil er spürte, dass sie kurz davor war, einen Wutanfall zu kriegen. Was er jedoch sagte, überraschte, ärgerte und verwirrte sie nur noch mehr, alles auf einmal.

«Es ist noch nicht der richtige Zeitpunkt.»

Also war da irgendetwas.

Sogar am nächsten Tag im Kiosk, wo Lara regelmäßig ihr wöchentliches Taschengeld in Höhe von einem Pfund für

Süßigkeiten und Comics auf den Kopf haute, kam ihr die Atmosphäre plötzlich fremd vor. Eine Frau mit einem bombastischen Hut gaffte Lara und Dad an, während sie (ziemlich schlecht) so tat, als würde sie sich für die Schlagzeilen der Tageszeitung interessieren. Ihre Augen belauerten abwechselnd Lara, die schmachtend die Teenagerillustrierten durchblätterte, und Dad, der wie üblich mit Mr Maharajah scherzte, dem Kioskbetreiber, und dabei insgeheim die Reihen von Zigarettenschachteln auf dem Regal an der Rückwand beäugte.

Hinweise, die früher in den duftigen Wolken der Unwissenheit versteckt gewesen waren, traten jetzt überall rings um Lara deutlicher zum Vorschein, und allmählich löste sich die feste Überzeugung, dass die Leute einfach nur gern ihre einst berühmte Mum bestaunten, in ein trauriges Nichts auf. Die Lady mit dem Hut tat jetzt nicht einmal mehr nur so als ob, sondern ihre Knopfaugen studierten Lara derart schonungslos, dass sie sich fühlte wie eine Laborratte – nicht, dass sie wusste, wie sich eine Laborratte fühlte (Lara hatte bloß mal zufällig auf Dads Schoß gedöst, während er sich interessiert eine Sendung ansah, in der eine vorkam). Also schön, sie war jetzt eine Laborratte.

Als ein Polizist den Kiosk betrat, machte die Lady mit dem Hut keinerlei Anstalten, ihre Neugier zu verbergen.

«Hallo», sagte der Polizist zu Dad, während sie anstanden, um Zeitung, Zigaretten und die Tüte heimliche Süßigkeiten zu bezahlen, die gut über ein Pfund kostete, was Lara Mum nicht verraten durfte, wie sie Dad versprechen musste.

Dad nickte dem Polizisten zurückhaltend zu, der seine Aufmerksamkeit daraufhin Lara widmete.

«Alles klar, Kleines?», fragte der Officer, der einen ulkigen Akzent hatte, wie Lara fand. Sie wollte lachen, bekam es aber irgendwie mit der Angst zu tun, weil sie überhaupt erst ein einziges Mal mit einem echten Polizisten gesprochen hatte – als die Ortspolizei in ihrer Schule Verkehrsunterricht abhielt.

Sie sah Dad hilfesuchend an, und der drehte sich einfach zu dem Polizisten um und sagte: «Wieso stellen Sie meiner Tochter Fragen?»

«Ihrer Tochter?» Der Polizist starrte sie an – von den Haarspitzen bis runter zu den Spitzen ihrer ausgelatschten Turnschuhe –, mit einem leeren Ausdruck im Gesicht. Lara fragte sich, ob er wohl gleich hier im Kiosk eine Verhaftung vornehmen würde. Die Frau mit dem Hut schob sich näher, um besser sehen zu können.

«Dad, ich will nach Hause», sagte Lara, die plötzlich den Drang verspürte, loszuheulen, es sich aber fest entschlossen verkniff.

«Sie sieht sehr bekümmert aus», sagte der Polizist mit dem ulkigen Akzent.

«Sie ist auch *bekümmert*, kein Wunder», sagte Dad. Lara fiel auf, wie rot sein Gesicht wurde. So hatte sie ihn noch nie gesehen. Na ja, jedenfalls nicht mehr seit dem Sonnenbrand in Blackpool.

Mr Maharajah hatte einen Kunden zu Ende bedient und gesellte sich nun zu Dad und dem Polizisten, während Lara mit leicht bebenden Schultern die Hände vors Gesicht hob. Sie wollte zu ihrer Mum. Sie wollte Dads Hand nehmen und ihn aus dem Laden ziehen. Würden sie jetzt verhaftet werden?

Lara schaffte es, das Gespräch der Erwachsenen teilweise zu verfolgen. Mr Maharajah sagte irgendetwas von «für sie verbürgen». Dad sagte irgendetwas von «sich beschweren». Die Frau mit dem Hut sah aus, als wäre gerade ein großes Eis mit Bananengeschmack vom Himmel gefallen.

Lara blieb mucksmäuschenstill, trat aber ungeduldig von einem Bein aufs andere, während die Erwachsenen in der Ecke beim Regal mit Milch und Käse tuschelten. Das ging eine Ewigkeit so – mindestens fünf Minuten – und endete damit, dass Mr Maharajah den Kopf schüttelte und Dad auf den Rücken klopfte.

Dads Gesicht war so rot wie Mums Tomaten, als er nach Laras Hand grapschte und sie aus dem Laden zog. Lara war so erleichtert, nach Hause zu kommen, dass sie beschloss, nicht zu fragen, was da eben passiert war. Sie war ganz durcheinander im Kopf, vergaß sogar die Tüte Süßigkeiten, die auf Mr Maharajahs Theke liegen geblieben war.

An dem Wochenende nach dem Zwischenfall im Kiosk lehnten Mum und Dad eine Einladung von Agnes und Brian ab, obwohl sie wussten, wie gern Lara immer mit hinging, weil sie dann ihre Cousins sah, vor allem Jason – und Goldie, den hübschen Labrador, den sie hatten. Außerdem war gleich um die Ecke ein bestens ausgestatteter Spielwarenladen, den sie alle zusammen öfter aufsuchten, um «sich bloß mal umzuschauen», und den sie nie ohne ein Geschenk von Brian wieder verließen.

Demzufolge kam ihr diese Absage wie eine Strafe vor. Lara mutmaßte sofort, dass Mum und Dad aus irgendwelchen seltsamen Gründen nein gesagt hatten. Sie war nicht blöd. Sie war immerhin schon fast acht.

Der richtige Zeitpunkt war gekommen.

Sie saß auf der Sofakante, die Hände auf dem Schoß, das Herz voll gespannter Erwartung. Dad war auf dem Dachboden gewesen, und als er vorsichtig die schmale Leiter herunterkletterte, Staub in seinem hellbraunen Haar, sah Lara, dass er eine schmutzige blaue Kiste unter dem Arm trug. Er reichte die Kiste Mum, die erst den Staub abwischte, ehe sie sie Lara gab.

Lara öffnete sie. Zuoberst lag ein Umschlag mit vergilbten Zeitungsausschnitten und darunter Fotos.

«Star Patricia Reid adoptiert Baby!», schrie eine Schlagzeile. Lara warf einen Blick darauf und war leicht schockiert, dass Mum mal in der Zeitung gestanden hatte. Lara stellte sich vor, wie sie das ihren Freundinnen in der Schule erzählen und was die sagen würden. Sie hatte zwar schon immer gewusst, dass Mum die Cover von Musikzeitschriften und einige Poster geziert hatte – aber in einer richtigen Zeitung? Wie Prinzessin Diana. Wow!

«Schätzchen, jetzt hör mal gut zu», sagte Mum. Sie klang angespannt.

«Sängerin Patricia ‹Trish› Reid, 32, die mit ‹Do You Want This?› einen Top-Ten-Hit landete, hat ein Baby adoptiert! Ehemann Barry, 42, kehrte gestern Abend mit der drei Jahre alten Lara aus Nigeria zurück. Das Wiedersehen am Flughafen verlief sehr emotional. Eine glückstrahlende Trish sagte über ihre neue Tochter: ‹Lara ist wunderbar und die Erfüllung all unserer Wünsche!›, und den liebevollen Blicken nach zu urteilen, mit denen Barry seine kleine Tochter betrachtete, gilt dasselbe auch für ihn.»

Mums Hände schienen zu zittern, während sie den Artikel vorlas.

Und noch einen.

«Afrikanisches Baby für Trish!»

«Popstar Trish hat sich zu einem außergewöhnlichen Schritt entschieden – sie hat ein kleines Mädchen aus einem armen, rattenverseuchten Waisenhaus in einem entlegenen afrikanischen Dorf adoptiert. Letzten Dienstag nahm Trish alias Patricia Reid die Dreijährige in Empfang und strahlte vor Glück. ‹Ist sie nicht wunderhübsch?›, sagte Trish. Ihr Ehemann Barry fügte hinzu: ‹Wir können es kaum erwarten, sie unseren Verwandten und Freunden vorzustellen. Jetzt ist unsere Familie komplett.›»

Es gab noch jede Menge andere Zeitungsausschnitte, alt und vergilbt, aber auf einmal hatte Lara keine Lust mehr, sie sich anzuschauen.

«Ich weiß, wir haben dir vor einiger Zeit gesagt, dass du adoptiert bist ... Aber wir haben nie richtig darüber gesprochen, wie wir dich bekommen haben», sagte Mum.

Lara wandte sich zu ihrem Dad um, wünschte und hoffte, dass er diesmal etwas sagte, irgendetwas, aber der Blick, mit dem er sie ansah, verriet praktisch nichts.

«Ihr ... ihr habt gesagt, ich wäre was Besonderes ...», sagte Lara, einen verwirrten Ausdruck im Gesicht.

«Das bist du auch, Schätzchen», sagte Mum mit gequälter Miene. «Aber wir dachten, es wäre an der Zeit, dir das hier zu zeigen, damit du uns alles fragen kannst, was dir vielleicht durch den Kopf geht.»

Lara überlegte, was Mum mit dem Wort *aber* gemeint hatte.

Heißt das, ich bin nichts Besonderes mehr?

Dad nahm zwei Bilder aus der Kiste heraus, die er Mum reichte, die sie dann an Lara weitergab.

«Darf ich jetzt gehen?», fragte sie hastig. Ihre Eltern wechselten Blicke, ehe Mum nickte und Lara aufstand und langsam in ihr Zimmer ging. Sie fühlte sich, als hätten die beiden gerade französisch mit ihr geredet und sie müsste jetzt ein Wörterbuch suchen, um jedes einzelne Wort zu entschlüsseln.

Lara setzte sich aufs Bett, schaltete die stahlgraue Lampe an und legte die beiden Bilder neben ihre Sindy-Puppe auf die Bettdecke.

Das eine Bild zeigte sie als kleines Kind – ungefähr drei Jahre alt. Lara konnte sicher sein, dass sie das war, weil eine Fülle von ähnlichen Bildern im ganzen Haus verteilt war, aber auf keinem davon sah sie genauso aus wie auf dem. Feste Zöpfchen, wie Würmer, standen von ihrem Kopf ab, und sie trug

Sachen, die sie noch nie gesehen hatte und die ganz komisch geschnitten waren. Außerdem hatte sie keine Schuhe an! Wie albern sah das denn aus?

Lara studierte das Bild genauer und bemerkte etwas in ihrer Hand, vielleicht ein Taschentuch. Die Wände auf dem Bild waren dunkelgrün, und das war komisch, weil keine der Wände in dem kleinen Haus auf dem Entwistle Way je grün gestrichen gewesen war. Und es war ein hässliches Grün. Sie legte das Foto zur Seite und studierte das zweite Bild. Es zeigte eine alte und heruntergekommene Baracke mit einem Schild über der Tür, auf dem HEIM FÜR MUTTERLOSE KINDER stand, und direkt daneben ragte ein hoher und üppiger Baum auf, der Lara an eine gigantische Ananas erinnerte. Sie legte beide Bilder sorgfältig neben die graue Lampe, setzte sich Sindy auf den Schoß und streichelte langsam die langen blonden Haare der Puppe, während ihr die Erkenntnis dämmerte, dass sie jetzt eine unsichtbare Grenze überschritten hatte. Sie war eindeutig auf ein Gebiet vorgestoßen, das für sie völlig neu war, beängstigend und vor allem von Dauer.

Und im Alter von fast acht Jahren begriff Lara, dass ihr Leben nie wieder so sein würde wie zuvor.

Kapitel 2

Jetzt

Laras dreißigster Geburtstag begann mit einem verregneten Morgen unter einem trüben und verhangenen Himmel. Lara sah die Post durch, Rechnungen und Angebote, die versprachen, sie reich zu machen, und der Pegel ihrer aufgeregten Freude stieg mit jeder weiteren Geburtstagskarte, die sie hervorzupfte. Sandis nicht jugendfreie Botschaft stach auffällig von Mums und Dads pastellfarbener Süße ab. Und als Lara schließlich alle Karten auf dem Kaminsims neben der Familie peruanischer Figuren aufgereiht hatte, war es ihr fast gelungen, sich einzureden, dass die ganze Aufregung vorher eigentlich schlimmer gewesen war als der Tag selbst.

Dreißig musste nicht der Auftakt zur Vergreisung sein, sondern konnte viele neue Möglichkeiten und Chancen bieten. Die Zukunft gehörte ihr, und sie war entschlossen, jede Chance zu nutzen, hart zu arbeiten und ihren Erfolg zu genießen, zugleich aber alles daranzusetzen, ein guter Mensch zu sein. Darum ging es doch schließlich im Leben, oder etwa nicht?

Wie an jedem Geburtstag öffnete sich ihr Verstand wolkenbruchartig, als er Gedanken an *sie* zuließ, gefolgt von einer kurzen Phantasie, wie es sich wohl anfühlen würde, einen Umschlag zu öffnen, der von *ihr* zugeklebt worden war. Worte zu lesen, die *sie* geschrieben hatte. Eine Karte zu betrachten, die *sie* eigenhändig ausgewählt hatte. Wäre es ein modernes Design oder eher etwas traditionell Blumiges? Allerdings fragte sich Lara, ob *sie* überhaupt wusste, wie bedeutsam der Tag war. Immerhin konnte sich Lara ihres tatsächlichen Geburtsdatums ja gar nicht sicher sein.

Der Wolkenbruch dauerte an. Lara stürzte ins Büro, wo ihr persönlicher Assistent Jean ihr einen großen Strauß aus dreißig rosafarbenen Rosen überreichte, und jede Besprechung endete mit einem schlecht gesungenen «Happy Birthday» samt Glückwünschen und Händeschütteln. Gedanken an *sie* wanderten bis zum nächsten Jahr ins Archiv, und Lara gönnte sich ein trunkenes Glücksgefühl und die Hoffnung, dass der Tag trotz des Regens gut laufen würde.

«Vielen Dank für die Blumen. Die müssen ja ein Vermögen gekostet haben!», beschwerte sie sich scherzhaft bei Jean.

«Du wirst ja schließlich nur einmal einundzwanzig, Lara.»

«Dafür kannst du dir in etwa einer halben Stunde den Rest des Tages frei nehmen.»

«Ehrlich?» Er strahlte. Es war erst ein Uhr, aber Jean machte regelmäßig Überstunden, wenn Termindruck herrschte, und Lara hatte sein Engagement durchaus zur Kenntnis genommen. Sie schätzte ihn, vielleicht mehr, als er glaubte. Lara gehörte nicht zu denen, die sich allzu viele Emotionen erlaubten. Schon gar nicht im Büro.

Von Optimismus erfüllt, blickte Lara zum Bürofenster hinaus, als die nächste «Happy Birthday»-SMS auf dem Display ihres Handys erschien. Sie lächelte in sich hinein und bemerkte die blauen Stellen, die sich am grauen Himmel zeigten, dachte daran zurück, wie toll es gewesen war, endlich ein Büro mit einer schönen Aussicht und mit ihrem Namensschild an der Tür zu bekommen, und damit auch die befriedigende Gewissheit, dass sich ihre harte Arbeit gelohnt hatte. Sie erinnerte sich, wie das Gefühl, «angekommen» zu sein, alles, was sie tat oder dachte, überschattete, ihr ganzes Verhalten bestimmte.

Manche mochten ihr toughes Auftreten als Arroganz deuten, aber Lara wusste, dass es eher mit Erleichterung zu tun hatte, verbunden mit der leisen Angst, dass ihr das alles jederzeit wieder genommen werden könnte. Schließlich währte nichts ewig. Sie strich sich Strähnen ihrer glatten Bubikopffrisur hinter die Ohren und klopfte mit dem Mittelfinger der rechten Hand auf den Tisch. Vier Mal.

Solange sie sich erinnern konnte, hatte Lara stets davon geträumt, erfolgreich zu sein, eine Position zu erlangen, in der keiner ihr etwas anhaben konnte und die niemand in der Familie Reid je erreicht hatte.

Tatsächlich hatten sie und ihre beste Freundin Sandy (die sich bald «Sandi» nennen sollte) diesen Plan als Teenager ausgeheckt, in einer Ecke des Schulhofs, irgendwo, irgendwann in ferner Vergangenheit, als sie zum Frühstück am liebsten Kaugummi aßen und sich regelmäßig darüber stritten, welches die beste Band war – Nirvana (Sandy) oder Public Enemy (Lara).

«Arm sein ist echt zum Kotzen!», maulte Sandy und kickte mit ihren ramponierten Turnschuhen gegen einen Dreckklumpen auf der Erde.

«So arm sind wir gar nicht», sagte Lara.

«Dir geht's prima, mit deiner Popstar-Mum und so, aber ich ... Echt, die Familie, zu der sie mich letzte Nacht gesteckt haben, die ist so was von arm! Das Haus ein einziges Chaos, völlig verdreckt. Sogar der Hund hat gemacht, dass er wegkommt. Der sogenannte Dad hockt die meiste Zeit in der Kneipe und besäuft sich, und sie redet kein Wort mit mir. Gucken sich die vom Jugendamt heutzutage gar nicht mehr an, wo sie Kinder hinschicken? Da wär ich im Heim besser dran, und das will was heißen. Meine Fresse, ist das ein Drecksloch!»

Lara wusste nicht recht, was sie dazu sagen sollte. Sie hatte immer nur mit Mum und Dad zusammengelebt und sich eigentlich nie etwas anderes gewünscht – außer einem Golden Retriever und vielleicht einem größeren Zimmer.

«Nimm's nicht so schwer. Du bist ja nicht mehr lange bei denen, oder?», sagte sie in einem schwachen Trostversuch.

«Stimmt. Dann geht's weiter zur nächsten Asi-Truppe. Eins kann ich dir sagen, irgendwann werde ich stinkreich. So reich, dass ich kein Schwein mehr brauche. Verstehst du?»

«Klar versteh ich dich.»

«Dann kauf ich eine Riesenvilla und jede Menge Autos.»

«Und einen Swimmingpool!»

«Mit einer Poolbar, wo's nur Cocktails mit bunten Papierschirmchen gibt. Vielleicht hat deine Mum noch ein paar Kontakte, dann könnte sie uns mit einem Rockstar oder so verkuppeln.»

«Wohl kaum!»

«Wieso denn nicht? Wäre doch super ... Ich kann's mir schon ganz genau vorstellen. Keiner könnte uns was anhaben.»

Sandy lehnte sich gegen ein staubiges Mäuerchen. «Ich sag dir, am sichersten bist du, wenn du Kohle hast. Wenn du reich bist. Wenn du andere nie um irgendetwas bitten musst.»

«Klar, find ich auch.»

«Na siehst du. Ich weiß ja nicht, was du so vorhast, aber ich will jedenfalls genau da hin.»

Sandys Plan war geglückt. Mittlerweile war sie als führende Software-Beraterin eine Spitzenkraft, ihr Gehalt lag im sechsstelligen Bereich, und sie flog zweimal im Monat geschäftlich aufs europäische Festland, ein Dauerlächeln in ihrem schönen Gesicht. Und auch Lara selbst ging es weiß Gott nicht schlecht. Sie hatte an einer ziemlich angesehenen Universität einen Abschluss mit Auszeichnung gemacht, danach einen Job als Einkäuferin für ein Kaufhaus ergattert, ehe sie sich forsch bei ihrem jetzigen Arbeitgeber als Assistentin bewarb, um drei Jahre später zum Online-Editor befördert zu werden. Lara hatte schon immer glitzrige Sachen gemocht, deshalb war es für sie praktisch ein Traumjob, regelmäßig mit Schmuck zu tun zu haben und dafür auch noch großzügig bezahlt zu werden. Von außen betrachtet, besaß sie alles: Schönheit (nach Aussage einer sehr voreingenommenen Mum und ebensolchen besten Freundin, obwohl Lara einen dicken Po hatte, der einfach nicht verschwinden wollte, und einmal im Monat einen unangenehmen Schub unreiner Haut); eine eigene Wohnung; Eltern, die noch immer verheiratet waren, sowie die regelmäßige Aufmerksamkeit eines äußerst erstaunlichen Mannes (laut bester Freundin, Mum und Agnes). Aber für Lara fehlte noch etwas.

Irgendetwas war einfach nicht so, wie es sein sollte. Sie fühlte sich nie vollständig, nie wie ein ganzer Mensch. Sie war glücklich – ja. Vollständig – nein. Sie war nicht ganz sicher, ob es überhaupt möglich war, das eine zu sein und das andere nicht. Es war schwierig, das anderen zu erklären, also tat sie es nicht.

Vor ihr lag ein hektischer Nachmittag – Rückrufe tätigen, Verträge genau prüfen, die Webseite auf irgendwelche Fehler oder Widersprüche durchsehen, ehe sie sich einen Blick auf die «Verkehrszahlen» erlaubte – dennoch war Lara froh, als Jean sie unterbrach.

«Lara, deine Mum auf Leitung eins», sagte er.

«Danke, Jean. Stell sie durch und mach dann Feierabend! Ist ja schon fast zwei Uhr.» Sie setzte sich in ihren grauen Bürosessel, als es erneut piepste, diesmal aus ihrem Blackberry. Schon wieder eine Geburtstags-SMS.

«Mum!», sagte sie mit einer Mischung aus Glück und schlechtem Gewissen.

«Alles Gute zum Geburtstag! Wie geht's dir denn, mein Schätzchen?»

«Mum, ich bin schon groß!»

«Dreißig, weiß ich ja.»

«Erinnere mich nicht dran.»

«Warum denn nicht? Du bist doch noch ein junger Hüpfer. Warte ab, bis du in mein Alter kommst. Weshalb ich anrufe ... Es geht um das Familientreffen am kommenden Wochenende. Dein Vater und ich haben gedacht, wir machen daraus eine Art Geburtstagsparty für dich. Du, ich, Dad, deine Tante und dein Onkel ...»

«Mum, Moment mal. Ich dachte, es wäre klar, dass wir uns nur zum Essen treffen. Ich will kein großes Tamtam.»

«Weiß ich ja, aber es ist doch dein Dreißigster ...»

Lara seufzte und dachte daran, wie unheimlich gern ihre Mutter Partys schmiss. Schon als Lara noch klein war. Sie erinnerte sich gut, wie viel Spaß Mum all die Vorbereitungen machten, auch wenn sie die ganze Woche mit umgebundener Schürze in der Küche verbrachte und wie am Fließband backte. Mums Backtalent war etwas, worüber sich alle gern köstlich amüsierten, bis irgendein Tollpatsch sagte, ein solches Talent für Sandkuchen, Cupcakes und süßes Brot könnte nur von ihrer Mutter vererbt worden sein. Woraufhin dann Mums Miene ernst wurde, die Atmosphäre plötzlich umschlug, und Dad oder jemand anderes die unbehagliche Stimmung mit dem Einwurf lockerte, dass Mum natürlich die heilige Pflicht habe, ihre kulinarischen Fähigkeiten an Lara weiterzugeben, die es leider Gottes noch immer nicht geschafft habe, ein Ei kürzer als zwanzig Minuten zu kochen. Haha.

«Bitte keine Großveranstaltung, Mum. Ich steh nicht mehr so auf Geburtstagspartys.»

«Wieso denn nicht? Wo du so viel erreicht hast. Schließlich hattest du ja nicht gerade die besten Startbedingungen im Leben, oder?»

Ein Moment der Verlegenheit entstand.

«Mum ... bitte nur im ganz kleinen Rahmen, ja? Ich hab als Kind genug Partys gehabt.»

«Na ja, dann ist das jetzt eben deine letzte ... vorläufig.»

«Na schön, meinetwegen», sagte Lara widerstrebend. Sie wünschte, Mum hätte ihr früher Bescheid gesagt. Sie brauchte doch Zeit, um sich darauf vorzubereiten. Es war schon schlimm genug, dreißig zu werden und zum Beispiel die Angst vor dem Alter zu spüren. Aber anders als ihre Freundinnen, die die klassischen Mantras «Werde ich je heiraten?» oder «Wohin gehe ich?» wie in einer inneren Endlosschleife abspulten, fürchtete Lara, dass es bei ihr wieder das alte «Wo komme ich her?» sein würde, das um diese Zeit des Jahres unweigerlich in ihr aufkam, eingebettet in das vertraute Gefühl der Leere. Sie riss sich aus diesen Gedanken – sie musste wirklich damit aufhören – und wandte sich dringlicheren Themen zu.

«Hauptsache, es gibt Kuchen, Mum, und zwar reichlich.»

«Das versteht sich von selbst. Kuchen, Familie und ein bisschen Musik. Was soll da schon schiefgehen?»

Nach einem kurzen Plausch mit Dad über die zähen Verhandlungen hinsichtlich der Renovierung seines Schuppens legte Lara mit einem «Ich freu mich, euch zu sehen» auf. Sobald das Telefonat vorüber war, nahm sie eine minimal andere Haltung zu der Party ein. Vielleicht könnte sie sich ja ansatzweise mit dem Gedanken anfreunden, dass ein dreißigster Geburtstag doch nicht so schlimm war. Nicht jeder Geburtstag musste in einer Katastrophe enden oder Anlass sein, sich in Verzweiflung und Verlassenheitsgefühlen zu suhlen. Nicht jeder Geburtstag musste ein Tag sein, an dem sie sich in Gedanken über die Ungerechtigkeiten ihres Lebens verlor, die ihr nur als Vorwand dienten, ständig zu zählen und zu klopfen. Nein. So musste es nicht sein.

Lara erinnerte sich daran, wie schön ihr achter Geburtstag begonnen hatte.

Er versprach, so ganz anders zu werden. Kurz zuvor hatten Mum und Dad ihr die Umstände ihrer Adoption gebeichtet, und Lara hatte keine Hemmungen, deren schlechtes Gewissen auszunutzen. Daher war es keine echte Überraschung, als sich Mum einverstanden erklärte, den Geburtstag nicht zu Hause, sondern bei McDonald's zu feiern. Leckere Burger und Erdbeermilchshakes statt Käsestäbchen und Orangensaft. Lara war hin und weg, als Dad alles organisierte und die ganze obere Etage nur für sie reservierte, während die anderen Gäste unten saßen.

Lara und etliche ihrer Klassenkameradinnen tanzten und tobten herum, wie Achtjährige das so machen, freuten sich, weil es Cola mit Eis und jede Menge Pommes gab.

Lara rechnete damit, dass Mum wie immer einen Geburtstagskuchen gebacken hatte, aber sie hatte ihn noch nicht gesehen. Deshalb tat sie überrascht, als eine uniformierte McDonald's-Mitarbeiterin mit einem bunten, rechteckigen Gegenstand hereinmarschiert kam und ihre Freundinnen den wunderschönen L-förmigen Kuchen bestaunten, der mit pinkfarbenen, essbaren Blümchen und himmelblauen Tupfen verziert war. Lara war die Backkünste ihrer Mum gewohnt, ergötzte sich aber jedes Mal aufs neue an den verblüfften Mienen der anderen – und platzte fast vor Stolz, weil ihre Mum so etwas konnte.

Ihre Mum.

Die Mitarbeiterin, die die Kuchenplatte mit beiden Händen festhielt, hatte eine riesige aufgetürmte Frisur. Lara würde sie nie vergessen, auch nicht ihr breites Lächeln, als sie ihre kostbare Fracht leicht wackelig auf das wartende Publikum zu trug. Lara bekam ein wenig Angst, die Frau könnte den Kuchen fallen lassen oder über ein Paar Ballerinas stolpern, die ihr eindeutig im Weg lagen, weil eine von Laras Freundinnen sie in kindlichem Übermut ausgezogen hatte. Aber nein, die Frau steuerte elegant darum herum und stellte den Kuchen vor einem Mädchen namens Sally Warner ab, die einen wilden, rotbraunen Haarschopf hatte und leicht lispelte.

«Alles Gute, Lara», sagte die Frau. Sally schielte zu Lara rüber und sah dann wieder die Frau an. Es wurde sehr still. Die Kinder hatten aufgehört zu plappern und die Erwachsenen ebenfalls.

Dad kam angelaufen und sagte: «Das ist nicht Lara. Das da ist Lara.» Er zeigte auf seine Tochter, und der Gesichtsausdruck der Frau änderte sich unübersehbar, ihr Lächeln plötzlich ein leicht verlegenes Stirnrunzeln. Und Lara konnte nichts anderes mehr empfinden als die Scham und die Traurigkeit, die diese Reaktion bei ihr auslösten.

In dem Moment wäre Lara am liebsten gestorben.

Der Kuchen wurde angeschnitten, und Sally und die anderen langten kräftig zu. Aber Lara war der Appetit vergangen. Ihre Freude über den Tag war von etwas verschüttet worden, mit dem sie sich auf gar keinen Fall befassen wollte.

Sie war sicher, dass das der beschämendste Geburtstag war, den sie je würde erleben müssen. Ganz gleich, wie schlimm das Leben auch werden würde, dieser Moment war einfach nicht zu toppen.

Lara stieg aus ihrem Auto und sah den vertrauten schwarzen Mercedes auf dem Besucherparkplatz stehen. Seine Scheinwerfer blinkten auf, als sie darauf zuging.

Das Fenster glitt langsam nach unten. «Herzlichen Glückwunsch zum Geburtstag, Baby», sagte er in seiner gedehnten Sprechweise, die sie immer unwiderstehlich fand. Er sprang aus dem Wagen, umarmte sie und drückte seine wunderbar weichen Lippen auf ihre. Lara erstarrte für einen Moment, überfordert von der möglichen Änderung ihres geplanten Abendprogramms *und* der gezeigten Zuneigung. Dass Mum Pläne machte, ohne ihr etwas davon zu sagen, war schon schlimm genug, aber das? Lara hatte im Sinn gehabt, am Abend die

Umsatzzahlen des letzten Quartals zu kontrollieren, die Blumen zu gießen und dann ein bisschen nachzudenken ... über das Leben. Über *ihr* Leben. Eine Art Neubewertung zu versuchen. Tyler hatte in dieser Planung keine Rolle gespielt, und sein unverhofftes Auftauchen war ihr unangenehm.

«Was machst du denn hier?», fragte sie, unfähig, die leichte Gereiztheit aus ihrer Stimme zu halten. Er schob seine langfingrige Hand in ihre.

Ein kalter Windstoß blies ihr ins Gesicht. Tyler nahm ihr galant den Laptop ab und überging die Frage. «Du kommst aber spät. Nicht zu fassen, dass du sogar an deinem Geburtstag so lange arbeitest.»

«Ich war im Fitnessstudio. Da geh ich jeden Mittwoch hin, das weißt du doch. Hast du neulich Abend etwas bei mir vergessen?», fragte Lara beklommen, während sie den Schlüssel ins Tor steckte.

«Du hast heute Geburtstag, entspann dich», sagte er.

«Ich weiß, aber ...»

«Brauch ich einen Grund, um meine Freundin zu sehen?», unterbrach er sie und lächelte mit diesem schönen Mund, der sich scheinbar von einem Ohr zum anderen zog. Lara wandte das Gesicht ab, während sie die Wohnanlage durchquerten. Das raue Knirschen ihrer Schritte auf dem Kies folgte ihnen, während sie das Denkmal mit den beiden Kanonen passierten, dann weiter zum Gebäude Artillery Court und nach oben zu Nummer 52 gingen – Laras Wohnung. Dort angekommen, legte Tyler den Laptop auf den Esstisch und schaltete das Licht an. Laras großräumige Wohnlandschaft mit Mezzanin-Schlafzimmer war damals eine gute Idee gewesen, doch mittlerweile musste sie einsehen, dass es keine Rückzugsmöglichkeit gab.

Sie sehnte sich im Alltag häufig danach, allein zu sein, und genoss es, manchmal stundenlang zu Hause zu arbeiten oder, an ihren seltenen freien Tagen, einfach nur abzuhängen und nichts zu tun. Natürlich gab es Sandi, ihre älteste Freundin, an der sie sehr hing. Aber selbst der wäre nicht im Traum eingefallen, einfach so hereinzuschneien, Geburtstag hin oder her. Viele ihrer Freunde und Bekannten wohnten in Essex, was bedeutete, dass sie sich immer vorher anmeldeten. Lara war nicht unbedingt eine Einzelgängerin – sie war nur gern allein. Und just in diesem Moment hatte Tyler offensichtlich kein Verständnis dafür.

«Du hast mir gefehlt», sagte er in seinem amerikanischen Tonfall, der so geheimnisvoll klang und den sie manchmal sehr beruhigend fand.

«Ich wünschte einfach, du hättest mir vorher Bescheid gesagt», murrte sie.

Er strich sich mit einer Hand über den glattrasierten Schädel und seufzte leicht irritiert. Lara wusste, dass ihm ihre Reaktion gegen den Strich ging. Sie wusste auch, dass es höchste Zeit war, etwas freundlicher auf ihn zu reagieren. Es war ihr Geburtstag, und vielleicht konnte sie die inneren Konflikte, die sie unablässig plagten, mal vorübergehend abstellen und sich treiben lassen. Nicht streiten, nicht planen, lass dich treiben, Lara.

«Lara, ich weiß, du hast gesagt, du willst heute Abend allein sein, aber ich hab mir gedacht, ich komm trotzdem her. Du hast Geburtstag, und – entschuldige bitte, aber es fällt mir nun mal schwer, dich an diesem Tag allein zu lassen.»

«Ich hab noch viel zu tun –»

«Schsch», sagte er und legte ihr sanft einen Finger auf den Mund. «Ich hab für uns einen Tisch in deinem Lieblingsrestaurant reserviert, können wir gehen?»

«Aber ich bin gar nicht drauf vorberei-»

«Hast du nicht gehört? Dein Lieblingsrestaurant ...»

«Das Wolseley?»

«Ja, das Wolseley», antwortete er.

Fast wäre ihr ein freudiges Quieken herausgerutscht. Aber nur fast.

«Okay, also gut. Aber ich muss mich erst noch frischmachen.»

«Kommt nicht in Frage. Ich weiß, wie lange ihr Frauen für so etwas braucht. Du siehst super aus, wie immer. Und deshalb gehen wir jetzt sofort», sagte er lachend. Ihre Augenbrauen zogen sich frustriert zusammen. Sie musste sich doch wenigstens umziehen.

«Na komm schon, du wirst sehen, es ist gar nicht so schlimm», sagte er gutgelaunt, aber mit Nachdruck, während er sie zu seinem Wagen bugsierte. «Tief durchatmen. Spontaneität ist was Gutes.»

«Also, dreißig ...», sagte Tyler und lehnte sich auf seinem Stuhl zurück, während Laras Gabel die letzten Reste des üppigen Desserts zusammenkratzte, das dank eines aufmerksamen Kellners noch wenige Minuten zuvor mit einer Wunderkerze und dem Zuckergussschriftzug «Happy Birthday, Lara» verziert gewesen war. Trotz des holprigen Auftakts hatten sie bislang einen schönen Abend verbracht. Sie hatten gegessen, über die Arbeit und einen Indie-Film gesprochen, den sie beide sehen wollten, und natürlich über Geburtstage diskutiert.

«Dreißig ist bloß eine Zahl», sagte Lara und tupfte sich die Lippen ab.

«Stimmt, aber fühlst du dich jetzt nicht irgendwie erwachsener?»

«Verrat du's mir, du hast das schließlich schon ein paar Jährchen hinter dir.»

«Hey, so viele nun auch wieder nicht!»

Sie lachten beide. Um sie herum herrschte reger Betrieb. Wie immer war das Restaurant gut besucht, mit einer nicht unerheblichen Geräuschkulisse, aber ebenfalls wie immer fühlte sich Lara, als wären sie beide die Einzigen im Raum.

«Mum gibt am Samstag für mich eine Art Party. Du bist herzlich eingeladen», sagte sie beiläufig.

«Und das sagst du mir erst jetzt?»

«Ich hab's selbst vorhin erst erfahren. Tyler, du kennst mich, so viel Wirbel liegt mir nicht. Ich erzähle es doch jetzt ...» Aber Lara war sich gar nicht so sicher, ob das richtig war. Nicht aus Boshaftigkeit, keineswegs ... eher aus Angst davor, sich Jahre später Fotos von ihrem dreißigsten Geburtstag anzuschauen und Tyler, ihre «verlorene große Liebe», darauf zu sehen – weil es nämlich schlicht unvorstellbar war, dass sie nach so langer Zeit noch immer zusammen wären. Einfach unmöglich. Deshalb war es besser, Gemeinsamkeiten jetzt schon in Grenzen zu halten und nicht zu viele Andenken zu schaffen, die sie später schmerzlich zusammenzucken lassen würden. Natürlich war sie alt genug, um zu wissen, dass sie das niemandem erzählen konnte, weil sie garantiert ausgelacht werden würde. Aber Lara war sich sicher, dass es so laufen würde.

Schon immer.

Sie wusste es seit jenem ersten Tag vor sechs Monaten, als Tyler sie auf einem Networking-Event zum ersten Mal angesprochen hatte. Sie hatte es gewusst, sobald seine schönen Augen ihren Blick länger als nötig festhielten, und sie wäre am liebsten fortgelaufen, um sich zu verkriechen, weil es so furchtbar intensiv war. Sie hatte es gewusst, als sie zum ersten Mal händchenhaltend die South Bank entlangbummelten und stehen blieben und sich ansahen. Und sie hatte es gewusst, als sie sich zum ersten Mal küssten. Es war ein beinahe übersinnliches Erlebnis gewesen, und Lara hatte sich in eine wunderbare, friedliche und schwerelose Welt entführen lassen, in der es nur sie und Tyler gab. Freude und Angst kämpften dort um die Vorherrschaft – Freude, dass sie etwas so Wunderbares wie Tyler gefunden hatte, und Angst, dass es ihr irgendwie und sehr bald wieder genommen werden würde.

Nach dem Essen tranken sie Kaffee.

«An deinem nächsten Geburtstag fahren wir nach Paris, essen zu Mittag, machen einen langen Spaziergang an der Seine. Ein bisschen so wie bei unserem ersten Date, was meinst du?»

«Das wäre nicht schlecht, ja», antwortete sie leise.

«Wir könnten den Eurostar nehmen», sprach er weiter, während sich Lara vorstellte, was das wohl für ein Gefühl wäre. Einfach in einen Zug zu steigen und ins Ausland zu fahren, weg von allem. Nur sie beide. In einem Jahr. Es klang herrlich. Es klang beängstigend, denn wenn man Lara war, ging schon der Gedanke an eine derartige Spontaneität mit Schweißausbrüchen einher. Sie fühlte sich nur dann halbwegs menschlich, wenn ihr Leben Tag für Tag nach Plan lief. Ihrer dreißigjährigen Erfahrung nach zahlte es sich nämlich aus, auf alles vorbereitet, für jede Eventualität gewappnet zu sein – mögliche Stolpersteine schon im Voraus aus dem Weg zu räumen.

Als sie wieder in der Wohnung waren, schloss Tyler Lara in die Arme, während sie an die Umsatzzahlen dachte und überlegte, ob sie sich noch rasch auf die Telefonkonferenz am nächsten Morgen vorbereiten sollte. Aber dann küsste er sie, und sie spürte die Seiten ihres inneren Terminkalenders einfach dahinschmelzen, überließ sich seinen kräftigen Armen. Seine Küsse fühlten sich dagegen weich und buttrig auf der Haut an, seine Zunge fordernd und begehrlich, und Laras Verstand wurde zu der leeren Leinwand, die er nur selten sein durfte.

Tyler wich etwas zurück und sah sie an, seine leuchtend

blauen Augen – von seinem dänischen Vater geerbt – waren wach und fragend.

«Was ist?», fragte sie mit einem Lächeln.

«Ich liebe dich, Lara Reid», flüsterte er rau. Und schlagartig erstarrte ihr Lächeln.

Oh, wie sehr wünschte sie, er hätte das nicht gesagt!

Das erste Mal hatte er diesen Satz vor etwa drei Monaten ausgesprochen. Sie war daraufhin mit einem aufgesetzten Lächeln unruhig in ihrem Sessel hin und her gerutscht und hatte den Blick gesenkt. Ein Teil von ihr war ein wenig dankbar, dass er es gesagt hatte. Ein anderer Teil glaubte ihm nicht. Sie hatte sogar angenommen, Tyler würde es nie wieder sagen, nicht mehr so empfinden, aber nein, er hatte sich nicht beirren lassen. Tyler Jonsson hatte diesen Satz ausgesprochen, wann immer ihm danach war – im Auto, beim Essen, am Telefon –, und Lara hatte ihn nie erwidert. Obwohl sich doch ihre Lippen sich zu einem Lächeln verzogen, wann immer sie in seiner Abwesenheit an ihn erinnert wurde – weil jemand den gleichen Namen hatte oder weil sie eines seiner Lieblingslieder hörte. Obwohl sie mitunter meinte, die Umrisse seines Gesichts auf ihrem Computermonitor zu sehen. Obwohl sie sich nicht vorstellen konnte, je einen anderen Mann zu küssen, nie wieder, in ihrem ganzen Leben nicht. Obwohl schon allein der Gedanke an ihn ihren ganzen Körper mit Wärme erfüllte. Selbst nach alldem und noch vielem mehr brachte sie nur ein dumpfes «Ich … auch» über die Lippen.

«Ich … auch», erwiderte sie automatisch und wandte den Blick ab. «Tut mir leid, ich … ich bin ein bisschen müde, Tyler.»

«Kein Problem», sagte er und streichelte ihr Haar. «Ich bleib über Nacht hier, halte dich in den Armen und seh dir beim Schlafen zu.»

Lara löste sich von ihm und holte eine Flasche Wasser aus dem Kühlschrank. Während sie trank, zog er sein Jackett aus. Darunter kam seine schlanke Figur in einem Hemd von French Connection zum Vorschein, sein straffer Po in einer weiten Levi's, über die verführerisch der Bund einer Boxershorts lugte. Wie gern wäre sie zu ihm gegangen und hätte mit dem Finger die Kontur seines Muttermals nachgezeichnet, das die Form von Großbritannien hatte und ihm von seiner amerikanischen Mutter vererbt worden war. Wie sehr wünschte sie, sie könnte den federleichten Hauch seines Atems auf ihrer Nasenspitze spüren. Wie sehr wünschte sie, sie könnte eine Fülle liebevoller Worte und Sätze aus sich hinausströmen lassen, so wie er das konnte, sein hinreißendes Gesicht in beide Hände nehmen und ihm sagen, was sie für ihn empfand.

Aber sie konnte es nicht.

Und sie würde es nie können.

Zwei Tage vor der Party waren Lara und Tyler unterwegs zu einer Art «Trinkgelage», das Sandi und einige ihrer Freunde aus Essex anlässlich Laras Geburtstag organisiert hatten.

«Jetzt, wo du dreißig bist – denkst du irgendwie über die Zukunft nach?», fragte Tyler, als sie zu dem Lokal fuhren.

«Ich glaube, bis vor ein paar Tagen war ich eher auf die Vergangenheit fixiert.»

«Und was hat sich geändert?»

«Ich weiß nicht genau. Ich finde einfach, es wird allmählich Zeit, dass ich aufhöre, mich dauernd mit der Vergangenheit zu beschäftigen. Dass ich nach vorne schaue. Vorwärts und aufwärts. Wieso stellst du so tiefsinnige Fragen?», wollte sie mit einem Lächeln wissen. Sie fühlte sich ungewöhnlich entspannt.

«Keine Ahnung … ich dachte nur, dass …»

Tyler sprach sonst nie so stockend, und auf einmal spürte sie, dass irgendetwas im Busch war.

«Was ist los, Tyler?»

«Mann, das ist schwer ...» Er seufzte, bog um eine Ecke, und Lara dachte, dass es vielleicht nicht der richtige Zeitpunkt für derlei Gespräche war.

Gedanken begannen in ihrem Kopf zu rotieren. Wollte er sie nach fast sechs gemeinsamen Monaten verlassen? Hatte er genug von ihr?

Tyler seufzte erneut, während in Laras Kopf ein Strom von negativen Gedanken kreiste.

Ich hab's doch kommen sehen.

Er verlässt mich, das hab ich immer gewusst.

Mir ist schlecht.

«Lara? Hast du gehört, was ich gerade gesagt habe?»

Sie nickte, während er rechtsran fuhr und anhielt.

«Irgendetwas fehlt in unserer Beziehung, und ich habe das Gefühl ... wir sollten einen Schritt weiter gehen als bisher ... Ich will dir keinen Druck machen, ich weiß, wir sind erst sechs Monate zusammen, und du hast diese Woche Geburtstag gehabt und so ... aber manchmal kommt's mir so vor, als hätten wir uns gerade erst kennengelernt.»

«Das ist doch gut, oder?»

«Nicht, wenn ich das Gefühl habe, dass ich dich nicht kenne oder du nicht offen zu mir bist ... Ich muss dir sagen, dass wir, dass ich –»

«Tyler, wir sind auf dem Weg zu meinen Freunden», fiel sie ihm rasch ins Wort, doch ihr ungutes Gefühl hielt unvermindert an. «Und du weißt, wie Sandi sich aufregt, wenn ich mich verspäte. Außerdem sind ein paar Leute extra aus Essex hergekommen. Wir sollten uns wirklich beeilen.»

«Okay, vertagen wir das Gespräch. Du weißt ja, ich zensiere

mich nicht selbst, und wenn ich das Gefühl habe, etwas muss mal gesagt werden –»

«Ich weiß.»

Sie fuhren weiter, und Lara seufzte innerlich. Der Abend war ihr bereits jetzt von der drohenden Gewissheit verdorben worden, dass sie wieder verlassen werden würde. Und zwar schon bald. Ihr Mittelfinger klopfte seitlich gegen den Autositz. Acht Mal. Und dann noch mal acht Mal.

Als sie das kurze Stück vom Parkplatz zum Oxford Circus zu Fuß gingen und Tyler ihre Hand hielt, beschloss sie, falls Tyler kurz davor war, sie zu verlassen, würde sie darauf vorbereitet sein, die Rüstung angelegt haben, die Waffen geladen und schussbereit – genau wie die Kanonen im Innenhof ihrer Wohnanlage.

Sie betraten das Cocoon, wo Sandi an der dämmrigen Bar auf sie wartete und «Funky House Music» aus unsichtbaren Lautsprechern wummerte.

«Na endlich! Ich wirke bestimmt schon ganz verzweifelt, hier so allein», witzelte Sandi. Tyler küsste sie rechts und links auf die Wange, und Lara wollte das Gleiche tun, aber Sandi schlang die Arme um sie und drückte sie an sich.

«Was war das denn?», fragte Lara ein wenig perplex, während Tyler Drinks für sie bestellte.

«Das nennt man eine Umarmung. Ich weiß, so was ist bei uns nicht üblich, aber du wirst ja schließlich nicht jede Woche fünfzig. Das muss auch für die nächste Zeit reichen. Mindestens bis du sechzig wirst!»

«Danke», sagte Lara zu ihrer ältesten Freundin, die für sie fast so etwas wie eine Schwester war. Sandi hatte sich schon vor langer Zeit vom Y in ihrem Namen getrennt, aber zum Glück war sie noch derselbe schöne, lustige und strahlende Mensch, den Lara vor so vielen Jahren kennengelernt hatte. Lara fragte sich oft, warum Sandi noch immer mit ihr befreundet war, und fürchtete manchmal, sie würde eines Morgens aufwachen, ihr Verhältnis zueinander in Frage stellen und sie abservieren – genau wie Tyler demnächst.

Seit jenem schrecklichen Nachmittag in der Schulmensa, als Sandi ihr ungemein wirksames Verhandlungsgeschick einsetzte, um zu verhindern, dass Lara von einigen Mädchen verhauen wurde, die sich in der Schlange an der Essensausgabe vorgedrängelt hatten, pflegten sie eine Freundschaft, die für Lara sehr wichtig war. Die sie brauchte. Im Grunde liebte sie Sandi – obwohl sie ihr das nie sagen würde. Das war das Besondere bei Sandi und Lara: Beide ließen die schwesterliche Liebe und Nähe zwischen ihnen überwiegend unausgesprochen. Sie wussten aber, dass dieses Gefühl existierte und jederzeit abrufbar war.

Der Abend nahm seinen Lauf, und die Freunde amüsierten sich gut. Aber Lara wurde häufig von anderen Gedanken abgelenkt, die manchmal um Tyler kreisten und um das, was er vorhatte, manchmal um das kommende Wochenende und diese verdammte Geburtstagsparty, um die sie nicht gebeten hatte, die aber unaufhaltsam näher rückte.

Als der Tag der Party schließlich kam, hielt Laras ungutes Gefühl unvermindert an. Sie hatte sich zögernd für ein gewagtes, silbrig glitzerndes Minikleid und schwarz-rote Stilettos entschieden. Ihr Haar musste noch geglättet, das Make-up aufgelegt werden, und sie und Sandi waren jetzt schon fünfzehn Minuten hinter dem Zeitplan.

«Wer auch immer mich jetzt besuchen will, er stört!», schnaubte sie, als es an der Tür klingelte.

«Gehst du Tyler noch immer aus dem Weg?», fragte Sandi, die den Summer an der Sprechanlage drückte.

«Und ob. Wieso?»

«Er kommt gerade hoch.»

Tyler kam hereingeschlendert und taxierte sofort Laras Kleid. «Du siehst hinreißend aus!»

«Danke», erwiderte sie und ging die Treppe hoch, um aus ihrer Schmuckschatulle die wunderbare Swarovski-Halskette und das dazu passende Armband zu nehmen (ein kostenloses Musterexemplar, einer der Vorteile ihres Jobs).

«Sandi sagt, du willst mit deinem Auto fahren ... Ich kann euch doch mitnehmen, kein Problem!», rief er nach oben.

«Nein, danke. Wir fahren selbst und treffen dich dann bei meinen Eltern.» Lara ergriff ihre Tasche, ein weiches Lammfellteil mit einem gewebten Henkel. Auch das ein kostenloses Musterexemplar.

«Okay», sagte er, und Lara fand, dass er irgendwie enttäuscht klang. Seit seinen Äußerungen im Wagen war sie Tyler gegenüber extrem auf der Hut. Sein Wunsch, über ihre Beziehung zu reden, machte ihr Angst, weil sie sich darüber im Klaren war, dass er all ihre Unzulänglichkeiten ans Licht zerren würde. Sie war nicht gerade die unkomplizierteste Freundin der Welt, das wusste sie. Sie plante gern im Voraus und war nur bereit, sich an festgelegten Tagen mit ihm zu treffen. Er dagegen war die Verkörperung einer Liste von Bilderbucheigenschaften, und er hätte jemand viel Besseres haben können als sie – eine grausame Erkenntnis, die Lara immer öfter überfiel.

Dieses Gefühl, einfach nicht gut genug zu sein.

Lara betrachtete sich im Spiegel und befand, dass sie zumindest gut genug *aussah*. Die Schuhe waren ein bisschen zu hoch, und das Kleid etwas kürzer, als ihr lieb war, aber sie hatte es auf Sandis Anraten gekauft, und nun würde sie es auch tragen.

«Lara, bist du so weit, oder braucht man in deinem Alter ein bisschen länger?», fragte Sandi, die selbst schön und selbstbewusst aussah in ihrem metallisch blauen Overall und den hohen Stilettos mit Plateausohle. Das Haar hatte sie zu einem lockeren Knoten gebunden, sodass ihre brünetten Locken in die Stirn fielen und die langen Wimpern streiften.

«Ich bin fertig.» Lara lächelte. Sandis milder Sarkasmus tat ihr gut, und zum ersten Mal erlaubte sie sich den Gedanken, dass Mums Party vielleicht doch nicht in einem Desaster enden musste. Und als sie ins Auto stiegen und Tyler hinter ihnen in seinen Wagen sprang, war Lara zuversichtlich, dass alles gut werden würde, ganz gleich, was er ihr vorwerfen mochte. Sie war immerhin ein Stehaufmännchen, das schon viel Schlimmeres im Leben überstanden hatte und gestärkt daraus hervorgegangen war.

Als sie auf dem Entwistle Way hielten, wurde Lara sogleich von einer angenehmen Nostalgie erfasst. Mums Blumenbeete gediehen prächtig hinter dem Gartentor, das vom Abendwind aufgedrückt worden war.

«Sandi, weißt du noch, wie ich mal da drüben, wo früher das Telefonhäuschen stand, hingefallen bin und mir das Knie aufgeschlagen habe?», fragte sie und zeigte auf die Stelle, an der jetzt eine Mülltonne stand.

«Nein, aber ich weiß noch, wie ich im Vollrausch dahinten bei den Ladbrokes umgefallen bin und du deinen Dad holen musstest, der mich zu euch nach Hause getragen und mit einem Liter Kaffee wieder nüchtern gemacht hat», antwortete Sandi.

Tyler hatte seinen Wagen auf der anderen Straßenseite geparkt und kam zu ihnen herüber.

«Worüber unterhaltet ihr euch?», fragte er und zog sein leichtes Jackett aus, unter dem ein schickes Hemd und eine schmale Krawatte zum Vorschein kamen. Sie blieben vor dem Haus stehen. Da Lara ihn sonst fast nur in Freizeitkleidung kannte, war es ein seltenes Vergnügen, ihn so zu sehen, und sie musste zugeben, dass er wirklich umwerfend aussah. Und zu gut für sie. Vielleicht.

«Alte Geschichten», antwortete Lara und wischte ihm eine imaginäre Fussel von der Schulter. «Wir haben uns bloß über früher unterhalten.»

«Ich dachte, von jetzt an geht es nur noch um die Zukunft? Hast du doch gesagt, oder?»

«Das ist auch so.»

Die Tür zum Haus ihrer Kindheit flog auf, und Laras Mum kam heraus.

«Schätzchen!», rief sie und schloss Lara in die Arme, umhüllte sie mit Lavendelduft. «Noch mal alles, alles Gute zum Geburtstag, meine Süße. Wo hast du denn deinen Schlüssel?», fügte sie hinzu, nachdem sie tief Luft geholt hatte. Ihr Haar war zu einer Rundfrisur gestylt, und sie trug eine malvenfarbene Strickjacke, von der Lara vermutete, dass sie sie extra für die Party gekauft hatte.

«Hübsche Jacke, Mum.»

«Das ist Cashmilon von Marks & Spencer. Das Kaschmir des armen Mannes, sagt dein Dad. Also, wo ist dein Schlüssel? Du hast ihn doch hoffentlich nicht verloren? Als du klein warst, hast du andauernd irgendetwas verloren.»

«Ich kann doch heute nicht mit meinem Schlüssel reinkommen, Mum. Das geht irgendwie nicht.»

«Wieso denn nicht?»

Mum umarmte Sandi und dann Tyler, ehe sie zu viert in den Flur traten und dann ins Wohnzimmer, das vollkommen … leer war.

Lara versuchte, ihre Enttäuschung zu verbergen, doch dann zerriss ein donnerndes «Herzlichen Glückwunsch, Lara!» die Luft. Die Gäste sprangen hinter Sofas, dem Fernseher, der Tür hervor, und Lara nickte, glücklich und leicht amüsiert.

Mums älteste Freundin Maria, Tante Agnes, Onkel Brian und ihre drei erwachsenen Kinder Keely, Annie und Jason sowie Dads Cousin Rob umarmten sie und überreichten ihr Geschenke in bunten Verpackungen. Sogar Kieron, der früher nebenan wohnte, war mit seiner Frau und den beiden Kindern gekommen. Nur aus Mums Familie war niemand da, weil sie seit fast dreißig Jahren keinen Kontakt mehr zu ihrer Verwandtschaft hatte.

«Du wirst immer weniger», stellte Agnes fest.

«Mir geht's prima, ehrlich!», beteuerte Lara. Agnes war wie immer extrem schlank und wirkte wie aus dem Ei gepellt. Ihre Minilöckchendauerwelle komplettierte das Outfit. Brian war dagegen stattlich, um nicht zu sagen korpulent, und die beiden wirkten noch immer ganz vernarrt ineinander.

«Und das ist Tyler, nicht?», fragte Agnes und bohrte ihm fast ein Loch in die Brust. «Hübscher Bursche. Genau wie mein Brian. Den solltest du nicht mehr loslassen.»

Sobald Agnes das sagte, spürte Lara, wie sich ihre Bauchmuskeln zusammenzogen.

«Amüsierst du dich?», fragte Mum, als Brian die nächste kitschige Platte aus den Achtzigern auflegte.

«Es ist toll, Mum, und vielen Dank für den Marks-&-Spencer-Gutschein. Du hättest nicht so viel ausgeben sollen.» Lara schob sich einen Käsechip in den Mund.

«Ach, das hab ich gern getan. Außerdem ist das noch nicht dein richtiges Geschenk.»

«Nein, dein richtiges Geschenk ist viel gewagter», warf Maria ein, deren burgunderrotes Haar gut zu ihren üblichen Anzüglichkeiten passte.

Mum zog Lara in die Küche, die einen ziemlich chaotischen Anblick bot: Käse-Ananas-Spieße, Pudding und verschiedene andere Partyleckereien sowie ein riesiger Vanillekuchen, schlecht versteckt in einer Aluminiumform. Gerahmte Fotos von Lara zierten jede Wand in jedem Raum außer im Badezimmer, wo ein Gemälde von einem namenlosen Labradorwelpen über dem Waschbecken hing. *Das Hündchen, das wir nie hatten*, hatte Lara es genannt.

«Ich wollte es dir zusammen mit deinem Vater überreichen, aber ich glaube, er ist mal wieder in seinem Schuppen und schmollt.»

«Warum schmollt er denn?»

«Sein kleines Mädchen ist dreißig und hat einen festen Freund. Wahrscheinlich überlegt er gerade, womit er deinem Tyler Angst einjagen kann.»

«Dad ist ein ganz schöner Softie.»

«Ich weiß. Außerdem hat er, um sich abzulenken, angefangen, den Schuppen zu renovieren. So, das hier ist dein richtiges Geschenk.»

Mum übergab ihr ein großes, wunderhübsch eingepacktes flaches Rechteck, das sehr nach einem Gemälde aussah.

«Na los, mach's auf.»

Das Papier war dünn und ließ sich leicht entfernen. Das erste Foto zeigte Lara, dann wurden andere von ihr und Mum sichtbar, von ihr und Dad, Sandi, den Tanten und Onkeln und deren Kindern, alle in unterschiedlichen Altersphasen und Situationen: am Strand in Peru vor fünf Jahren; beim ersten wackeligen Fahrversuch auf ihrem Rad mit den bunten Flatterbändern am Lenker; als Vierjährige, beim Seifenblasenpusten mit Jason; als Teenager, unter einem Regenschirm zusammengedrängt mit Sandi und Kieron; schlafend auf Dads Schoß, Laras hochgestreckter Fuß in einem ausgeleierten weißen Söckchen; eine Nahaufnahme von Lara, Keely und Brian, wie sie der Kamera grüne Zungen rausstreckten; die Familie Reid auf einem kitschigen Schnappschuss am Strand von Blackpool. Stationen von Laras Leben als Collage auf einer benutzerfreundlichen Hafttafel, das persönlichste und schönste Geschenk, das sie je bekommen hatte.

«Danke, Mum», sagte sie, kaum fähig, die aufsteigende Rührung zu unterdrücken.

«Sieh mal, die unterste Reihe ist noch frei. Das hab ich absichtlich gemacht.»

«Für die Enkelkinder, stimmt's?»

«Für was auch immer meine Tochter zukünftig geplant hat. Das überlasse ich dir.»

Lara umarmte ihre Mum fest und leicht verlegen, weil sie jeden Moment ein Taschentuch für ihre Nase und die verschmierte Wimperntusche brauchen würde.

Kurz darauf, nachdem sie sich im Bad die Augen betupft hatte, ging sie durch den Garten zu Dad in seinem chaotischen Geräteschuppen.

«Da bist du ja», sagte Lara und setzte sich neben ihn auf einen der weißen Plastikgartenstühle. Eine Leiter lehnte an der Wand, und etliche leere Blumentöpfe und Kübel verstellten den Durchgang. Daneben standen eine lange Harke, ein orangegelber Rasenmäher und drei alte Gartenzwerge. Vor zwanzig Jahren, als sie sie kauften, waren sie farblos, und Lara hatte sich eines Tages hingesetzt und jedem von ihnen sorgfältig und kunstvoll eine Stammesmaske aufs Gesicht gemalt.

«Hallo, Laralina-Liebes», sagte Dad. Trotz ihres Alters benutzte er diesen Kosenamen noch immer.

«Hier sieht's ja wüst aus», sagte Lara und strich mit einem Finger über die Fensterscheibe.

«Muss nur mal durchgewischt und gestrichen werden. Kleinigkeit.»

«Alles in Ordnung, Dad?»

«Das mit deinem Geburtstag geht mir nahe, mehr nicht. Du hast es weit gebracht, mein Mädchen.»

Dad sprach nie viel, aber manchmal hatte er die Fähigkeit, Lara mit wenigen Worten mitten ins Herz zu treffen.

«Ach, Dad ...»

«Ich komm gar nicht drüber weg, dass meine Kleine schon dreißig ist ... Ich weiß doch noch, wie ich dich als Kind in den Armen gehalten habe. Und jetzt schau dich an.»

«Ich bin noch immer ich, Dad.»

Er lächelte breit, drückte ihre Hand. «Ich weiß, Liebes.»

Dann verschwand das Lächeln, und Dad blickte streng. «Und dieser Tyler, dieser Amerikaner, soll bloß gut für dich sorgen, sonst ...»

«Dad, ich kann für mich selbst sorgen», sagte Lara und verdrehte gespielt die Augen. «Aber ich kann dich ja notfalls anrufen ...»

«Und ob!», sagte er und ballte scherzhaft die Faust.

«Übrigens, vielen Dank für das Geschenk. Das war sehr schön.»

Er lächelte wissend, und Lara wollte gerade sanft seine Hand drücken, als aus dem Haus plötzlich Lärm drang.

Sie ging wieder ins Haus. Brian war offensichtlich mit der Puddingschüssel kollidiert, was Mum einen entsetzten Schrei entlockt hatte.

«Nette Party», sagte Sandi ohne den geringsten Sarkasmus, und im selben Moment konnte es sich irgendwer nicht verkneifen, die Nadel auf dem alten Plattenspieler an die richtige Stelle zu setzen und lauthals *den* Song anzukündigen.

«Brian, du kriegst was hinter die Löffel!», rief Mum fröhlich, als ihre liebliche Stimme ertönte. Brian legte eine Art Ententanz aufs Parkett, mit wippenden, angewinkelten Armen, während der Song lief. Obwohl Mums Gesangskarriere schon seit langem der Vergangenheit angehörte, war ihr Hit ‹Do You Want This?› noch immer der größte Jux der Familie. Wie üblich nahm Mum den Überfall mit Humor und drohte Brian scherzhaft mit einem Holzlöffel.

Die Melodie ging zu Ende, und allenthalben setzte Getuschel ein, jetzt sei der Moment für die Geburtstagstorte gekommen. Lara sah sich nach ihrem Dad um und bereitete sich darauf vor, ein überraschtes Gesicht aufzusetzen. Seit ihrem vierten Geburtstag hatte Mum jedes Jahr einen Kuchen gebacken und mit Kerzen verziert (außer an ihrem fünfundzwanzigsten, als sie nach Peru gereist war). Aber sie genoss das alljährliche So-tun-als-ob, das Klatschen und die Aufmerksamkeit, die stets folgte. Das Ritual erlaubte es ihr für ein paar Sekunden, wieder ein kleines Mädchen zu sein, eine Zeit nachzuerleben, in der es einfach noch nicht nötig war, sich wie eine Erwachsene zu benehmen.

«Du musst deine Augen zumachen, bevor du sie auspustest!», befiehlt Agnes. Also schließt sie die Augen ganz fest. Sie meint, die Türklingel zu hören. Die Innenseiten ihrer Lider sind dunkel. Irgendwer schaltet das Licht aus. Sie ist ganz hibbelig vor Aufregung, überlegt sich einen Geburtstagswunsch.

«Noch nicht! Mach sie wieder auf!», sagt Jason. Sie öffnet die Augen. Es wird gesungen. Jemand stellt den Kuchen, der die Form einer Chanel-Handtasche hat, schwungvoll vor sie hin. Sie brennt darauf, die cremige Butterglasur zu kosten. Sie schließt die Augen erneut. Sie kann die Hitze der Kerzen spüren.

«Wünsch dir was!», ruft Mum in ihrer neuen malvenfarbenen Strickjacke.

Ihre Lunge füllt sich mit Luft. Das Licht geht wieder an.

«Jetzt doch noch nicht!», schreit Mum empört.

«Licht wieder aus!», befiehlt Sandi.

Es ist schwer, die Luft anzuhalten. Dad ist an der Tür, neben ihm eine Frau mit einem strengen, blau-schwarzen Tuch um den Kopf. Batik? Sie reden miteinander. Er sieht gestresst aus. Sogar wütend – das Gesicht kreideweiß. Lara kennt die Frau nicht. Sie will jetzt ausatmen, denn sie kann die Luft nicht mehr so lange anhalten wie als Kind.

Sie pustet die Kerzen aus, endlich. Klatschen. Lauter Jubel.

Sie starrt die Frau an. Die Frau starrt zurück. Sie ist eine Fremde. Sie war nicht eingeladen. Wer ist sie? Warum ist sie gekommen? Die Fragen wirbeln ihr störend durch den Kopf. Keine Antworten – aber das Seltsame ist, obwohl Lara Reid nicht weiß, wer die Frau ist, hat sie das ungemein starke Gefühl, ja fast die Gewissheit, dass sie diese Frau schon ihr ganzes Leben lang kennt.

Yomi und Pat

Kapitel 3

Yomi

1971

Neununddreißig Jahre früher und dreitausendeinhundert Meilen entfernt, irgendwo in Lagos, Nigeria, saß eine Achtzehnjährige mit einer Zahnlücke und Zöpfen so dick wie Babybananen anmutig auf einer der sechs rissigen, sandigen Stufen vor ihrem Zuhause.

Yomi Komolafe war froh, dass die Regenzeit endlich zu Ende war, weil die Erde unter ihren nackten Füßen dann nicht mehr so rutschig sein würde, wenn sie herumlief und ihre täglichen Besorgungen machte. Ola, das Hausmädchen der Familie, war am Vormittag auf dem Markt gewesen, hatte aber in der Eile vergessen, alle Zutaten für den großen Topf Suppe zu kaufen, den Mama für die wichtigen und angesehenen Besucher kochen wollte, die am Abend erwartet wurden und zu denen auch Chief Ogunlade zählte. Also wurde Yomi zu dem überteuerten, aber nahe gelegenen Laden von Mrs Apampa geschickt, um die fehlenden Dinge zu besorgen.

Yomi war an ihre Rolle im Haus gewöhnt und hatte sich damit abgefunden. Als das älteste von sechs Kindern und das einzige Mädchen war ihr Platz von Geburt an genau bestimmt. Ebenso wie von ihren männlichen Geschwistern wurde von ihr erwartet, dass sie im Haushalt mithalf, beim Wäschewaschen und Putzen, aber das Kochen hob sie deutlich von ihren Brüdern ab. Dass sie Mama und Ola regelmäßig in der Küche half, verlieh ihr eine besondere Stellung. Sie war jetzt schon überzeugt, dass ihre Suppe aromatischer schmeckte als Olas, weil sie jahrelange Erfahrung gesammelt und von Mama die Grundkenntnisse gelernt hatte: Wie man den Pfeffer mahlte, bis er die genau richtige Beschaffenheit hatte; wie man das richtige Verhältnis von Paprika und Tomaten einschätzte; wie man bestimmte, wie zart das Fleisch sein soll.

Yomi hatte zwar die Kunst des Suppekochens erlernt, aber mit ihrem Selbstbewusstsein war es oft nicht weit her. Sie wusste zum Beispiel, dass sie niemals so schön werden würde wie Mama, die eine babyweiche Haut hatte, einen Körper mit perfekten Rundungen und eine natürliche Eleganz, die Yomi nur in ihren Träumen annähernd erreichte.

Ein Bereich, in dem Yomi sich jedoch hervortat, war der Englischunterricht in der Schule. Wie oft hatte sie davon geträumt, irgendwann einmal in eines jener Flugzeuge zu steigen, die sie hoch über ihr Haus hinwegfliegen sah, und in dieses wunderbare Land namens England zu reisen. Dort bildeten mächtige Schlösser und Big Ben den Hintergrund für ihre Plaudereien mit so vornehmen Leuten wie Mr Darcy und Emma Woodhouse. Vielleicht würde sie sogar die Queen und ihren Mann (Yomi fragte sich oft, wieso er nicht König war) begrüßen, wenn sie nach Hampstead Heath fuhr, um dort Gurkensandwiches zu verzehren und Tee aus einer mit Rosen verzierten Porzellantasse zu trinken.

Das alles würde eines Tages geschehen – doch in naher Zukunft musste sich Yomi ausschließlich darauf konzentrieren, die besten Paprika für Mamas Suppe auszusuchen, und falls sie dabei unterwegs zufällig *ihm* begegnen würde, dann wäre das natürlich ein unerwarteter Höhepunkt ihres Tages.

Mama erschien im Türrahmen, als sich Yomi schon auf den Weg machen wollte. «Mir ist noch etwas eingefallen, was wir brauchen», sagte Mama. Ein hellgrüner Boubou bedeckte ihre frauliche Figur. Der vertraute rundliche Körper löste bei Yomi stets ein Gefühl von Geborgenheit aus und war sicherlich mit ein Grund, warum sich Daddy von anstößigen Frauen in ihrer und den angrenzenden Straßen fernhielt. Selbst ohne ihr Kopftuch und mit leicht zerzaustem Haar war Mama eindeutig die eleganteste und schönste Frau in der Chief Ogunlade Street. Sechs Kinder hatte sie geboren und strahlte immer noch eine ungeheure Energie aus. Und wie stark sie war! Yomi war bei der Geburt ihres jüngsten Bruders dabei gewesen. Mama hatte danach nur kurz geruht, sich dann den Schweiß von der Stirn gewischt und gleich darauf wieder am Herd gestanden, um bei der Zubereitung des Abendessens zu helfen.

«Ja, Ma», antwortet Yomi und wusste, dass sie für den Einkauf nun doch ihre Schuhe brauchen würde.

«Du musst also nicht zu Mrs Apampa gehen, dieser alten Wegelagerin. Du gehst direkt zum Markt», sagte Mama in ihrem ausgezeichneten Englisch, von dem viele glaubten, sie hätte es sich bei einem früheren Aufenthalt in England angeeignet, dabei hatte Mama in Wirklichkeit noch nie ein Flugzeug von innen gesehen.

«Ja, Ma.»

«Nimm diese dumme Ola mit! Und falls du unterwegs Mama Lanre siehst, sag ihr, sie soll sich sputen und herkommen, mir die Haare flechten. Ich kann schließlich nicht den ganzen Tag auf sie warten!»

«Wieso?», fragte Yomi. Sie wollte Mama nicht ärgern, aber andererseits wollte sie unbedingt allein zum Markt kommen.

«Weil meine Haare schön aussehen sollen und nicht so schlampig, wie wenn Ola sie macht!»

«Mama, ich meine, wieso muss Ola mit mir zum Markt kommen?»

«Wer soll dir denn helfen, die Tüten zu tragen?» Mamas Augenbrauen hoben sich leicht gereizt.

«Na schön, dann nehm ich sie eben mit», gab Yomi widerwillig nach. Mama war keine Frau, der man widersprach – man widersprach überhaupt niemandem, der älter war.

Es blieb Yomi nichts anderes übrig, als sich mit Mamas Entscheidung abzufinden, aber das hinderte sie nicht daran, vorher noch kurz vor dem gesprungenen Spiegel in Mamas Schlafzimmer zu üben. In den letzten Monaten hatte Yomi aufmerksam registriert, wie einige der Mädchen die Hüften schwangen und damit die Aufmerksamkeit der alleinstehenden wie auch der weniger alleinstehenden Männer im Viertel zu fesseln, die nicht ernst gemeinte Heiratsanträge machten und ein gutes und sorgenfreies Leben versprachen. Yomi hatte es rasch als ihre Pflicht aufgefasst, sich täglich in der schönen Kunst des Hüftschwungs zu üben, bis sie sie beherrschte. Oder zumindest bis es ihr gelang, *seine* Aufmerksamkeit zu fesseln. Denn abgesehen von ihren Kenntnissen der englischen Literatur waren ihre Hüften alles, was sie hatte.

Große, nur leicht schwarz angelaufene Kochbananen, zwei Yams und eine ganze Tüte mit überreifen Paprika standen auf Yomis mentaler Einkaufsliste ganz oben, als sie und Ola das große Eisentor vor ihrem Haus aufzogen. Mama war sehr stolz auf das Tor, das Daddy hatte einbauen lassen. Es hielt nicht bloß die Diebe fern und diente als Stütze für einige schattenspendende Bäume, sondern es zeigte den Leuten auch, dass ihre Familie einen gewissen Status hatte. Da spielte es keine Rolle, dass sie auf einem Einplattenherd kochten oder dass der Kühlschrank wegen der dauernden Stromausfälle im Viertel meistens nicht im Einsatz war. Das Tor stand für einen vermeintlichen Reichtum, von dem ihre Nachbarn nur träumen konnten.

Die Strahlen der Sonne, die noch nicht ihren höchsten Stand erreicht hatte, wärmten Yomis Haut, während sie stur geradeaus starrte, ihren Gang übte und die dreisten Blicke der Männer ignorierte.

«Warum gehst du wie eine Schlange?», fragte Ola.

Die beiden kicherten los, ließen leuchtend weiße Zähne blitzen. Ein Wagen fuhr neben ihnen her, er holperte über die löcherige Piste, die zur Hauptstraße führte. Auf der Chief Ogunlade Street war wie immer viel los: Kinder balancierten Tabletts mit Broten auf dem Kopf, das sie verkaufen wollten, ein Nachbar winkte freundlich, Fuji-Musik schallte aus einem uralten Radio, Böden wurden gefegt, Abfall wurde zur nahen Müllhalde geschleppt, und der strenge Geruch von brennendem Gummi brannte Yomi in den Augen. Trotzdem waren ihre Augen hellwach, hungerten danach, *ihn* zu sehen. Sie wollte feststellen, ob er ihren Gang positiv bemerkte, so wie die Männer hier in der Straße, ihren grinsenden Reaktionen nach zu urteilen. Sie wäre schon froh gewesen über ein anerkennendes Lächeln, große Augen, irgendetwas, das sie sich wieder und wieder in Erinnerung rufen, im Gedächtnis bewahren konnte. Yomi würde nicht vor ihm auf die Knie fallen, aber ansonsten war sie bereit, so ziemlich alles zu tun, um festzustellen, ob eine junge Frau aus dem Dorf einen Mann wie ihn beeindrucken konnte.

Die beiden Mädchen durchquerten die Hauptstraße, wo laute Stimmen gegen lärmende Musik und Autogehupe anschrien und Bettler hockten, und Yomi empfand eine Welle der Enttäuschung. Sie konnte *ihn* nirgends entdecken. Er stand weder draußen und plauderte mit Freunden, noch kickte er auf der Straße mit den Nachbarskindern.

Ola winkte einem gelben Bus, und während der auf sie zu tuckerte, spürte Yomi einen glücklichen Schauer, weil sie hörte, dass in einiger Entfernung ihr Name gerufen wurde.

«Yomi!»

Nur er hatte ihren Namen je so ausgesprochen.

«Yomi?»

«Äh, ja», erwiderte sie verschämt und hoffentlich so, wie Emma Woodhouse es gutheißen würde. Sie drehte sich langsam um, wie die schönen Frauen in den indischen Filmen sich manchmal zu ihren Verehrern umwandten. Sie hoffte, nicht *zu* interessiert zu wirken, aber auf jeden Fall *sehr* interessiert. Seine Schultern ragten stolz aus dem beigefarbenen Kaftan, zu dem er eine passende Hose trug. Ein einzelner Schweißtropfen hing an der rechten Seite seines ebenmäßigen Gesichts, und Yomi verspürte auf einmal den Wunsch, ihn abzulecken.

«Wie geht's dir, Yomi?», fragte er in seinem perfekten Oxfordenglisch und mit dieser schönen, männlichen Baritonstimme. Yomi mochte seine Stimme sehr. Sogar noch lieber als frischfrittierte Kochbananen an einem Sonntagmorgen. Eigentlich lieber als alles.

Er hielt ihr die Hand hin, und Yomi vergaß zu atmen. Ihr fiel auf, wie viel hübscher er noch geworden war, seit sie ihn das letzte Mal gesehen hatte (gestern), und sie hielt seine Hand etwas länger als notwendig, spürte einen Stromstoß durch sich hindurchfahren, der ausgereicht hätte, die ganze Straße zu erleuchten.

Sie seufzte laut, als er darauf bestand, dass sie und Ola vor ihm in den Bus stiegen, weil sie gehofft hatte, einen Blick auf seinen perfekt geformten *idi* zu erhaschen.

Zum Glück setzte sich Ola vorn neben den Fahrer. Yomi fand einen Platz neben einer Frau mit zwei Hühnern, die hektisch flatterten, vielleicht weil sie ahnten, welches Schicksal ihnen blühte. Der Schaffner hängte sich aus dem Fenster und winkte weitere Fahrgäste in den ohnehin schon überfüllten Bus, in dem es jetzt unangenehm heiß wurde. Yomi fürchtete jedoch, dass nicht bloß die sengende Mittagssonne schuld an ihrem Unbehagen war. Yomi hatte zwar geübt, sexy zu gehen, aber nicht darüber nachgedacht, was sie sagen würde, wenn sie tatsächlich einmal mit *ihm* allein wäre oder spüren würde, wie sich seine Körperwärme mit ihrer vermischte. Oder wenn sie sogar so dicht neben ihm säße, dass sie das winzige Loch über seinem rechten Ohr sehen könnte. So nahe war sie ihm noch nie gekommen, und sie hatte nur den einen Wunsch, dass diese schwitzige, holprige und beengte Busfahrt nie zu Ende gehen möchte. Niemals.

Sie unterhielten sich kurz, und Yomi beantwortete seine Fragen schüchtern mit knappem Ja oder Nein. In dem offenen Bus bewegte sich kein Lüftchen, aber Yomi störte das nicht. Solange sie bei ihm sein konnte, war alles andere gleichgültig.

Er begleitete sie zum Markt, obwohl er gesagt hatte, er wolle nach Agege, das in der entgegengesetzten Richtung lag. Und sosehr sich Yomi darüber freute, fürchtete sie zugleich, ihr könnte bald der Gesprächsstoff ausgehen. Und was dann? Außerdem juckte ihr unerbittlich die Nase – wie immer, wenn sie nervös war.

Sie gingen an meckernden Ziegen, Schafen und Kühen vorbei, die auf Käufer warteten, und weiter zu den Obst- und Gemüseständen, wo herrlich leuchtende Farben und Zitrusdüfte eine weitaus romantischere Atmosphäre boten, wie Yomi fand. Sie war stolz darauf, sehr viel mehr von Romantik zu verstehen als ihre Freundinnen, weil sie ja englische Bücher gelesen hatte und sich gern indische Filme in dem unscharfen Fernseher bei einer ihrer Schulkameradinnen anschaute – der einzige Mensch, den sie kannte, bei dem zu Hause solch ein Gerät stand. In den Filmen und Büchern gab es immer irgendwelche Widrigkeiten, die überwunden werden mussten, aber letzten Endes ging alles gut aus. Wie im Märchen. Yomi wusste also, was Verliebtsein mit sich brachte und wie es sich anfühlen sollte.

Es fühlt sich genauso an wie jetzt, sinnierte sie und sah stolz zu, wie er um den besten Preis für die Kochbananen und Yams feilschte. Yomi wurde voller Freude bewusst, dass die Händler bestimmt annahmen, sie wären zusammen – Mann und Frau. Ola vielleicht bloß irgendeine Verwandte. Er half ihnen, die Einkaufstüten nach Hause zu tragen, wobei Ola diskret ein Stückchen vor ihnen ging, und murmelte, er würde ein anderes Mal nach Agege fahren. Sie sprachen über ihre gemeinsame Vorliebe für englische Bücher. *Oliver Twist* war sein Lieblingsbuch, weil es zeigte, «dass es Hunger und Elend nicht bloß in Afrika gibt» . Yomi scheute sich, ihre Vorliebe für romantische Romane zu gestehen, doch als er zugab, schon mal mit großem Vergnügen ein Buch von Jane Austen gelesen zu haben, wäre Yomi am liebsten auf die nächstbeste Kokospalme geklettert und hätte geschrien: «Das ist mein Mann!»

Aber sie behielt ihre Gedanken für sich und staunte stattdessen nur, dass es einen solchen Mann überhaupt auf der Welt gab – noch dazu in der Chief Ogunlade Street.

«Danke», sagte sie, als sie die letzten Yams im Küchenschrank verstaut hatten.

«Es war mir ein Vergnügen», sagte er höflich, den Kopf respektvoll gesenkt. Trotzdem sah sie es im selben Moment. Ein kurzer, flüchtiger Blick, der ihr verriet, dass auch er etwas fühlte.

Eine Energie, die nichts mit dem zu tun hatte, was von den schmierigen Männern und Jungen im Dorf ausstrahlte, wenn sie riefen: «Hey, komm her und lass mich dich schlecken!», sobald sie in einem geblümten Kleid an ihnen vorbeischwebte. Das hier war etwas anderes. Dieser Mann achtete sie, und sie achtete ihn. Und mit dieser Achtung, so hoffte sie, war eine ge-

genseitige, geheime Sehnsucht nacheinander verbunden, die eines Tages im Sonnenlicht erblühen durfte und üppig wachsen würde wie ein Hibiskusbaum.

Wie es die Sitte verlangte, ging er zu Mama und Daddy, um sie zu begrüßen.

Mama lag auf dem Sofa, die Augen geschlossen.

«Wer ist da?», fragte sie, ehe sie die Augen öffnete.

«Guten Tag, Ma», sagte er wohlerzogen und verbeugte sich respektvoll. Mama schwang die Beine von der Couch und musterte ihn kurz.

«Hallo, mein Sohn», sagte sie.

«Er hat uns freundlicherweise geholfen, die Einkäufe zu tragen», sagte Yomi.

«Vielen Dank, mein Sohn. Wirst du zum Essen bleiben?», fragte Mama.

«Vielen Dank für das Angebot, Ma, aber ich muss wieder nach Hause.»

«Er hat uns geholfen, anstatt dahin zu gehen, wo er eigentlich hinwollte», sagte Yomi in der Hoffnung, einigermaßen kultiviert zu klingen.

«Du bist ein netter Junge, mein Sohn. Willst du wirklich nicht mit uns essen?»

«Diesmal kann ich leider nicht, Ma. Vielen Dank, Ma.»

«Dann ein anderes Mal», sagte Mama mit einem Lächeln.

Yomi brachte ihn zum Tor, dankte ihm erneut und verkniff es sich, allzu breit zu lächeln, während sie ihn von hinten taxierte. Als er ihr noch einmal zuwinkte, wusste sie bereits, dass sie in dieser Nacht kein Auge zutun würde, weil ihre Gedanken unaufhörlich um den charmanten und ach so schönen Henry Bibimsola kreisen würden.

Jetzt war es offiziell – Yomi Komolafe konnte die Welt von nun an in herrlichen Technicolorfarben sehen.

Das rostige Aluminium, das Mrs Apampas Laden bedeckte (wo es warmes Bazooka-Kaugummi und überteuerte Chilischoten zu kaufen gab), glitzerte in ihrem Blickfeld. Das schlammige, modrige Wasser in dem Abflussgraben an der Bushaltestelle hatte jetzt einen schimmernden Glanz.

Seit jenem köstlichen Moment auf dem Markt vor achtzehn Monaten war Yomi ein anderer Mensch geworden, der es sich zur Mission gemacht hatte, Henry die Augen zu öffnen, damit er sie genauso sah wie sie ihn.

Dazu hatte Yomi zunächst einmal für mehr Gelegenheiten zu gemeinsamen Gesprächen gesorgt, die sich wiederum mit einer Intensität gestalteten, wie sie es noch nie erlebt hatte. Oft saßen sie auf den sandigen Stufen, tranken eine Cola und diskutierten über Bücher, Tagespolitik, dies und das und jenes. Und Yomi wurde das Gefühl nicht los, dass es etwas ungeheuer Rätselhaftes, ungeheuer Besonderes war, ihn gefunden zu haben, dass sie ihn eigentlich mit anderen Menschen teilen sollte, aber zugleich empfand sie das selbstsüchtige Verlangen, ihn ganz für sich allein zu haben. Er war ein leidenschaftlicher Mann, wenn es um Bildung, Wissen oder auch die wirtschaftliche Lage des Landes ging. Yomi war längst nicht so gebildet, aber er weckte ihren Wissensdurst. Sie wollte mehr wissen – solange er ihr Lehrer war. Der Klang seiner Stimme, die Art, wie sein Mund jedes Wort liebkoste, als würde man Honig auf der Haut spüren – für Yomi hatten die Momente eine Bedeutung angenommen, die womöglich nicht der Realität ihrer Beziehung entsprach.

Gedanken an Henry verfolgten sie jeden Tag rund um die Uhr, von morgens bis abends – wenn sie frische Wäsche zum Trocknen auf dem Gras ausbreitete, Mama half, die Geschwister zu versorgen, Yams im *odo* stampfte, mit Ola zusammen den Küchenboden wischte. Sie tat das alles so rasch und gründlich wie eh und je, jetzt jedoch mit einem Dauerlächeln und völliger Unbeschwertheit, was Mama natürlich nicht entging.

«Was ist der Grund für dein Lächeln?», fragte Mama, die dabei war, Melonenkerne zu zerdrücken, während Yomi eine große Yams schälte und Ola einen Topf mit Wasser füllte.

«Niemand, Mama», sagte sie und merkte, wie sie rot wurde.

«Ich hab nicht gefragt, *wer* der Grund ist», stellte Mama fest und legte ein Stück geschälte Yams in das Wasser.

«Ich bin einfach nur fröhlich», sagte Yomi betont arglos, während Ola verschmitzt grinste. Yomi hatte sich ihr oft anvertraut, sie jedes Mal mit Süßigkeiten oder zusätzlichen Leckereien vom Familienessen belohnt, wenn sie gut zuhörte oder aufbauende Ratschläge gab, die Yomi gefielen. Sie hätte am liebsten der ganzen Welt von Henry erzählt, es auf der Straße laut hinausgeschrien, aber das konnte und würde sie nicht tun. Nicht bevor sie ganz sicher war, dass ihre «Beziehung» nicht bloß in ihrem Kopf existierte, dass auch er die Dinge so empfand wie sie.

Eines Tages ging Yomi mit Ola zur Pumpe im Hof, um Wasser zu holen, und sah Henry am Tor stehen.

«Ich freue mich sehr, dich heute zu sehen», sagte er.

Ihr Herz weitete sich. Er hielt eine braune Papiertüte in der Hand, und das weckte ihre Neugier.

«Was ist da drin, Henry?»

«Ich habe zwei Fragen an dich», sagte er.

«Okay, ich höre», sagte sie ruhig, während in ihr Gangan-Trommeln losschlugen.

«Zunächst möchte ich gern wissen, ob du das hier annehmen würdest.» Er reichte ihr die braune Papiertüte.

«Darf ich reinschauen?», fragte sie.

«Natürlich, Yomi.»

Sie griff in die Tüte und zog ein Buch heraus.

«Ein englisches Wörterbuch. Für dich», sagte er.

«Englisch klingt aus meinem Mund nicht so perfekt wie aus deinem», sagte sie unsicher und blätterte beiläufig die Seiten durch.

«Das wollte ich damit nicht andeuten. Ich mache dir dieses Geschenk nicht, um dich zu kränken, sondern um dich für meine nächste Frage milde zu stimmen.»

Er nahm das Wörterbuch aus ihrer Hand und schlug die erste Seite auf. Da stand in einer säuberlichen, leicht schrägen Handschrift *Für meine Yomi.*

Sie lächelte verschämt und stellte sich unvermittelt vor, wie sie wohl aussähe, wenn sie ihren Rock raffen und in dem kleinen Hof herumtanzen würde, bis sie erschöpft zusammenbrach.

«Das ist ein schönes Geschenk. Vielen Dank», sagte sie schüchtern und mit rasendem Herzen.

Er räusperte sich. «Ich wollte fragen, ob du, Yomi, so freundlich wärst, mich zu begleiten, in ...» Er runzelte nachdenklich die Stirn, und sie konnte sich nicht bremsen, ihm ins Wort zu fallen.

«Du möchtest mich ausführen ... in ein Lokal, vor aller Augen?»

«Ja.» Er räusperte sich erneut. «In Jo Jo's Esslokal. Falls du das möchtest.»

«Ich möchte», antwortete sie eifrig. Henry wollte sie ausführen! Die einzige Frage war, warum das so lange gedauert hatte.

Sobald er sich verabschiedet hatte, raffte Yomi ihren Rock und machte übermütige Luftsprünge.

Zwei Tage später holte Henry sie ab. Er trug eine gutsitzende Jeans mit Schlag, eine große, dunkle Sonnenbrille und blitzblank geputzte, gelbe, spitze Krokoschuhe. Er sah vom Scheitel bis zur Sohle aus wie Mr Darcy.

«Du siehst reizend aus, wie immer», sagte er.

«Die Sachen sind ganz alt», log Yomi und strich den Batikhosenanzug mit den weit ausgestellten Beinen glatt, den Mama Bisi erst einen Tag zuvor auf der Maschine genäht hatte, und zwar nach genauen Anweisungen und einem Schnittmuster aus einer amerikanischen Illustrierten, die Yomi vor der Schneiderwerkstatt in Agege auf dem Boden gefunden hatte. Sie trug normalerweise keine Hosen und hoffte, dass sie nicht zu sehr wie ein Mann aussah.

«Und deine Frisur ist auch sehr hübsch.»

Yomi dachte an die höllischen Schmerzen, die Ola ihr zugefügt hatte, als sie ihr die Haare zu winzigen straffen Zöpfen flocht und dann kegelförmig nach oben steckte. Obwohl ihr auch jetzt noch die Kopfhaut brannte, zeigte Henrys Kompliment ihr, dass sich die Qual gelohnt hatte.

In Jo Jo's Esslokal war deutlich mehr los, als sie erwartet hatte. Yomi hatte schon einiges über das Lokal gehört, überwiegend Beschwerden von älteren Nachbarinnen auf ihrer Straße, aber auf sie machte es einen ganz anständigen Eindruck. Die meisten Gäste waren Männer, die an Tischen saßen, Star-Bier tranken und *ẹbà* aßen, während ein kleiner Kassettenrekorder in der Ecke Musik von King Sunny Adé spielte. Yomi hatte noch nie einen Fuß in ein Restaurant gesetzt, und ihr wurde klar, dass sich ihr Leben jetzt, wo sie Henry kannte, auf vielerlei Weise zum Besseren verändern würde.

Yomi stocherte in ihrem Essen herum. Er hatte die Gerichte bestellt, die sie gern aß, Moi Moi und Benachin und drei Sorten Fleisch, aber viel beeindruckender war, dass sie in einer so ungewohnten Umgebung Henry Bibimsola gegenübersaß. Daher fiel es ihr schwer, herzhaft zuzugreifen.

«Isst du immer wie ein Vögelchen?»

«Aber nein!», entgegnete sie entrüstet. «Ich bin nur ein bisschen ... ein bisschen ...», stammelte sie nervös. Als Henry über den Holztisch hinweg ihre Hände nahm, hatte sie das Gefühl, auf der Stelle zu einer Pfütze zu zerschmelzen.

«Bei mir musst du nicht nervös sein», sagte er.

Yomi bemerkte erstaunt, dass sie noch immer lebte und atmete, als er seine Hände wieder fortnahm, um weiterzuessen.

«Yomi, ich bin so froh, dass du mich heute Abend hierherbegleitet hast.»

«Warum hätte ich denn nein sagen sollen?»

«Mir ist klar, dass du mich für ein wenig langsam halten musst. Der Grund dafür ist ... Du warst so jung, als wir uns kennengelernt haben. Ich wollte nicht, dass du oder deine Familie ... dass ihr denkt, ich würde die Situation ausnutzen wollen. Ich achte dich, Yomi.»

Als sie seine Hand ergriff, überraschte ihre Kühnheit sie selbst. «Ich bin jetzt eine kluge Frau. Ich bin kein Kind mehr.»

«Ich weiß.» Er lächelte.

«Und hey, schau dich doch an!», sagte sie, wobei sie ganz vergaß, wie eine Engländerin zu sprechen. «Du bist doch selbst noch ein Junge, ha!» Ihre Augen glitten verlegen zur Seite.

«Das bin ich, stimmt. Gerade mal vierundzwanzig, aber ich hab schon viele Erfahrungen gesammelt.» Er lachte, zog an ihrer Hand und zwang sie, ihn anzuschauen. Nie im Leben hatte sich Yomi nervöser gefühlt – oder glücklicher. Das war's. Der Sinn des Lebens. Der Anfang von allem.

Nachdem sie aufgegessen und das Lokal verlassen hatten, gingen sie die Ogunlade Street hinauf, Seite an Seite, so nahe, dass sich ihre Schultern bei jedem Schritt berührten, verbunden durch ihr gegenseitiges Verlangen, da war sich Yomi ganz sicher. Sie kamen an den Häusern der Nachbarn vorbei, Gebäude, die ihr immer vertraut gewesen waren, aber jetzt, in dieser Situation, etwas Surreales an sich hatten. Es war, als existierten Henry und sie zwischen den Buchdeckeln ihres Lieblingsromans, der sich allmählich auf ein aufregendes Ende zubewegte.

Bei Yomi zu Hause angekommen, blieben sie vor dem Tor stehen. Fledermäuse flogen über sie hinweg. Yomi und Henry umarmten sich so fest, dass ihrer beider Atem zu einem wurde. Und dann küsste er sie. Zuerst auf die Stirn, dann auf das vorstehende bisschen über der Oberlippe, das sie immer gestört hatte – und genau in dem Moment, als sie die Lippen öffnete, die Augen in erwartungsvoller Seligkeit geschlossen, kam ... nichts. Sie schlug die Augen wieder auf und sah, dass Henry sie anlächelte.

«Oh», sagte sie zutiefst beschämt. Ihr Kopf sank nach unten, aber er legte ihr sanft einen Finger unters Kinn, hob es sachte an, und dann spürte sie den köstlichen Druck seines Mundes auf ihrem, tastend und gierig – und willkommen. Yomi hatte schon einmal einen Mann geküsst, als sie siebzehn war – den Nachbarssohn, Tokumbo, bei dem auf eiskalte Küsse unweigerlich das hektische Begrapschen ihrer Brüste folgte, als würde er eine Kuh melken. Aber Henrys Küsse fühlten sich anders an, schmeckten wie der erste Biss in eine unglaublich süße, weiche Mango. Sie wünschte, dass dieser Moment nie enden sollte. Sie wünschte, dass Henry sie noch am selben Abend heiraten würde und sie unverzüglich ihr gemeinsames Leben beginnen könnten. Sie wollte ihm gehören. Für immer. Er hatte ihr innerstes Wesen erobert, ohne es auch nur zu ahnen, und in diesem Moment wusste Yomi, dass sie nie wieder jemand anderen als ihn küssen wollte, bis ans Ende ihres Lebens.

«Ich hoffe, ich war nicht zu stürmisch», sagte er entschuldigend.

«Nein», antwortete sie und fürchtete, er könnte durch ihre Kleidung hindurch das Schlagen ihres Herzens sehen.

«Darf ich morgen zu dir nach Hause kommen?», fragte er.

«Bitte, ja.» Sie wollte nicht zu drängend klingen, aber er sollte ruhig wissen, dass sie es kaum erwarten konnte, ihn wiederzusehen.

«Auf Wiedersehen, meine Yomi», sagte er und berührte sanft ihre Wange. Und dann öffnete er für sie das Tor und ging.

In derselben Nacht legte Yomi den Kopf aufs Kissen, unter dem das Wörterbuch steckte, und musste ständig daran denken, wie ihr ganzer Körper geprickelt hatte, als sie die Worte *meine* Yomi hörte.

Kapitel 4

Pat

England, 1969

Vielleicht war es unvermeidlich, dass Pat Smith im Alter von achtzehn Jahren feststellte, wie schwierig es war, in einem stets hektischen und lebhaften Haushalt in South London gesehen oder auch nur gehört zu werden. Die Streitereien ihrer drei älteren Brüder, die dauernden Gemütsschwankungen ihrer Schwester und eine Mutter, die sich manchmal in den Schlaf weinte, gaben Pat das Gefühl, die einzige Vernünftige im Haus zu sein. Diejenige, die sich unweigerlich von den anderen unterscheiden *musste*. Diejenige, die mit einer Reihe von Träumen ausgestattet war, erreichbaren und unerreichbaren.

Pat fürchtete, nur für ein *durchschnittliches* Leben bestimmt zu sein, ganz ähnlich wie die Menschen um sie herum – von den Nachbarn bis zu ihrer Familie –, die alle felsenfest glaubten, dass der Versuch, etwas anzustreben, das auch nur ein klein wenig anders war, schon als Gefahr gesehen werden musste.

Eine Gefahr wofür? Pat wusste es nicht und würde es vielleicht nie erfahren, weil sich noch nie einer von ihnen über die selbstgesetzten Grenzen hinausgewagt hatte.

Ohne einen Vater, der Geld nach Hause brachte, hatte die Familie stets zu knapsen. Die Jungen waren anstrengend, sagten und taten, was ihnen gerade in den Sinn kam (und das war oft weder positiv noch klug), und die Mutter, die, um den Gerichtsvollzieher fernzuhalten, praktisch alles tun musste – von

Putzstellen annehmen bis Bingospielen –, ließ ihre schlechte Laune bisweilen an ihren heranwachsenden Töchtern aus.

Der Ratenkauf des ersten Farbfernsehers der Familie bereitete den Zänkereien allerdings ein Ende. Dafür wurden die Tage bis in den späten Abend jetzt von dieser großen, kantigen Kiste in der Zimmerecke diktiert. *Coronation Street* war die unangefochtene Lieblingsserie ihrer Mutter, wohingegen die Jungen sich vorzugsweise *Till Death Do Us Part* ansahen, eine Sitcom, bei der sie sich lachend auf dem Sofa lümmelten und Pat zumindest für die Dauer einer Folge nicht störten. Die einzige Sendung, die Pat selbst gern guckte, war *Opportunity Knocks*, eine Talentshow, die es schaffte, sie aus dem realen Gezänk ihrer Familie schnurstracks in eine Welt aus Glück, Lachen und … Chancen zu entführen.

Chancen.

Die Sendung erlaubte es ihr, eine heimliche Sehnsucht zu nähren, von der sie kaum jemandem erzählte. Pat studierte genauestens jeden einzelnen Auftritt, kritisierte ihn anschließend und machte Vorhersagen, wer es in die nächste Runde schaffen würde, wobei sie die Sänger faszinierender fand als die Zauberer. Keiner verstand Pats Begeisterung für die Show oder ihren Musikgeschmack, der ganz anders war als der ihrer Geschwister. Sie hörte lieber die Jackson Five und Stevie Wonder als die Stones, und sie sang oft selbst mit einer Bürste als Mikro vor dem großen Spiegel ihrer Mutter, wenn die sie ins Schlafzimmer geschickt hatte, um ihre Lesebrille oder die Zigaretten zu holen.

«Wird das noch was mit den Zigaretten, Patricia?» Ihre Mutter nannte sie nur dann Patricia, wenn sie gereizt war. Pat hatte mal wieder geübt, diesmal zu den imaginären Takten von ‹You Keep Me Hangin' On› von den Supremes. Sie hörte die Musik laut und deutlich im Kopf, während sie die Hüften schwang. Sie würde nie so gut werden wie Diana Ross, aber mit reichlich Übung vielleicht halb so gut. Pat warf ihr schulterlanges, fuchsrotes Haar nach hinten und versuchte, die kleine Ansammlung von Sommersprossen zu übersehen, über die sie sich, schon so lange sie denken konnte, ärgerte, und erschrak, als sie erneut ihren Namen hörte.

«Patricia!»

«Tut mir leid, Mum, ich kann deine Zigaretten nicht finden!», log sie und drehte sich im Kreis, während Musik ihren Kopf, ihre Sinne, ihre Knochen durchflutete – ihr ganzes Wesen. Das Schlafzimmer ihrer Mutter war jetzt eine Konzerthalle, und die saubere Wäsche auf dem Bett Pats Publikum. Sie genoss es, die Melodien leise vor sich hin zu summen, ohne dass jemand sie mit irgendwelchen hirnlosen Kommentaren bremste oder ihren Rhythmus störte. Sie war *frei*, wenn sie sang, und – was noch wichtiger war – ganz weit fort von allem Gewöhnlichen.

«Auf der Frisierkommode, nicht zu übersehen!», rief ihre Mutter ungehalten. Sie hatte recht. Die Zigaretten lagen gleich neben einem Kamm, in dem noch lange Haare der einst blonden Mähne ihrer Mutter steckten. Inzwischen eher grau als blond, seit Pats Dad, mit dem ihre Mutter fünfundzwanzig Jahre lang verheiratet gewesen war, das Haus verlassen hatte, um einen Liter Milch zu holen, und sich nie wieder blicken ließ. Die Tatsache, dass die Frau ihres Nachbarn Gerry just am selben Nachmittag verschwunden war, nachdem sie fünfhundert Pfund der ehelichen Ersparnisse in eine abgewetzte Lederhandtasche gestopft hatte, war niemandem entgangen.

Zuerst hatte Pat ihren Vater schmerzlich vermisst. Viele Abende weinte sie sich in den Schlaf, bis sie die wunderbare Feststellung machte, dass sie bloß ihre Lieblingslieder singen musste, um ihre Sorgen und Nöte vergessen zu können.

Von da an weinte sie weniger und sang mehr.

«Wo bleiben die verdammten Zigaretten?», brüllte ihre Mutter, die jetzt beängstigend nahe klang. Pat legte die Bürste zurück auf die Kommode und hastete ihrer Mutter entgegen.

Als Pat neunzehn wurde, war ihre Schwester bereits schwanger und verheiratet (in dieser Reihenfolge, obwohl ihre Mum etwas anderes beteuerte), und endlich gehörte das Bett Pat allein. Die erste Nacht hätte ein Glücksgefühl mit sich bringen sollen, weil sie sich endlich nach Herzenslust recken und strecken und sich in den Schlaf summen konnte, ohne ihre Schwester wütend zu machen. Doch stattdessen fühlte sich Pat überraschend einsam und verlassen. Zwei ihrer älteren Brüder waren bereits ausgezogen, nachdem sie kurz hintereinander geheiratet hatten. Somit wohnte nur noch einer zu Hause, aber er war die meiste Zeit unterwegs. Pat war daher überwiegend mit ihrer Mutter allein. Die Abwesenheit der anderen und die gemeinsame Liebe zum Backen bewirkten eine leichte Verbesserung ihrer Beziehung zueinander. Natürlich hätte Pat nie solch einen leckeren Stuten zustande gebracht wie ihre Mum, aber sie hoffte, irgendwann einen Sandkuchen so hinzubekommen, wie er sein sollte.

Eines Tages wurde Pat von ihrer Mum in die Küche gerufen, wo es nach Zigarettenrauch und frischgebackenem Brot roch.

«Also, was machen wir denn nun mit dir?», fragte ihre Mutter.

Pat schnupperte an dem frischen Brotlaib, der verlockend auf dem Tisch stand.

«Riecht gut, Mum.»

«Ja, ich weiß.»

«Sollen wir noch etwas backen?»

«Vielleicht. Hängt dir die Backerei nicht manchmal zum Hals raus?»

«Aber nein, das macht mir unheimlich viel Spaß», sagte Pat. Eigentlich machte es ihr hauptsächlich deshalb Spaß, weil sie dabei mit ihrer Mutter zusammen war.

«Erzähl mir nicht, du willst deine ganze Zeit in der Küche verbringen. Du bist anders als deine Schwester und ich. Ich hab immer gewusst, dass du etwas Besonderes bist. Das Einzige meiner Kinder, das etwas erreichen will.»

Pat wunderte sich. Sie war davon ausgegangen, dass ihre Mutter sie immer nur als eines von fünf Kindern gesehen hatte, das jüngste und mitunter schwierigste, das *einfach da* war.

Ihre Mutter musterte sie erwartungsvoll, wollte eine Antwort auf die Frage: «Wie stellst du dir dein Leben vor?»

Inzwischen waren die meisten von Pats Freundinnen verheiratet und hatten ein Kind, einige von ihnen schon zwei, und ein Teil von ihr sehnte sich manchmal nach der Sicherheit zu wissen, wie ihr Leben weitergehen sollte. Gleichzeitig jedoch empfand sie eine gewisse Unfertigkeit. Sie fühlte sich noch nicht ganz als Frau, war aber längst kein Kind mehr. Dass sie mit neunzehn noch nie einen Mann geküsst hatte, erschwerte die Situation. Pat war nicht so unscheinbar wie Gerrys Tochter nebenan (um die Ausdrucksweise ihrer Mutter zu verwenden), sie war nur häufig schüchtern und introvertiert und traute niemandem über den Weg, den sie nicht kannte ... oder der aus Nordlondon kam. Im Übrigen dachte sie, wenn Männer auch nur annähernd so waren wie ihr Dad oder ihre Brüder, war sie sowieso ohne viel besser dran.

«Willst du vielleicht Schreibmaschine schreiben lernen?», fragte ihre Mutter. «Mavis' Tochter ist Sekretärin, und die verdient ganz gut. Ich meine ... falls das Heiraten nichts für dich ist.»

Pat war ihrer Mutter dankbar, dass sie Verständnis zeigen wollte, wusste aber nicht recht, was sie darauf antworten sollte.

Sie sang gern, und damit hatte es sich. Nur eines war ihr klar: Sie würde stets versuchen, mit allem, was sie tat, zufrieden zu sein und nicht so zu werden wie ihre Geschwister, die ständig mit dem Leben haderten und gern anderen dafür die Schuld gaben. Pat hoffte zudem, nicht solch ein Mensch zu werden wie ihr Dad, der vor seinen Problemen einfach geflohen war.

«Ich hab dich gehört, weißt du.»

«Mich gehört?», fragte Pat.

«Singen. Du hast eine ganz gute Stimme.»

Pat war unschlüssig, ob sie sich schämen oder freuen sollte, dass ihre Mutter die Singerei bemerkt hatte.

«Danke ...», sagte sie zögernd, während ihre Mutter das Brot aus der Form nahm.

Pats Selbstvertrauen, was ihre Stimme anging, wuchs im Laufe der Jahre, aber sie hatte noch niemandem je ein ganzes Stück vorgesungen. Ein Job in Mr Roachs Kiosk ließ ihr, während sie Anisbonbons zählte oder Illustriertenständer füllte, reichlich Zeit, von dem Tag zu träumen, an dem sie den Mut aufbringen würde, vor einem richtigen Publikum zu singen.

Eines Tages kam Pats Bruder nach einem «Krach mit der Alten» und mit einem «Baby, das immer nur quengelt» zu ihnen nach Hause, um sich bemitleiden und bedienen zu lassen. Er wollte eine Portion *pie and mash* – Pastete mit Kartoffelpüree –, und natürlich wurde Pat, mit ihren einundzwanzig Jahren noch immer das Küken, losgeschickt, das Gewünschte beim Imbiss zu holen, während ihre Mutter den heißgeliebten Sohn mit Anteilnahme überschüttete.

«Bring auch noch Aal in Aspik mit!», rief ihr Bruder, als sich Pat den Mantel anzog.

Wie üblich gab es vor Cooke's Pie and Mash eine lange Warteschlange, und anders als die meisten Anstehenden hatte Pat niemanden, mit dem sie ein Schwätzchen halten konnte. Die Luft war kühl, und um sich warm zu halten, rieb sie die Hände aneinander und summte die Melodie von ‹Wings of My Love›. Vom Rhythmus gepackt, wippte sie mit dem Fuß und fing schließlich an, den Song halblaut zu singen. Als Pat bei der zweiten Strophe war, drehte sich der Mann vor ihr um und sah sie an.

«Sehr schöner Song von Michael Jackson», sagte er. Er klang ziemlich vornehm. So vornehm hatte sie noch nie im Leben jemanden reden hören. Sie wurde schlagartig rot.

«Danke», sagte sie, während sie noch dunkler anlief.

«Die meisten kennen ihn nur von den Jackson Five. Mir gefallen seine Solosachen besser. Guter Mann.»

«J ... ja», antwortete sie.

«Verzeihung, bin ich Ihnen zu nahe getreten?»

«Nein», sagte sie rasch und blickte zu Boden. Sie hoffte, dass der Mann sie nicht länger ansah, doch als sie kurz nach oben schielte, stellte sie entsetzt fest, dass er sie betrachtete! Sein Blick war intensiv, durchdringend, forschend. Als versuchte er, damit in ihre Seele zu greifen und darin herumzustochern und nur die Stücke herauszureißen, die er gebrauchen konnte. Pats Gedanken waren vielleicht übertrieben dramatisch, aber dieser Mann hatte irgendetwas an sich, wovon sie schweißfeucht wurde und ihr die Achselhöhlen juckten. Sie kämpfte mit dem plötzlichen Bedürfnis zu fliehen und wollte gleichzeitig bleiben.

«Falls ich Ihnen zu nahe getreten bin, bitte ich um Entschuldigung», sagte er wieder.

«Nein, gar nicht», sagte sie.

Sie musste zugeben, er hatte ein freundliches Gesicht. Nicht so attraktiv wie Paul Newman, aber mit einem ehrlichen Kinn und einer vertrauenerweckenden Nase. Sie hatte mitbekommen, wie sich ihre Mutter über derlei Eigenschaften äußerte, nachdem ihre Schwester zum ersten Mal ihren zukünftigen Mann mit nach Hause gebracht hatte. Offenbar sagten Kinn und Nase viel über einen Menschen aus.

«Ich wollte Sie nicht stören. Singen Sie doch bitte weiter. Bitte. Das war schön. Außerdem, die letzte Strophe ist meine Lieblingsstrophe», sagte der Mann. Pat hatte noch nie jemandem etwas vorgesummt, schon gar nicht jemandem, den sie nicht kannte, und erst recht keinem Mann.

Sie schüttelte langsam den Kopf.

«Bitte ... Es wäre ein Jammer, wenn es niemand hören könnte.»

Pat freute sich über sein Drängen und summte noch ein bisschen – besann sich dann aber eines Besseren.

«Ich kann das nicht!», beteuerte sie, während sich die Schlange langsam weiterschob.

«Doch, Sie können. Sie können alles, was Sie wollen», sagte der Mann. Pat hob eine Hand vor den Mund, hoffte, er habe nicht mitbekommen, dass sich ein Lächeln auf ihrem Gesicht ausbreitete und Schmetterlinge in ihrem Bauch tanzten.

«Wie ich sehe, sind Sie nicht verheiratet. Gut. Verraten Sie mir wenigstens Ihren Namen?»

«Ich ... ich bin Patricia Smith. Pat. Ziemlich durchschnittlicher Name», sagte sie, und im selben Moment landete ein Regentropfen auf ihrer Nasenspitze.

«An Ihnen ist gar nichts durchschnittlich, Pat Smith», sagte er und wischte ihr den Tropfen fort. Die Geste war gewagt, und ihr ganzer Körper spannte sich an.

«Das sehe ich, und das höre ich an Ihrer Stimme. Sie sind etwas Besonderes.»

Es war, wie Pat klarwurde, das zweite Mal in ihrem Leben, dass jemand sie als etwas Besonderes bezeichnete. Ihre Mutter zwei Jahre zuvor, und jetzt dieser Fremde. Vielleicht stimmte es, aber vielleicht hatten sie auch keine Ahnung. Sie wusste nur, es war ein Wink, der den Gedanken freisetzte, dass ihre Stimme vielleicht ihr Leben verändern könnte. Vielleicht.

«Pat, diese letzte Strophe von ‹Wings of My Love› ...?»

«Ja?»

«Ich habe irgendwie das Gefühl, sie könnte wahr werden.»

Pat spürte, wie in jedem Winkel ihres Körpers eine unverhoffte Freude explodierte, und zugleich öffnete der Himmel seine Schleusen. Es würde noch ein ganz besonderer Tag werden, das wusste sie.

Ein Tag, der Pat Smith hoffentlich schnurstracks in ein weniger durchschnittliches Leben katapultieren würde.

Kapitel 5

Pat

1972

Barry Reid war eigentlich kein Name, der vornehm klang, fand Pat, also war Barry vielleicht gar nicht vornehm. Aber er war zweifellos ein Mann mit guten Manieren, der nichts mit den rülpsenden, fluchenden, lärmenden Kerlen gemein hatte, die sie gewohnt war. Barry hatte eine sanfte Art, gepaart mit einer verhaltenen Stärke, was sie sehr sympathisch fand. Bei ihrer ersten Verabredung holte er sie in seinem Ford Cortina ab und hielt ihr sogar die Autotür auf. Im Restaurant stand er mit auf, wenn sie sich erhob, um zur Toilette zu gehen. Und er nahm sich die Zeit, ihr Gerichte zu erklären und zu empfehlen, von denen sie noch nie gehört hatte – was auf ungefähr neunundneunzig Prozent der Speisekarte zutraf –, ohne ihr das Gefühl zu geben, sie wäre dumm und unkultiviert. Genau gesagt war es das erste Mal, dass sie überhaupt ein Restaurant von innen sah, und es war eine willkommene Abwechslung zu dem lauten und chaotischen Schnellimbiss.

Eines Abends spazierten sie die Portobello Road entlang, und Pat hatte das dumpfe Gefühl, dass sich irgendetwas in ihrer Beziehung verändert hatte. Sie waren sich nähergekommen. Sie spürte ihn überall um sich herum, auch wenn sie voneinander getrennt waren, und sie hoffte, dass das Gefühl auf Gegenseitigkeit beruhte.

«Bist du glücklich, Pat?», fragte Barry. Er stellte ihr immerzu Fragen – nach ihrem Tag, ihren Hoffnungen und Träumen. Noch nie war jemand so an ihr interessiert gewesen. Zuerst war ihr das seltsam vorgekommen, und sie hatte seinem Interesse misstraut, weil sie die tägliche Tirade ihrer Mutter – «Männern ist einfach nicht zu trauen» – in den Ohren hatte. Pat konnte sich jedenfalls nicht erklären, warum Barry so viel über sie wissen wollte. Doch seit sie erkannt hatte, dass das schlicht seine Art war, erlaubte sie sich, diese Seite von ihm als etwas Gutes zu sehen.

«Ja, ich bin glücklich», antwortete sie mit Nachdruck, und er wandte sich ihr zu. Seine Hand, die ihre streifte, war wie eine weiche, samtige Feder, und ein leichtes Frösteln durchlief ihren Körper, verbunden mit der flüchtigen Angst, sie würde ihn vielleicht nie wiedersehen. Fühlte es sich so an, wenn man einen Mann wirklich liebte? Dieses Gefühl von Angst und Hilflosigkeit? Falls ja, dann konnte Pat gut darauf verzichten. Andererseits brauchte sie Barry. Dessen war sie sich jetzt ganz sicher.

Sie bummelten weiter. Ein Mann und eine Frau, beide mit großen Afrolook-Frisuren, kamen ihnen entgegen. Wie Pat und Barry schienen sie ganz aufeinander konzentriert, und Pat fragte sich, ob die beiden auch gerade etwas Besonderes erlebten. Die Frau lächelte freundlich in ihre Richtung, doch auf einmal fuhr ein Auto vorbei, und laute Stimmen schrien wüste Beschimpfungen.

«Alles in Ordnung?», rief Pat.

«Danke», antwortete der Mann, und er und die Frau entfernten sich hastig. Es war alles ganz schnell gegangen. Das vorbeirauschende Auto, diese grässlichen, hasserfüllten Worte.

«Warum sagen die so etwas?», fragte Pat. Sie sah Barry an und empfand eine Mischung aus Zorn, Hilflosigkeit und Naivität.

«Das waren bloß sehr dumme Menschen», sagte Barry und drückte fest ihre Hand. Pat fühlte sich gleich wieder sicher, aber die beiden Leute taten ihr furchtbar leid. Sie hatte ihre Brüder oft über andere lästern hören, auf eine Weise, die sie nie und nimmer gutheißen konnte. Sie hatte davon gehört, wie manche Menschen in diesem Land behandelt wurden, bloß weil man sie für anders hielt. Aber was hieß das, anders? Menschen bluteten gleich, Herzen schlugen gleich. Das alles ergab für Pat keinen Sinn. Sie war noch immer ganz aufgewühlt von dem Erlebnis, und das Herz schlug ihr bis zum Hals. Auf dem Rückweg nach Hause sprachen sie erneut über den Vorfall, doch als es allmählich Zeit war, sich zu verabschieden, war sie fest entschlossen, ihn positiv enden zu lassen.

Als Barry sie auf den Mund küsste, war dieser Kuss voller Aufrichtigkeit und Wärme – ehrlich und rücksichtsvoll, genau wie Barry selbst. Und als er ihre Hände nahm, war das der Moment, in dem Pat wusste, dass sie sicher und geborgen war, ganz gleich, welches Übel an den Ecken der Portobello Road lauerte. Sie würde immer sicher und geborgen sein.

Barry und Pat heirateten auf dem Standesamt. Pat trug ein langes, cremefarbenes Kleid aus Jersey, und Barry einen sehr modischen hellblauen Anzug mit einem cremefarbenen Rüschenhemd. Pats Mutter strahlte vor Stolz und murmelte gelegentlich etwas wie «Dein nichtsnutziger Vater hat nicht mal den Anstand, zur Hochzeit seiner Tochter zu erscheinen», während Pats Schwester eher damit beschäftigt schien, die Gerüchte über Pats Schwangerschaft zu nähren. Aber Pat schaffte es, an ihrem großen Tag die negativen Schwingungen und die krasse Undankbarkeit um sich herum auszublenden (immerhin hatte Barry alles bezahlt) und sich stattdessen auf ihre Zukunft und ihren Ehemann zu konzentrieren.

Barry Reid mochte ja zehn Jahre älter sein als sie und intelligent, und er redete gelegentlich auch gern mal über Kricket, aber mit ihm zusammen zu sein gab Pat das Gefühl, geliebt, wahrgenommen, begehrt zu werden. Aber vor allem konnte sie bei ihm einfach sie selbst sein. Barry urteilte nie über sie oder andere. Sie liebte diese Eigenschaft an ihm. Es machte ihr auch nichts aus, in seiner Anwesenheit ihre stimmlichen Fähigkeiten zu verfeinern und konstruktive Kritik und nützliche Tipps von ihm anzunehmen. Das alles geschah in der Geborgenheit ihres Zuhauses – einer kleinen Zweizimmerwohnung in Slade Green –, wo sie üben konnte, ohne Angst haben zu müssen, sich lächerlich zu machen. Sie tanzte mit einem Schrubber als Mikrophon durch die Wohnung, wenn sie putzte, und endlich konnte ihre Stimme jene Leidenschaft entfalten, die schon immer da gewesen war, tief in ihr drin, die aber nie zum Vorschein hatte kommen dürfen.

Barry konnte «seine Trish» gar nicht oft genug hören. *Meine singende Ehefrau* – so stellte er sie seinen Freunden im Pub vor oder überhaupt jedem, der es hören wollte, und dann witzelte er darüber, dass er ihr eines Tages dabei helfen würde, ein richtig großer Star zu werden. Wenigstens hatte Pat das immer für einen Witz gehalten, bis sie einmal mitbekam, wie er zu seinem Bruder Brian sagte, er würde Himmel und Hölle in Bewegung setzen, damit auch andere sie hören konnten. Selbst als Barry einen Bekannten erwähnte, der in den Abbey-Road-Studios arbeitete, dachte sie noch, das wäre ein Scherz. Doch kurz darauf stand Pat auf einmal in selbigem Aufnahmestudio, wo sie zum ersten Mal ein richtiges Mikrophon in die Hand nahm. Leider wurde Barrys Kontaktmann, eine Reinigungskraft im Studio, bald danach gefeuert, und sie mussten, um es mit Barrys Worten auszudrücken, «wieder bei null anfangen» . Aber Pats Begeisterung wuchs von Tag zu Tag, lebte von diesem Bedürfnis danach, erfolgreich zu sein, ihren Mann stolz zu machen, und vor allem, etwas zu tun, was ihr wirklich Freude bereitete. So kam es, dass Pat zum allerersten Mal überhaupt genau wusste, was sie aus ihrem Leben machen wollte.

Pat wollte singen, und sie wollte, dass die Menschen sie singen hörten.

Barry, der sich nicht einmal im Traum vorstellen konnte, sie zu enttäuschen, organisierte schließlich kleine Auftritte in Pubs. Die Bezahlung war schlecht, aber Barry meinte, Pat könnte so immerhin wertvolle Erfahrungen mit einer Band und einem Live-Publikum sammeln. Nach einiger Zeit war Pat so weit, sich etwas Größeres zuzutrauen, und Barry verschaffte ihr ein Engagement in einer großen Bar an der Old Compton Street. Es war nicht gerade das Ronnie Scott's, und die Gage betrug nur ein paar Pfund, aber Pat ging es nicht ums Geld.

«Du schaffst das!», ermutigte Barry sie, als Pat in einem hellgrünen Kleid hinter der Bühne stand. Sie trug imposante Plateauschuhe mit einer hübschen rosafarbenen Sohle. Barry hatte sie ihr gekauft, weil er ein paar schicke junge Frauen im West End mit solchen Schuhen gesehen hatte. Pat hatte sich über die Aufmerksamkeit gefreut, aber die Vorstellung, sich an dem bisher wichtigsten Abend ihres Lebens in den Dingern auf den Beinen halten zu müssen, steigerte ihre Angst nur noch.

«Ich bin so aufgeregt!», gestand Pat, als der Moderator auf der Bühne schon lahme Witzchen machte und jeden Moment ihren Namen verkünden würde.

«Bleib ganz ruhig. Du bist wunderbar, Schatz, und du siehst heute Abend so schön aus. Wie immer.»

Pat fand sich eigentlich nicht schön, höchstens ein bisschen aufgedonnert. Das blondgefärbte Haar fiel ihr in sanften Wellen herab, und ihr Gesicht war stärker geschminkt als je zuvor. Aber schön? Vor Barry hatte das nie jemand zu ihr gesagt.

«Du hast das doch schon zigmal gemacht!», munterte Barry sie auf und zog an seiner Zigarette.

«Für dich! Das ist doch etwas ganz anderes, Barry», entgegnete sie, doch irgendwie *mochte* sie dieses nervöse, prickelnde Gefühl in der Magengegend sogar. Es gab ihr das Gefühl, durch und durch lebendig zu sein.

«Ich würd dich ja mal ziehen lassen, aber das schadet nur deiner Stimme», sagte Barry. Da kündigte der Moderator Pat an, und die Band spielte einen Tusch.

Pat trat auf die Bühne und hatte im selben Moment das Gefühl, als hätte sie ihren Körper verlassen. Sie wurde «Trish», die vor einer kleinen, aber wohlwollenden Menge klatschender Zuschauer stand. Sie schmetterte Coverversionen von den Supremes, Dusty Springfield und den Carpenters, füllte jeden Song mit echten Emotionen, mit einer Inbrunst, die von ganz tief aus ihr hervordrang. Wenn Trish einen traurigen Song sang, dachte sie an ihren Vater, der sie verlassen hatte. Wenn sie etwas Fröhliches vortrug, hüpften ihr Gedanken an Barry durch den Kopf. Bei jeder Note spürte sie, wie die Intensität der Emotionen von den Zuschauern wieder an sie zurückfloss. Ihr Publikum. Was für ein Gefühl!

Am Ende ihres allerersten Auftritts außerhalb eines Pubs wurde Pat von einem warmen Mantel aus Applaus, Jubelschreien und Zuneigung umhüllt. Und fast schämte sie sich, es zuzugeben, aber sie wollte mehr. Der Lärm war ohrenbetäubend. Winzige Schweißperlen standen auf ihrem Gesicht, ihr Herz raste, und von dem strahlenden Dauerlächeln tat ihr das Gesicht weh. Der Applaus hielt an. Wer das Glück gehabt hatte, einen Sitzplatz zu ergattern, war jetzt aufgesprungen, klatschte und rief ihren Namen: «Trish! Trish! Trish!»

Von da an zählte Pat die Stunden, bis sie wieder Trish werden und das alles noch einmal erleben konnte.

Im Herzen von London zu singen bedeutete auch, dass sie eine ganze Reihe von interessanten Menschen kennenlernte, die aus Ländern und Kulturen stammten, von denen sie noch nie gehört hatte. Eine Sängerin namens Maria Tucker und Travis, ein Drummer aus Montserrat, der mit seiner bauschigen Afrolook-Frisur und den engen Hosen fast so aussah wie der Mann von Boney M, wurden ihre Freunde. Beide waren lustig und unterhaltsam und plauderten gern über ihre Zeit auf Tour. Sie erzählten, mit wem sie schon aufgetreten waren, und lästerten kräftig über die größten Miststücke in der Branche – immer bei einem Drink und manchmal auch bei etwas mehr. Pat und Barry machten bei dem «etwas mehr» nie mit, aber Maria und Travis nahmen das nicht zur Kenntnis. Die meiste Zeit konnten sie ohnehin kaum die Hände voneinander lassen, sodass Pat und Barry verlegen wegschauten.

Das Einzige, was Pats Freude beim Singen auf der Bühne trübte, war der Moment, wenn sie das Publikum nach ihrer Mum oder überhaupt irgendeinem Mitglied ihrer Familie absuchte. Sie hätte sie so gern dort sitzen sehen, aufgeplustert vor Stolz. Aber sie kamen nie. Und als sie sie das erste Mal offiziell einlud, fiel die Reaktion anders aus als erhofft.

«Wir kommen nicht, basta!», sagte Pats Bruder, während er ein großes Stück von dem selbstgebackenen Brot ihrer Mutter abriss. Pats Mutter saß auf einem Stuhl, das Kinn auf die gefalteten Hände gestützt. «Wenn der Junge nicht kommen will, dann lass ihn in Ruhe.»

«In so einem Laden hat meine Schwester sowieso nichts zu suchen!», schimpfte er.

«Ich wusste gar nicht, dass du so altmodisch bist», sagte Pat.

«Da sind viel zu viele Ausländer», grummelte er.

«Soll das ein Witz sein?», fragte Pat.

«Du weißt genau, was ich meine.»

«Nein, weiß ich nicht.»

«Er fühlt sich da einfach nicht wohl. Deine Brüder trinken gern ein Bier im Pub. Das ist alles», sagte Pats Mutter, die ihre Jungs wie üblich in Schutz nahm.

Pat beschloss, es dabei bewenden zu lassen, aber sie war traurig, dass ihre Brüder auch im Jahre 1975 noch immer voller Vorurteile steckten. Für Pat war es schier unvorstellbar, eine spontane Abneigung gegen Menschen zu empfinden, mit denen sie noch nie gesprochen hatte, ohne zu wissen, welche Meinungen sie vertraten, oder ein Gespür dafür zu haben, was sie antrieb, was sie im Leben erreichen wollten. Einen Menschen nur aufgrund seines Aussehens abzulehnen, ergab für Pat nicht den geringsten Sinn und war ihr völlig unverständlich.

Pat wurde von Auftritt zu Auftritt besser, und je mehr Selbstvertrauen sie auf der Bühne entwickelte, desto mehr wurde aus ihr die Art von Sängerin, die sie sein wollte. Und je mehr sie an sich selbst glaubte, desto mehr wuchs ihre Fangemeinde. Sie gewöhnte es sich an, vor jedem Song ein paar Worte an ihr Publikum zu richten. Ein paar Sätze über die Bedeutung, die das nächste Stück für sie hatte, und schon beruhigten sich ihre Nerven.

Eines Abends fiel ihr ein Mann ziemlich weit vorn auf, in der Nähe der Bühne. Er trug einen schicken roten Anzug mit Schlaghose und einen braunen Hut, und er hatte eine Sonnenbrille auf. Pat fragte sich, ob er auf dem Weg zu einem edleren Etablissement und nur kurz auf einen Sprung hereingekommen war, denn er wirkte so ganz anders als die üblichen Gäste. Er lächelte selbstbewusst in ihre Richtung, ein Glas in der Hand, den Oberkörper lässig an die Bar gelehnt.

«Der nächste Song wurde bei meiner Hochzeit gespielt, zu unserem ersten Tanz, und er heißt ‹The First Time Ever I Saw Your Face› ...»

Der Applaus verklang. Das Lächeln des Mannes blieb unbeweglich, fast wie aufgemalt, bis Pat anfing zu singen. Sie erinnerte sich dabei an den schönsten Tag ihres Lebens, als sie den Mann heiratete, den sie liebte – an den ersten Moment, als sie *sein* Gesicht sah. Jede Silbe, jeder Ton vermittelte ihre Gedanken, ihre Freude, und sie konnte ihren Zuhörern förmlich ansehen, dass auch sie etwas davon spürten, während sie sich sachte im Takt wiegten. Der Fremde spürte vielleicht sogar zu viel, denn er schien sich an seinem Drink zu verschlucken. Pats Stimme schwächelte kein einziges Mal, und der Mann rührte, abgesehen von dem kurzen Verschlucken, keinen Muskel.

Es gelang ihr, ihn auszublenden, und sie sang mit Leidenschaft, begleitet von geschmeidigen Bewegungen und einer unbändigen Sinnlichkeit. Pat fand, dass das ihr bislang bester Auftritt gewesen war, und wie üblich half Barry ihr von der Bühne und begleitete sie in die Garderobe, wo jetzt der Mann in dem roten Anzug wartete, eine Visitenkarte zückte und sehr weiße Zähne aufblitzen lies.

«Pat, ich möchte dir jemanden vorstellen», sagte Barry aufgeregt.

Der Mann hieß Robin. Er arbeitete für eine Plattenfirma.

Und er wollte mit Pat eine Schallplatte aufnehmen.

Kapitel 6

Das kleine Mädchen in dem pinkfarbenen Satinkleid mit einer hübschen, hellgelben Schleife auf dem Rücken war bezaubernd. «Bitte, kann ich ein Autogramm haben?», fragte es.

Pat bückte sich, um das zerknitterte Stück Papier in der Hand der Kleinen zu unterschreiben, aber der Kugelschreiber funktionierte nicht.

«Hier, nehmen Sie das, Trish», sagte die Mutter des Kindes und hielt ihr eine Zeitung als Unterlage hin.

«Danke», sagte Pat und drückte die Zeitung gegen die Wand.

Mutter und Kind sahen ehrfürchtig zu, wie der Name «Trish» in schräger Schrift auf dem Papier erschien.

«Bitte sehr, kleine Lady», sagte Pat.

«Sag danke», sagte die Mutter des Kindes, die selbst fast platzte vor Begeisterung.

«Danke, Trish! Wow!», sagte die Kleine, als würde sie jetzt erst realisieren, wer da vor ihnen stand. Pat spürte ein wohlig warmes Gefühl in der Magengegend. Die Kinderfans liebte sie am meisten. Ihre Gesichter strahlten vor Freude, wenn sie auf die Bühne kam oder in einem Laden Autogramme auf Plattenhüllen gab, Barry und Robin neben sich. Sie konnte kaum glauben, dass das jetzt ihr Leben war. In den letzten zwölf Monaten war sie von der «Singenden Ehefrau» zum «Star» geworden – und das sagte nicht nur Barry. Ihre erste Single ‹Do You Want This› hatte die Hitparaden gestürmt und fünf Wochen Platz eins belegt. Der Aufstieg war schnell und völlig unerwartet gewesen. Wer hätte gedacht, dass so etwas einer jungen Frau aus Südlondon passierte, die bis vor kurzem noch keine Ahnung gehabt hatte, was sie machen wollte, wer sie sein wollte oder was sie erreichen konnte!

Jedes Mal, wenn sie gebeten wurde, ihren Namen auf ein zerknittertes Stück Papier zu schreiben, warf Pat einen kurzen Blick über die Schulter, nur um sich zu vergewissern, dass tatsächlich sie gemeint war. Sogar ein Gang zum Laden an der Ecke, der früher fünf Minuten gedauert hatte, zog sich jetzt eine Stunde hin, weil Gott und die Welt sie erkannten.

«Das ist doch Trish!» Wo auch immer sie hinging, überall wollten Fremde ein Autogramm von ihr, mit ihr plaudern oder ein Foto machen.

Leute, die sie in der Schule keines Blickes gewürdigt hatten, schickten ihr jetzt über die Plattenfirma Briefe und baten um Gratisplatten, Ratschläge oder gar Geld. Aber die schönsten Briefe kamen von Leuten, denen sie nie begegnet war, vor allem von Paaren, die sich in ihre Musik verliebt hatten. Einer schrieb sogar, er könne seine Frau nur «in Stimmung» bringen, wenn er ‹Do You Want This› auflegte, was Pat vor Verlegenheit rot anlaufen ließ.

Am seltsamsten war es für Pat, wenn sie irgendeine Illustrierte aufschlug und plötzlich ihr eigenes Gesicht wie das einer Fremden darin sah. Sie fragte sich, wer diese Frau mit dem dicken Make-up, die als «Star» bezeichnet wurde, eigentlich war. War das jetzt ihr Leben? Ihr verrücktes, anstrengendes, erstaunliches Leben? Pat ging es nicht um die finanziellen Belohnungen, die laut Robin bald nur so sprudeln würden. Es ging ihr darum, etwas zu tun, was ihr unglaublich viel Spaß machte, und zu wissen, dass sie andere auf irgendeine Weise mit ihrer Musik berührte.

Und vielleicht würde es ja noch die unerwartete Belohnung geben, dass ihr Vater plötzlich vor der Tür stand und sie sehen wollte.

Das wäre schön, dachte sie und toupierte sich die Haare, bis Barry die Tür zu ihrer kleinen Garderobe öffnete.

«Du bist dran, Trish!», sagte er freudig. Sie lächelte, berührte zärtlich sein Gesicht und ging dann hinaus vor ihr Publikum.

Robin, Barry und Maria wollten unbedingt den nächsten Nummer-eins-Hit landen und stellten sorgfältig ein großartiges Album mit gefühlvollen Songs über die Liebe, das Glück und das Leben zusammen. Eins von Pats Lieblingsstücken, ‹Your Name›, wurde als zweite Single ausgekoppelt, und Pat und ihr Team warteten gespannt darauf, wie der Song ankam.

Unterdessen veränderte sich ihr Leben weiterhin gewaltig. Das Haus ihrer Mutter wurde ständig von Fans belagert, die darauf lauerten, einen Blick auf ihr Idol Trish erhaschen oder zumindest etwas berühren zu können, das sie einmal berührt hatte. Ihrer Mutter war das ein Dorn im Auge, und bei den seltenen Gelegenheiten, wenn sie einmal etwas Zeit miteinander verbringen konnten, beschwerte sie sich darüber. Pat bedauerte, dass ihre Mutter den Lärm und die Unannehmlichkeit ertragen musste, dass Fans vor dem Haus standen und «Trish!» skandierten, aber insgeheim hoffte sie doch, dass ihre Mutter stolz auf sie war.

An dem Tag, als ‹Do You Want This› schließlich aus den Top vierzig rutschte, betrat Pat durch die Hintertür die Küche ihrer Mutter, wo sich ihre Geschwister mitsamt den Kindern um den Tisch versammelt hatten. Pat hatte sich nach ein bisschen Normalität gesehnt, nach einem Plausch mit ihrer Mutter und vielleicht einem ihrer Lieblingsessen, aber sie hatte nicht damit gerechnet, die ganze Sippschaft anzutreffen. Die Kinder rannten sofort auf ihre «berühmte Tante Trish» zu, überhäuften sie mit Küssen und Fragen, während die Erwachsenen sitzen blieben wie eine Jury von Geschworenen. Pat nahm ihre dunkle Brille und den Strohhut ab und setzte sich an den vertrauten Holztisch, an dem sie so viele köstliche Mahlzeiten verputzt hatte.

«Was machst du denn hier?», fragte ihre Schwester, hochschwanger mit Kind Nummer vier, und breitete ein weißes Leinentuch über den Tisch.

«Hallo. Nun, ich dachte, ich schau einfach mal rein. Ich wusste nicht, dass ihr alle hier seid», sagte Pat. Keiner antwortete, und ihre Mutter bückte sich, um einen dicken, brutzelnden Braten aus dem Ofen zu holen.

Plötzlich spürte Pat Zorn in sich aufsteigen. «Ihr macht ein Familienessen, und ich bin nicht eingeladen?»

«Wir dachten, du hättest sowieso keine Zeit», sagte ihr Bruder.

«Barry und ich wären gern gekommen. Für meine Familie hab ich immer Zeit!», widersprach Pat.

«Los, ihr Racker, geht und setzt euch vor den Fernseher», wies Pats Mutter die jüngeren Familienmitglieder an.

Als die Kinder aufgeregt tuschelnd verschwunden waren, ergriff Pats Bruder das Wort. «Wir sind keine Gedankenleser.»

«Ich auch nicht», entgegnete Pat, wohl wissend, dass er nicht verstehen würde, worum es ihr ging.

«Ist doch egal. Jetzt bist du da, und es gibt genug zu essen für alle», sagte ihre Mutter.

«Ist auch ganz gut, dass du da bist, weil ich dich nämlich um einen Gefallen bitten wollte, Schwesterchen», sagte ein anderer ihrer Brüder.

Gerade dieser Bruder hatte sie schon seit Jahren nicht mehr Schwesterchen genannt, deshalb tat es gut, die vertraute Anrede zu hören.

«Kein Problem», antwortete sie großzügig, und ihr anfänglicher Zorn legte sich wieder. Es machte Pat Freude, ihrer Familie unter die Arme zu greifen, ob nun mit Freikarten für irgendwelche Konzerte oder hier und da mit ein wenig Geld – alles, was sie aufgrund ihres Erfolgs und ihrer wachsenden Kontakte zur Musikindustrie für sie tun konnte.

«Ich brauch Geld für ein Auto. Seit dem zweiten Kind kann Mel den Einkauf kaum noch schleppen, weißt du ...» Während er seine Misere erläuterte, wurde Pat schwer ums Herz, nicht weil sie ihm die Bitte übelnahm, sondern weil sie absolut nicht so viel Geld erübrigen konnte. Leute, die nichts mit der Musikbranche zu tun hatten, dachten immer, sie müsste doch jetzt in Geld schwimmen. Aber das bisschen, was sie mit ihren Auftritten verdient hatte, war für eine Anzahlung auf ein Haus in Essex draufgegangen, und die Tantiemen für ihre Single hatte sie noch nicht bekommen. Es kostete zunächst einmal eine Stange Geld, eine Single zu produzieren, und der Vertrag mit Robin, den sie unterschrieben hatte, taugte laut Maria «nicht mal als Klopapier». Aber da sich Barry daraufhin informiert und einen Anwalt genommen hatte, war ihr zweiter Vertrag sehr viel vorteilhafter.

«Ich würde dir das Geld ja gern geben, aber im Moment geht's nicht.»

«Wann denn?»

«Vielleicht in ein paar Monaten. Ich weiß nicht genau –»

«Aber ihr habt doch gerade ein Haus gekauft!», konterte er.

«Ja schon, aber –»

«Aber du hältst dich jetzt wohl für zu fein, um uns zu helfen, stimmt's?»

«Nein, so ein Blödsinn.» Pat wandte sich hilfesuchend an ihre Mutter, aber vergeblich.

«Wenn die nächste Single rauskommt – falls sie gut läuft,

gebe ich dir das Geld natürlich. Dann kauf ich Mum sogar ein neues Haus!», sagte sie eifrig.

«Ich brauche kein neues Haus. Ich fühl mich hier wohl.»

«Im Moment kann ich dir einfach kein Geld geben», sagte Pat, wieder an ihren Bruder gewandt.

«Das kauf ich dir nicht ab, Pat! Ich brauche doch bloß ein paar Hundert Pfund», sagte er kopfschüttelnd. Die anderen starrten sie mit einer Ablehnung an, die sie noch nie bei ihnen wahrgenommen hatte.

«Bleibst du nun zum Essen?», fragte ihre Mutter.

«Nein ... Ich war ja sowieso nicht eingeladen, deshalb ... Ich glaube, ich gehe dann lieber wieder», antwortete sie und merkte, wie ihr Tränen in die Augen schossen.

Niemand versuchte, sie zurückzuhalten, als sie aufstand, hinausschlich und die Tür hinter sich schloss.

Kapitel 7

Yomi

1975

Papa goss den Palmwein ein, Mama schlüpfte in ihre glänzendsten goldenen Sandalen, und Ola holte ihr schönstes Geschirr heraus, leicht angeschlagene Teile des Queen-Elizabeth-II-Gedenkporzellans.

«Das ist alles ganz reizend», stellte Henry fest, als er neben Yomi Platz nahm, sodass sie heimlich unter dem Tisch Händchen halten konnten, wie Yomi hoffte. Sie genoss das wohlige Prickeln, das stets ihren Körper durchlief, wenn sie sich an der Hand hielten, etwas, was auf der Straße natürlich undenkbar wäre. Was würden wohl Mrs Apampa und Mama Lanre dazu sagen? Yomi und Henry waren seit über zwei Jahren zusammen, aber noch nicht verheiratet, deshalb schickte es sich nicht, ihre Liebe öffentlich zur Schau zu stellen.

Wenn sie voneinander getrennt waren, sehnte sich Yomi körperlich nach ihm, dachte an die Widmung, die so verlockend auf der ersten Seite ihres geliebten Wörterbuchs stand, *Für meine Yomi*, vermisste seine seidige Stimme, seine ungewöhnliche Intelligenz und sein offensichtliches Verlangen nach ihr. Mit ihm im selben Raum zu sein, ihn zu beobachten – ohne ihn berühren zu können –, war ein bittersüßes Vergnügen, das sie noch nie erlebt hatte und das ihre Liebe zu ihm von Tag zu Tag stärker werden ließ.

Es hatte zwar niemand ausgesprochen, aber alle wussten,

dass es für Henry eine besondere Ehre war, bei ihr zu Hause zu einem Essen eingeladen zu werden, bei dem der mächtige Chief Ogunlade ebenfalls zu Gast sein würde. Henry hatte schon oft bei ihnen gegessen, aber die Bedeutung dieses Abends war Yomi keineswegs entgangen.

Chief Ogunlade war ein einflussreicher Mann, der viele Frauen hatte. Ihm gehörte ein Großteil des umliegenden Landes ebenso wie das Grundstück, auf dem Yomi und ihre Familie lebten. Er fuhr einen sehr großen Wagen und wurde gern als harter Geschäftsmann bezeichnet, der seine Geschäfte stets mit einem Händedruck und einem Lächeln besiegelte. Aber wenn jemand ihn zu hintergehen versuchte, waren die Folgen undenkbar. Zu Yomi und ihrer Familie war er immer nett – ein hochgeachteter Ältester und Freund der Familie, der gern mal bei einer Flasche Guinness mit Daddy über Politik und Geschäfte sprach. Dass Daddy jetzt Henry eingeladen hatte, mit ihnen allen gemeinsam zu essen, war zweifellos ein Zeichen dafür, dass Daddy geneigt war, Henry als geeigneten Schwiegersohn zu akzeptieren.

Sie begrüßten Chief Ogunlade freundlich. Seine weiße *agbada* – ein weitärmeliges Gewand – strich leicht über den Boden und war mit schimmernden lindgrünen Fäden bestickt. Seine Stirn hatte Yomi schon immer an die großen Brotlaibe erinnert, die sie jeden Morgen vom Markt holte, und seine Zähne hatten die Farbe der Maiskolben, die Ola oft über dem Feuer röstete.

«Yomi, wie geht es dir?», fragte er auf Yoruba, als sie wieder aufstand, nachdem sie sich zur Begrüßung hingekniet hatte.

«Sehr gut, Sir», antwortete sie auf Englisch.

Ola hatte den Tisch geschmackvoll gestaltet: Es gab glänzenden weißen Reis und *ẹ̀bà*, rot brodelnden Hühnchen-Paprika-Eintopf und Egusi-Eintopf mit kräftig grünem Spinat darin. Die leuchtend gelben Maiskolben und eine kleine Schale frittierte Kochbananen komplettierten den farbenprächtigen Anblick.

Yomis jüngere Geschwister saßen in einem anderen Raum, wohin sich auch Ola zurückziehen würde, nachdem sie die Älteren bedient hatte.

Als der Chief die Handflächen aneinanderlegte, um zu beten, nahm sich Yomi vor, den Augenblick für alle Zeit im Gedächtnis zu bewahren, weil sie wusste, dass es einer der glücklichsten in ihrem Leben war. Der Mann, den sie liebte, aß zusammen mit ihrer Familie und dem Chief – dem bedeutendsten Mann weit und breit. Es war alles wunderbar, und sie war einfach überglücklich.

Sie begannen, sich über Olas Festmahl herzumachen.

«Sagen Sie, Henry, was haben Sie noch mal studiert?», fragte Daddy.

«Englisch, Mathematik und Philosophie, Sir», antwortete Henry, den Mund noch voller *ẹbà*, und Yomi wäre fast geplatzt vor Stolz, weil die beiden wichtigsten Männer in ihrem Leben so munter miteinander plauderten.

«Was nutzt einem denn die Philosophie in der Arbeitswelt?», fragte der Chief und hob ein großes Hühnerbein in die Luft.

Henry trank einen Schluck Wasser, ehe er antwortete. «Sir, meiner Auffassung nach bildet sie den menschlichen Geist. Versetzt ihn in die Lage, die großen Fragen des Lebens zu stellen, Sir.»

«Nein, die einzig vernünftigen Fächer sind Wirtschaft, Jura und Medizin», widersprach der Chief, woraufhin Daddy schallend auflachte und heftig nickend seine Zustimmung bekundete. Yomi verbarg ihren Unmut, obwohl es sie ärgerte, dass die beiden sich anscheinend auf einmal gegen Henry verbündeten. Daddy war immer so nett zu Henry gewesen, und solch ein Verhalten sah ihm gar nicht ähnlich.

«Darf ich Saft einschenken?», fragte Ola, die die leichte Missstimmung im Esszimmer nicht mitbekommen hatte. Yomi wollte das Gespräch unbedingt in eine andere Richtung lenken und hoffte inständig auf ein paar unterstützende Worte von Mama, aber es kamen keine.

«Ja, bitte», sagte Henry. Als Ola diensteifrig näher trat, um Henrys Glas zu füllen, winkte Yomi sie fort und goss den Saft selbst ein. Es war eine klare Botschaft an die ganze Tischgesellschaft, dass Henry mehr als ein Freund war, nämlich ihr baldiger Ehemann und der Mann, den sie liebte.

«Yomi wird eine ausgezeichnete Ehefrau sein», sagte Daddy.

«Danke, Daddy.» Yomi lächelte ihn an, froh, dass das Thema gewechselt wurde und endlich jemand ihre Wünsche anerkannte. Sie legte eine Hand auf die Brust, als könnte sie dadurch ihre wachsende Aufregung beherrschen. Dann sah sie Henry an, der lächelnd eine frittierte Kochbanane mit der Gabel zerteilte, während Chief Ogunlade geräuschvoll einen Rest Suppe von seinem großen Zeigefingernagel lutschte.

Nachdem Henry gegangen war, half Yomi Ola beim Tischabräumen und Spülen, während Daddy und Chief Ogunlade im Wohnzimmer ein Guinness tranken. Als sie sich bückte, um Geschirr in den Schrank zu stellen, spürte sie erschreckt, wie etwas ihr Gesäß streifte.

«Hallo, meine Liebe», sagte Chief Ogunlade, eine halbvolle Flasche Guinness in der Hand. «Ich möchte ein neues Glas holen, das andere hab ich zerbrochen.»

«Oh, Chief, ich hole Ihnen eines, und Ola fegt gleich die Scherben zusammen. Ein Mann sollte nicht in der Küche sein», sagte sie, überzeugt, dass die Hand an ihrem Gesäß ein Versehen gewesen sein musste.

«Vielen Dank, meine Liebe.»

Sie reckte sich, um ein Glas vom oberen Regal zu nehmen, und nahm wahr, wie seine Augen jede ihrer Bewegungen verfolgten.

«Danke, meine Liebe», sagte er abermals, als Yomi das restliche Guinness ins Glas goss. Seine Augen waren sehr aufmerksam, sogen sie auf, verschlangen sie fast. Im Raum wurde es gespenstisch still, nachdem Ola gegangen war. Nur Yomi, Chief Ogunlade und eine große Kakerlake, die über die Arbeitsplatte lief. Plötzlich wünschte Yomi, sie könnte auch fortlaufen.

«Verzeihung, dass Sie warten mussten», sagte Yomi.

«Ich bin ein geduldiger Mann. Ich werde warten», sagte er und nahm ihr langsam das Glas aus der Hand, wobei seine und ihre Finger sich leicht berührten.

Auf dem Weg zu ihrem Zimmer band sich Yomi gerade die Haare mit einem Kopftuch hoch, als sie erregte Stimmen aus dem Wohnzimmer hörte. Bestimmt sprachen Chief Ogunlade und Daddy mal wieder über Geschäftliches. Sie ging weiter, doch das, was der Chief als Nächstes sagte, beunruhigte sie.

«Ich kann dir nicht dauernd Kredit geben, Soji. Ich hab ein Geschäft zu führen, und du bezahlst deine Schulden nicht!»

«Ich zahle sie, Chief. Ich brauche nur noch mehr Zeit. Bitte, Sir.»

«Das will ich schwer hoffen!»

Yomi war entsetzt, weil ihr Daddy so unterwürfig klang, gar nicht wie der stolze Mann, der diesem Haushalt vorstand. Das war nicht der Mann ihrer Kindheit, zu dem sie aufgeblickt hatte, und auf einmal hasste sie Chief Ogunlade dafür, dass er ihren Vater behandelte wie einen kleinen Jungen.

In jener Nacht gab sie sich keinen schönen Gedanken an Henry hin, sondern dachte stattdessen daran, wie hässlich

Chief Ogunlade war, bis sie schließlich in einen sorgenvollen Schlaf fiel.

Monate vergingen, und Henry hatte noch immer nicht bei Daddy und Mama um Yomis Hand angehalten. Sie hatten einige Male zu zweit darüber gesprochen, zwischen innigen Küssen, und Henry hatte Yomi verspielt als «meine Frau» bezeichnet, wenn sie sich mit Freunden trafen. Tatsächlich wusste die ganze Straße, dass er sie heiraten wollte. Mrs Apampa hatte sie sogar schon auf ihre Hochzeitskleidung angesprochen, und die Nachbarinnen diskutierten über mögliche Farben für die *aso-ebi*, die einheitlichen handgenähten Gewänder, die jedes Mitglied der Familie Ogunlade zu der Hochzeit tragen würde. Praktisch jeder schien eine Meinung zu dem Thema zu haben, nur nicht ihre eigenen Eltern, und eines Morgens, kurz nachdem der Hahn sie aus einem unruhigen Schlaf geweckt hatte, beschloss Yomi, nicht länger hinterm Berg zu halten.

«Mama, kann ich bitte mit dir reden?»

«Was ist denn, Kind?»

Yomi setzte sich neben ihre Mutter. «Ach, Mama, ich möchte mit dir über Henry sprechen!»

«Gut …»

«Ich bin so glücklich, Mama, so überglücklich!» Yomi hüpfte förmlich auf ihrem Stuhl auf und ab, während ihre Mutter reglos blieb. Nur ihre Augenlider flatterten ein wenig.

«Ich bin so überglücklich. Ich liebe i-»

«Sag nichts weiter. Nicht, ehe du mich angehört hast», sagte Mama ruhig.

«Mama, was ist denn?»

«Was ich dir sagen will, ist Folgendes: Du kannst Henry nicht heiraten.»

Die Worte waren wie vergiftete Geschosse, die meisterhaft

auf ihre Brust abgefeuert wurden. Yomi vermochte zunächst kaum zu atmen, geschweige denn, etwas zu sagen. Stattdessen unterdrückte sie ein tränenerсticktes Schluchzen, und dann sprudelten die Worte nur so aus ihr heraus: «Mama, ich verstehe nicht, warum denn, warum geht das nicht? Was hat er getan ... bitte, Mama?»

Als Mama ihre Hand nahm, begann Yomi zu ahnen, wie ernst der Moment war.

«Dein Vater wird es niemals erlauben.»

Die Tränen in Yomis Augen flossen über, und sie hätte am liebsten so laut geschrien, dass alle es hören konnten. So laut, dass die Fledermäuse aus ihrem Schlaf aufschreckten. So laut, dass die Blätter des Bananenbaums im Hof erbebten.

«Warum, Mama? Ich versteh das nicht.» Sie versuchte, nicht die Stimme gegen ihre Mutter zu erheben, aber es kostete ihre ganze Kraft, weil ihr Herz Stück für Stück in winzige Splitter zersprang. Das durfte nicht sein, dachte sie voller Panik. Bitte nicht.

«Hör zu, mein Kind. Dieser Junge hat keine beruflichen Aussichten. Was kann er dir bieten?»

«Liebe, Mama, Liebe.»

Fast wäre sie doch laut geworden, aber ein Blick von Mama bremste sie.

«Mama, bitte ...», flehte sie leise.

«Liebe, *ke*? Was ist das denn, Liebe? Als mir gesagt wurde, ich würde deinen Vater heiraten, kannte ich ihn nicht, aber schon bald fing ich an, ihn zu lieben. Denkst du, wenn ich ihn nicht geheiratet hätte, würde ich heute in einem Haus mit Eisentor wohnen? Nein. Ich würde auf der Straße *pepe* verkaufen wie ein Buschweib und nicht aus Tassen trinken, auf denen das Gesicht von Queen Elizabeth zu sehen ist!»

«Mama, bitte.» Mehr brachte Yomi nicht heraus.

«Hör mal …» Sie umfasste Yomis Schultern. «… du musst jemanden heiraten, der dich auf eine höhere Stufe bringt, als du jetzt bist, verstehst du?» Sie legte Yomi einen Finger unters Kinn und hob behutsam ihren Kopf. «Hast du mir zugehört?»

«J … ja, Mama …» Eine von Yomis Tränen tropfte auf Mamas rot bemalten Fingernagel und ließ ihn glänzen.

«Wirst du tun, was ich von dir verlange?»

Ihr ganzes Leben lang hatte Yomi ihrer Mutter wie selbstverständlich gehorcht.

«Ja, Mama.»

«Braves Mädchen. Jetzt geh und wasch dich, und dann will ich nichts mehr von diesem Henry Bibimsola hören.»

«Es widerstrebt mir, deine Eltern so zu hintergehen», sagte Henry, während er Yomi noch enger an sich drückte. Sie lagen aneinandergeschmiegt auf einer alten Matratze in seinem Zimmer, im matten Licht einer Kerosinlampe, da es schon wieder einen Stromausfall gegeben hatte, und Yomi wusste nur, dass sie sich vollständig fühlte, geliebt und geborgen. Ganz gleich, was ihre Mama oder ihr Daddy sagten, sie würde Henry nicht aufgeben, niemals.

«Aber was sollen wir denn machen? Ich will dich nicht verlieren! Lieber sterbe ich!», sagte sie.

«Yomi, sag so etwas nicht. Wir spielen schließlich nicht die Hauptrollen in *Romeo und Julia.* Es ist unser Leben, und wir müssen es so leben, dass wir unseren Familien keine Schande machen.»

Sie blickte in sein schönes Gesicht. Es gab absolut nichts, was sie nicht gemeinsam durchstehen würden, und solange sie Henry hatte, konnten sie alles, einfach alles in den Griff bekommen.

Und so trafen sie sich weiter heimlich. Jedes Mal, wenn

Mama sie und Ola zum Markt schickte, erledigte Ola die Einkäufe allein, damit Yomi einige Zeit mit Henry verbringen konnte. Danach trafen sich die beiden jungen Frauen wieder oben an der Ogunlade Street und gingen gemeinsam den Rest des Weges nach Hause. Manchmal wartete Henry nach Einbruch der Dunkelheit vor dem Tor, wenn alle anderen schon schliefen, und sie schlichen auf den steilen Hügel hinter der Ogunlade Street. Dann saßen sie da, unterhielten sich und umklammerten sich von Zeit zu Zeit mit einer Heftigkeit, als hielten sie einander das letzte Mal in den Armen. Jede Minute, die sie mit Henry zusammen war, kam Yomi kostbar und erregend vor, vor allem, wenn sie ineinander verschlungen auf einer Matratze lagen und nur das Bellen eines Hundes die wohlige Stille um sie herum durchbrach. Sie liebte es, die kleinen Härchen an seinem Kinn zu streicheln, wenn er völlig entspannt mit geschlossenen Augen dalag, oder mit der Zunge über das winzige Loch oben an seinem Ohr zu fahren.

Eines Tages öffnete Yomi wie so oft die behelfsmäßige Aluminiumtür zu Henrys Zimmer. Doch seltsamerweise erwarteten sie bloß die alte Matratze und ein Blatt Papier, das von der alten Kerosinlampe beschwert wurde, die ihnen beiden so häufig Licht gespendet hatte.

Meine liebste, wunderbare Yomi,

ich habe ein gutes Angebot erhalten, in einer anderen Stadt zu arbeiten und zu studieren. Ich werde dir den Namen nicht nennen, weil ich weiß, dass du versuchen würdest, mir zu folgen. Bitte verzeih mir, aber ich muss das tun.

Für dich.

Während ich das hier schreibe, bin ich am Boden zerstört, ein gebrochener Mann. Doch ich weiß, dass ich eines Tages gesunden werde, genau wie du.

Eines jedoch sollst du wissen: Wo immer ich bin, was immer ich tue, meine Liebe zu dir wird nie vergehen.

Ich werde dich immer lieben.

Leb wohl, meine Yomi,

Henry

Ein gequälter Schrei stieg in ihr auf, doch kein Laut drang aus ihrem Mund. Yomi knüllte das Blatt Papier in den Händen zusammen, während ihr Körper zu Boden glitt, als wäre er flüssig geworden.

Und dann endlich doch ein Laut. «Nein», sagte sie leise, und mit jedem Mal lauter: «Nein!»

Ihre Brust wurde von Schluchzern geschüttelt, ihre Stimme durchtränkt von Schmerz.

«Nein», sagte sie wieder und wieder.

«Nein. Nein. Nein. Nein. Nein. Nein. Nein.»

Bis auch die letzte Kraft ihren Körper verlassen hatte.

Kapitel 8

Yomi

1977

In dem Bungalow mit dem Eisentor auf der Ogunlade Street war das organisierte Chaos ausgebrochen.

Näherinnen, entfernte Verwandte und Nachbarn, die Yomi früher auf dem Weg zum Markt gegrüßt hatte, übernahmen jetzt mit Rufen und Befehlen wie «das hierhin» und «das dorthin» das Kommando. Die meisten trugen die ihnen zugewiesenen *aso-ebi* in Grün, Gold und Lila, Farben, die die gesamte Familie Ogunlade und einige sehr enge Freunde zu diesem besonderen Anlass vereinten.

Mamas neu genähte *buba* und *iro* passten gut zu ihrem frischen Make-up und zu dem glitzernden, steifen *gele*, das Ola ihr um das wunderbar zurechtgemachte Haar gebunden hatte, doch Yomi war diejenige, die am schönsten aussah, denn ihre Verlobungsfeier war gekommen.

Ola nahm das grün-goldene *gele* aus Damast und fing an, es Yomi um den Kopf zu wickeln. Sie saß kerzengerade auf dem Hocker und hoffte, dass ihre wahren Gedanken nicht an die Oberfläche drangen.

«Warum machst du ein Gesicht wie eine Ziege auf dem Markt?», fragte Mama. «Wir feiern deine Verlobung», fuhr sie fort, während der steife Kopfschmuck allmählich Gestalt annahm. «Dein Mund sollte sich von einem Ohr zum anderen ziehen.»

«Ich bitte um Verzeihung, Mama. Es geht mir gut.»

In Wahrheit fühlte sich Yomi wirklich wie eine Ziege, die geschlachtet werden sollte, während Ola beide Enden des Tuches zusammenzwirbelte und behutsam feststeckte. Das *gele* erhob sich jetzt stolz auf Yomis Kopf, und sie schob die Füße in ein Paar glitzernd gelbe Sandalen, um das farbenfrohe Ensemble zu vollenden.

«Sehe ich gut aus?», fragte sie geistesabwesend in den Raum. Im Hinterkopf hegte sie noch immer die leise Hoffnung, dass Henry zurückkehren, sie als seine Braut beanspruchen und sich für den Brief entschuldigen würde, der jetzt flachgedrückt zwischen den Seiten des Wörterbuches lag, das er ihr einst als Zeichen seiner Liebe geschenkt hatte. Sie stellte sich vor, wie er einfach auftauchen und mit ihr irgendwohin fliehen würde. Vielleicht würden sie nach Ibadan gehen, wo er Familie hatte, wie sie wusste. Doch Tatsache war, dass sie seit zwei Jahren nichts mehr von ihm gehört hatte. Die Freunde, mit denen er zusammengewohnt hatte, gaben ihr die Schuld daran, dass er gegangen war, und sie weigerten sich, ihr zu sagen, wo er sich aufhielt. Yomi hatte niemanden, an den sie sich hätte wenden, keinen Ort, wohin sie sich hätte flüchten können, wenn auch nur vor der grausamen Realität, dass Henry fort war.

Und jetzt war der Tag ihrer Verlobung gekommen.

Daddy erschien, imposant in seiner neu genähten *agbada* mit der dazu passenden Hose. Seine *fila* – eine runde, glitzernde Kappe – verrutschte, als er irgendetwas zu Yomi sagte, aber sie hörte nicht hin. Sie kam sich nutzlos vor, hässlich, obwohl alle um sie herum nicht müde wurden zu beteuern, wie wunderschön sie aussah und was für eine gute Ehefrau sie abgeben würde.

Der Rest des Tages rauschte irgendwie an Yomi vorbei.

Die Familie sah aus wie ein buntes Kaleidoskop in dem großen Festzelt, das in der sengenden Sonne stand und der Welt von dem frohen Ereignis kündete. Aber an der Stelle, wo einst Yomis Herz schlug, war Leere. Yomi nahm die Geschehnisse des Tages wahr, als würden sie jemand anderem passieren.

Während Yomi in einem kleinen, abgetrennten Raum wartete, konnte sie die wachsende Aufregung im Zelt hören. Eine große Bühne erhob sich vor einer Vielzahl von *geles*, die sich in der Luft den Platz streitig machten, und ein Stimmengewirr aus Yoruba und gebrochenem und fließendem Englisch ertönte. Im Hintergrund spielte eine nigerianische Fuji-Band. Gemietete Plastikstühle und Tische waren mit weißen Tüchern aus Baumwolldamast bedeckt, und auf der Bühne prangten stolz zwei gepolsterte Thronsessel.

Alles für sie.

Die Musik wechselte, und das war ihr Zeichen. Yomi und zwei andere makellos gekleidete Frauen schwebten unter das Festzelt, die Gesichter verschleiert. Der Bräutigam, mit den gleichen Stoffen bekleidet wie Yomi und einer dunklen Sonnenbrille auf der Nase, trat langsam auf sie zu, um den Schleier der ersten Frau zu lüften und dann den der zweiten. Als er Yomi erreichte, hob er vorsichtig ihren Schleier und lächelte sie breit an.

Ihr fiel unwillkürlich auf, dass er selbst in seinem glitzernden Gewand nicht viel anders aussah als sonst. Leider erinnerte die Stirn ihres Verlobten sie noch immer an einen großen, aber faden Laib Brot, und seine Zähne waren so gelb wie tagealter Mais.

Yomi holte tief Luft und dachte, wenn sie nicht wieder ausatmete, hätte sie vielleicht das Glück, auf der Stelle zu sterben.

Sie erinnerte sich an den Tag, als Daddy die Brille abgenommen und so furchtbar gebrechlich ausgesehen hatte, dass sie ihn kaum wiedererkannte. In dem Moment hatte sie gewusst, dass sie in einer verzweifelten Lage waren. Sie hatten Pachtschulden bei Chief Ogunlade, und es kam einfach nicht genug Geld herein. Ihre ganze Familie würde das Dach über dem Kopf verlieren, ganz zu schweigen von Ola und anderen Bediensteten. Was war mit deren Familien? Was für eine Schande.

Was sollte bloß aus den Komolafes werden?

Yomi wusste, was geschehen musste. Und da Henry verschwunden war, würde es ihr leichtfallen. In der Zeit mit Henry hatte sie genug gelernt, um zu wissen, dass sie erneut der Gegenstand von Begierde und Lust war. Die Art, wie Chief Ogunlade sie ansah und ihr immer ein wenig zu nahe kam, sprach eine deutliche Sprache. Yomi begriff, dass es in ihrer Macht lag. Sie allein konnte die Familie retten.

Die Hochzeit fand wenige Stunden nach der Verlobungsfeier statt, und erneut wurde Yomi als strahlend, wunderschön und als eine gute Ehefrau bezeichnet. Fotos wurden von ihrem Lächeln gemacht, die Lippen dankbar nach oben geschwungen, weil jemand, der so reich war wie Chief Ogunlade, überhaupt in Erwägung gezogen hatte, sie zu seiner vierten Frau zu machen. Mama und Daddy lächelten unablässig – vielleicht vor Erleichterung, dass ihre ledige Tochter nun doch noch einen Mann abbekommen hatte –, die glücklichen Gesichter dem Blitzlicht der Kamera zugewandt.

«Du wirst mit dem Chief glücklich werden», beruhigte Mama sie, während die Gäste auf Kosten von Chief Ogunlade feierten. Es gab reichlich zu essen und zu trinken, und die Geschenke, die die Gäste mit nach Hause nehmen würden, waren teuer. Als Ola irgendwann am Abend Yomi das dritte Hochzeitsgewand anzog – karamell-schwarz kariert mit einem seidenen Rüschensaum und Diamantpailletten –, dachte Yomi über ihre Hochzeit und den Rest ihres Lebens nach. Bald würde sie das Haus verlassen, in dem sie herangewachsen war, Bücher aus England gelesen und davon geträumt hatte, einen Mann namens Henry zu heiraten. Sie hatte jetzt neue Pflichten. Weibliche, erwachsene Pflichten. Dennoch empfand Yomi mit ihren fast vierundzwanzig Jahren eine seltsame Mischung von Gefühlen: die Hilflosigkeit eines Kindes und zugleich die bittere Hoffnungslosigkeit einer Erwachsenen.

Kapitel 9

Alle Ehefrauen von Chief Ogunlade lebten auf einem einzigen, großen Anwesen, wobei drei von ihnen jeweils in einer bescheidenen Wohnung untergebracht waren, während Yomi im Haupthaus wohnte, das über vier Schlafzimmer und einen umschlossenen Garten verfügte, zu dem die anderen Frauen keinen Zugang hatten. Der Chief hatte neun Kinder mit seinen anderen Frauen gezeugt, die er oft nachts besuchte, wenn die Kinder wohl schon schliefen, wie sich Yomi dachte. Iyabo, die dritte Frau, war eindeutig die Favoritin des Chiefs, und seine Besuche bei ihr dauerten häufig bis Sonnenaufgang. Yomi wusste, dass ein solches Arrangement in anderen polygamen Haushalten zum Problem wurde, Eifersucht und Neid hervorrief. Aber der Chief hatte ihren unausgesprochenen Segen, denn wenn er bei Iyabo war, konnte Yomi ungestört einen Roman lesen oder neue englische Wörter aus ihrem Wörterbuch lernen, anstatt sich nach hinten gegen ihr festes Kissen zu lehnen, während der Chief mit ihrem desinteressierten, teilnahmslosen Körper das machte, was er für «Liebe» hielt. Es war ein gutes Arrangement.

«Guten Abend, Chief», sagte sie und senkte die Ausgabe von *Große Erwartungen*, als sich seine massige Gestalt auf die Bettkante setzte und ihr von seiner *agbada* Iyabos intensives Parfüm in die Nase stieg.

«Was liest du da?», fragte er.

«Ein sehr schönes Buch.»

Er zog seine *agbada* und die Hose aus und schlüpfte unter die Decke.

«Nein, ich meinte das da.» Er zeigte auf das Wörterbuch, das auf dem Nachttisch lag.

«Oh ...»

«Du liest dauernd darin. Aber es ist kein Roman», sagte er vage, als wäre ihm das gerade erst aufgefallen.

«Darin stehen Wörter, die ich lernen kann. Englische. Ich muss mich ja irgendwie beschäftigen, wenn du nachts fort bist.» Sie hatte es als amüsante Bemerkung gemeint, aber die Miene des Chiefs verriet ihr, dass es wohl nicht so bei ihm angekommen war.

«Sei nicht eifersüchtig, Frau. Iyabo ist ebenfalls meine Frau, und du weißt, dass ich hin und wieder zu ihr gehen muss, wie zu allen meinen Frauen und den Kindern. In der guten alten Zeit hättet ihr alle zu viert in einem Haus gelebt. Wie hätte dir das gefallen, hä?» Er lächelte sein breites, unschönes Lächeln, was die Reihe gelber Zähne zum Vorschein brachte. Mama sagte immer, gute Zähne seien bei einem Mann ein Zeichen für Intelligenz. Henry hatte gute Zähne.

«Ich beklage mich nicht, Chief. Alles ist gut», sagte sie, legte den Roman oben auf das Wörterbuch und drehte sich von ihm fort.

Yomi beschäftigte sich damit, dem Hausmädchen beim Putzen und Kochen zu helfen, wichtige Gäste zu bewirten und so viel zu lesen, wie sie konnte. Sie las mit einer Intensität, die sich anfühlte, als würde Henry sie antreiben, sie drängen, sich so viel Wissen über die Welt anzueignen wie nur möglich. Yomi klammerte sich an den Gedanken, dass es ihn, wenn sie das gesamte Wörterbuch auswendig lernte, mit Stolz erfüllen würde, wo immer er sein mochte. Sie fragte sich oft, wie es ihm wohl ging, ob auch er geheiratet hatte. Manchmal war der Schmerz fast unerträglich, manchmal weniger stark. Dennoch, sie dachte jeden Tag an Henry, an ihre verlorene große Liebe, und natürlich schlug sie dann jedes Mal die Seiten ihres kostbaren Wörterbuchs auf.

Eines Morgens wurde Yomi von lauten Stimmen und heftigem Klopfen geweckt.

«Chief, Chief!»

Irgendwann in der Nacht war der Strom ausgefallen, und der Deckenventilator hatte kein Lüftchen mehr erzeugen können. Vor lauter Hitze hatte sich Yomi ganz ausgezogen, in der Gewissheit, dass der Chief mal wieder die Nacht woanders verbrachte.

«Chief!», rief eine Stimme erneut, diesmal noch verzweifelter. Yomi warf sich einen Umhang über und eilte nach draußen.

«Was ist denn?», fragte sie die kleine Gruppe von Männern, die sich vor dem Tor versammelt hatte.

«Verzeihen Sie die Störung, Ma, aber es gibt einen Notfall!», sagte einer der Männer.

Yomi dachte an ihre Eltern und Geschwister. «Was ist passiert?»

«Abimbola, die Tochter des Chiefs, ist sehr krank. Wir müssen ihn zu ihr bringen!»

Die Männer waren in heller Aufregung. Yomi wusste nicht, was sie sagen, welche Information sie ihnen geben sollte. Sie hatte ihren Mann seit dem Tag zuvor nicht mehr gesehen, und er war jetzt höchstwahrscheinlich bei Iyabo.

«Habt ihr es schon bei Chiefs Frau Iyabo versucht?»

«Wir waren bei allen anderen Frauen, Ma, aber er ist bei keiner. Was sollen wir machen? Sie ist sehr, sehr krank.»

Abimbola wohnte eine Straße weiter zusammen mit ihrem

Mann. Yomi kannte sie nicht besonders gut, aber sie wusste, dass der Chief sehr stolz auf sie war, weil sie Jura studiert und erfolgreich einen Abschluss gemacht hatte.

«Was sollen wir tun, Ma?»

Yomi spürte, wie eine Welle der Hilflosigkeit sie erfasste, und plötzlich sehnte sie sich danach, in ihrem Schlafzimmer zu sein und zu lesen, ein kühles Glas Wasser griffbereit.

Doch sie kleidete sich an und beteiligte sich an der Suche nach dem Chief, der schließlich drei Meilen entfernt gefunden wurde, wo er Land für ein neues Projekt begutachtete. Doch da war es bereits zu spät. Das zweite Kind seiner ersten Frau Taiwo war im Alter von fünfundzwanzig Jahren gestorben. Niemand wusste, was die Ursache für Abimbolas plötzlichen Tod war, doch auf der Straße kursierten wilde Gerüchte, dass Iyabo angeblich vorhabe, sämtliche Nachkommen des Chiefs zu töten, um ihre Kinder zu seinen Alleinerben zu machen.

Yomi sprach mit Mama über die tragischen Ereignisse.

«Alles wird gut. Sei dem Chief einfach weiterhin eine gute Frau. Und bald wirst du selbst ein Kind haben.»

Bei dem Gedanken durchlief Yomi ein Frösteln. Sie war sich bewusst, dass sie in ihrer Ehe ein Kind gebären musste, möglichst zunächst einen Sohn, doch erst als Mama es aussprach, machte sie sich klar, wie real diese Notwendigkeit war.

«Aber er wird sich doch nicht so bald nach der Sache mit Abimbola wieder zu mir legen, Mama?»

«Unsinn! Das ist genau das, was der Chief nach diesem schrecklichen Verlust braucht. Und du brauchst es auch. Nichts ist schöner, als Mutter zu werden, nichts», sagte Mama mit einer solchen Leidenschaft, dass Yomi geneigt war, ihr zu glauben. Außerdem hatte Mama recht: Es war ihre Pflicht als Ehefrau. Und vielleicht konnte sie sich, wenn sie erst das Baby des Chiefs in sich trug, endlich von den romantischen Gedanken befreien, dass Henry, ihr verlorener Romeo, ihr Mr Darcy, zurückkommen würde, um sie zu entführen.

In den Monaten nach Abimbolas Tod schien der Chief um zehn Jahre zu altern. Er und Yomi wechselten kaum ein Wort, teilten auch nicht mehr das Bett. Yomi hielt das Haus in Ordnung, bezahlte den Hausdiener und das Hausmädchen, wenn der Chief es vergaß, kochte für die jüngeren Kinder ihres Mannes und für Abimbolas Mutter. Ansonsten gab es nicht viel, womit sie sich beschäftigen konnte, und zu allem Übel hatte sie alle Romane, die sie besaß, schon zweimal gelesen – außer *Große Erwartungen*, den sie schon dreimal mit großem Genuss verschlungen hatte. Auch das Wörterbuch kannte sie inzwischen auswendig – es war für sie jetzt vor allem ein Stück von Henry, ihr emotionaler Krückstock in einer sehr einsamen Ehe.

Yomi besuchte jedoch immer gern ihr Elternhaus. Sie brauchte nur ein kurzes Stück die Ogunlade Street hinunterzugehen, um bei ihren Geschwistern und Mama zu sein, während Daddy meist in seinem großen Sessel vor dem Radio döste. Jetzt konnte er endlich in Ruhe träumen, frei von der ständigen Angst, Haus und Hof zu verlieren. Yomi musste sich immer wieder in Erinnerung rufen, dass schon allein diese Tatsache ihre Heirat mit dem Chief wert war.

Nach einer großen Portion von Mamas köstlichem Yams-Püree mit *efo* räumten Yomi und Ola den Tisch ab, während Mama danebenstand, die Hände in die Hüften gestemmt.

«Zeit für dich, nach Hause zu gehen. Dein Mann braucht dich», sagte Mama.

Yomi wurde schwer ums Herz. «Ich weiß, Mama, aber er ist sowieso kaum bei mir. Er ist immerzu unterwegs. Noch mehr als vorher. Ich hab manchmal das Gefühl, er kann meinen Anblick nicht ertragen.»

«Das geht vorüber. Er trauert. Es ist wider die Natur, ein Kind zu verlieren. Das ist einfach falsch.»

«Ja, Mama», sagte sie.

Yomi und Ola umarmten sich fest, ehe Ola das Tor hinter ihr schloss. Als Yomi die Ogunlade Street hinaufging, den Weg ihrer Kindheit, dessen Name jetzt ihr eigener Nachname war, hatte sie wie immer das Gefühl, einen Teil von sich zurückzulassen.

Und dann sah sie Henry Bibimsola.

Das kurze Wiedersehen mit Henry nach allem, was geschehen war, erschien ihr schwierig und aufwühlend, aber absolut notwendig – wie in einem Roman. Yomi bekam endlich die Chance, richtig Abschied zu nehmen, nicht bloß einen zerknitterten Brief zu lesen. Doch das Wiedersehen löste auch ein wildes Gefühlschaos aus. Die rauschhafte Freude, als sie ihn erblickte. Der wilde Schmerz, als er später wieder ging. Doch anstatt sich davon zerstören zu lassen, wandelte Yomi ihre Energie in Entschlossenheit um. Etwas in ihr veränderte sich, als hätte sie eine alte Haut abgestreift und wäre jetzt frei, etwas Neues zu werden.

Und so tat Yomi noch am selben Abend das, was Mama empfohlen hatte, und machte sich daran, ihre Ehe zu retten.

Sie begnügte sich nicht mehr damit, tatenlos zuzuschauen, wie ihr Leben an der Seite des Chiefs zugrunde ging, noch bevor es überhaupt richtig begonnen hatte. Nein, Yomi hatte das Gefühl, dass sie es ihrer Familie und sich selbst schuldig war, die Dinge in die Hand zu nehmen.

Einige Wochen nachdem sich Henry zum zweiten Mal aus ihrem Leben verabschiedet hatte, betrat Yomi die Küche und schickte das Hausmädchen hinaus. Obwohl sie nicht wusste, ob der Chief an dem Abend nach Hause kommen würde, begann sie, sein Lieblingsessen zu kochen. Rinderbein, *ẹbà*, Suppe, frische Maiskolben und eine Flasche Palmwein – alles liebevoll für die Ankunft ihres Mannes zubereitet. Und tatsächlich, als der Chief an jenem Abend nach Hause kam, veränderte sich sein Gesicht und zeigte ein Lächeln, das sie noch nie zuvor bei ihm gesehen hatte. Es machte ihn fast attraktiv.

«Yomi, was ist das alles?» Der Chief kam sonst nie in die Küche, doch Yomi vermutete, dass der süße Duft ihrer Suppe ihn angelockt hatte.

«Alles für dich, mein Mann», antwortete sie.

«Sehr gut», sagte er anerkennend, und zum ersten Mal erlaubte sich Yomi, ein Kompliment von ihm anzunehmen.

An dem Abend sprachen Yomi und ihr Mann miteinander. Nicht bloß belangloses Zeug über die Nachbarn oder irgendwelche Familienangelegenheiten, wie sonst. Es ging um wichtigere Themen, und der Chief öffnete sich ihr gegenüber zum ersten Mal, erzählte von seiner Trauer um Abimbola und den Plänen, die er für sein Geschäft hatte. Zum ersten Mal in ihrer Ehe fühlte sich Yomi wirklich wie seine Frau.

In der Nacht lag sie mit ihrem Mann zusammen, wie eine Ehefrau es tun sollte. Als der Chief erschöpft in einen postkoitalen Schlummer fiel, nahm Yomi ihr Wörterbuch und ging nach draußen. Das Anwesen mit dem großen Hof war mit Abstand das größte in der Straße, vielleicht sogar des ganzen Bezirks, und allein der Garten hätte Raum für zwei zusätzliche Wohnquartiere geboten. Yomi nahm eine Öllampe und ging mit wehendem Umhang bis zum Rand des Grundstücks.

«Ma, sind Sie das?», fragte einer der Wachmänner, er hieß Benson und leuchtete ihr mit seiner Lampe ins Gesicht.

«Ja, ich bin's. Alles in Ordnung?»

«Ja, Ma. Kann ich irgendetwas für Sie tun?»

«Ja, Benson. Mach ein kleines Feuer, genau hier.»

«Ma, morgen wollen wir sowieso einiges verbrennen. Wenn Sie auch etwas verbrennen wollen, können Sie es mir einfach geben.»

«Nein!», sagte sie barscher als beabsichtigt.

«Okay, Ma.»

«Ich möchte bitte *jetzt* etwas verbrennen. Verstanden?»

Wenige Minuten später loderte ein kleines Feuer. Die Männer verbrannten oft Gartenabfälle, daher war der Anblick eines Feuers am äußeren Rand des Grundstücks nichts Ungewöhnliches. Seltsam war nur, dass es so spät in der Nacht entfacht wurde.

Als Benson ihr den Rücken zudrehte, fuhr Yomi leicht mit den Lippen über den Einband des Wörterbuches, schlug dann die Seite mit der Widmung auf und drückte sie an die Brust, als tröstete sie ein Kind. Sie strich mit den Fingerspitzen über die Worte und betrachtete die Seite ein letztes Mal, ehe sie ihr geliebtes Wörterbuch vorsichtig auf die brennenden Scheite legte und dann mit ansah, wie es von den Flammen verschlungen wurde.

Für meine Yomi.

Yomi erreichte ein gewisses Maß an Glück, das sich zwar nicht vollkommen anfühlte, aber immerhin Glück war. Der Chief war jetzt öfter bei ihr, und sie hatte alle Hände voll zu tun, um sich ausreichend um die Großfamilie zu kümmern. Selbstverständlich hatte sie die Kinder des Chiefs auch früher akzeptiert, doch jetzt hieß sie sie mit ausgebreiteten Armen willkommen. Seinen Frauen wäre sie jedoch gern aus dem Weg gegangen, besonders Iyabo, denn in ihrer Nähe spürte Yomi stets eine unangenehme Beklommenheit, als würden sich dunkle Wolken über den sonnigen Horizont legen.

«Guten Tag, Yomi», sagte Iyabo eines Tages, als sie das

Haus betrat, das sie selbst bis vor zwei Jahren mit dem Chief bewohnt hatte.

«Ma, wie geht es dir?», fragte Yomi höflich.

«Wo ist der Chief?»

«Er arbeitet, Ma.»

«Gut, weil ich nämlich mit dir reden will.»

Iyabo war zierlich, aber ihr Körper strahlte Wut aus. Sie setzte sich auf einen der großen Stühle und Yomi wies das Hausmädchen an, ihnen Getränke zu bringen.

«Was kann ich für dich tun?», fragte sie argwöhnisch. Iyabos Brauen schnellten in die Höhe, dann schlossen sich ihre Augenlider flatternd, um sich jäh wieder zu öffnen.

«Ich bin diejenige, die dem Tischler genau gesagt hat, wie er diese Stühle machen soll. Ich bin diejenige, die nach wie vor das Recht haben sollte, hier zu wohnen.»

In einer Mischung aus Yoruba und Englisch sprach sie weiter. «Ich war geduldig, aber meine Geduld ist erschöpft. Ich will, dass du mitsamt dem Nachwuchs, den du vielleicht in dir trägst, dieses Haus verlässt. Du hast kein Recht auf meinen Mann oder sein Geld. Mach, dass du wegkommst!»

«Verschwinde aus meinem Haus, *jare!*», schrie Yomi. Aus und vorbei war es mit der Achtung, die sie der Frau des Chiefs entgegengebracht hatte. Sie hatte lange geschwiegen, stumm in einer Ehe gelebt, die sie nicht gewollt hatte. Aber jetzt lagen die Dinge anders. Yomi hatte endlich ihre Stimme gefunden, und sie war entschlossen, sie einzusetzen, um ihren wahren Gefühlen Ausdruck zu verleihen. Sie wollte diese Ehe, und sie wollte dieses Leben!

«Verschwinde aus meinem Haus!», wiederholte sie selbstsicher, legte Iyabo eine Hand auf den Rücken und bugsierte sie Richtung Tür, während das Hausmädchen schockiert zusah, zwei große Colaflaschen in den Händen.

Iyabo drehte sich um, die Augen zusammengekniffen. «Aha, die Buschratte zeigt endlich ihr wahres Gesicht», zischte sie. «Ich gehe … fürs Erste. Aber denk daran, was Abimbola passiert ist, und mach dir eines klar …»

Yomi stockte das Herz.

«Du und deine zukünftigen Kinder, ihr werdet niemals sicher sein!»

Iyabo verließ das Haus mit einem Lachen, das Yomi böse in den Ohren gellte, und das Hausmädchen fragte besorgt, ob alles in Ordnung wäre.

«Es geht mir gut», sagte Yomi mit unsicherer Stimme. «Es ist gut.»

Yomi stand hinter Mama und flocht ihr die Haare.

«Danke, Kind», sagte Mama, als Yomi fertig war und ihr das Tuch fest um den Kopf gewickelt hatte.

«Bald wirst du deinem Kind die Haare flechten, ganz gleich, was für Gerüchte diese Iyabo in letzter Zeit verbreitet hat.»

«Amen», antwortete Yomi.

«Ich kann sehen, dass es schon so weit ist», sagte Mama.

Yomi wandte sich ihrer Mutter zu. «Noch nicht. Aber sicher bald, Ma.»

«Nein, Yomi, du bist guter Hoffnung.»

«Mama, du täuschst dich.»

«Du bist schwanger, Kind. Ich sehe es.»

Yomi ging zu dem rissigen Spiegel und drehte sich zur Seite. Ihr Bauch war vielleicht ein wenig runder als sonst, aber das musste nichts bedeuten. Ngozi von gegenüber hatte sich während ihrer Schwangerschaft wochenlang jeden Tag übergeben müssen, aber Yomi hatte bei sich noch keinen Anflug von Übelkeit bemerkt. Mama täuschte sich.

«Wann war deine letzte Regel?», fragte Mama.

«Letzten Monat oder den Monat davor, glaube ich.»

«Aha», sagte Mama zufrieden. Aber Yomi erwähnte nicht, dass ihre Periode schon immer unregelmäßig war. Stattdessen ließ sie Mama in dem Glauben, um sie glücklich zu machen.

Kapitel 10

Pat

1979

«Ich kann mir einfach nicht vorstellen, dass die Briten ausgerechnet auf eine Hausfrau aus Essex warten, die Songs im Stil von Roberta Flack singt», sagte Robin mit unbewegter Miene. Sie saßen seit fast einer Stunde in einer Krisensitzung, und Pat hatte bei Robins Litanei von Gründen, warum ihre Singles oder die neue LP keinen Erfolg gehabt hatten, irgendwann abgeschaltet. *Der Markt verändert sich, alle wollen nur noch den Olivia-Newton-John-Typ. Wir müssen uns einen neuen Look einfallen lassen. Einen neuen Sound.* Tatsächlich hatte es Pats «Comeback»-Single ‹Try Me› in den Charts bloß auf einen bescheidenen achtundvierzigsten Platz geschafft. Der Club auf der Old Compton Street hatte längst dichtgemacht, daher war es nicht mehr möglich gewesen, dort zusätzlich Publicity zu machen. Ehemalige Kontakte, die Trish einst als «den kommenden Superstar» der britischen Popmusik gefeiert hatten, ließen sich neuerdings am Telefon verleugnen. Die Einladungen zu Premieren und Galaabenden wurden rasch immer weniger, und als einzige wahre Freunde in der Musikbranche waren Pat schließlich Maria und Travis geblieben, die die Popwelt auch nicht gerade in Verzückung versetzten. Allmählich kam es ihr so vor, als hätte es die letzten Jahre und ihr erfolgreiches erstes Album nie gegeben.

«Tut mir leid, Schatz, aber das wird schon wieder. Wir haben es ein Mal geschafft, und wir können es auch noch mal schaffen!», sagte Barry eines morgens zuversichtlich, während er Pats Taille umfasst hielt, weil sie noch immer würgte, nachdem sie soeben ihr halbes Frühstück ins Klo erbrochen hatte.

Schweißperlen bildeten sich auf Pats Stirn. Sie fühlte sich schwach und müde, und sie hatte die Nase voll – aber nicht weil ihre letzte Single ein Flop gewesen war.

«Trish, sag doch was», flehte Barry mit besorgter Stimme, während er ihr zärtlich übers Haar strich. Hastig versuchte sie, sich aus seiner Umarmung zu winden, aber er hielt sie nur noch fester. Zu spät, dachte sie, als ein zweiter Schwall aus Wurst, Ei und lauwarmem Tee aus ihrem Mund stürzte, direkt auf seine heißgeliebten Wildlederschuhe.

Der kleine Junge hatte nicht nur einen braunen Haarschopf, der hochstand wie eine halbe Irokesenfrisur, sondern auch noch eine überaus kräftige Lunge.

«Ist das zu fassen?», sagte ein strahlender Barry, während Pat den sechs Monate alten Kleinen in ihren Armen betrachtete, auf den sie für das Paar von nebenan aufpassten.

«Ist es zu fassen, dass wir in ein paar Monaten auch ein Baby haben?»

Eigentlich hatte Pat nach fünf Jahren Ehe nicht mehr zu hoffen gewagt, dass sie Eltern werden würden. Stattdessen hatte sie sich auf die anderen Bereiche ihres Lebens konzentriert und sich die Formulierung angewöhnt: «Wenn es passiert, passiert's ...» Sie ertrug die mitfühlenden Blicke ihrer Geschwister oder von Nachbarn wie Kierons Mum, wenn sie ihn mal für eine Stunde bei ihnen abgab. Pat glaubte, dass ihre Nachbarn sie nur aus Mitleid auf Kieron aufpassen ließen. Aber das störte sie nicht, weil er ihr viel zu viel Freude machte.

Als Barry und Pat noch mit Ruhm und vermeintlichem

Reichtum im Überfluss gesegnet waren, fragte sie niemand, warum sie kinderlos waren, denn jeder hatte nur ihren Erfolg im Blick. Jetzt jedoch, wo Pats Karriere ins Stocken geraten war, verlor diese Seite ihres Lebens an Faszination – und prompt begann das Getuschel über fehlenden Nachwuchs, besonders in ihrer Familie.

Wird's nicht allmählich Zeit?

Worauf wartet sie denn?

Bringt es Barry nicht?

Deshalb brannte Pat darauf, allen von ihrer Schwangerschaft zu erzählen, hätte es am liebsten in die Welt hinausgeschrien. Aber das musste noch warten, dachte sie lächelnd. Und bis dahin musste der kleine Junge in ihren Armen genügen.

«Kieron, ich bekomme ein Baby, und ihr beide werdet die allerbesten Freunde, hörst du?», sagte sie. Ihr Herz quoll über vor Freude, und sie küsste ihn auf den Kopf, bestaunte die Form der kleinen Nase, den Schwung seiner Augenbrauen. Sie fragte sich, ob ihr Kind so ähnlich aussehen würde. Waren nicht sowieso alle Babys eine Miniaturausgabe von Winston Churchill?

Kieron sah zu ihr hoch und lächelte, und in dem Moment wusste sie es. Pat wusste ohne den leisesten Zweifel, dass es ihr nicht das Geringste ausmachen würde, wenn sie nie wieder einen Top-Ten-Hit landete, dass ihr Kind sie schon ganz und gar besaß und von nun an das Einzige sein würde, was zählte. Sie würde die beste Mum werden, die sie sein konnte, weil sie das diesem kleinen Wunder in ihr schuldig war.

Sie bekam ein Kind. Ein eigenes Kind!

Einkaufen war Barry schon immer ein Gräuel. Aber er verkniff sich jede abfällige Bemerkung, als sie durch die hübsch dekorierte Babyabteilung schlenderten, die alles zu bieten hatte, was das Herz begehrte – Tragekörbchen, Fläschchen, Rasseln.

Pat wollte einen richtig großen Kinderwagen, so einen wie den, den ihre Mutter für jedes ihrer Kinder benutzt und dann ihrer Schwester vermacht hatte. Sie hatte sogar schon überlegt, sie danach zu fragen, wollte aber keinen Streit provozieren.

«Wie findest du den, Schatz?», fragte Barry und hielt einen winzigen braunen Bären mit blauer Fliege hoch.

«Ach, Bar-», begann sie, als ihr ein stechender Schmerz durch den Unterleib fuhr.

«Pat?», rief Barry erschrocken. Sie presste die Hände auf den Bauch, sank langsam zu Boden und riss dabei einen ganzen Stapel Fläschchen um, während sie von einem alles überwältigenden Schmerz erfasst wurde. Verzweifelt presste sie die Augen zu.

Yomi

In einer Hütte mit Aluminiumdach, an einer kleinen Straße etwa eine Meile entfernt von der Ogunlade Street in Lagos, Nigeria, erblickte die kleine Omolara Abidemi Omoronke Ogunlade das Licht der Welt.

Sobald Ola Yomi das frischgebadete Neugeborene überreichte, rechnete diese mit der unbeschreiblichen Liebe, von der Mama gesprochen hatte. Sie wünschte, Mama wäre bei ihr und nicht in Ondo bei Verwandten. Aber ihre Eltern waren vor zwei Tagen mit dem sicheren Gefühl abgereist, dass ihre Tochter frühestens in zehn Wochen niederkommen würde.

«Schau sie dir an», sagte Ola. «Was für ein wunderhübsches Kind! Und schon so groß!»

Das Kind war wirklich wunderhübsch, machte mit dem Mündchen nuckelnde Bewegungen.

«Sie ist perfekt», sagte Yomi traurig.

Ola, die geschworen hatte, niemandem etwas zu sagen, ging Wasser holen, und Yomi war dankbar für die Zeit allein mit ihrem Kind an diesem einsamen, dunklen und fremden Ort. Obwohl Omolara noch keinen Tag alt war, wusste Yomi bereits, dass ihre Tochter ein ruhiges Kind sein würde, das gut schlief und kräftig aß. Und obschon sie kein Junge war, würde sich der Chief vielleicht trotzdem freuen, weil die Geburt einer Tochter ein klein wenig die schmerzliche Leere ausfüllen konnte, die der Verlust von Abimbola bei ihm hinterlassen hatte.

Das Baby lag neben ihr auf der geflochtenen Matte, und Yomi blickte es lange an. Omolara war in Yomis Lieblingsstoff gewickelt, das hübscheste Tuch, das Yomi besaß. Yomi bestaunte die makellosen Züge ihrer Tochter – glatte Haut, volles, welliges, pechschwarzes Haar – und zwang sich, sie nicht in die Arme zu nehmen und an sich zu drücken. Dieses Baby, das monatelang in ihr gewachsen war. Das Baby, mit dem sie gesprochen hatte, wenn niemand in der Nähe war. Dem sie vorgesungen hatte, mit dem sie Pläne geschmiedet hatte, als es noch in ihrem Bauch war.

Yomi betrachtete die Kleine, die jetzt fest schlief, deren Unschuld die Probleme verdeckte, die seine Empfängnis, Geburt und Existenz mit sich brachten.

Die schrecklichen Dinge, die sie getan hatte.

Yomi blinzelte Tränen fort. Ihr war schwer ums Herz, ihr geschundener Körper fühlte sich müde und wund an. Ein Lächeln erschien im Schlaf auf den Lippen des Kindes, doch Yomis Herz füllte sich nicht etwa mit Freude. Es gab nur eines, das sie mit Sicherheit wusste, nämlich dass etwas Schreckliches geschehen war.

Kapitel 11

Pat

1982

Seit ihrer Fehlgeburt vor drei Jahren war sie nicht wieder schwanger geworden. Barry war inzwischen daran gewohnt, ihr regelmäßig irgendwelche unbeholfenen Vorschläge zu machen, um sie von den Gedanken abzulenken, die ihr, was unübersehbar war, ständig durch den Kopf gingen. Sie konnte wieder anfangen zu singen oder vielleicht sogar Gesangsunterricht geben. Sie konnte egal was tun, Hauptsache, sie tat irgendetwas. Aber Pat schwor, wenn sie das nächste Mal sang, würde sie ihrem kleinen Kind vorsingen, damit es in ihren Armen einschlief. Das war jetzt ihr einziger Traum.

Dank kleinerer Einkünfte aus dem Verkauf der alten LP und Single konnten Pat und Barry ihr Haus in Essex abbezahlen und zumindest in dem Gefühl leben, ein sicheres Dach über dem Kopf zu haben, wenn sie Kinder bekamen. *Falls* sie Kinder bekamen. Barry kehrte in seinen alten Beruf zurück und fand eine Stelle, die schlechter bezahlt war als die frühere. Ihr Leben fühlte sich richtig an, während sie darauf warteten, dass «es» passierte. Während sie hofften, wünschten, dass es passieren möge.

An einem Samstagmorgen landete in Gestalt eines braunen Umschlags mit Sichtfenster und Luftpoststempel eine unerwartete Überraschung auf ihrer Fußmatte.

«Ach du Schande, Barry!» Vor Schreck brach Pats alte Südlondon-Aussprache wieder durch. «Ein Scheck über fünfzehntausend Pfund!»

Offenbar hatte sich die LP in anderen Ländern gut verkauft. Wer hätte das gedacht?

«Phantastisch!», rief Barry, nahm Pats Hand und tanzte mit ihr durchs Zimmer. «Das ist absolut phantastisch!», jubelte er erneut.

Es war natürlich schön, das Geld zu haben, aber eigentlich fand Pat, dass sie es nicht brauchten. In den letzten drei Jahren hatte sich etwas in ihr verändert, und manche Dinge waren ihr nicht mehr wichtig. Das Einzige, wonach sie sich jetzt wirklich sehnte, war ein Kind.

«Ich würde das Geld gern meinen Geschwistern schenken», sagte sie.

Barry sank in einen Sessel, wie ein Ballon, aus dem die Luft entweicht. «Aha.»

«Wir haben doch fast alles, was wir benötigen, ein Haus, ein Auto ... Ich möchte wirklich gern jedem von ihnen etwas schenken. Mum will nichts, also lässt es sich gut aufteilen. Ich verstehe natürlich, wenn du auch noch anderen etwas abgeben willst ...»

«Nein, das ist schon okay. Agnes, Brian und Rob sind finanziell versorgt. Wenn du also meinst, deine Geschwister können es gut gebrauchen, einverstanden. Aber ich würde vorher gern ein bisschen abzweigen, um mir eine Kleinigkeit zu gönnen.»

«Was denn?»

«Ich möchte mir einen Geräteschuppen kaufen. Ich hab mir immer einen Schuppen im Garten gewünscht.»

Pat lächelte in sich hinein. Das war die letzte Bestätigung dafür, dass sich auch Barry endgültig von dem Popstar-Lebensstil verabschiedet hatte. Barry wollte einen Geräteschuppen, und sie ein Haus voller Kinder.

Am Sonntag fuhr Pat zu ihrer Mutter, wohl wissend, dass ihre Schwester mit den Kindern da war, garantiert wieder mit einem Gesicht wie drei Tage Regenwetter, und allen was vorjammern würde, wie anstrengend das Leben als Mutter doch sei, ohne auch nur zu ahnen, was für ein Glück sie hatte. Pat hoffte, das Geld würde die Sauertopfmiene ihrer Schwester zumindest kurzfristig erhellen.

Sie wollte jedem ihrer Geschwister 2500 Pfund geben und ihrer Mutter ein schönes Geschenk machen, ob ihr das nun gefiel oder nicht.

Alle ihre Geschwister waren da.

«Wie kommen wir zu der Ehre deines Besuchs?», fragte ihre Schwester in einem übertrieben gezierten Tonfall. «Mal wieder 'ne Single veröffentlicht?», fügte sie hämisch hinzu. Und schon wurde Pat wieder bewusst, warum ihre Besuche so selten geworden waren.

«Ich wollte euch mal wieder alle zusammen sehen. Ich komme ja nicht mehr oft hierher, seit ich in Essex wohne ...»

«Das hast du dir selbst ausgesucht», sagte ihr Bruder.

Unter dem Küchentisch griff Pat in ihre Handtasche, die sie auf den Knien hielt. Keiner von den anderen bemerkte es. Andernfalls, da war sich Pat ganz sicher, wären die weiteren Sätze nicht gefallen. Nein, dann hätte es rundum nur lächelnde Gesichter gegeben, Tee und ein Stück von der leckeren Victoria-Biskuittorte ihrer Mutter mit der köstlichen Himbeer-Sahne-Füllung.

Doch das Gespräch lief in die völlig falsche Richtung.

«Wundert mich gar nicht, dass du dich kaum noch hier blickenlässt. Du hängst bestimmt lieber bei diesen schicken Musiktypen rum. Im Vergleich zu denen haben wir ja nichts zu bieten.»

«Ich hatte ... na ja, viel zu tun ... mit Barry und dem Haus.»

«Ach nee. Womit denn viel zu tun? Du hast schließlich keine Kinder!»

«Du denkst, du wärst was Besseres als wir. Schon seit du diese Platte gemacht hast.»

«Du redest sogar ganz anders. Richtig piekfein!»

«Schluss jetzt, Kinder, es reicht!»

«Nein, das muss sie endlich mal hören. Sie will uns ja nicht mal mit ein paar lumpigen Pfund aushelfen.»

«Ich kenn dich gar nicht mehr, Pat! Und ich weiß nicht, ob ich dich überhaupt noch kennen will.»

«Ich hab gesagt, Schluss jetzt! In meinem Haus will ich keinen Streit.»

Unter dem Tisch schob Pat unbemerkt die Schecks zurück in die Handtasche und klappte sie zu. Sie sah ihre Mutter an, wollte ihr erzählen, dass sie vor fast drei Jahren ihr heiß ersehntes, geliebtes Baby verloren hatte. Wollte von ihrer Angst erzählen. Sie wollte nur von ihrer Mutter in den Arm genommen werden. Das hatte sie immer gewollt, wenn sie einen Fuß in das Haus ihrer Kindheit setzte, aber es geschah nie, was vermutlich auch der Grund war, warum sie kaum noch zu Besuch kam – es tat einfach zu weh.

«Denk dran, Maria kommt vorbei, und ich hab gesagt, wir würden ausgehen ... aber ich kann sie anrufen und absagen, wenn du willst.» Pat freute sich darauf, ihre Freundin wiederzusehen, aber eigentlich machte sie sich auch gern einen gemütlichen Abend mit Barry. Barry hatte jedoch darauf bestanden, dass sie sich mal richtig amüsieren ging, und sie hatte den Verdacht, dass er es ganz nett fände, allein vor dem Fernsehen zu sitzen und ein paar Zigaretten zu rauchen. Also würde sie mit Maria losziehen und in Erinnerungen schwelgen müssen.

«In das Kleid hier pass ich schon lange nicht mehr. Seit ich aufgehört habe zu singen», beklagte sie sich bei Maria, die auf Pats Bett saß und an einer Zigarette zog.

«Das ist doch erst drei Jahre her!», antwortete Maria, das Haar leuchtend orange und die Haut frisch gebräunt, weil sie gerade mit einer Nachwuchsband in Fernost auf Tour gewesen war. Aber Pat kam es vor, als wäre ihre Zeit als Sängerin schon eine Ewigkeit her.

«Deine Figur ist so gut wie eh und je. Und die werden wir heute Abend auch zeigen!»

Pat schauderte bei dem Gedanken. Ihre Augen flehten Barry förmlich an, den Macho-Ehemann raushängen zu lassen und zu verlangen, dass sie zu Hause blieb. Doch in Wahrheit brauchte sie mal eine Abwechslung, vor allem nach der Geschichte mit ihrer Familie. Sie war noch immer gekränkt von dem Verhalten ihrer Geschwister und konnte sich nicht entscheiden, ob sie ihnen das Geld überhaupt geben sollte oder nicht.

Der Pub rief bei Pat augenblicklich Erinnerungen an ihre Auftritte in der Old Compton Street wach, doch die nostalgische Stimmung verging, als Maria einen der beiden Männer, die an der Bar saßen, mit hingehauchten Küsschen auf die Wange begrüßte. Travis gehörte der Vergangenheit an, und Maria genoss ihr Single-Dasein.

«Das ist Kayo», stellte sie den Größeren der beiden vor. Er hatte die durchdringendsten dunklen Augen, die Pat je gesehen hatte.

«Hallo», sagte er und schüttelte ihr die Hand. Pat zuckte unwillkürlich zusammen, als Maria dem kleineren Mann gekonnt die Zunge in den Mund schob. Da ihr nichts anderes übrigblieb, sah sie Kayo an und hoffte inständig, dass er von ihr nichts Ähnliches erwartete. Was er natürlich nicht tat. Wieso auch? Peinlich berührt wartete Pat darauf, dass Maria mit ihrer Zungenartistik zum Ende kam. Sie führte längst ein anderes Leben. Sie war eine Hausfrau aus Essex.

«Und das ist Rafael. Rafael, das ist meine Popstar-Freundin, die sich allmählich in eine Provinzhausfrau mittleren Alters verwandelt. Darf ich vorstellen: Trish!», sagte Maria lachend.

«Freut mich, Sie kennenzulernen», sagte Rafael, und Pat kniff Maria spielerisch in den Arm.

Alle vier setzten sich an einen Tisch, bestellten ein paar Snacks, und Pat versuchte, sich nicht weiter dadurch verunsichern zu lassen, dass ihre beste Freundin und ein Mann namens Rafael rumknutschten wie zwei Teenager.

«Sind die beiden immer so?», wollte Pat von Kayo wissen.

«Ich fürchte, ja. Aber ich sehe Maria heute zum ersten Mal.» Kayo hatte einen leichten Akzent. Jamaika, möglicherweise.

«Ich denke, es wird eine lange Nacht werden.»

Eine halbe Stunde später waren Marias und Rafaels Lippen noch immer aneinandergeschweißt.

«Und meine Schwester hat fünf Kinder», erzählte Pat gerade. Sie hätte nicht sagen können, ob sie den armen Kayo mit der genauen Aufzählung ihrer gesamten Verwandtschaft zu Tode langweilte, aber worüber sollte sie sonst mit ihm sprechen?

«Ihre Familie scheint Ihnen viel zu bedeuten – das ist gut. Familie ist sehr wichtig.»

«Stimmt ... aber ich bin ...», antwortete Pat unsicher und hätte ihm fast vom aktuellen Krach mit ihren Geschwistern erzählt. Doch dann rief sie sich in Erinnerung, dass sie mit einem Wildfremden sprach. Ihre Mutter hatte sie dazu erzogen, Fremden gegenüber Zurückhaltung an den Tag zu legen, oder, um es mit ihren Worten auszudrücken: «Was unter unserem Dach passiert, geht kein Schwein was an, Pat.»

«Auch in meinem Land ist Familie sehr wichtig», sagte Kayo.

«Woher kommen Sie denn?», fragte sie, froh über den Themenwechsel.

«Aus Nigeria.»

Pat hatte noch nie einen Nigerianer kennengelernt, zumindest nicht bewusst. Sie war davon ausgegangen, dass die meisten, mit denen sie in der Musikbranche zu tun hatte, aus der Karibik kamen, und plötzlich sah sie in Kayo jemanden, der ein immenses Wissen über eine Welt hatte, von der sie rein gar nichts wusste.

«Das ist ja wunderbar», schwärmte sie.

«Finden Sie? Aber *Sie* sind der Popstar», konterte er humorvoll.

«Nicht mehr, Kayo!», entgegnete sie.

«Also, wenn ich Jura studiert, aber nur eine Verhandlung gewonnen habe, bin ich dann nicht trotzdem Anwalt?»

«Guter Einwand.»

«Nigeria ist ein großartiges Land, das bevölkerungsreichste Land Afrikas, und ich bin sehr stolz auf meine Heimat. Aber …» Kayo beugte sich vor, und sie konnte den Moschusduft seines After Shave riechen. «… Nigeria ist auch der achtgrößte Ölproduzent der Welt und doch so bitterarm.»

«Wir werden die Welt wohl nicht ändern können», sagte Pat und hätte den Satz am liebsten wieder zurückgenommen, kaum dass sie ihn ausgesprochen hatte, weil sie sich vorstellte, dass so etwas auch ihre Brüder bei einem Glas Bier von sich gaben.

«Aber wir alle können einen kleinen Beitrag leisten, Pat.»

«Das finde ich auch», antwortete sie verlegen.

Pat und Kayo waren immer noch in ihr Gespräch versunken, als Maria und Rafael neue Drinks holen gingen.

Kayo schilderte ihr die politischen Zustände in Nigeria, die Folgen der Kolonialisierung und die Mentalität seines Volkes, und Pat merkte, dass sie dem Mann die ganze Nacht zuhören könnte.

«Wenn ein Volk so lange unterdrückt und entmachtet war, hat das verheerende Folgen, die sich über Generationen auswirken können», erklärte er, und Pat nickte heftig. Sie wusste nicht genau, was er meinte, aber als er von einem Kinderheim erzählte, mit dem er zu tun hatte, horchte sie auf. Er sprach mit einer erstaunlichen Leidenschaft, die sie bewundernswert fand, und sie hätte sich nichts lieber gewünscht, als dass ihre Brüder auch nur einen Bruchteil davon besäßen.

«Anfangs war es nur eine Baracke voller Schutt, und jetzt geht es immer weiter aufwärts.»

Zu Marias Entzücken ließ sich Rafael von ihr in ein Hotel abschleppen, sodass Pat mit Kayo allein im Pub zurückblieb. Aber das machte ihr nichts aus, weil sie das Gespräch mit ihm so interessant fand.

Am Ende des Abends war sie von Kayos hypnotisierender Energie gefesselt. Und sie vereinbarten kurz entschlossen, sich erneut zu treffen, diesmal bei Pat zu Hause, an einem Abend, an dem Barry länger arbeiten musste und sie ungestört waren. Bei einer Kanne Tee sprachen sie über lebensverändernde Entscheidungen. Pat machte Versprechungen und war fest entschlossen, sie auch zu halten. Es gab Augenblicke, in denen sie wusste, dass gerade Emotionen ihren Verstand beherrschten. Aber warum nicht?

Was war denn daran so schlimm, nur dieses eine Mal? Das Leben war kurz, und es war an der Zeit, dass sie endlich … etwas tat.

Kapitel 12

Pat

1983

«Trish investiert in afrikanisches Dorf!», lautete die ziemlich unzutreffende und kleine Zeitungsüberschrift. Pat hoffte, dass sie klein genug war, um von ihren Brüdern auf dem Weg zur letzten Seite mit Zwischenstopp auf Seite 3 übersehen zu werden – eine Hoffnung, die verflog, sobald sie die Küche ihrer Mutter betrat.

«Wie ich sehe, verschenkst du dein Geld an Fremde», sagte ihre Mutter, die gerade auf dem Holztisch einen großen Teigklumpen knetete. Die Wärme, die der Backofen ausstrahlte, verlieh Pat ein wohltuend vertrautes Gefühl. Sie setzte sich.

«Nur ein bisschen, Mum ... für einen guten Zweck.»

«Granna!», quietschte einer der kleinen Jungen ihres Bruders, der mit ausgestreckten Armen in die Küche gerannt kam.

«Hallo, mein Kleiner», antwortete Pats Mutter und knetete weiter. «Du glaubst wohl, ich bin von gestern, was?»

«Aber nein! Und ich bin's auch nicht. Ich vertraue Kayo. Er hat sein Herzblut in dieses Projekt gesteckt, und ich will ihm helfen. Weißt du eigentlich, wie sehr der Westen daran beteiligt war, Afrika kaputt zu machen?», erwiderte Pat trotzig.

«Nee, weiß ich nicht, aber ich weiß, dass ich gerade eigentlich mit unserem Kleinen hier geredet hab. Der kommt doch bloß zu mir, damit er hier was naschen kann, und er denkt, ich wüsste das nicht.»

«Ach so», sagte Pat kleinlaut, klopfte sich auf den Schoß und winkte ihren Neffen zu sich.

«Aber wenn dir irgendetwas im Kopf rumgeht, hat das nix mit mir zu tun.»

Pats Wangen liefen rot an, während sie einen Lutscher aus der Handtasche zog und ihrem Neffen gab.

Pats Bruder kam in die Küche und kitzelte seinen Sohn beiläufig am Hals. «Hallo», sagte er und ging schnurstracks zum Kühlschrank. «Du bist ein Volltrottel!», sagte er dann abfällig.

«Ach ja? Und wieso?», fragte Pat mit einem Seufzen. Ihr war klar, dass ihr Bruder wahrscheinlich ein wesentlich derberes Wort gewählt hätte, wenn sein Sohn nicht dabei gewesen wäre.

«Mein Kumpel hat mir den Artikel gezeigt, in dem steht, dass du für irgendein afrikanisches Dorf Geld spendest.»

«Es ist für einen guten Zweck.»

«Was sagt Barry denn dazu?»

«Der ist hundertprozentig dafür.»

«War ja schon immer ein Weichei.»

«Red nicht so über Barry», entgegnete Pat, den Tränen nahe.

«Für mich fängt Wohltätigkeit zu Hause an. Und diesen Nigerianern kannst du doch sowieso nicht trauen. Du solltest ein eigenes Kind großziehen. Wieso dauert das eigentlich so lange? Bringt's der gute alte Barry nicht?»

Das tat weh, besonders da Pat und Barry endlich beschlossen hatten, sich damit abzufinden, dass sie vermutlich keine Kinder bekommen würden. Sie hatten im Garten gesessen, aneinandergeschmiegt, und erkannt, dass das glückliche Leben zu zweit, das sie führten, vielleicht ihr Los und daher völlig in Ordnung war. *Sie* hatten einander. Ein unzertrennliches Paar – weit mehr, als die meisten hatten. Weit mehr, als ihre Mutter und ihr Vater gehabt hatten.

Dennoch trafen sie die Bemerkungen ihres Bruders, wie

meistens. Die Sache mit «diesen Nigerianern» natürlich auch. Die Zeit hatte offenbar nicht dafür gesorgt, dass sich eines ihrer Geschwister zu einem anständigen Menschen entwickelte, und sie hatte die Nase voll von ihnen.

Er sprach weiter. «Wahrscheinlich gibt's da gar keine Schule. Bloß 'nen Haufen Eingeborene, die sich auf deine Kosten kaputtlachen. Wie gesagt – Volltrottel.»

Pat hielt ihren Neffen fest an sich gedrückt, als könnte sie das von einer Antwort abhalten, die sie möglicherweise bereuen würde, oder aber in Tränen auszubrechen.

«Deine Schwester ist nicht blöd», sagte ihre Mutter ungewöhnlich solidarisch. Pat blickte rasch zu ihr hinüber, um ihr stumm zu danken, aber ihre Mutter mied jeden Blickkontakt und knetete weiter den Teigklumpen.

Auf dem Nachhauseweg gestand sich Pat ein, dass die Worte ihres Bruders wie Blutegel an ihr hafteten. Sie würde Kayo bald den Rest des Geldes übergeben – zehntausend Pfund –, hatte aber das Gebäude, um das es ging, noch nie gesehen. Die Fotos von den Bauarbeiten konnten Gott weiß wo gemacht worden sein, und die Mitarbeiter konnten allesamt Verwandte von Kayo sein, die für diese «blöde Engländerin mit dem vielen Geld» posierten. Starke Zweifel machten sich in Pat breit, und auf einmal fragte sie sich, ob ihr Bruder nicht recht damit hatte, sie für naiv zu halten. Sie hatte dem Freund eines Mannes vertraut, den Maria nur flüchtig kannte, und aufgrund von abendlichen Plaudereien große Geldversprechungen gemacht! Das ungute Gefühl ließ sie auf dem ganzen Nachhauseweg nicht mehr los.

«Da bist du ja!», rief sie und warf sich in die Arme ihres Mannes, sobald er fünf Minuten nach ihr zur Tür hereinkam. Pat hatte sich nach der Geborgenheit gesehnt, nach seiner beruhigenden Stimme, und trotzdem schien das nicht zu genügen.

«Hältst du mich für einfältig?», fragte sie und zog endlich ihren Mantel aus.

«Wer hat dir das denn eingeredet, Schatz?»

«Bitte antworte mir, Barry. Bin ich eine Idiotin mit schlechtem Gewissen, die die Taten irgendwelcher gesichtsloser Vorfahren wiedergutmachen will, indem ich Kayo das Geld gebe?»

«Du», sagte er und nahm ihr Gesicht in beide Hände, «bist die liebevollste und großherzigste Frau, der ich je begegnet bin. Du liebst Kinder, und du willst ihnen helfen. Wenn einen das zum Idioten macht, dann will ich auch einer sein, Trish. Du bist ein ganz besonderer Mensch, und dafür liebe ich dich.»

Sie konnte sich immer darauf verlassen, dass Barry genau das Richtige sagte, auch wenn diesmal ihre Zweifel nicht gänzlich ausgelöscht waren.

«Außerdem gibst du es ja nicht Kayo, du gibst es den Kindern.»

Sie küsste verspielt seine Stirn und war auf einmal ganz atemlos. Ihr wurde sogar schwindelig. «Ich will hin.»

«Wohin? Ich bin doch gerade erst nach Hause gekommen.»

«Nicht sofort. In ein paar Wochen. Ich muss einfach dorthin!»

«Trish, du redest ziemlich wirr.»

«Ich will mir das Heim für mutterlose Kinder ansehen. Ich will nach Nigeria!»

Während ihrer kurzen Zeit als Popstar hatte Trish einige europäische Länder bereist, aber nichts hatte sie auf die schwüle, fremdartige Hitze in Lagos vorbereitet, die ihr entgegenschlug, als sie am Murtala Muhammed International Airport aus dem Flugzeug stieg. Das kaputte Gepäckband und die bürokratischen Verzögerungen trugen auch nicht gerade dazu bei, ihren ersten unangenehmen Eindruck von dem Land zu mildern. Barry verkraftete die Umstellung deutlich besser, und der einsame Schweißtropfen, der hinter seinem Ohr hinabrann, war das einzige Anzeichen dafür, dass er nicht in einer steifen Brise an der Küste von Sussex stand.

Unter der sengenden Sonne von Lagos raste ein Schwarm leuchtend gelb-schwarzer Taxis ohne Klimaanlage durch die Gegend wie Killerbienen auf der Suche nach Opfern. Fahrer priesen aus den Autos lauthals ihre Dienste an, während Pat und Barry von Männern umringt wurden, die Schreibblöcke und irgendwelche Kleinwaren feilboten.

«Nein, danke», sagte Pat unentwegt.

«Wir warten auf jemanden, aber danke», fügte Barry hinzu.

Während ihre Augen die Menge absuchten, hallten Pat die skeptischen Worte ihres Bruders in den Ohren. Möglicherweise war sie tatsächlich naiv gewesen. Barry hatte zwar keine Bedenken zum Ausdruck gebracht, aber vielleicht war er ja einfach bereit, bei allem mitzumachen, was Pat wollte: Sie wollte Sängerin werden, na los, packen wir's an; sie wollte Tausende von Meilen fliegen, um ein afrikanisches Land zu besuchen, na los, packen wir's an.

Dann hörte sie jemanden ihren Namen rufen, und endlich zerplatzte die wachsende Blase aus negativen Gedanken, die sie seit Wochen umhüllt hatte.

«Mrs Reid!»

Sie blickte auf. Kayo kam auf sie zu, die Augen so durchdringend wie immer, die Haut schimmernd in der Vormittagssonne.

«Willkommen!», begrüßte er sie und schüttelte ihnen beiden kräftig die Hand. Pat wollte sich nicht anmerken lassen, wie erleichtert sie war, ihn zu sehen, oder wie sehr sie darauf brannte, ihrem Bruder gegenüber aufzutrumpfen.

«Ich freue mich so, Sie zu sehen, Kayo!» Sie lächelte, als Barry ihre Hand drückte.

Ein staubiger blauer Peugeot bremste vor ihnen, und Kayo hielt ihnen die Tür auf.

«Willkommen!», wiederholte er mit einem breiten Lächeln. Sie fuhren los, und er erläuterte ihnen den geplanten Verlauf ihrer Reise. Hotel, Dusche, Essen – dann würde das Auto sie abholen und zu dem Heim für mutterlose Kinder bringen.

Erneut drückte Barry Pats Hand. Sie wurde allmählich von Optimismus und Hoffnung erfasst. Neugierig streckte sie den Kopf aus dem Fenster, genoss den wohltuenden Fahrtwind und atmete eine kräftige Mischung aus schweißtreibender Hitze und unbekanntem Pflanzenduft ein, während fremdartige Musik aus dem Radio drang.

«Soll ich die Musik abdrehen?», fragte Kayo.

«Nein, lassen Sie sie an. Wer ist das?»

«King Sunny Adé. Hier in Nigeria ist er ein Star. Genau wie Sie in England.»

«Ich glaube, er ist um einiges besser, als ich es war», erwiderte Pat lachend. Sie blickte nach draußen auf große Kakteen und akkurat aufgereihte Palmen, die die schnurgerade verlaufende Straße säumten. Je weiter sie sich vom Flughafen entfernten, desto mehr veränderte sich die Landschaft – wie das Bild eines Künstlers, das langsam Gestalt annimmt. Ikeja, so stand auf einem Schild, beherbergte etliche kleine Hotels, gepflegte Gebäude und große Apotheken, und alles sah sauberer aus, als Pat befürchtet hatte. Jetzt konnte sie es auf einmal nicht mehr erwarten.

«Kayo, können wir nicht vielleicht direkt zu dem Heim für mutterlose Kinder fahren?»

Kayo sah Barry an, der zur Antwort mit den Achseln zuckte.

«Aber möchten Sie sich denn nicht zuerst frischmachen?»

«Ich … ich würd's einfach gern sofort sehen. Ich bin so gespannt darauf.»

«Wie Sie möchten», entgegnete er und sagte dann etwas auf Yoruba zu dem Fahrer.

Die Straßen füllten sich zunehmend mit Menschen, je näher der Wagen seinem neuen Ziel kam. Pat sah Männer und Frauen in bunter traditioneller Kleidung, andere trugen westliche Jeans und T-Shirts. Mütter schleppten Kinder auf dem Rücken, während sie auf dem Kopf Tabletts mit frischgebackenen Broten balancierten. Der Lärm der alten Autos wetteiferte mit dem Klang von Musik, die so ähnlich war wie die, die im Auto lief. Pat bestaunte zum ersten Mal das geschäftige Gewühl von Lagos.

Der Wagen hielt an einer Kreuzung, und sie stellte irritiert fest, dass es keinerlei Ampeln gab. Der dichte Verkehr und das Menschengewimmel zwangen den Wagen zu einem unerträglichen Kriechtempo, und der Fahrer lag mehr oder weniger auf der Hupe, während Pat in Schweiß gebadet war.

«Tut mir leid, Barry, wir hätten doch erst zum Hotel fahren sollen», sagte sie mit Blick auf sein gerötetes Gesicht. Der Wagen besaß keine Klimaanlage, und die offenen Fenster ließen bloß die drückende Hitze herein.

«Kein Problem», antwortete er, und Pat drückte seine Hand. Sie wandte das Gesicht zum Fenster, damit er ihr das schlechte Gewissen nicht ansah, und betrachtete wieder die Stadt, in der sie in den nächsten zwei Wochen zu Gast sein würden. Für sie war es der interessanteste und schönste Ort, den sie je gesehen hatte.

Kayo, der jetzt ihr Fremdenführer war, erzählte verblüffende Dinge. Die Schule an der Ecke, neben dem Friseurladen mit der provisorischen Blechtür, besuchten einige der älteren Kinder aus dem Heim. Die Frau, die gerade die Straße überquerte und einen hellgrün-blauen Kaftan trug, hatte ein Jahr lang zweimal wöchentlich als Freiwillige im Heim mitgeholfen, obwohl sie selbst vier Kinder hat und als Witwe fast mittellos war.

«Ich bin selbst oft überrascht über die Güte und Hilfsbereitschaft von Fremden. Und jetzt sind Sie nach einer Zufallsbegegnung auch zu einer so gütigen Spende bereit», sagte er und deutete auf Pat und Barry. Pat lächelte nur verlegen. Seine Dankbarkeit rührte sie, und wieder musste sie daran denken, wie anders ihre Geschwister auf diese Großzügigkeit reagiert hatten.

Sie bogen auf eine steinige und holprige Piste ab, die, wie Kayo bestätigte, zu dem Heim für mutterlose Kinder führte. Das Auto hätte um ein Haar einen Gecko erwischt, während es an schiefen Häusern und unfertigen Bauten vorbeirumpelte. Manche hatten kein Dach, waren aber anscheinend bewohnt.

«Gleich sind wir da», erklärte Kayo. Ein magerer Hund rannte vor ihnen über die Straße und entging einem Zusammenstoß nur, weil der Wagen bei den Bodenunebenheiten lediglich Schritttempo fahren konnte. Als das Auto gerade versuchte, sich mit jaulendem Motor aus einem tiefen Schlagloch zu befreien, spähten zwei hübsche Kinder durchs Beifahrerfenster.

«Guten Tag», sagten sie höflich. Pat winkte ihnen zu, und sie grinsten sie fröhlich an.

Der Wagen hielt vor einem großen Holztor, das so gar nicht zu der Vorstellung passte, die sich Pat von dem Eingang zum Heim gemacht hatte. Die Fotos, die Kayo ihnen geschickt hatte, waren überwiegend Innenaufnahmen, und Pat war nicht auf das kümmerliche schiefe Schild mit der schlichten Aufschrift HEIM FÜR MUTTERLOSE KINDER gefasst gewesen.

Immer mehr Frauen und Kinder versammelten sich um den

Wagen und raunten und tuschelten in einer Mischung aus gebrochenem Englisch und Yoruba. Kayo fragte seine Gäste, ob sie bereit seien, hineinzugehen.

«Auf los geht's los!», antwortete Pat übertrieben munter.

Kayo klopfte kräftig an das Tor, das gleich darauf von einer Frau geöffnet wurde, die zwei kleine Kinder im Schlepptau hatte. Freudige Umarmungen und Begrüßungen folgten. Dann führte Kayo sie durch das Tor in ein tropisches Narnia mit einer Kokospalme, Aloe-Vera-Pflanzen, Kakteen und zahllosen anderen Gewächsen, die Pat noch nie gesehen hatte. Dazwischen duckte sich ein mächtiger, heruntergekommener, zweifarbiger Flachbau.

Kayos Berichten zufolge verfügte das Heim für mutterlose Kinder über eine behelfsmäßige Küche, Außentoiletten und fünf Räume, in denen zwanzig Kinder untergebracht waren. Alle halfen bei der Arbeit, wobei die größeren Kinder jeden Tag Wasser aus dem Bohrloch in der Nähe holten und im Haushalt zur Hand gingen. Von Pats erster Spende hatte Kayo unter anderem Moskitonetze für die Betten gekauft, eine Maßnahme, auf die er besonders stolz war, weil die Region malariaverseucht war. Barry und Pat folgten Kayo durch einen dunklen, fensterlosen Korridor zu einer alten Holztür, durch die der Duft aromatischer Gewürze und fröhliche Kinderstimmen drangen.

«Da wären wir», sagte Kayo und öffnete die quietschende Tür. Dahinter tat sich ein schäbiger Raum auf, in dem zwei lange Tische mit vielen Stühlen standen. Ein kleines Fenster ließ nur wenig Licht herein. An der Decke baumelte eine nackte Glühbirne. Sie war die zweite Lichtquelle im Raum – natürlich nur, wenn es mal Strom gab. Auf jedem Stuhl saß ein Kind und ließ sich einen Teller Reissuppe schmecken, und auf allen Gesichtern lag ein Ausdruck von Neugier auf die Gäste.

Pat und Barry plauderten mit den Kindern und stellten erstaunt fest, wie gut sie Englisch konnten.

«Bei den vielen Stämmen mit unterschiedlichen Sprachen ist Englisch die Sprache, die uns verbindet», erklärte Kayo.

«Das ist doch gut, oder?», wollte Barry wissen.

«Kommt auf die Perspektive an», antwortete Kayo.

Nach einer Stunde merkte Pat, dass die Erschöpfung von dem langen Flug und die drückende Hitze ihr langsam zusetzten.

«Vielen Dank, Kayo. Morgen kommen wir wieder und schauen uns alles richtig an», versprach sie, als sie hinaus in den Hof traten. Eine der Helferinnen, die sich gleich zu Anfang als Mary vorgestellt hatte, saß auf den Stufen und kämmte einem Mädchen die Haare. Das Kind wurde offensichtlich nicht gern gekämmt, und Pat musste an den kleinen Kieron von nebenan denken, daran, wie er auf seinen kurzen Beinchen wegrannte, sobald er eine Bürste sah.

«Hallo», sagte Pat und ging auf das kleine Mädchen zu.

«Das ist Omolara», sagte Mary.

Omolara hatte die Augen beim Kämmen zugekniffen und hob nun langsam die Lider, als Pat ihr eine Hand hinstreckte.

«Hallo, O … moo … la …?» Pat sah hilfesuchend Kayo an.

«Omolara!», sagte der lachend.

«Entschuldige», sagte sie und ging in die Hocke, auf Augenhöhe mit dem Kind.

«Das bedeutet: ‹zur rechten Zeit geboren›», erklärte Kayo.

«Ein bisschen absurd», sagte Barry und schüttelte langsam den Kopf.

Pat sah das jedoch nicht so. Sie zeigte auf einen langen Stoffstreifen, den Omolara in der kleinen Hand hielt.

«Und was ist das?»

Omolara wandte den Blick ab, zog die Augenbrauen zusammen und spitzte trotzig die Lippen.

«Na, du hast jedenfalls einen hübschen Namen», stellte Pat fest, und Omolara lächelte verschmitzt an Marys Brust.

«Bis morgen dann. Bye-bye», sagte Pat, unbeirrt vom Schweigen des Kindes.

«Bye-bye», sagte die kleine Omolara schließlich und winkte zögernd. Zwei Silben, die die Kraft hatten, Pats Herz mit Freude zu erfüllen.

Kayo hielt ihnen die Wagentür auf, und Pat schob sich lächelnd auf den rissigen, heißen Ledersitz. Sogleich ergriff sie Barrys Hand. Plötzlich sehnte sie sich nach etwas viel Bedeutsamerem als bloß einer Dusche.

«Alles okay, Liebes?», fragte Barry. Pat kaute auf der Unterlippe und nickte geistesabwesend.

Am nächsten Tag, nach einem erholsamen Schlaf und einem ausgiebigen Aufenthalt unter der Dusche, fuhren Pat und Barry erneut zu dem Heim. Pat freute sich auf die Kinder, aber hauptsächlich konnte sie es kaum erwarten, Omolara wiederzusehen. Die Nacht über hatte sie immer wieder an ihre Pausbacken denken müssen, an ihre Stimme und die Worte, die sich angehört hatten wie warme, köstliche Tropfen Honig.

Bye-bye.

Als nach einem ganzen Tag im Heim das fröhliche Kindergeschrei zur Schlafenszeit friedlicher Stille wich und die Sonne fast verschwunden war, drängte sich Pat der Gedanke auf, dass ihre Nigeriareise viel zu schnell vorübergehen würde. Sie wollte alles in sich aufsaugen, das Land in seiner Gänze erfassen, damit sie seine Gastlichkeit, seine Schönheit, die Erinnerungen, die es schon jetzt in ihrer Lebensgeschichte hinterlassen hatte, niemals vergaß.

«Hallo, Madam», sagte Mary. Als sie näher kam, bemerkte Pat zwei kleine, leicht verkratzte Füße, die rechts und links neben Marys Hüften baumelten.

«Wir waren Kochbananen kaufen», sagte Mary, während Pat Omolara anlächelte, die mit einem großen, verknoteten Stofftuch auf den Rücken der Helferin gebunden war.

«Hallo, Omuulara», sagte Pat, die sich bewusst war, dass sie den Namen schon wieder ziemlich falsch ausgesprochen hatte.

Mary löste den Knoten des Tuches und manövrierte das Kind nach vorn. Pat hatte Angst, die Kleine könnte fallen, und hielt sie instinktiv fest. Dabei sah sie, dass Omolara ein weiteres Stück Stoff in der Hand hielt. Es war etwa so groß wie ein Kopftuch, ein Kaleidoskop aus Gelb und Grün und Rot und sehr, sehr schmutzig.

«Keine Sorge, sie fällt nicht», sagte Mary beruhigend. Omolara blieb in Pats Armen, umklammerte das Stoffstück und lächelte zu ihr hoch. Wieder dachte Pat unwillkürlich, wie hübsch dieses Kind doch war. Doch die pausbackigen Wangen waren fleckig von getrockneten Tränen.

«Sie ist ein sehr unartiges Mädchen. Sie wollte nicht ins Bett, sondern mit mir Bananen kaufen gehen, und dann sollte ich sie die ganze Zeit tragen. Aber sie ist zu groß. Bald schaff ich das nicht mehr. Sie ist viel zu schwer!», klagte Mary.

«Aber sie ist ein süßes Kind», sagte Pat.

«Und dieses Stoffstück, nie lässt sie es los. Es ist wirklich komisch. Wir wollten es schon mal waschen, aber da hat sie geweint.»

«Das ist doch sicher ihr Schmusetuch», sagte Pat. «Das sie braucht, damit sie sich wohl fühlt.»

«Wohlfühlt, *ke*? Man fühlt sich wohl, wenn man einen vollen Bauch hat und gut schläft. Sie sind lustig!» Mary lachte.

Aber das Tuch und überhaupt alles an der Dreijährigen gingen Pat sehr ans Herz. Die kleine Omolara war etwas Besonderes, da war sich Pat ganz sicher, weil jede Faser ihres Herzens ihr das sagte.

Zum ersten Mal, seit sie vom Erfolg gekostet hatte, wünschte Pat, sie wäre noch immer ein Star. Oder zumindest im Besitz eines Adressbuches voller Namen von Leuten, die Millionen lockermachen konnten – VIPs, die sie bitten könnte, zu spenden und für Publicity zu sorgen –, und vielleicht im Besitz eines fetten eigenen Bankkontos, mit dem sie Kayo helfen könnte, den Kleinen im Heim eine bessere Zukunft zu ermöglichen.

Mit ein paar Tausend Pfund kam man nicht sehr weit.

Aber was, wenn sie ihre Hilfe auf ein Kind konzentrierte? Sie könnte ihm eine sichere und liebevolle Zukunft bieten, die ansonsten ungewiss wäre. Könnte diesem Kind die ausreichende Menge Zuwendung schenken, die es in einem Heim mit so vielen anderen unmöglich bekam. Einem reizenden Kind, das von seiner Mutter bei der Geburt aufgrund von Armut und unsicheren Lebensumständen verlassen worden war. Das man fast drei Jahre zuvor auf dem Gelände des Heims ausgesetzt hatte, kurz nach seiner Geburt, in ein gelb-grün-rotes Tuch gehüllt und nur mit einem Zettel versehen, auf dem der Name und das Geburtsdatum standen. Ein Kind, das dann von einer ganzen Reihe von Frauen gestillt worden war, Bezugspersonen, die im Abstand von wenigen Monaten wechselten, weil sie weiterzogen, während das Kind im Heim blieb und auf die Nächste wartete, die bereit war, es zu nähren und auf dem Rücken zu tragen.

Was, wenn Pat der kleinen, süßen Omolara helfen könnte?

«Wer könnte sie nicht wollen?», flüsterte Pat. Sie saß Kayo gegenüber im Hof, das Kind friedlich an ihre Brust geschmiegt.

Pat fühlte sich wohl in dem grün-blauen Batikkaftan, den ihr die Helferinnen geschenkt hatten. Doch die ganze Szenerie kam ihr surreal vor. Vor kurzem noch war sie in England gewesen und hatte Zwiebeln für das einzige auch nur annähernd exotische Element in ihrem Leben gehackt: Pats Curry mit Reis, das mit Hackfleisch und mildem Currypulver von Tesco zubereitet wurde.

«Ich bin sehr dankbar für das, was Sie für uns alle getan haben», sagte Kayo jetzt.

«Es ist nicht viel.»

«Es ist äußerst großzügig, und vielleicht trägt die Publicity dazu bei, dass sich noch andere melden und uns helfen.»

Omolara schlug die Augen auf und klammerte sich an Pat. Das Muster des schmutzigen Stoffs in ihren Händchen verschmolz mit den Spiralen auf Pats Kaftan. Omolara schaute zu Pat hoch, als würde auch sie eine Verbindung zwischen ihnen beiden spüren. Pat drückte die Kleine noch enger an sich, genoss ihren Duft. Das Bild, wie dieses Kind im Garten zusammen mit Kieron und den Kindern von Brian und Agnes spielte, erschien vor ihrem geistigen Auge. Sie pustete auf Omolaras Hals und erntete ein freudiges Quieken.

Natürlich war es eine dumme Idee – einfach so ein fremdes Kind mitzunehmen. Aber es hier einem ungewissen Schicksal zu überlassen, kam ihr schrecklich vor. Omolara hatte irgendetwas an sich, das in Pats Herz eine Sehnsucht weckte, die sie fast als körperlichen Schmerz empfand. Sie hätte nicht sagen können, ob es an der Ausstrahlung des Kindes lag, an seinem Lächeln, seiner Keckheit, aber sie hatte auf einmal das Gefühl, alles dafür tun zu wollen, damit sie die Kleine mitnehmen konnte. Ihre Empfindungen für dieses Kind waren so intensiv, dass Pat meinte, sich selbst nie wieder im Spiegel anschauen zu können, wenn sie ihnen nicht nachgab.

Während sich Barry oft lieber im Hotel entspannte, verbrachte Pat den Rest der Zeit in Afrika meistens bei den Kindern, sang mit ihnen, aß tellerweise Jollof-Reis und gab sich ganz dem nigerianischen Leben hin. Und die ganze Zeit über saß ein kleines Mädchen, das ein altes Stück Stoff in den Fäustchen hielt, wie angewachsen auf Pats angewinkelter Hüfte.

Kapitel 13

«Sie müssen uns bald wieder besuchen kommen», sagte Kayo, als er Pat aus dem Wagen half, dessen Kofferraum überquoll mit ihren Einkäufen: farbenfrohe geschnitzte Schalen, eine Bronzestatue für ihre Mutter, Grasmatten und bunte Glasperlen.

«Ich würde gern wiederkommen», sagte Pat, obwohl sie wusste, dass das nicht so leicht möglich war. Sie würden nach dieser Reise den Gürtel auf jeden Fall enger schnallen müssen. Große Veränderungen standen bevor.

Pat flog zurück nach England, während Barry in Nigeria blieb, um die Formalitäten zu erledigen, was sich dank Kayos Kontakten und der Tatsache, dass sie beide britische Staatsbürger waren, nicht sonderlich schwierig gestaltete.

Die Wartezeit nutzte Pat, um über die große Veränderung in ihrer beider Leben nachzudenken. Außer Brian und Agnes wusste niemand, was sie vorhatten. Als sie es ihnen erzählte, quietschte Agnes vor Entzücken, wohingegen Brian skeptisch fragte: «Habt ihr euch das auch wirklich gut überlegt? Oder haben eure Gefühle die Vernunft ausgeschaltet? Ich mein ja bloß. Es wird allerhand Probleme geben, Pat. Vielleicht nicht sofort, aber später bestimmt.»

Pat war nicht gerade dankbar dafür, dass Brian die Seifenblase zerplatzen ließ, die sie sich selbst gemacht hatte, dennoch brachte er sie ins Grübeln – ein paar Sekunden lang.

Pat war sich sicher, dass sie das Richtige tat. Ihr Herz und ihr Kopf waren völlig im Einklang. Sie wusste, dass es kein Zuckerlecken werden würde – das hatten die Erfahrungen mit ihrer eigenen Familie sie gelehrt –, aber war die Liebe nicht letzten Endes entscheidend? Hatte sie nicht jahrelang über die Liebe gesungen, hatte sie ihre Karriere nicht der Vorstellung zu verdanken, dass die Liebe alles möglich macht? Pat glaubte aus tiefstem Herzen daran, und noch stärker glaubte sie an ihr neues Vorhaben.

An dem Tag, als sie Barry aus Nigeria zurückerwartete, war Pat nervöser als je zuvor in ihrem Leben. Das Haus strahlte in neuem Glanz, weil sie es gründlich geputzt und gewienert hatte, aber sie war alles andere als müde. Sie hatte seit Tagen kaum einen Happen gesessen und war doch nicht hungrig.

Pat hatte die Wochen, Tage und jetzt Stunden praktisch an den Fingern abgezählt und dabei kaum glauben können, dass der große Augenblick wirklich bald kommen würde. Sie wollte alles perfekt haben. Sie wollte, dass ihr zukünftiges Leben als Familie perfekt war. Und das würde es auch sein.

Pat hatte sich an dem Tag mehrmals umgezogen. Schließlich hatte sie sich für ein geblümtes Sommerkleid entschieden, von dem sie hoffte, dass sie in ihm fröhlich und vor allem mütterlich aussehen würde. Doch dann hatte sie sich noch einmal umgezogen und diesmal Rock und Bluse gewählt.

In der Ankunftshalle stand Pat inmitten anderer wartender Angehöriger und Freunde. Ihr Herz raste, während sie an ihrer Handtasche und dem Teddy mit der blauen Fliege herumzupfte.

Es war nicht schwer, sie zu entdecken, als sie durch die Tür kamen. Pat lief auf die beiden zu, und alle Geräusche und Menschen um sie herum gerieten in den Hintergrund.

Und dann, nach der langen Wartezeit, standen sie sich gegenüber.

Sie sagten beide nichts, doch Pat zersprang beinahe das Herz vor Freude. Ihre Handtasche fiel zu Boden, die andere Hand hielt den Teddybär fest umklammert.

Pat lächelte unsicher, als sie den Teddy an das kleine Mädchen übergab, das ihn zunächst verwundert betrachtete, dann laut lachte und ihn sich vor die Augen hielt. Das machte Pat Mut, und sie breitete langsam die Arme aus, hoffte, betete lautlos und jauchzte dann innerlich, als sich das kleine Mädchen hineinschmiegte. Pat hielt es an die Brust gedrückt, und ihr Herzschlag verschmolz mit dem des Kindes zu einem. Und es war ein wunderbares Gefühl.

Pat wich ein wenig zurück, um sie anzuschauen, und bemerkte das Stück Stoff in ihrer Hand. Da begriff sie, dass Omolara tatsächlich real war. Dann zog Pat sie wieder an sich, weinte hemmungslos. In dem Moment ließ der grelle silbrige Blitz einer großen Kamera die kleine Omolara zusammenzucken.

«Keine Angst, Schätzchen», beruhigte Pat sie, fuhr mit den Fingern über die dicken Zöpfe des kleinen Mädchens, lächelte fast irre vor lauter Freude, erlebte ein Gefühl, so unbeschreiblich, dass sie wusste, sie würde es nie jemandem erklären können, nicht einmal Barry, der neben ihnen stand und vor Stolz übers ganze Gesicht strahlte.

Dann ging erneut ein Blitz los und besiegelte den himmlischen Moment, in dem Popstar «Trish» endlich ihre frisch adoptierte Tochter Lara in die Arme schließen konnte.

Kapitel 14

Lara

Damals

Als Lara erwachte, duftete es zart nach dem Biskuitkuchen, der am Vorabend gebacken worden war, nach frisch angerührter Zitronenglasur und Mandarinengelee. Es war zwei Tage nach ihrem zehnten Geburtstag und der Morgen ihrer Party.

Nachdem sie sich eilig angezogen hatte, bestaunte sie den Anblick des Küchentischs, auf dem sich köstliche (in diesen Mengen normalerweise verbotene) Leckereien und der Kuchen den Platz streitig machten. Obwohl es Mum nicht gelungen war, eine richtig runde Null neben der Eins hinzubekommen, stand jetzt eine köstliche 10 in blau-weißer Glasur auf dem duftenden, frisch glasierten und von silbern schimmerndem Tortenpapier umhüllten Biskuitkuchen.

«Na? Was sagst du?», fragte Mum, die hinter Lara trat, als die sich gerade über die Kartoffelchips mit Essiggeschmack hermachen wollte. Auf Mums Schürze waren ein paar blaue Spritzer Lebensmittelfarbe, und jetzt beugte sie sich vor, um mit der süßen Glasur aus dem Spritzbeutel langsam und sorgfältig die Worte *Happy Birthday Lara* zu schreiben.

«Ist toll geworden!», sagte sie begeistert.

«Gut. Und? Bist du froh, dass du jetzt zehn bist?», fragte Mum.

Lara nickte langsam, wusste aber, wenn sie Mum die Wahrheit sagen würde, müsste sie zugeben, dass sie bloß ein bisschen froh war. Ehrlich gesagt war Laras Freude nämlich von einem Gedanken getrübt, der nicht mehr weggehen wollte, seit Mum und Dad diese Kiste vom Dachboden geholt und ihr die Geschichte von dem dreijährigen Mädchen mit dem ulkigen Namen erzählt hatten, das in ein großes Flugzeug gestiegen und nach England geflogen war. Diese Geschichte war anders gewesen als die, die Mum ihr sonst beim Zubettgehen erzählte, hatte irgendwie besonders geklungen, so echt. Sie hatten Fotos in den Händen gehabt – von Lara – und andere Beweisstücke, schriftlich, auf Papier, die irgendwie wichtig aussahen. Manche waren sogar getippt! Im Laufe der Jahre hatte Lara allmählich immer mehr verstanden, und jetzt – als ausgewachsene Zehnjährige – verstand sie alles.

Mum hielt ihr die Schüssel mit dem Rest der Glasur hin, und Lara nahm sie freudig, putzte sie leer und bekam prompt wie immer leichtes Bauchweh.

Also ging sie zu ihrem Dad.

«Alles klar, Laralina-Liebes?», fragte Dad, der gerade den orangeroten Rasenmäher im Geräteschuppen verstaute.

Lara rieb sich den Bauch und folgte ihm in den Schuppen. «Nicht so richtig, Dad.»

«Hat Kieron dich wieder geärgert?», fragte er. Er setzte sich, und sie lief direkt in seine Arme, drückte den Kopf an seinen warmen und weichen Bauch.

«Nee. Ich hab Mum bei meinem Geburtstagskuchen geholfen.»

«Aha. Und wieder zu viel von der Glasur genascht, was?»

Sie lächelte verschmitzt.

«Du weißt ja, dass dir dann, wenn du elf bist, alle Zähne ausfallen», sagte er und kniff ihr verspielt in die Nase.

Sie kicherte. «Mir egal, Dad, Hauptsache, ich darf die Glasur schlecken!»

Er beugte sich zur Seite und ergriff seine Thermosflasche mit zwei Bechern.

«Trink das zügig. Dann ist dein Bauchweh gleich wieder fort.»

Lara schloss die Augen, kippte den viel zu starken Tee in einem Zug hinunter. Es schmeckte grässlich.

«Nicht übertreiben, Lara!», mahnte Dad schmunzelnd. «Schon besser?»

«Ja», log sie.

Als sie die Arme um seinen Nacken schlang, ging ihr Mums Bemerkung durch den Kopf, Lara wäre jetzt zu alt, um noch auf Dads Schoß zu sitzen. Sie hatte das schon immer gemacht, so lange sie sich erinnern konnte, und angefangen hatte es offenbar an dem Tag, als Dad sie von Nigeria mit nach England genommen hatte. Sie hatten Tage miteinander verbracht, während er mit irgendwelchen Beamten Papierkram und anderes Erwachsenenzeug regeln musste. Lara konnte sich die bedeutsame lange Reise in einem Flugzeug nach England nur vorstellen: wie sie auf Dads Schoß gesessen und sich vor lauter Angst vor dem Düsenlärm nicht von der Stelle gerührt hatte. Natürlich würde sie sich nie richtig dran erinnern, aber die vielen Augenblicke danach, die sie als Vater und Tochter verbracht hatten – von ihm zur Schule gebracht werden, auf seinem Schoß sitzen und Fernsehen gucken, ihm noch ein bisschen mehr Butter auf den Toast schmieren, wenn Mum gerade wegsah –, und die Gefühle, die damit einhergingen, hatten ihre Nähe zueinander besiegelt. Lara konnte sich nicht erinnern, je anders für ihren Dad empfunden zu haben.

«Dad?»

«Ja, Liebes?»

«Du weißt ja, dass ich jetzt zehn bin …»

«Wie könnte ich das vergessen?»

«Und du weißt doch auch, dass ihr mir von der Frau erzählt habt, von der ihr mich bekommen habt, in Afrika ...»

«Ja ...»

«Also, ich will keine Geschenke – nicht mal den Kassettenrekorder, den ich mir gewünscht habe. Ich will gar nichts, bloß ... ich würde sie gern kennenlernen.»

Sie hatten in der Vergangenheit nie viel über die Frau geredet, und Lara hatte es sich immer erst dreimal überlegt, ehe sie sie zur Sprache brachte oder überhaupt irgendwie erwähnte. Aber jetzt war sie älter, und an ihrem zehnten Geburtstag vor zwei Tagen hatte sie zwei ganz erwachsene Vorsätze gefasst – die Sindy-Puppe wegwerfen und *die Frau* kennenlernen. Lara war so weit, und natürlich war Dad dafür der richtige Ansprechpartner. Sie hatte immer das beruhigende Gefühl gehabt, dass Dad zu ihr hielt. Zum Beispiel, wenn Mum sagte, es sei schon zu spät am Abend für Schokolade, schob Dad ihr heimlich noch kleine Maltesers-Schokokugeln oder ein Mini-Dove zu. Und manchmal, wenn sie zu zweit waren, gingen sie noch ins Captain Gino's und aßen ein riesiges Bananensplit, hin und wieder gab's sogar eine Cola dazu (noch was, was bei den Reids zu Hause verboten war, außer bei Partys). Lara konnte mit absolut allem zu ihrem Dad gehen, und in diesem Moment, als sie auf seinem Schoß saß, hatte sie überhaupt nicht das Gefühl, etwas Unmögliches von ihm zu verlangen.

«Dad, bitte, kannst du sie für mich finden?», fragte sie und gab ihm einen Kuss.

Er wandte sich ab und schluckte. Und als er sich wieder seiner Tochter zuwandte, blickte er gequält drein.

«Lara –»

«Die Frau in Afrika. Kannst du sie für mich finden?»

«Lara, ich soll nach Afrika reisen und sie hierherholen?»

«Ja», antwortete sie in dem festen Glauben, dass ihr Dad einfach alles konnte. Schließlich war er es, der gerade gestern noch eine gefährliche Spinne sachte in die Hand genommen und im Garten wieder frei gelassen hatte, damit sie da mit den anderen wilden Viechern frei leben konnte, während Lara aus vollem Halse gekreischt hatte. Er konnte einfach alles. Er war ihr Dad.

«Lara, ich glaube nicht –»

«Versprochen? Versprichst du's mir? Bitte, versprich es, Dad!», flehte sie verzweifelt, um Luft ringend. Eine ganze Armee von Tränen war einsatzbereit, sich über ihre Wangen zu ergießen, weil sie das Nein erahnte, das sie so selten von ihm hörte.

«Laralina. Hey … ist ja gut. Alles wird gut», sagte Dad und drückte sie so fest an sich, dass sie schwach den Zigarettenrauch riechen konnte und das Mundwasser, das er benutzte, um ihn zu überdecken. Sie drückte das Gesicht an seine Schulter und sprach gedämpft in sein Hemd. «Ich will sie doch bloß mal kennenlernen, Dad, mehr nicht.»

«Das wirst du auch», antwortete er hastig und rieb ihr den Rücken. Lara staunte insgeheim, wie einfach es gewesen war, zu bekommen, was sie wollte. Sie würde die Frau tatsächlich kennenlernen!

«Ich setz mich mit ihr in Verbindung und lass sie herkommen, okay?»

«Rechtzeitig zu meiner Geburtstagsparty?»

Er zögerte leicht, und ein paar Furchen zeigten sich auf seiner Stirn. «Aber die ist heute!»

«Bitte …»

«Das wird aber schwierig werden …»

«Bitte, Daddy.»

«Okay», antwortete er. Zuerst etwas schwach, dann mit Nachdruck. «Ja. Rechtzeitig zu deiner Geburtstagsparty, Laralina-Liebes.»

Das beruhigte sie. Sie ließ den Kopf wieder an seine Schulter sinken und blieb so, bis Mum ihren Namen rief.

Die nachfolgenden Stunden vergingen in einem Nebel aus Aufregung, Glück und Vorfreude.

Mum kannte es nicht anders, als dass ihre Tochter vor ihrer Geburtstagsparty so war, aber diesmal hatte Lara noch einen anderen Grund. In ihrem ganzen Leben war sie noch nie so aufgeregt gewesen. Nicht einmal, als sie merkte, dass sie plötzlich ohne Stützräder Fahrrad fahren konnte. Nicht mal, als sie dachte, sie bekämen jetzt tatsächlich einen Golden Retriever.

Sie zog sich ihr neues gepunktetes Kleid über den Kopf, schob die Füße in weiße Söckchen und neue rote Schuhe. Sie wollte für ihre Party und ihren Ehrengast richtig hübsch aussehen. Lara seufzte, als sie ihr Haar im Spiegel sah, das wie üblich in der Mitte ein einziger Wust war und vorn abstand. Mum hatte sich mächtig angestrengt, um es ordentlich zu bürsten und dann in Büscheln zusammenzubinden, aber schon eine halbe Stunde später sah Lara wieder so aus, als hätte sie sich durch eine Hecke gezwängt. Ihr Haar war nun mal so. Sie war daran gewöhnt, und es hatte sie früher nie gestört, bis ein paar Mädchen in der Schule anfingen, sich drüber lustig zu machen, sie Afrobirne oder Zotteline nannten. Lara tat so, als würde es ihr nichts ausmachen, aber das stimmte nicht. Es machte ihr jedes Mal etwas aus.

«Lara, ich hab eine kleine Überraschung für dich.» Mum hatte den Kopf zur Tür hereingesteckt. Lara wäre fast das Herz aus ihrem neuen Kleid gehüpft. Jetzt! Sie war da.

Die Frau.

«Du siehst richtig hübsch aus, Schätzchen», sagte Mum.

«Danke!», antwortete sie gespannt.

«Du hast Besuch. Jemand ganz Besonderes.»

Endlich! «Ehrlich?», brachte Lara heraus. Sie schlug eine Hand vor den Mund, und in ihrem Bauch flatterten tausend Schmetterlinge. Auf einmal wurde ihr die Bedeutung des Augenblicks bewusst, und sie war schlagartig unsicher. Sie wünschte, sie hätte sich noch schöner hergerichtet. Sie hätte Mums Lippenstift stibitzen oder sich wenigstens ein bisschen mit Mums Lavendelparfüm besprühen können, das Dad ihr immer zum Hochzeitstag schenkte. Lara strich ihr Kleid glatt und setzte ein Lächeln auf. Dass ihr Haar noch immer ganz wild und ungezähmt aussah, war ihr plötzlich gleichgültig. Sie wollte sie bloß sehen.

Die Frau.

Mum schob die Tür langsam ganz auf und sagte: «Überraschung!»

Aber statt einer Frau aus Afrika stand da ein sehr dünner Mann mit einer großen grauen Tasche, eine Hand in die Hüfte gestemmt.

Laras Mund klappte auf.

«Mund zu, Kleines!», sagte er.

Ihr Mund klappte zu.

«Du kennst mich nicht, was?», sagte er, kam hereingefegt und griff sofort in Laras Haar, während Mum amüsiert zusah.

«Tragisch», sagte er und schüttelte bedächtig den Kopf.

«So schlimm ist es nun auch wieder nicht, oder?», fragte Mum gespielt bestürzt.

«Doch. Aber keine Bange, ich greife jetzt tief in meine Trickkiste und style dich mal so richtig. Ist dir das recht, Laralein?»

Verwirrung. «Wer sind Sie?»

«Ich bin das, was man ‹Hair and Make-up› nennt. Ich heiße Phil, und ich habe früher deine Mutter frisiert und geschminkt. Als sie ein Star war. Wenn sie morgens aufwachte, sah sie aus wie eine Löwin, und wenn ich dann mit ihr fertig war, *voilà!* Eine Schönheitskönigin. Vor allem, nachdem ich ihr das Fuchsrot ausgeredet hatte.» Die Erwachsenen lachten beide, und Lara sank konfus auf die Bettkante.

«Dann wollen wir mal», sagte Phil, griff in die Tasche und holte ein großes Stahlgerät heraus, das aussah wie eine verrostete Schere.

«Ich weiß, es sieht komisch aus, aber es tut nicht weh. Ich lege die Brennschere jetzt auf den Herd, wärme sie an und dann mach ich dir damit die Haare. Dann kriegt deine Mum vielleicht auch mal Ordnung auf deinem Kopf!»

Phil hätte genauso gut eine Fremdsprache sprechen können, aber immerhin schloss Lara aus dem Gesagten entsetzt, dass dieser seltsame Mann vorhatte, sich mit dem Gerät über ihre Haare herzumachen. So etwas hatte sie noch nie gesehen.

Lara folgte Mum und Phil in die Küche, wo Dad am Tisch saß und Zeitung las.

«Dad?», sagte sie in der Hoffnung, dass er die Panik in ihrer Stimme hören würde, während Phil schon das Stahlteil auf den Herd legte.

«Du siehst hübsch aus, Liebes.»

«Dad, Phil will mit dem Ding da an meine Haare!», sagte sie, bemüht, nicht wie ein weinerliches Baby zu klingen.

«Keine Ahnung, was das ist, aber es wird bestimmt gut», sagte er, nachdem er flüchtig aufgeblickt hatte.

Lara blieb nichts anderes übrig, als zu hoffen, dass Dad recht hatte. Eigentlich wollte sie ihn unbedingt fragen, wann denn ihr Ehrengast kam. Doch Dad sah so konzentriert aus, als er die nächste Seite aufschlug, dass sie beschloss, nichts weiter zu sagen. Erst mal.

Sie atmete aus und schloss fest die Augen, denn schon fing Phil an, sich an ihrem Haar zu schaffen zu machen.

Als sie die Augen nach wenigen Minuten wieder öffnete, sah

ihr Haar so ähnlich aus wie Spinat, wenn er ein paar Sekunden im Wasser gelegen hat – aber besser.

«Danke», sagte sie einige Zeit später zu dem seltsamen dünnen Mann in engen Jeans und Doc Martens, der einen Zauberstab geschwenkt und ihr Haar in etwas verwandelt hatte, von dem Lara noch nicht recht wusste, ob es ihr auch wirklich gefiel.

«Die Brennschere kannst du behalten», sagte Phil.

«Jetzt kann ich ihr Haar endlich bändigen. Danke, Phil. Lass dich knutschen», sagte Mum, die ganz anders klang als sonst, und gab ihm einen Kuss auf die Wange.

Mum steckte Lara eine Schleife seitlich ins neue Haar, und natürlich machte sich Kieron über ihren neuen Look lustig, sobald er sie sah. Aber das war ja nicht anders zu erwarten – er war ein Junge. Seine Hänseleien bedeuteten im Grunde nur, dass sie sich schneller damit wohl fühlen würde, als sie gedacht hätte.

Die ersten Gäste kamen, und alle Mädchen waren von der neuen Frisur begeistert. Lara schielte auf die Swatch-Uhr, die Mum und Dad ihr zum Geburtstag geschenkt hatten. Sie wusste, die Frau würde bald eintreffen, auch wenn Dad nicht gesagt hatte, um wie viel Uhr.

«Wünsch dir was!», sagte Mum, und Lara schloss die Augen und hielt die Luft an. Die Wärme der zehn Kerzen ließ nach, als sich eine kurze Szene vor ihrem geistigen Auge abspielte. Die Wünsche der Vergangenheit, die sich mal auf ein Sindy-Haus oder das *Bad*-Album von Michael Jackson oder irgendwelche anderen Dinge gerichtet hatten, waren verschwunden. Jetzt wünschte sie sich nur noch eines, nämlich die Frau kennenzulernen.

Sie stellte sich vor, wie sie beide zusammen zu Captain Gino's gingen und Schokoladeneis aßen und sich unterhielten. Lara hoffte inständig, dass die Frau Englisch verstand, weil sie nämlich kein Wort in einer afrikanischen Sprache sprechen konnte. Und falls sie Englisch verstand, würde Lara ihr solche Fragen stellen wie: Wie ist das Leben in so einem fernen Land wie Afrika? Gibt es da auch Schnee? Hatte sie schon mal Elefanten und Tiger gesehen? War sie je Nelson Mandela begegnet? Die Fragen waren zahlreich und gut überlegt, und am Ende ihres gemeinsamen Tages, wenn sie dann im Captain Gino's saßen und sich ihre Schokobecher schmecken ließen, würde Lara die Frau vielleicht fragen: *Warum?*

«Hast du dir etwas gewünscht?», fragte Mum.

Fast hätte Lara ihren Wunsch verraten, aber Mum meinte, wenn man ihn laut ausspräche, würde er nie in Erfüllung gehen. Und obwohl Lara inzwischen eigentlich wusste, dass das Quatsch war, wollte sie das Risiko doch nicht eingehen.

Drei Stunden vergingen. Die Party war fast zu Ende, und nur ein paar Gäste waren noch da: Keely, Annie, Jason und Kieron. Dad war nirgends zu sehen.

«Hat dir deine Party gefallen?», fragte Mum und berührte Lara sacht an der Schulter.

«Ja, sie war toll, Mum!»

«Und der Kassettenrekorder? Ist es der richtige?»

«Ja, Mum.» Lara hatte das Gerät mal in einem Katalog angeschmachtet. Aber sie wusste, dass es sich hohl und sinnlos anfühlen würde, darauf PLAY zu drücken, solange der eine Wunsch, der ihr am wichtigsten war, unerfüllt blieb.

«Und dank Agnes und Brian hast du jetzt endlich dein eigenes *Bad*-Album und musst dich nicht mehr dauernd mit Jason um seines zanken.»

«Ja, Mum», antwortete sie roboterhaft.

Als alle gegangen waren und Mum dabei war, die Kuchenkrümel und Luftballonfetzen aufzusaugen, starrte Lara erneut auf ihre Uhr.

«Das machst du schon die ganze Zeit. Worauf wartest du denn?», fragte Mum. Lara wusste nicht, was Dad ihr erzählt hatte, also zuckte sie bloß wortlos mit den Schultern.

«Wie du willst», sagte Mum.

Lara spähte aus dem Küchenfenster, und jedes Mal, wenn ein Auto kam, schlug ihr Magen einen Purzelbaum. Bald würde es dunkel werden.

«Nach wem hältst du Ausschau, Schätzchen?», fragte Mum, den Mund voll Geburtstagskuchen.

«Mum, mit vollem Mund spricht man nicht, hast du mir selbst beigebracht!»

«Stimmt», sagte sie, trat hinter Lara und blickte mit ihr zusammen durch die Gardinen auf die Straße.

19.45 Uhr.

«Zeit fürs Bett», sagte Mum. Lara fand, dass sie unmöglich ins Bett gehen konnte. Wenn die Frau kam, musste sie doch hübsch aussehen! Sie wollte ihr das gepunktete Kleid, die Schuhe und die neue Frisur vorführen.

«Darf ich nicht noch etwas aufbleiben, Mum? Ist doch meine Geburtstagsfeier.»

«Okay», antwortete sie zu Laras Erleichterung. Dad war schon seit einer Stunde wie vom Erdboden verschluckt, und Lara fragte sich, ob er vielleicht auch darüber nachdachte, wo die Frau blieb.

21.00 Uhr.

Lara saß auf ihrem Bett und wartete. Sie trug noch immer das gepunktete Kleid, obwohl Mum ihr gesagt hatte, sie solle sich den Schlafanzug anziehen. Aber Lara fand das unsinnig, weil sie sich dann wieder umziehen musste, wenn die Frau kam, deshalb hielt sie es für besser, das Kleid anzubehalten. Das gepunktete Kleid, das jetzt einen winzigen, kreisrunden Schokoladenfleck an der Seite hatte.

21.30 Uhr.

Lara rieb sich die müden Augen, wild entschlossen, wach zu bleiben, bis die Frau kam, koste es, was es wolle. Vielleicht hatte ihr Flugzeug Verspätung. Oder vielleicht steckte sie im Stau, und es war keine Telefonzelle in der Nähe.

«Wieso bist du denn noch angezogen?», fragte Mum, als sie ins Zimmer schaute.

«Ich warte auf die Frau aus Afrika», antwortete Lara mit einem kleinen Gähnen. Vor lauter Müdigkeit war es ihr gleichgültig, dass sie ihr großes Geheimnis ausplapperte.

Mit einem gequälten, traurigen Ausdruck im Gesicht sagte Mum nur: «Lara, Schätzchen, komm noch mal nach unten. Ich denke ... ich denke, dein Dad muss mit dir reden.»

Lara unterdrückte ein erneutes Gähnen und folgte ihrer Mum die Treppe hinunter.

Dad saß auf dem Sofa.

«Kommt sie?», fragte Lara, als Mum die Tür schloss und Lara mit ihrem Dad im Wohnzimmer allein ließ.

«Nein, sie kommt nicht», antwortete Dad knapp.

«Aber ... aber ich hab den ganzen Tag auf sie gewartet!»

«Sie wurde aufgehalten.»

Erneutes Gähnen. «Kommt sie dann morgen?»

«Lara, Liebes –»

«Dann warte ich eben. Ich kann warten. Mum kann mein Kleid in die Waschmaschine stecken, und morgen zieh ich's dann noch mal für sie an.»

Dad hielt sie sanft am Arm fest. «Lara, hör mal, deine Mum ist im Moment ganz schön böse auf mich, und sie hat allen Grund dazu.»

«Warum ist sie denn böse?»

«Du bist jetzt ein großes Mädchen, und ich hätte ehrlich zu dir sein sollen. Ich hätte dir die Wahrheit sagen sollen.»

«Ich muss zu Mum, damit sie das Kleid wäscht.» Dad hielt sie weiter fest.

«Sie kommt nicht, Lara.»

«Was heißt das, sie kommt nicht?»

«Sie kommt nicht ... weil sie nicht kann.»

«Wieso?»

«Weiß nicht. Sie kann heute einfach nicht.»

«Dann morgen?»

«Nein, Lara. Morgen auch nicht.»

«Dann den Tag danach?»

«Lara, hör mal, tu, was deine Mum dir sagt, und geh schlafen, sonst bist du morgen todmüde.»

«Aber wieso kommt sie denn nicht?», beharrte sie, unfähig zu begreifen, was Dad sagte. Er saß stumm da, brachte keine Antwort zustande.

«Lara ...»

«Dad?»

«Es tut mir leid, aber sie kommt nicht. Und jetzt musst du ins Bett.»

Erschöpfung und Kummer erschwerten die Gegenwehr, also ging Lara langsam in ihr Zimmer, der Körper schlaff vor Müdigkeit und Enttäuschung. Als sie an jenem Abend ins Bett kletterte, waren Laras eigene Schlussfolgerungen das Einzige, was in diesem Moment noch irgendeinen Sinn ergab.

Die Frau wollte wegen mir nicht kommen.

Sie wollte mich nicht.

Sie mag mich nicht.

Lara setzte sich noch einmal auf und zog ein Bild von der Dreijährigen mit dicken, hochstehenden Zöpfen hervor, die auf einem fremden Bett saß. Sie hatte es von Mum und Dad bekommen und immer gut darauf aufgepasst. Manchmal hatte sie es sogar mit in die Schule genommen, wenn ihr die Hänseleien dort zu viel wurden. Die Frau war nicht auf dem Bild, aber Lara hatte immer gedacht, sie hätte es vielleicht aufgenommen oder hinter dem Menschen mit der Kamera gestanden. So oder so, Lara musste das Bild nur bei sich haben, um sich der Frau nahe fühlen zu können, um das Gefühl zu haben, dass jemand irgendwo ganz weit weg an sie dachte und sie beschützte.

Jetzt zerknitterte das Foto widerstandslos in ihrer Faust, während Wut mit Müdigkeit kämpfte.

Kapitel 15

Lara war öfter mal gekränkt oder wütend oder frustriert, doch meistens vergaß sie den Grund dafür binnen weniger Minuten und tappte dann mit einem knappen Achselzucken in ihr Zimmer.

Aber nach der Geburtstagsparty war es anders. Sie schloss immer häufiger die Tür ihres Zimmers hinter sich, schaltete die graue Lampe an, legte sich aufs Bett und hasste sich selbst. Das Gefühl schlecht zu sein, das Gefühl, dass irgendetwas nicht mit ihr stimmte, übermannte sie, und sie klopfte mit dem Mittelfinger auf den Lampenfuß, immer nur gerade Zahlen, während diese wunden Gefühle unaufhaltsam von ihr Besitz ergriffen. Schuldbewusstsein, weil sie so ein grässliches kleines Mädchen war, und Angst davor, was passieren könnte, wenn sie mal nicht zählte. Der Gedanke, sie sei wertlos, hatte von ihr Besitz ergriffen, während sie angestrengt überlegte, ob es überhaupt jemanden auf der Welt gab, der sie liebte, dem wirklich etwas an ihr lag. In diesen Momenten von Realitätsverzerrung kamen ihr niemals Mum und Dad in den Sinn. Es gab nur ein Vakuum, in dem nichts und niemand war. Ein intensives Gefühl, völlig einsam zu sein.

Wenn sie mit dem Zählen dann aufhörte, blieb sie auf dem Bett liegen, bis auch die Gedanken aufhörten. Danach fühlte sie sich etwas besser, und dann rief Mum meistens von unten, sie solle zum Essen kommen. Bei den seltenen Gelegenheiten, wenn es Mum und Dad einmal gelang, die Barriere aus Negativität zu durchbrechen, stellte Lara bloß ihre angebliche Liebe zu ihr in Frage, glaubte nicht, dass sie tatsächlich etwas für sie empfanden, außer vielleicht Mitleid. So wie Mum immer seufzte, wenn in den Nachrichten mal wieder über Hunger und Krieg in Afrika berichtet wurde – genau solche Gefühle hatten sie wohl auch für sie.

Und eines Tages erlebte sie endlich einen Moment wunderbarer Klarheit. Einen Moment, der zu einer ganzen Ansammlung von Worten führte, die, wie Lara beschloss, von nun an ihr Lebensmotto sein sollten. Worte, nach denen sie leben, an die sie sich halten würde. Worte, die sie in Zeiten von Kummer und Sorgen schützen würden.

Es ist klug, nur sich selbst zu vertrauen.

Verlass dich auf niemanden.

Dann kann dich niemals jemand verletzen.

Als Lara zum ersten Mal das N-Wort hörte, war sie nicht überrascht. Es schien ihr sogar der geeignetste Nachfolger von «Alien» zu sein.

Sie war auf dem Weg zum Süßwarenladen, hatte die kleine Straße überquert, die hinter den Bahnhof führte, vorbei am Bäcker und dem winzigen Friseurladen, wo Bilder von Männern mit Koteletten im Schaufenster hingen. Lara war in Gedanken vertieft – sollte sie sich von ihrem letzten Taschengeld einen Schokoriegel kaufen oder vielleicht ein paar Cola-Bonbons? Würde sie rechtzeitig zu Beginn ihrer Lieblingsfernsehserie zu Hause sein?

Und dann ging alles ganz schnell. Der Mann sah aus, als hätte er sich seit einer Woche nicht gewaschen, trug zerlumpte Kleidung und war von einem seltsamen, starken Geruch eingehüllt, der ihm folgte wie eine Staubwolke. Er sagte ein

Wort – genau genommen lallte er es –, das Lara wie angewurzelt stehen bleiben ließ und ihre Gedanken auf etwas Ernsteres lenkte als bepuderzuckerte Cola-Bonbons.

Ein Wort, das mit «N» begann. Zwei Silben. *Nigger*.

Die Demütigung fühlte sich furchtbar an, während der Mann davontorkelte und ein kleines Mädchen stehen ließ, das sich wünschte, es hätte ihn wenigstens beschimpft oder irgendetwas anderes getan, anstatt durch den Schock, den sein Auftritt bei ihm ausgelöst hatte, zu verstummen.

Lara vergaß, wohin sie ursprünglich gewollt hatte, und ging nach Hause. Unterwegs stellte sie sich vor, wie ihr Erlebnis anders hätte laufen können. Ihre Phantasien endeten ausnahmslos damit, dass sie sich siegreich wehrte und nicht die alberne Kleine war, das wieder auf ihr Zimmer ging und sechzehn Mal in Vierersätzen blinzelte, bis es sich ein bisschen besser fühlte. Weniger gedemütigt. Weniger wütend.

Lara wollte ihren Eltern sofort von dem stinkenden bösen Mann erzählen. Aber Dad war arbeiten, und Mum war in der Küche dabei, in einen Braten zu stechen, den sie gerade aus dem Ofen gezogen hatte.

«Nie bekomme ich die Kruste so hin wie meine Mutter», murmelte sie, während sie mit einem Messer zwischen die Rillen des Schweinebauchs schnitt, der umgeben von brutzelndem Öl in einer großen Auflaufform lag.

«Mum …», setzte Lara an.

«Momentchen, Liebes», sagte sie und bückte sich, um die Form wieder in den Ofen zu schieben.

Mum wischte sich die Hände an der Schürze ab und drehte sich zu Lara um. «Was ist denn, Schätzchen?»

Lara sagte nichts, aber Mum merkte ihr sofort an, dass etwas passiert war. Sie setzten sich beide an den Tisch.

«Was ist denn?», fragte Mum erneut, und Lara erzählte die Geschichte, ließ aber unerwähnt, dass der Übeltäter ein erwachsener Mann gewesen war, weil sie fürchtete, Mum würde sie nie wieder allein vor die Tür lassen.

«Ach, Schätzchen ...», murmelte Mum, und ihr Blick wurde ein wenig unstet, als wüsste sie nicht, was sie als Nächstes sagen sollte – dabei wussten ihre Mum und ihr Dad doch immer *alles* und hatten immer auf *alles* die passende Antwort. «Es tut mir so leid, dass du dieses abscheuliche Wort hören musstest. Geht's dir wieder besser?»

«Ja.»

Mum gab sich damit aber noch nicht zufrieden. «Ich erzähl dir jetzt mal eine Geschichte», sagte sie, und Lara stellte sich auf verständnisvolle Worte des Trostes ein, die jetzt ganz bestimmt kamen.

«Als ich ein kleines Mädchen war ... hatte ich fuchsrote Haare. Und deswegen bin ich dauernd gehänselt worden. Sogar von meinen eigenen Brüdern – denn ich war die Einzige in der Familie mit roten Haaren. Was ich sagen will, ist, ich wurde mit diesen Haaren geboren, und das gehört zu mir. Keiner hat das Recht, etwas Schlechtes darüber zu sagen. Ich bin genau wie alle anderen auch – bloß dass meine Haare eine andere Farbe haben. Okay?»

«Ich glaub schon ...»

«Du bist so, wie du bist, wunderbar, genau wie jeder Mensch, gleichgültig, welcher Farbe. Verstehst du? Und wenn irgendwer je etwas anderes sagt – dann kommst du sofort zu mir.» Mit diesen letzten Worten zog Mum Lara in die Arme. Sie erdrückte sie beinahe und hielt sie länger als sonst fest.

«So, jetzt geh und wasch dir die Hände, wir essen gleich.»

Lara sprang vom Stuhl und ging zur Tür, doch dann drehte sie sich noch einmal um. Irgendwas war nicht richtig. Sie fühlte sich nicht besser – im Gegenteil, sie fühlte sich sogar noch ein wenig schlechter.

«Aber Mum …»

«Ja, Lara?»

«Du färbst dir die Haare.»

Mum starrte sie entgeistert an, und auf einmal begriff Lara, dass ihre Mutter nicht das allwissende Wesen war, für das sie sie gehalten hatte.

Kapitel 16

Lara hatte mal wieder geträumt.

Sie hatte fröhlich eine ganze Reihe wilde, aber freundliche Tiere gestreichelt, von Giraffen über Nilpferde bis hin zu Tigern. Sie wohnte in einer großen Lehmhütte mit einer Bosch-Waschmaschine mitten in einem Dschungel, in dem jeder jeden mit Namen kannte und die Tiere manchmal sprechen konnten.

«Lara, aufwachen, sonst kommst du am ersten Tag in deiner neuen Schule zu spät!»

Sie rieb sich die Augen und schwang die Beine aus dem Bett, sobald sie Mums Schritte vor ihrer Tür hörte.

«Ich hab dich schon zigmal gerufen», sagte Mum und setzte sich auf die Bettkante.

«Entschuldigung. Ich hab geträumt.»

«Dafür musst du dich nicht entschuldigen. Träume sind schön. Was war das denn für ein Traum?»

«Ach, irgendeiner ...», antwortete Lara, weil sie Mum nicht sagen wollte, dass sie schon wieder von Afrika geträumt hatte. Das würde sie bloß enttäuschen. Oder vielleicht auch nicht, aber Lara wollte das Risiko nicht eingehen. Außerdem, sie wollte gar nicht in Afrika sein, deshalb wusste sie selbst nicht so genau, warum sie immer wieder davon träumte. Es war bloß ein Kontinent, den man im Atlas fand. Ein Kontinent, von dem die Lehrer in der Schule manchmal sprachen, aber nicht oft ...

nicht oft genug eigentlich, weil Lara neugierig war. Weil sie mehr über das Land wissen wollte, in dem sie geboren wurde.

«Vielleicht bist du bloß aufgeregt, weil heute dein erster Tag auf der höheren Schule ist», sagte Mum.

Das stimmte. In der Grundschule war es für Lara nicht schlecht gelaufen. Connie Jones hatte aufgehört, sie zu ärgern, nachdem Lara ihr vor den Toilettenkabinen mal eine runtergehauen hatte. Und auch die Sache mit dem Alien beunruhigte sie längst nicht mehr so, seit ein Lehrer ihnen erklärt hatte, dass das Wort auch «Ausländer» bedeuten konnte.

Lara hätte sich wirklich auf die höhere Schule freuen sollen, aber abgesehen von allem anderen hieß das auch, dass sie wieder neuen Klassenkameraden ihre ungewöhnlichen Lebensumstände beibringen musste. Sie musste sich darauf gefasst machen, mit jeder Menge konfuser Fragen bombardiert zu werden.

«Ich erinnere mich noch an meinen ersten Tag auf der höheren Schule. Ich war auch furchtbar aufgeregt», begann Mum, während sie Lara ein frisches Handtuch reichte. «Aber meine Mum hat mich zur Vernunft gebracht. Sie hat gesagt, ich wäre albern ...»

«Du erzählst nicht viel von deiner Mum.»

Mums Lächeln wurde hart. «Das ist alles schon lange her.»

Lara stand auf. «Was ist denn passiert? Warum seht ihr euch eigentlich nicht mehr?»

«Schätzchen, ich hab's dir doch erklärt. Sie leben weit fort.»

«Mum –»

«Lara, lass gut sein, okay? Wir kommen doch auch ohne sie klar, oder?»

«Ja.»

«Na also. Jetzt sieh zu, dass du fertig wirst. Am ersten Tag darfst du wirklich nicht zu spät kommen.»

Lara ging ins Bad, zog dann ihre langweilige graue Schuluniform an, klopfte auf den weißen Stoff der Kniestrümpfe, während sie sie hochzog. Als sie gerade nach unten stürmen wollte, um rasch zu frühstücken, sah sie entsetzt, dass auch Dad dabei war, sich fertig zu machen.

«Beeil dich, Liebes, wir wollen doch an deinem ersten Tag nicht zu spät kommen», sagte er.

Lara drehte sich in stummer Verzweiflung zu Mum um. Die Botschaft kam an.

«Barry, sie ist jetzt elf ... vielleicht möchte sie lieber allein gehen.»

«Soll das ein Witz sein? Auf der Straße ist es nicht sicher – ich meine ... und wenn ihr was passiert?»

Mum ging seelenruhig zu Dad und legte ihm eine Hand auf die Schulter. «Barry, sie steigt in einen Bus und fährt mit Kieron zur Schule. Er ist die ganze Zeit bei ihr und passt auf sie auf, bis sie aussteigt und er weiter zu seiner Schule fährt. Wir haben das schon durchexerziert. Es läuft alles bestens.»

«Also, ich weiß nicht.» Dads Stirn legte sich in Falten.

«Ich komm schon klar, Dad.»

«Aber dann kann ich dich doch wenigstens zur Bushaltestelle bringen, ja?»

Lara wollte ihren Dad nicht enttäuschen, aber sie wollte auch nicht jetzt schon von allen mit ihm zusammen gesehen werden. Dazu fühlte sie sich noch nicht bereit. Die höhere Schule war ein neuer Anfang, und Dad würde alles kaputt machen. Doch sie hörte sich selbst sagen: «Ich denke, es ist in Ordnung, wenn wir zusammen zur Bushaltestelle gehen.»

«Wie schön, Laralina-Liebes. Ich ess nur noch schnell etwas, und dann machen wir uns auf den Weg», sagte er mit strahlender Miene.

Mum lächelte Lara gerührt an und rieb ihr den Rücken. Sie

zeigte ihrer Tochter auf ihre eigene Weise, dass sie gerade eine gute Tat getan hatte.

Als sie die vertraute Straße entlanggingen, zog Lara sanft ihre Hand aus Dads, obwohl er versuchte, sie festzuhalten.

«Zu alt, um dich von mir an die Hand nehmen zu lassen, was?», sagte Dad lachend. Und Lara war froh darüber, dass er glaubte, das wäre der einzige Grund für ihre Zurückhaltung.

«Also, sei schön aufmerksam an deinem ersten Tag, hörst du?», sagte Dad, während Laras Augen die Straße nach irgendwem in der gleichen Schuluniform absuchten. Kieron ging ein paar Schritte vor ihnen und kicherte über ihre Nervosität. Laras Herz schlug schneller, als sie sich der Bushaltestelle näherten und sie zwei graue Uniformen erspähte.

«Bis hierhin reicht, Dad. Ich komm schon klar», sagte sie hastig. Lara konnte nur hoffen, dass diese beiden Mädchen sich nicht umdrehten und sie sahen.

«Bis dann, Liebes!», sagte Dad und bückte sich, um ihr einen Kuss zu geben. Sie küsste ihn rasch auf die Wange, ein Auge auf die Rücken der Mädchen gerichtet, er verabschiedete sich mit einem Winken, und weg war er – genau in dem Moment, als die beiden Mädchen in Grau sich zu ihr umdrehten.

Da erst atmete sie aus.

Der erste Tag auf der höheren Schule war für Lara ein Klacks, zumal sie zwei etwas ältere Mädchen bemerkt hatte, die ebenfalls eine dunkle Hautfarbe besaßen. In der Grundschule war sie die Einzige gewesen. Hier gab es noch andere! Das war etwas völlig Neues, aber schön, und sie war fest entschlossen, sich zumindest mit den beiden anzufreunden. Vielleicht konnten sie sich sogar zusammenschließen, damit sie gewappnet waren, wenn das nächste Mal eine ältere Version von Connie Jones auftauchte oder irgendwer das N-Wort benutzte. Sie konnten eine Allianz bilden und richtig gute Freundinnen werden. Vielleicht kamen die beiden ja auch aus Afrika?

Gegen Ende der ersten Woche rempelte eines der Mädchen Lara in der Schulmensa an, sodass sie fast ihr Tablett mit Kartoffelpüree, Würstchen und Grießpudding fallen gelassen hätte.

«Oh, tut mir leid», sagte das Mädchen sarkastisch. In seinem Haar baumelten winzig kleine Zöpfchen mit bunten Perlen, und Lara hätte furchtbar gern gefragt: Tut das weh? Wie lange braucht man für so eine Frisur? Aber jetzt war klar, dass an eine Freundschaft nicht zu denken war.

«Tut's dir gar nicht!», konterte Lara, die sich auf keinen Fall wieder von anderen schikanieren lassen wollte. Das Mädchen trat langsam auf sie zu, die Schuluniform ordentlich gebügelt, die Kniestrümpfe aber ausgeleiert und die Fäuste auf den Hüften.

«Sag das noch mal, du Neue!», zischte sie.

Ehe Lara irgendetwas ebenso Bedrohliches einfiel, schob sich ein anderes Mädchen dazwischen, ein Mädchen mit kürzerem Rock und neuen Kniestrümpfen.

Sandy Smith.

«Verzieh dich, wenn du keinen Ärger kriegen willst. Ich hab keine Angst vor dir, das weißt du.»

Das Mädchen mit den Perlen verdrehte die Augen und dachte kurz nach. Sogar Lara hatte schon von Sandy gehört, dem Mädchen aus London, das jeden in der vierten und fünften Klasse kannte, den man kennen sollte. Offenbar gab's für die mit den Perlen nicht viel zu überlegen.

«Als ob du mir Angst einjagen könntest!», sagte sie trotzig, trat dann aber doch den Rückzug an und ließ Lara mit dem Tablett in der Hand und total verdattert zurück. Sandy Smith, das angesagteste Mädchen in der Schule, das bis dahin noch nicht von Lara Notiz genommen hatte, war ihr gerade vor aller Augen zu Hilfe gekommen.

Ach. Du. Schande.

«Danke», sagte Lara, aber es klang nicht annähernd so dankbar, wie sie sich fühlte.

«Kleinigkeit, die ist total bescheuert», erwiderte Sandy, während sie beide ihre Tabletts auf einen Tisch stellten und sich setzten.

«Trotzdem –»

«Sie wird sich hüten, sich mit mir anzulegen. Ich kenn genügend Leute, die sie sich mit Vergnügen vorknöpfen, wenn ich sie drum bitte. So Tussis aus Essex wie die hätten in London keine Chance.»

Laras Bewunderung war grenzenlos. Sandy war bei weitem das hübscheste Mädchen in der Schule, aber auch das coolste, und Lara fand alles, was Sandy von sich gab, einfach nur aufregend.

«Was machst du nach der Schule?», fragte Sandy, während sie sich die letzten Löffel Grießpudding in den Mund schoben.

«Ich hab Basketballtraining.»

«Kein Problem, ich muss mich sowieso bei meinem Sozialarbeiter melden. Aber nach diesem Moment purer Freude und Erleuchtung könnten wir uns treffen.»

Sandy und Lara wurden binnen kürzester Zeit gute Freundinnen. Wenn sie zusammen waren, vergaß Lara manchmal, auf Dinge zu klopfen. Oder sechsmal wieder umzukehren, wenn sie ein Zimmer verließ. Sie schien problemlos in die Rolle einer fröhlichen Beinahe-Zwölfjährigen zu schlüpfen, wenn sie gemeinsam in Läden stöberten, Klamotten anprobierten oder bei Lara zu Hause abhingen. Sogar Kieron kam öfter als nötig herüber, vielleicht, weil er heimlich in Laras neue Freundin verknallt war.

Lara und Sandy verstanden sich bestens, auch wenn den anderen Mädchen in der Schule schleierhaft war, was sie aneinander fanden. Aber *sie* wussten es. Sie spürten es immer, wenn sie zusammen waren – wie zwei kleine Außenseiter, die durch die Launen des Schicksals und der Umstände zueinandergefunden hatten.

Außerdem schwärmten beide für Color Me Badd.

Wenn sie sich nicht über Musik oder Klamotten unterhielten, sprachen sie oft darüber, wie sie sich ihre Zukunft vorstellten – eine Zukunft, in der sie absolut niemanden brauchen und immer nur sich selbst vertrauen würden, nicht mal einander, nur sich selbst. Anderen mochten diese Gespräche düster vorkommen und vielleicht auch unrealistisch, aber solche Themen waren völlig normal für die beiden Mädchen, die zu der Zeit das Gefühl hatten, zu nichts und niemandem auf der Welt wirklich zu gehören. Lara erzählte Sandy sogar von der Party zu ihrem zehnten Geburtstag, worauf Sandy eine Schimpfkanonade vom Stapel ließ, die mit den Worten endete: «Scheiß auf alle! Du brauchst keinen Menschen, Lara. Du brauchst nur dich!»

Sandy, die zwischen Kinderheimen und Pflegeeltern hin und her gereicht worden war, hatte ihre eigenen Erfahrungen gesammelt. Und auch wenn sich ihre Lebensumstände von außen betrachtet stark unterschieden, empfanden die beiden sie als gleich.

Außerdem urteilte Sandy niemals über Lara.

Einmal, als sie sich *Pretty Woman* auf Video anschauen wollten, bekam Sandy offenbar mit, wie Lara viermal auf den Rekorder klopfte, nachdem sie die Kassette eingelegt hatte.

«Mich stört das nicht, ehrlich», sagte Sandy.

Sie warteten darauf, dass der Film anfing.

«Was stört dich nicht?», fragte Lara. Sie versuchte, älter, erfahren und mutig zu klingen.

«Das mit dem Klopfen und so. Macht mir nix aus.»

«Wovon redest du? Hast du übrigens gut gemacht mit dem Video. Mum würde mich das nie gucken lassen. Ist ja schließlich nichts für Kinder», plapperte Lara hektisch weiter, um das Thema zu wechseln, weil sie genau wusste, was ihre Freundin gemeint hatte.

Lara wusste nicht, wann genau sie begonnen hatte, auf Sachen zu klopfen. Fest stand bloß, dass es etwa seit ihrem zehnten Geburtstag zur Manie geworden war. Es war ein Drang, dem sie einfach nachgeben musste, wenn sie mit irgendetwas Wichtigem anfing – zum Beispiel mit den Hausaufgaben –, als würde sie andernfalls schlechte Noten bekommen oder, schlimmer noch, als würden Mum und Dad mit Gewalt verschleppt und sie zurück nach Afrika geschickt werden. Manchmal war ihr bewusst, wie albern sie sich verhielt; dann wieder war es für sie absolut lebensnotwendig. Seltsamerweise waren diese Zwänge, zu zählen oder mehrmals umzukehren, wenn sie ein Zimmer verließ (es musste immer eine gerade Zahl sein), stärker geworden, je näher sie und Sandy einander kamen. Lara hatte nämlich Angst, wenn sie ihren Zwängen nicht gehorchte, würde ihr die Freundin wieder genommen werden.

Während einer langweiligen Stelle im Film sagte Sandy dann: «Ehrlich. Ich meine, die Klopferei ist schon echt schräg, aber ich seh das ganz entspannt. Da hab ich im Kinderheim ganz andere Sachen mitbekommen.»

Lara machte eine Tüte Toffee-Popcorn auf, entschlossen, sich weiterhin dumm zu stellen.

«Ich weiß nicht, was du meinst, Sandy. Können wir bitte in

Ruhe den Film zu Ende gucken, bevor meine Eltern zurückkommen?»

Sandy nahm sich eine Handvoll Popcorn aus der Tüte. «Mir ist egal, was du machst. Du bist und bleibst voll cool.» Dann stopfte sie sich das Popcorn in den Mund, und die beiden Mädchen sprachen nie wieder über das Klopfen.

Das Zählen, das Klopfen und das Raus und Rein, wenn sie ein Zimmer verließ, zwei-, vier- oder sechsmal in weniger als sechzig Sekunden, war mal mehr, mal weniger ausgeprägt. Es nahm zu, als in den Nachrichten Bilder von Nelson Mandelas Freilassung gezeigt wurden und Lara die Menschenmassen, die sich um ihn drängten, nach irgendetwas, irgendjemandem absuchte. Es nahm sogar noch weiter zu, als Lara von einer alten Freundin von Mum aus ihren «Showbiz»-Zeiten etwas erfuhr, das sie vielleicht gar nicht wissen sollte.

Maria Tucker kam immer mal wieder zu Besuch, wenn sie zwischen Tourneen, Galas, Partys und Ähnlichem die Zeit dafür fand. Lara wusste nicht genau, was sie im Showgeschäft machte, aber wenn sie hereingerauscht kaum, umhüllt von schwerem Parfüm und jeder Menge Selbstvertrauen, war das eigentlich auch gleichgültig. Irgendwie weckte sie bei Mum eine Seite, die Lara fremd war, und Dad schien leicht missbilligend auf sie zu reagieren. Sie war erst ein paarmal bei ihnen gewesen, aber jeder ihrer Besuche versetzte Mum in helle Aufregung, was sich darin zeigte, dass sie das Wohnzimmer besonders gründlich putzte und ihr Make-up besonders sorgfältig auftrug und ihre Stimme um eine Oktave anstieg, wenn sie mit Dad sprach. Maria war glamourös – ein bisschen so wie die Frauen in den Illustrierten und im Fernsehen. Sie trug kurze Lederröcke und hohe Absätze, und ihr Haar war mal pink, mal lila oder, wie jetzt, blau. Immer war sie gerade erst aus Los Angeles oder sonst woher gekommen und hatte wilde Geschichten zu erzählen, in denen Champagner und schicke Leute vorkamen und die nur die Erwachsenen hören durften.

«Gott, was bist du groß geworden», sagte Maria, ehe sie ein I♥NY-T-Shirt in Laras willige Hände drückte. Das war das Tollste, was ihr je jemand geschenkt hatte, und sie brannte darauf, es Sandy zu zeigen.

«Dein Haar sieht so anders aus!», gurrte sie begeistert und strich Lara mit blutrot lackierten Fingernägeln durch die geglätteten Locken.

«Deins auch», erwiderte Lara lachend.

«Meins ist eine blaue Perücke, Darling.»

«Ich hatte Phil mal gebeten, ihr für ihren Geburtstag die Krause aus dem Haar zu machen, und seitdem versuchen wir, es so zu halten», sagte Mum.

«Er hat's onduliert», fügte Lara stolz hinzu.

Maria warf Dad eine Papiertüte zu. Er war der Einzige, der sich bei ihrer Ankunft nicht vom Fleck gerührt hatte.

«Oh … danke …», sagte er jetzt.

«Zollfreie Kippen», sagte Maria, und Mum hob eine Augenbraue.

«Barry raucht nicht mehr. Stimmt doch, oder?», sagte Mum.

«Ja, aber ich kann sie bestimmt verschenken», antwortete er, ohne hochzusehen.

«Sorry, das wusste ich nicht. Aber gut so. Rauchen ist eine widerliche Angewohnheit», sagte Maria.

«Aber du rauchst doch selbst!», stellte Lara fest, um ihren Dad in Schutz zu nehmen.

«Stimmt, aber ich bin ja auch süchtig.» Maria lachte.

In der Nacht nach Marias Ankunft konnte Lara nicht einschlafen, weil sie noch immer zu aufgeregt war. Stattdessen schlich sie lieber in ihrem rosa-gelben Nachthemd mit Spitzenrüschen an den Ärmeln zur Treppe, um die Erwachsenen zu belauschen. Sie hörte das Klimpern von Gläsern und Mum und Maria, die immer wieder losprusteten, während Dad im Schlafzimmer vor sich hin schnarchte.

Zwischen ihrem Gelächter und den Stimmen aus dem Fernseher bekam Lara nur Gesprächsfetzen mit.

«Ach, Maria, da war nichts!»

«Du warst total verknallt in ihn, und das weißt du auch. ... Travis ... Compton Street ... Robin ... Stöckelschuhe ... Top of the Pops ... Lust auf 'ne Zigarette? ... Tussi.»

«... Ewig her ... Der war bei Boney M ... Sei nicht albern ... Noch was zu trinken? ... Aber mal ehrlich ...!»

«Er hat dir gefallen, oder? Na los, gib's schon zu.»

«Sag so was nicht! ... Niemals! Kayo ist schwer in Ordnung. ... Welche Haarfarbe kommt als Nächstes? ... Du sollst hier drin nicht rauchen! ... Keine Provinzhausfrau ... Barry, große Liebe ... Lara so süß ... Diese ahnungslosen Sozialarbeiter tun sich wichtig!»

«Was ist so schlimm an Zigaretten? ... Würde gern mal wieder auf Tour ... Noch Wein? ... Tolle Eltern ... Boney M, was? ... Kein Wunder, dass du Lara bekommen hast!»

Lara horchte auf, als sie ihren Namen in Verbindung mit etwas hörte, das nicht unmittelbar mit Mum und Dad, der Schule, ihrem Leben zu tun hatte – sondern mit Boney M. Sie dachte an die alten Fernsehzeitungsausschnitte und LP-Hüllen, die im Wohnzimmerschrank verstaut waren. Soweit sie sich erinnerte, trug der Sänger enge, auffällige Klamotten, hatte buschiges Haar und war vermutlich in einem anderen Land zur Welt gekommen. Und außerdem sah er Lara ähnlich. So viel war klar.

Er sah aus wie sie.

Ein Tohuwabohu aus Verwirrung und Aufregung verlangsamte ihre Bewegungen, als sie wieder in ihr Zimmer schlich. Im Bett merkte sie, wie sich die Erkenntnis über sie senkte, dass der Mann von Boney M offenbar etwas mit der Frau in Afrika gemacht hatte, was dann dazu geführt hatte, dass Lara zur Welt gekommen war.

Ja klar.

Und sie musste mehr darüber herausfinden.

Am nächsten Morgen starrte Lara erwartungsvoll und neugierig auf ein Bild von Boney M. Mum hatte drei LPs und ein paar Singles der Gruppe im Schrank, und manchmal holte sie sie an Weihnachten hervor, vor allem um ‹Mary's Boy Child› zu spielen. Lara studierte die Hülle der Single ‹Brown Girl in the Ring› und fuhr mit dem Finger über das Bild des Mannes, der zwischen den drei weiblichen Bandmitgliedern saß. Lara wollte unbedingt etwas spüren. Dachte, sie müsste den Song hören, um Antworten zu finden. Die Wahrheit. Irgendetwas.

«Schätzchen?» Mum war hereingekommen, und vor Schreck ließ Lara die Plattenhülle fallen.

«Willst du eine Platte auflegen?»

«Nein … ich …» Lara bückte sich, um die Hülle aufzuheben, schob die Single dann wieder zwischen die anderen. Sie war enttäuscht, weil sie nichts Besonderes empfunden hatte, als sie das Bild des Mannes betrachtete, der ihr leiblicher Vater sein könnte.

«Schätzchen, wie kommst du denn auf die Idee, dass der Mann von Boney M dein Vater ist?», fragte Mum nach einem heftigen Lachanfall fünfzehn Minuten später.

«Ich hab gehört, wie Maria das zu dir gesagt hat.»

«Maria sagt so einiges. Albernheiten. Das war nur ein Witz, sonst nichts.»

«Aber, wenn er es nicht ist ... Heißt es trotzdem, dass der Mann, der es ist, auch in Afrika lebt? Zusammen mit der Frau, von der ihr mich habt?»

«Ach, Lara ...», sagte Mum und blickte plötzlich ernst.

Mum hatte meist auf alles eine Antwort – wenn Lara mit ihren Hausaufgaben nicht zurechtkam oder irgendetwas im Fernsehen nicht verstand. Aber diesmal sagte sie nichts mehr. Und an jenem Abend und die ganze restliche Woche klopfte Lara vor fast allem, was sie tat, in geraden Zahlen, und wenn es noch so lange dauerte.

Lara graute vor dem ersten Elternabend an der neuen Schule.

«Was ist los mit dir? Du benimmst dich schon den ganzen Tag so komisch», sagte Sandy, während sie mit den anderen Schülerinnen ihres Jahrgangs in der Aula warteten. Als Sandy zum ersten Mal hörte, wer Laras Eltern waren, hatte sie nichts gesagt, bis Lara sie schließlich fragte, was sie davon hielt. Ihre Antwort hatte Lara nie vergessen. «Echt, ist doch scheißegal, wer deine Eltern sind, solange sie dich nicht wegen jedem Pipikram windelweich prügeln und dich nicht beklauen.»

Nicht ganz die Reaktion, die sie erwartet hatte, aber immerhin keine negative.

Als die Eltern in die Aula kamen, hielt sie nach Mum und Dad Ausschau, wohl wissend, dass deren Ankunft alles zunichtemachen konnte, was sie an der Schule erreicht hatte. Sandys Pflegeeltern kamen gleich hinter Mum und Dad herein.

«Da ist sie!», sagte Dad ein bisschen zu laut. Die Leute würden das hören, zwei und zwei zusammenzählen, und Laras ruhiges Leben wäre zu Ende. Sie wand sich aus Dads Begrüßungsumarmung.

«Lara ist eine außerordentlich gute Schülerin. Sie können

sehr stolz auf sie sein, Mr und Mrs Reid», sagte Mrs Sully, ihre Mathelehrerin.

«Das sind wir auch», sagten Mum und Dad wie aus einem Munde. Laras Blick wanderte durch die Aula, und ein paar Mädchen, die zu Anfang herübergestiert hatten, waren jetzt darin vertieft, ihre eigenen schulischen Leistungen zu besprechen. Offenbar war jeder in der Aula mit anderen Dingen beschäftigt als mit Laras ungewöhnlicher Familie. Einige Schülerinnen wurden gerade wegen schlechter Noten ermahnt, während manche Eltern damit prahlten, wie schlau ihr Sprössling doch war.

Und kein Mensch gaffte Lara an.

Kein Mensch gaffte ihre Familie an.

Freudig erregt folgte sie Sandy zur Toilette.

«Wie läuft's bei dir so?», fragte Lara.

«Die Alten interessiert das alles einen Scheißdreck. Die wollen nur am Ende der Woche ihr Geld kassieren und sich anhören, wie anständig es doch von ihnen ist, dass sie mich aufgenommen haben. ‹Sandra könnte noch bessere Leistungen bringen, bla, bla, bla›», sagte sie spöttisch.

«Tut mir leid, Sand.»

«Muss es nicht. Die können mich alle mal. Irgendwann verdien ich mehr Geld als die alle zusammen.»

«Wie denn? Als Schauspielerin?»

«Quatsch. In der Schauspiel-AG bin ich zwar ganz gut, aber ich will lieber hiermit Erfolg haben.» Sie zeigte auf ihren Kopf, den gerade üppige Locken mit blonden Strähnchen zierten, weil ihre Pflegemutter ihr das endlich erlaubt hatte. Oder aber sie hatte es einfach selbst gemacht. Bei Sandy konnte man nie wissen. «Was ist mit dir und deinen Eltern?»

«Die sind, glaub ich, ganz zufrieden. Meinst du, irgendwer hat gemerkt, dass sie, du weißt schon …»

«Ist ja schlecht zu übersehen. Aber es interessiert kein Schwein. Das bildest du dir alles bloß ein.»

«Connie Jones hab ich mir nicht eingebildet.»

«Connie Jones war eine blöde Ziege. Vergiss sie.»

Sie lachten, und Lara spürte, wie sich ihre Anspannung löste.

Im selben Moment ging die Tür auf, und ein Mädchen aus einer anderen Klasse, das vorher noch nie ein Wort mit ihnen gewechselt hatte, kam rein und sagte direkt: «Hör mal, deine Eltern sind ja weiß. Wie geht denn das?»

Lara verdrehte die Augen, lehnte den Kopf gegen die mit Kritzeleien beschmierte Wand, seufzte und hauchte: «Geht das schon wieder los?», während Sandy laut loslachte.

Kapitel 17

Jetzt

Bei der Party zu Laras dreißigstem Geburtstag in einem kleinen Reihenhaus auf dem Entwistle Way in Essex herrschte plötzlich Stille. Das Happy-Birthday-Lara-Spruchband wehte schlaff im Luftzug, der unter einer geschlossenen Tür hereinwehte. Die Käse-Ananas-Spieße trockneten vor sich hin. Halbleere Sektgläser mit Lippenstiftspuren standen herum. Alles war stumm und geschockt von der Ankunft des geheimnisvollen Gastes.

Lara hätte sich am liebsten in die Sicherheit des Geräteschuppens geflüchtet, wo sie so viele heimliche Schokokeks-Orgien mit ihrem Dad gefeiert hatte. Es war der Ort, an dem sie ihren ersten Freund geküsst und sie und Sandi sich gegenseitig ihre allergeheimsten Teenagergeheimnisse anvertraut hatten.

Aber Flucht schien unmöglich, als diese große und elegante Fremde, die in der Tür stand, sie mit einem lauten «Omolara!» förmlich festnagelte. Dann lösten sich die Gäste langsam aus ihrer Schockstarre und schauten Lara an, versuchten sich, so gut sie konnten, normal zu verhalten. Agnes und Brian fielen fast die Augen aus dem Kopf, während sie in Schinkenröllchen und Gewürzgurken bissen. Rob nippte an einem kalten Bier, die Augen trübe vor Mitleid. Und Cousine Keely machte sich die Fingernägel sauber, bemüht, nicht zu auffällig hinzugucken. Auf allen Gesichtern lag Verblüffung und der Wunsch nach einer Erklärung.

Sandi kam auf Pumps zu Lara gestöckelt und legte ihr schützend eine Hand auf die Schulter. «Baby, alles okay?»

Lara musste die Frage ignorieren, weil ihr Atem keuchend und stoßweise ging. Sie hatte das Gefühl, in einem tiefen Meer zu versinken, und konnte nicht mehr hören, was irgendwer zu ihr sagte, die Ohren taub für menschliche Stimmen. Jetzt kam Tyler entschlossen auf sie zu, und sie hechelte noch stärker. Zum ersten Mal schien ihr dieses kleine Haus in Essex nicht mehr sicher, es kam ihr abweisend vor, und sie hatte das Bedürfnis zu fliehen.

Lara musste raus.

«Ich bekomme keine Luft», sagte sie und wand sich aus Sandis Arm. Tyler murmelte etwas Unsinniges in der Art von: «Alles in Ordnung?»

Natürlich war nicht alles in Ordnung, dachte sie – oder sagte sie, als sie auf die Fremde mit dem blauen Kopftuch zuging, die mit Dad an der Tür stand. Die Arme der Fremden öffneten sich, als wollten sie Lara packen und zerquetschen.

Laras Atem beschleunigte sich erneut, als sie einen Schritt nach vorn machte. Dads Miene war bekümmert, aber die Fremde lächelte.

Von irgendwo hörte sie Mums Stimme: «Schätzchen?»

Sie hatte nicht die Kraft, sich nach ihr umzuschauen, hielt den Blick auf die langen ausgebreiteten Arme der Fremden gerichtet. Doch Lara ging an ihr vorbei. Die Frau sagte rasch etwas, mit einem starken ausländischen Akzent.

Fünf wuchtige Worte.

Laras Herz schlug wie wild, als sie nach draußen hastete, zu ihrem Auto und in die frische Luft, um wieder ruhig atmen zu können – wenn sie bloß noch gewusst hätte, wie das ging.

Sie spürte die Frau hinter sich und kramte hektisch in ihrer Handtasche nach dem Autoschlüssel. Sie wühlte sich durch

Schminkspiegel, Mascara, Schlüsseletui, Kreditkartenmäppchen und fragte sich, warum zum Teufel sie ständig so viel mit sich rumschleppte.

Die Frau war hinter ihr, Lara bemerkte ihre unheimliche Präsenz, aber sie konnte nicht sagen, wie nahe sie war. Sie riskierte einen Blick über die Schulter und war erleichtert, als sie sah, dass sie in sicherem Abstand an dem hölzernen Gartentor stand. Doch als die Frau diese fünf unglaublichen Worte wiederholte, drehte sich Lara fast der Magen um, und sie flüchtete hastig in die Sicherheit ihres Autos. Der himmelblaue Lexus, der für sie ein Statussymbol gewesen war, das ihr in den Augen anderer Ansehen verschaffte, diente jetzt nur noch als schützende Hülle gegen unbekannte Gefahren.

Hinter der großen, eleganten Fremden hatte sich ein kleiner Menschenauflauf gebildet, bestehend aus Tyler, Mum, Dad, Sandi und einer entgeisterten Agnes.

Vielleicht dachten sie, Lara wolle sich einfach ein wenig beruhigen und würde dann wieder ins Haus kommen. Vielleicht wussten sie nicht, was sie sagen oder tun sollten. Tyler flüsterte Mum etwas ins Ohr, kam dann mit eiligen Schritten auf den Wagen zu. Er spähte ins Innere, sein schönes Gesicht zutiefst besorgt und voller Fragen. Lara starrte blicklos aufs Lenkrad, unfähig, überhaupt noch irgendetwas zu denken. Jetzt kam auch Sandi näher, doch just in diesem Augenblick kehrten Laras Lebensgeister zurück. Sie ließ den Motor an, fuhr langsam und vorsichtig rückwärts, schob den Automatikhebel auf D und gab Gas, brauste die Straße hinunter, sah Sandi noch auf dem Bürgersteig stehen, wunderhübsch anzuschauen in ihrem hinreißenden Overall und den Stilettos, und Tyler, der wütend die Hände hochriss.

Sie fuhr. Ihre Atmung normalisierte sich wieder, und wie nicht anders zu erwarten, war sie irgendwann in London, parkte am Themse-Ufer gegenüber einer Bar, deren geschmackloser Neonschriftzug ununterbrochen blinkte. Viele schick gekleidete Leute standen geduldig davor Schlange, während sich die Türsteher die Ausweise zeigen ließen und mit aufgebrezelten jungen Frauen quatschten, die sich an ihren imitierten Prada- und Chanel-Taschen festhielten.

Das hier war die Stadt ihres Lebens, die Welt, in der Lara groß geworden war. Auch wenn sie ihre ersten Schritte nicht in England getan, ihre ersten Worte nicht in England gesprochen hatte, es war ihr Zuhause. Und mit Mums und Dads Hilfe hatte es dazu beigetragen, sie zu dem Menschen zu machen, der sie heute war.

Sie stieg aus dem Wagen und blickte über den Fluss, fühlte sich gleich besser, als sich ihre Lunge mit Stadtluft füllte. Für einen Samstagabend war die Atmosphäre sehr ruhig, fast friedvoll. Die Lichter der Stadt glänzten auf dem stillen Wasser, die Spiegelbilder alter Gebäude verschwammen. Hier, in dieser vertrauten Umgebung, konnte Lara endlich durchatmen. Der Westminster-Palast, Buckingham Palace, das Riesenrad London Eye – das alles war nur einen Steinwurf von der Stelle entfernt, an der sie stand, bildete die Kulisse ihres Lebens und ihrer Geschichte – einer Geschichte, die begann, als sie drei Jahre alt war.

Lara setzte sich auf eine Bank und starrte aufs Wasser, sah aber weder den Fluss noch die Lichter, sondern nur noch das Gesicht der Frau, mit dem sie diese fünf Worte aussprach. Sie schloss die Augen, und die fünf Worte waren wieder da. Im Winkel ihres linken Auges bildete sich eine Träne. Aber Lara weigerte sich zu weinen. Solche Tränen waren schon vor vielen Monden getrocknet und hatten sich in Stärke verwandelt. Sie würde sich zusammenreißen. Gleich Montagmorgen hatte sie ein Geschäftsmeeting, auf das sie sich vorbereiten musste. Sie hatte ein ausgefülltes Leben. Und sie würde auf ihren inneren Kraftvorrat zurückgreifen müssen, weil sie plötzlich eine gewaltige Welle von Problemen auf sich zukommen sah.

Zurück im Wagen signalisierte ihr hektisch blinkender Blackberry, dass sie neun Nachrichten hatte. Lara ignorierte alle und fuhr nach Hause.

Nachdem sie ihr Auto abgestellt hatte, ging sie an den Kanonen vorbei und über den knirschenden Kies vom Artillery Court. Zu Anfang, als sie sich mit dem Gedanken trug, die Wohnung zu kaufen, waren diese Kanonen für sie bloß eine eigenartige, aber ausgefallene Dekoration vor dem Luxusapartment gewesen, von dem sie immer geträumt hatte. Während der Immobilienmakler begeistert von der historischen Bedeutung der ganzen Anlage erzählte, war Lara nur auf die Eichentäfelung der Wohnung fixiert gewesen, das ungewöhnliche Mezzanin-Schlafzimmer und auf die Frage, ob der Bauherr auch noch die Dualit-Küchengeräte mitliefern würde. Jetzt konnte sie die Absurdität des Ganzen nur noch belächeln.

Die Vertrautheit der Wohnung tat ihr gut. Auf dem Couchtisch lag der Inhalt des bunten Lulu-Guinness-Schminktäschchens verstreut, die von Sandi geleerte Weinflasche bewies, dass ihr Leben noch vor wenigen Stunden anders gewesen war. Fast wie in einem typischen Frauenfilm: toller Job, schöne Wohnung, gutaussehender Freund.

Wo war Doc Browns Zeitmaschine jetzt?

Das Telefon klingelte. Es war Mum. Lara stellte es auf stumm, schickte eine SMS mit dem Inhalt «Es geht mir gut» an Sandi und Mum, die sie an alle anderen weiterleiten konnten, fiel ins Bett und machte sich auf eine unangenehme, schlaflose Nacht gefasst.

Wie zu erwarten blieben ihre Augen geöffnet, ihr Verstand im Alarmzustand. Sie fühlte sich allein, schutzlos, verletzlich.

Irgendwann zog sie die Decke über den Kopf und gab sich der Dunkelheit hin. Sie wollte Tyler anrufen, aber sie konnte es nicht.

Sie klopfte zehn Mal auf die Kante ihres Nachttischs und blickte dreizehn Mal zur Uhr hinüber, dann noch ein Mal, weil es eine gerade Zahl sein musste. Als die Müdigkeit sie um 4.30 Uhr dann doch endlich übermannte, fiel sie in einen unruhigen Schlaf, durchsetzt mit verschwommenen Bildern dieser Frau, die fünf gefährliche Worte flüsterte, die Arme ausgestreckt. Eine Stimme umgab sie, fremd und doch vertraut, mit einem unheimlichen Echo, das die fünf Worte in diesem Albtraum wieder und wieder erklingen ließ: «*Omolara, ich bin deine Mutter.*»

Kapitel 18

Jetzt

Sie war nicht bereit, den Kopf hängenzulassen, zu grübeln oder sachliche Fragen nach den Gründen für den Besuch der Frau zu stellen. Warum sie Lara nach siebenundzwanzig Jahren endlich sehen wollte. Es spielte einfach keine Rolle mehr, weil es zu spät war.

Lara wollte *sie* nicht mehr sehen. Nach langen Jahren sehnsüchtigen Wartens hatte Lara schließlich eingesehen, dass sie sowieso nicht in zwei Ländern oder Kulturen gleichzeitig zu Hause sein konnte. Lara musste nur ein einziges Leben gut leben – ein Leben, zu dem England gehörte, kaltes Wetter und Würstchen mit Kartoffelpüree. Sie brauchte diese Frau nicht mehr. Die Neugier erlosch und machte der Fähigkeit Platz, die Vergangenheit ruhen zu lassen und dafür etwas anderes anzunehmen, nämlich ... sich selbst. Das Leben. Das Jetzt.

Nach der Party waren alle in ihrem Umfeld überbesorgt um Lara und ihren angegriffenen Seelenzustand, wenn man den Anrufen, E-Mails und SMS glauben durfte. «Wie fühlte sie sich?», und: «Brauchte sie jemanden zum Reden?» Aber Lara ging es gut, und natürlich musste sie nicht darüber reden! Mit niemandem (da konnten Mum, Sandi und Tyler noch so oft das Gegenteil behaupten).

Kannten die sie denn gar nicht? Wussten sie denn nicht, wie es war, Lara zu sein?

Natürlich nicht.

Denn solange sie nicht eine Meile in ihren Schuhen mit den hohen Keilabsätzen gelaufen waren, konnten sie unmöglich wissen, wie es war, Lara zu sein. Oder was für ein Gefühl es war, einfach in einem Waisenhaus abgeliefert worden zu sein, als wäre sie der letzte Dreck. Sich verlassen zu fühlen. Das schwarze Adoptivkind weißer Eltern zu sein.

Natürlich nicht. Wie auch?

Doch jetzt war sie stark, wurde mit allem fertig, und ein ungeladener Gast auf einer Geburtstagsparty konnte sie wirklich nicht erschüttern. Und so stieg Lara wieder in das Hamsterrad des Lebens, fühlte sich aufs neue sicher und souverän und begann, wieder ruhig zu atmen, während sie ihrem alten Rhythmus folgte: Arbeit, Fitnessstudio, donnerstags Treffen mit Sandi, freitags mit Tyler ausgehen. Und allmählich ließ das Zählen nach.

«Ich war echt froh, von dir zu hören», sagte Tyler, während sie Hand in Hand über den Leicester Square schlenderten. «Ich wäre dir gern gefolgt, aber ich dachte, du brauchst erst mal Zeit für dich. Und das respektiere ich.»

«Danke, Tyler.»

«Aber mach so etwas bitte nicht noch mal. Einfach so verschwinden», sagte er zärtlich und küsste ihre Hand. Sie versuchte, so gut sie konnte, die Enttäuschung in seinen Augen zu übersehen.

«Ich hatte im Büro furchtbar viel zu tun, und es gab ein paar Verträge, die ...»

Tyler blieb stehen. «Aber was ist mit –?»

«Tyler, lass uns einfach den Abend genießen», fiel sie ihm ins Wort.

«Irgendwann wirst du drüber sprechen müssen. Das ist eine große Sache, Lara.»

Sie verdrehte die Augen und fragte sich, warum Tyler ständig dieses Bedürfnis hatte, über alles zu reden. Vielleicht war das ja etwas typisch Amerikanisches. Es fing wirklich an, sie zu nerven. Außerdem hatte sie nicht vergessen, dass er auch über ihre *Beziehung* reden wollte. Wenigstens das war durch das Fiasko bei ihrer Geburtstagsparty erst mal auf Eis gelegt.

«Ich war ein bisschen verwundert, als du gesagt hast, du würdest dir gern einen Film ansehen», sagte er und hielt ihr die Tür zum Prince-Charles-Kino auf.

«Ich wollte *Pulp Fiction* schon immer mal sehen, hab's aber irgendwie nie geschafft.»

«Und es geht dir wirklich nur um den Film?»

Eine der Eigenschaften, die Lara von Anfang an zu Tyler hingezogen hatte, war seine schonungslose Direktheit. Aber in diesem Moment war sie ihr unangenehm.

«Also?», hakte er nach, während sie in der Warteschlange vor der Kasse standen.

«Na klar geht's mir um den Film, Tyler. Okay, vielleicht ... vielleicht wollte ich auch einfach nur ins Kino, um nicht reden zu müssen», räumte sie ein.

«Du wolltest nicht über die Party reden. Lara, nun lenk doch bitte nicht immer ab, sondern sag mir, was in deinem Kopf vorgeht.»

«Na ja, da taucht plötzlich eine Frau in meinem Leben auf und will offenbar eine Beziehung zu mir, dabei hab ich doch schon eine Mum und einen Dad. Ich versuche, mich davon nicht zu sehr aus der Bahn werfen zu lassen. Es geht mir auch um diese andere Kultur, die mich wohl in meinen ersten Lebensjahren geprägt hat. Ich meine, weißt du, was Fufu ist?»

«Ja, weiß ich.»

Diese Antwort verblüffte sie.

«Klar. Gibt's in verschiedenen Sorten.»

«Ach ja?»

Sie standen jetzt an der Kasse, und Tyler kaufte zwei Karten, während Lara nachdachte.

«Ich würde nicht so viel über Fufu nachdenken.» Er lachte, und Lara spürte eine kleine Dampfwolke aus Wut in sich aufsteigen.

«Tu ich auch nicht», log sie.

«Ist ja gut, Baby. Hier geht's doch nicht um Fufu. Hier geht's um dich und deine –»

«Sprich es nicht aus!», sagte sie rasch.

«Okay», sagte er sanft, beruhigend und drückte zärtlich ihre Hand.

Sie nickte widerwillig, während sich ein Strom von Teenagern an ihnen vorbeidrängte.

«Holst du uns noch schnell Eis und Popcorn? Sonst verpassen wir die Vorschau.»

«Mach ich», antwortete sie, froh, dass er «es» nicht ausgesprochen hatte. Das Wort. Ein Wort, das nicht mit dieser Person in Verbindung gebracht werden sollte. Weil es nicht der Wahrheit entsprach. Sie hatte schon eine, und mehr brauchte sie nicht.

Am nächsten Tag, fünf Tage nach der Party zu ihrem dreißigsten Geburtstag, gab Lara nach. Sie hatte nachgedacht, sich die ungebetenen Ratschläge anderer angehört und war schließlich ihrer Vernunft gefolgt, wenn auch mit starken Einschränkungen.

Deshalb beschloss sie, als das Telefon wieder einmal klingelte, den Anruf entgegenzunehmen.

«Hallo?»

«Hallo, guten Abend», sagte die Stimme am anderen Ende.

«Ich würde dich sehr gern treffen», sagte die Stimme mit dem fremdländischen Akzent.

Wo? In einem Café? Lara sollte es sich aussuchen. *Wie wär's auf dem Mond?* Ihre Wohnung am Artillery Court wäre gut. Später, ja. Acht Uhr. Bis dann.

Als Lara am Abend nach Hause kam, schlichen sich Erinnerungen an das gepunktete Kleid in ihre Gedanken. Mum hatte ihr im Laufe der Jahre Dutzende Dinge gekauft, aber dieses Kleid hatte sich als das wichtigste von allen in ihr Gedächtnis eingebrannt. Die Nacht, in der sie sich das Kleid vom Körper gestreift hatte, markierte für sie den Moment, in dem sie sich von einem großen Teil ihrer Unschuld verabschiedet hatte.

Deshalb wollte Lara jetzt ein anderes Signal setzen und beschloss, die Sachen anzubehalten, die sie zur Arbeit getragen hatte – einen Hosenanzug mit ausgestellten Beinen, schwarze Pumps. Und sie ließ ihre Haare, wie sie waren, zu einem strengen Knoten nach hinten gebunden.

Seriös vom Scheitel bis zur Sohle.

Lara verzog das Gesicht, als sie den Dimmer an der Wand drehte, um den Raum heller zu machen. Sie hoffte nur, dass dadurch ihre Probleme nicht ebenfalls deutlich sichtbar wurden.

«Omolara», sagte eine Stimme durch die Sprechanlage.

«Ja?», antwortete sie atemlos.

«Hier ist deine Mutter.» Vier Worte, ausgesprochen mit diesem eigentümlichen Akzent und absolut bedeutungslos für Lara Reid aus Essex.

Sie drückte den Summer und wartete, so schien es, noch einmal ihre gesamte Kindheit lang. Sie wusste, die Frau würde sich den Weg durch zwei Eingänge und dann ein Treppenhaus hinauf suchen müssen, weil das Gebäude keinen Lift hatte. Und natürlich würde die Frau noch länger brauchen als nötig, weil sich die meisten neuen Besucher die Zeit nahmen, die Kanonen zu bestaunen. Wenn sie dann oben waren, wollten viele einen regelrechten Vortrag über deren Herkunft hören. Laras Kenntnisse beschränkten sich allerdings auf das, was sie sich bei Wikipedia angelesen hatte. Sie wusste vage, dass die Kanonen irgendetwas mit dem Ersten Weltkrieg zu tun hatten. Artillerie. Waffenschmiede und dergleichen.

Vielleicht würde die Frau ja nicht fragen.

Lara wartete, wusste, dass die Schritte gleich vor ihrer Tür ankommen würden. Und was dann?

Lara öffnete die Tür und klopfte gleichzeitig leicht von innen darauf. Gerade Zahlen. Noch zweimal. Dann nahm sie Haltung an, und plötzlich stand sie vor ihr – *die Frau*.

«Hallo, Omolara», sagte sie.

Laras ganzes Wesen schien in rascher Folge jede negative Emotion zu durchleben, die sie im Laufe der Jahre empfunden hatte – Zorn, Traurigkeit, Einsamkeit, Verwirrung –, was zu der Unfähigkeit führte, überhaupt etwas zu sagen, schon gar nicht etwas halbwegs Kluges. Oder Vernünftiges. Oder etwas, das irgendwie Sinn ergab.

Die Frau trat auf Laras starren Körper zu. Fremde Arme schlangen sich um Laras Rücken, als die Frau ihr Gewicht gegen sie drückte. Das Parfüm der Frau roch stark – ein undefinierbarer Geruch, nicht das Lavendelaroma, an das Lara gewöhnt war. Sie spürte einen Puls unter dem Stoff der strahlend weißen Bluse schlagen und wusste nicht, ob es ihr eigener oder der der Frau war. Der Körper fühlte sich sperrig an, unvertraut, fremd. Die Frau trug ein langes, weites und sehr buntes Kleid mit einem entsprechend bunten Kopftuch, das hochgebunden war und ihre ohnehin schon große, imposante Gestalt noch größer wirken ließ. Alles in allem bot die Frau einen Anblick, der überhaupt nicht zu Laras früherer Phantasievorstellung passte.

Eine schöne Kette mit gelben Perlen schmückte ihren faltenfreien Hals. Sie trug goldfarbene, zehenfreie Sandalen, die ein bisschen auffällig waren, aber zu dem Gesamtensemble passten. Allerdings fand Lara, dass die Abendtasche aus schwarzem Leder mit silberner Perlenstickerei zu diesem Outfit ein Fehlgriff war. Offensichtlich hatte die Frau kein Händchen für Accessoires.

Lara wich rasch zurück. «Setzen Sie sich bitte.»

«Danke», sagte die Frau und ließ den Blick durch die Wohnung wandern. Sie blinzelte in dem grellen Licht, das ihr Gesicht in all seiner Jugendlichkeit beleuchtete: eine Stirn mit keiner einzigen Falte, die siebenundzwanzig Jahre voller Schuldgefühle verraten hätte; die Haut so glatt wie geschmolzene Schokolade; volle Lippen, für die ein Filmstar ein fettes Sümmchen hingeblättert hätte; große, dunkle Augen, die Lara, wie sie jetzt erkannte, wohl geerbt hatte. Die Frau war um die fünfzig und unbestreitbar attraktiv. Lara hatte erwartet oder gehofft, dass sie runzelig und verbraucht aussah, oder zumindest so, als hätte sie ihr Leben lang unter der Entscheidung gelitten, gramgebeugt, weil sie ihr Kind so hartherzig weggegeben hatte wie eine kostenlose Postwurfsendung. Doch offenbar hatte diese Tat ihr Gesundheit geschenkt und eine Lebenslust, die ihr ein unerwünschtes Kind wohl eher genommen hätte.

Die Augen der Frau glitten über den Flachbildfernseher, die (dank einer tüchtigen Putzfrau) sauberen Arbeitsflächen der Küche, das rote Telefon im Retro-Stil neben dem Sofa und dann die Wendeltreppe hinauf, die zu Laras Schlafzimmer führte.

«Das ist eine seltsame Wohnung.»

«Mir gefällt sie», erwiderte Lara kühl.

Die Frau setzte sich und betrachtete die Illustrierten auf dem Couchtisch.

«Möchten Sie etwas trinken?», fragte Lara.

«Nein, danke. Später vielleicht.»

Lara war es gleichgültig, ob sie etwas trinken wollte oder nicht. Sie wollte Antworten. Sie wollte nichts. Sie wollte sie hierhaben. Sie wollte, dass sie wieder verschwand.

Lara setzte sich in den rundlichen Lederdrehsessel, der kaum benutzt wurde. Ein Fehlkauf nach einem Besuch in einer Möbelausstellung mit Sandi.

Die Frau legte ihre gekonnt manikürten Hände in den Schoß, und Lara fiel der Nagellack auf. Glänzend blau mit weißen Blümchen, deren Stängel kleine grüne Spiralen waren.

«Es ist ein wunderbarer Moment, mit dir sprechen zu können», sagte die Frau. Lara wusste nicht, ob es an der Sprachbarriere lag, aber ihr fiel die Wortwahl der Frau auf und die Art, wie sie jedes Wort einzeln betonte. Plötzlich wünschte Lara, sie hätte für dieses erste und einzige Treffen den McDonald's um die Ecke vorgeschlagen, wo es von geschiedenen Dads mit ihren Kindern nur so wimmelte. Oder vielleicht hatte Mum recht, und sie hätten sich in Essex treffen sollen, umgeben von Fotos von Lara und ihrer Familie, in Zimmern, wo sie früher Verstecken und Monopoly gespielt und sich bei zahlreichen Gelegenheiten in den Schlaf geweint hatte. Sie hätten in dem Garten plaudern können, wo Lara vor vielen Jahren in den Rosenstrauch gefallen war und dann lauter Dornen im Hintern hatte. Sie hätten den Geräteschuppen zur Verfügung gehabt, wo sie und Dad zahlreiche vertrauliche Gespräche über den Weltfrieden geführt hatten und über die Frage, ob das mit dem Hündchen je klappen würde; hätten auf dem Zementquadrat sitzen können, auf dem Dad in einer viel zu kleinen Schürze gestanden hatte, ein Grillwürstchen auf eine Gabel gespießt, just an dem Tag, an dem Lara beschlossen hatte, Vegetarierin zu werden – auch wenn dies nicht lange anhielt. Sie hätten über das Rasenstück gehen können, auf das Brians Labrador einmal einen Haufen gesetzt hatte, worauf Mum gedroht hatte, ihm die Eier abzuschneiden, und sich Sandy und Lara vor Lachen fast in die Hose gemacht hätten. So viele Erinnerungen an das einzige Leben, das sie kannte. Das Leben, zu dem diese Frau nie gehört hatte.

«Du bist so schön», sagte die Frau und riss Lara damit aus ihrer Trance. Die Frau lächelte und zeigte dabei eine Lücke zwischen den Schneidezähnen. «Du hast dich nicht verändert.»

«Ach nein? Als Sie mich das letzte Mal gesehen haben, war ich doch noch ein Baby», entgegnete Lara bissig. Die Frau zögerte, und Lara spürte einen Hauch schlechten Gewissens. Gerade noch war sie kraftstrotzend vor Wut gewesen, und auf einmal fühlte sie sich schwach.

«Omolara ...»

«Ich heiße Lara.»

Sie holten beide tief Luft, atmeten gleichzeitig aus, und dann juckte Lara die Nase, wie immer, wenn sie nervös war. Sie kratzte sie unauffällig, und zu ihrer Verblüffung tat die Frau das Gleiche.

Dann löste sich das Eis etwas. Sie sprachen eine Stunde lang über dies und das, streiften Themen wie das derzeitige Leben der Frau in Nigeria, wo sie aufgewachsen war, wie sie aufgewachsen war. Die Frau erzählte anschaulich, und Lara wusste, dass irgendwann der Augenblick zur Sprache kommen würde, in dem die Frau vor dem Heim für mutterlose Kinder gestanden und überlegt hatte, was sie als Nächstes tun sollte. Aber Lara war einfach noch nicht bereit, diesen Teil der Geschichte zu hören, oder vielleicht war die Geschichte noch nicht bereit, erzählt zu werden, denn plötzlich sagte sie: «Das genügt fürs Erste.»

Erleichterung durchströmte sie, als die Frau mit einem Nicken Einverständnis signalisierte.

«Ich rufe Sie an», sagte Lara und stand auf. Sie war auf einmal leicht benommen, vielleicht ein bisschen atemlos.

«Aber du hast meine Nummer nicht.»

Sie wartete ungeduldig, während die Frau ihre Nummer auf eine von Laras alten Visitenkarten schrieb. Alles in ihr war in Aufruhr. Es schien ewig zu dauern, und irgendetwas versuchte, aus ihrem Körper nach außen zu dringen.

Die Frau zog langsam ihren Mantel an und sagte dabei irgendetwas von ihrem nächsten Treffen, was vielleicht nach ihrer Fahrt zum Buckingham Palace stattfinden könnte, sie wisse es noch nicht genau. Bla, bla, bla. Lara wollte nur noch, dass sie ging, und brachte sie rasch zur Tür. Und als sie diese hinter der Frau schloss, brandete eine Ansammlung von Gefühlen aus ihrer Magengrube hinauf in die Brust und weiter in den Mund und hinaus in die Atmosphäre – als das lauteste, wütendste Geräusch, das sie je im Leben gehört hatte.

Lara bebte buchstäblich vor lauter Emotionen. Sie rutschte erschöpft am Kühlschrank hinunter und blieb auf dem Boden sitzen, bis der Klang ihres roten Retro-Telefons alles durchdrang.

Wahrscheinlich hatte sie diesen kleinen Zusammenbruch gebraucht.

Denn was auch immer «es» war, es lebte jetzt außerhalb von ihr, und der Morgen verhieß einen neuen Tag mit neuer Hoffnung und unzähligen Möglichkeiten.

An diesem Morgen kam Sandi in Laras Büro gesegelt, mit einer Mischung aus Besorgnis und Neugier in ihrem schönen Gesicht.

«Also los, raus mit der Sprache. Wie ist sie so, deine Mutter?» Sie pflanzte sich in den Drehsessel und legte die Füße in den Stilettos auf den Schreibtisch.

Lara musste mit einem der Besucherstühle vorliebnehmen.

«Sie heißt Yomi.»

Sandi zog eine «Tut-mir-leid»-Miene und stellte die Füße wieder auf den Boden.

«Und wie kommst du mit der ganzen Sache klar?», fragte sie. Lara schwieg kurz, während sie über ihre beste Freundin nachdachte. Sandis Odyssee durch Kinderheime und Pflegestellen hatte begonnen, als sie dreizehn war, und seitdem hatte sie ihre leiblichen Eltern nicht mehr gesehen. Dennoch war sie eine erfolgreiche Schönheit geworden. Sie hatte ihr Leben sortiert und schien damit zufrieden zu sein. Die tägliche Angst, die Lara um sich herum aufbaute, war ihr offenbar fremd. Ein beneidenswertes Ideal.

«Was soll ich sagen …», begann Lara. Das war ein Terrain, das sie sonst nie mit Sandi betrat. Ihre Freundschaft hatte nie auf anvertrauten Geheimnissen oder Umarmungen basiert, sondern auf dieser ähnlichen Vergangenheit und der unausgesprochenen Gewissheit, dass sie in der Not alles füreinander tun würden. Aber dann und wann stellte sich Lara vor, wie es wohl wäre, aus der Schale auszubrechen, die sie beide wie eine schützende Hülle umgab, aus der Rüstung, an die sie sich klammerten wie an eine Sauerstoffmaske, solange sie sich erinnern konnten.

«Sie ist verduftet, als ich schätzungsweise eine Minute alt war», begann Lara in der Teenagersprache, die sie immer sprachen, wenn sie beide allein waren. Sie waren zwei erfolgreiche Geschäftsfrauen, doch im Innern waren sie noch immer die beiden Mädchen.

«Ey, cool bleiben», erwiderte Sandi, und beide prusteten los.

Sandi räusperte sich. «Jetzt mal im Ernst, was weißt du über sie?»

«So gut wie nichts, außer dass sie in Nigeria lebt und nur für kurze Zeit hier ist», antwortete Lara mit ihrer besten Ansagerstimme. Sie lächelten gequält, wussten, dass die Sache sehr viel ernster war, als Lara sie darstellte.

«Falls du drüber reden willst, ich meine, über das mit der fremden Kultur und so ...», begann Sandi.

«Ja?»

«Könntest du jederzeit mit Jean sprechen.»

«Über afrikanische Kultur?»

«Er ist schließlich Franzose. Oder vielleicht könntest du die Telefonseelsorge anrufen. Ach, ich weiß auch nicht!»

So nutzlos die Vorschläge auch waren, Sandi hatte Lara zumindest ein Lächeln entlockt und ihr geholfen – wenigstens für eine Minute –, diesen riesigen Stolperstein zu vergessen, den ihr das Leben vor die Füße geworfen hatte.

Ein paar Tage später blieb Lara noch im Büro, nachdem die meisten anderen das Gebäude längst verlassen hatten, was nicht selten vorkam. Neu war jedoch ihre fehlende Motivation, tatsächlich zu arbeiten, weil ihr ständig Gedanken an Yomi durch den Kopf gingen.

Was machte sie eigentlich hier in England?

Warum gerade jetzt?

Im Laufe der Jahre hätte sie reichlich Gelegenheit gehabt, Lara zu finden. Mum hatte ihre Adresse in dem Kinderheim hinterlegt, und sie waren nie umgezogen. Die Tatsache, dass Yomi sie gefunden hatte, bewies doch, dass sie das auch schon fünf, zehn oder zwanzig Jahre früher hätte tun können.

Zum Glück war Lara nicht mehr das vertrauensvolle zehnjährige Mädchen in einem schwarz-weiß gepunkteten Kleid, das auf die Ankunft einer Fremden wartete und sich in den Schlaf schluchzte, während das lastende Gefühl, verlassen worden zu sein, es immer tiefer in die Matratze drückte. Sie war eine dreißigjährige Geschäftsfrau, stark und selbstbewusst genug, um zu wissen, dass sie keine Yomi mehr in ihrem Leben wollte oder brauchte.

Lara war sicher, dass Yomi auf irgendwas mehr aus war. Und das konnte nur Geld sein.

Jawohl, das war die Erklärung.

Die Frau war zwar nicht in Lumpen gekleidet, aber sie war bestimmt in einer armen Familie aufgewachsen, warum hätte sie Lara damals sonst weggegeben?

Jawohl, es ging um Geld. Ganz bestimmt.

Endlich hatte Lara den Grund für Yomis Besuch durchschaut, was in ihr ein bittersüßes Gefühl auslöste.

Vor ihrem riesigen Bürofenster bewegte sich ein roter Bus rasch die Straße entlang – in London ein vertrautes Bild, das zahllose Ansichtskarten und kitschige Souvenirs zierte. Lara fragte sich, ob sie von einem besseren Leben in England geträumt hätte, wenn sie in irgendeinem Dorf in Afrika gelebt, Wassereimer auf dem Kopf getragen und nie gewusst hätte, wann es das nächste Mal etwas zu essen geben würde. Wäre sie eines dieser Kinder auf den Plakatwänden geworden, die um regelmäßige Spenden baten? *Helfen Sie diesen Kindern!* Hätte ihr Leben denselben Verlauf genommen wie das dieser Kinder, wenn das Schicksal sie nicht aus den Fängen des Elends in einem heißen Land gerissen hätte, um sie in einem kalten Land in Geborgenheit und Wohlstand wieder abzusetzen?

Sie schluckte schwer, dachte daran, wie beeindruckt Yomi offensichtlich von ihrer Wohnung und dem Auto gewesen war. Dem Kind, das sie weggegeben hatte, war es gut ergangen, und vielleicht wollte sie jetzt ein Stückchen vom Wohlstand abhaben. Yomi hatte es eindeutig auf Geld abgesehen – dessen war sich Lara jetzt ganz sicher. Es gab keine andere Erklärung, und vielleicht war es gar kein seltsamer Zufall, dass Yomi gerade jetzt auftauchte, da Laras Karriere so steil bergan ging.

Sie machte die letzten Anmerkungen zu einem Bericht, fuhr ihren Computer herunter und überlegte gerade, was sie sich zum Abendessen kaufen sollte, als die fremde Frau in ihr Büro marschiert kam.

«Hallo, Omolara. Mrs Reid hat mir die Adresse gegeben.»

Es war seltsam, Mums Namen so förmlich aus Yomis Mund zu hören, aber andererseits wäre es genauso falsch gewesen, wenn sie gesagt hätte: «Trish hat mir die Adresse gegeben.» Yomi blickte auf die beiden gerahmten Fotos auf Laras Schreibtisch – das eine von Mum, Dad und Lara im Garten vor rund zehn Jahren; das zweite ein Schnappschuss von Lara und Sandi in Brighton, beide ausgelassen lachend.

«Bist du hier der Boss?», fragte Yomi und pumpte damit noch mehr Luft in die ohnehin schon prallgefüllte Theorie über ihre wahren Absichten.

«Ja, könnte man so sagen.»

«Das ist gut», sagte Yomi und nickte.

«Ich dachte nicht, dass wir uns so bald wiedersehen.»

«Ich hab tagelang nichts von dir gehört.»

«Warum sind Sie nach England gekommen?» Damit war es heraus.

«Weil du meine Tochter bist.»

Lara sah ihr direkt ins Gesicht, aber Yomi wandte sich ab. Und für Lara fühlte sich das wie eine erneute Ablehnung an.

Sie kann mir nicht mal in die Augen sehen.

Bin ich wirklich so schlimm?

«Es gibt vieles, was du nicht weißt, Omolara, und wenn du mir die Chance gibst –»

«Was für eine Chance?»

«Die Chance, es dir zu erklären.»

«Ich habe Eltern. Die besten Eltern, die man sich wünschen kann.»

In der darauffolgenden Stille erinnerte sich Lara an die Zeit, als sie sich vorgestellt hatte, Claire Huxtable sei ihre leibliche Mutter. Jetzt würde sie sich mit Michelle Obama begnügen: *Sie sah sich als Teenager gezwungen, ihr Baby zur Adoption freizugeben, um dann später zusammen mit ihrem Mann eine Nation zu führen. Tja, das wäre eine gute Erklärung. Alles, was da nicht rankommt, reicht einfach nicht.*

«Darüber bin ich froh, Omolara.»

«Würden Sie bitte aufhören, mich so zu nennen?»

«Aber es ist dein Name – der Name, den ich dir gegeben habe …»

«Warum sind Sie hier?», fragte sie erneut, doch diesmal klang es weniger wütend – eher wie ein Jammern.

Eine unbekannte Stimme ertönte vor ihrem Büro: «Was geht hier vor? Ich komme jetzt rein!»

Die Tür ging auf, und eine recht rundliche, ältere Frau in traditioneller afrikanischer Kleidung trat ein. Sie trug einen grünen Batikrock mit passender Bluse, die mit lilafarbenen Schmetterlingen und Blättern bedruckt war, sowie ein identisch gemustertes Kopftuch. Sie schien zu humpeln und kniff die Augen zusammen, bis sie einen Stuhl erblickte, auf den sie sich augenblicklich mit einem wohligen Seufzen sinken ließ.

«Dieser Stuhl ist genauso unbequem wie der letzte. Ah, diese englischen Stühle sind der reinste Plunder! Warum?» Sie sprach mit einem sehr starken Akzent.

«Wer sind Sie?», fragte Lara.

«Sie ist –», setzte Yomi an, doch die ältere Frau schnitt ihr mit einem herrischen Ton das Wort ab.

«Ich werde mich selbst vorstellen, zu gegebener Zeit.»

Yomi räusperte sich. «Ich werde einige Wochen in England sein, Omolara, und ich hoffe, deine Feindseligkeit wird sich mit der Zeit legen. Es gibt vieles, was ich dir erklären möchte, aber vor allem möchte ich dich kennenlernen. Das ist alles.»

Lara war im Augenblick eher mit der älteren Frau beschäftigt, die anscheinend auf irgendetwas herumkaute, während sie sie unverwandt anstarrte. Ihr durchdringender Blick war beunruhigend.

«Ja, jetzt seh ich's», sagte die ältere Frau.

«Was sehen Sie?», fragte Lara.

«Die Ähnlichkeit mit deiner Tante Morenike. Und Kunle. Du hast seinen Mund.»

«Wer ist Kunle?»

«Dein Onkel. Aber sei froh, deine sind nicht so trocken wie seine.»

«Was?»

«Seine Lippen. Trocken wie die Schalen von Yams.»

Lara runzelte die Stirn, verstand nicht recht, was sich da in ihrem Büro abspielte, das bis vor wenigen Minuten ein Ort der Ruhe, Arbeit, Normalität gewesen war. Sie wusste auch nicht, ob sie das alles verkraftete. Aber fünf Minuten später war sie immerhin doch nicht umgekippt, sondern begleitete die beiden zum Lift.

Die alte Frau wandte sich Yomi zu und sagte schnell etwas in ihrer Sprache zu ihr, ehe sie sich zu Lara umdrehte und sie fest packte, ihren keineswegs zarten Körper an sie drückte. Lara war völlig perplex, dass eine Frau in ihrem Alter eine derartige Kraft besaß.

Und dann ließ sie los.

«Mager wie ein Stück Zuckerrohr, aber du bist es eindeutig. Sehr gut», murmelte die alte Frau und schlurfte langsam in den Lift.

«Was war das denn?», zischte Lara in Yomis Richtung, so leise, dass die ältere Frau es nicht hören konnte, während die Lifttür, weil Lara einen Fuß in die Tür geschoben hatte, zu- und wieder aufging.

«Sie ist glücklich. Ganz einfach», antwortete Yomi. Die ältere Frau hatte sich anscheinend in ihre eigene Welt zurückgezogen, lächelte jetzt breit und summte leise vor sich hin, wobei sie die Schultern fröhlich im Takt wiegte.

«Wieso macht es sie glücklich, mich halb totzuquetschen?»

«Weil sie zum ersten Mal ihre erstgeborene Enkelin umarmen konnte.»

Laras Mund klappte auf und blieb offen stehen, während Yomi in den Lift trat, sich die Tür langsam schloss und die Sicht auf die zwei Frauen versperrte, die in Laras Welt gekommen waren und sie bis ins Innerste erschüttert hatten.

Kapitel 19

Damals

Es hatte durchaus Vorteile, Sandys beste Freundin zu sein. Anders als in der Grundschule hatte jetzt offenbar niemand mehr Lust, Lara zu ärgern oder sie anders anzureden als mit ihrem Namen. Noch besser war, dass sämtliche Fragen zu ihrer Familie sich auf ein neugieriges «Ich hab gehört, deine Mum war mal Popstar» beschränkten. Einige von den älteren Mädchen ließen sie sogar zuhören, wenn sie den neuesten Schultratsch durchhechelten: Wer sich mit wem gezankt hatte und wer mit wem von der Jungenschule nebenan rumgeknutscht hatte. Doch am wichtigsten war das Thema Musik.

«Kannst du dir auch mal leihen, wenn du willst», sagte Makeba aus der vierten Klasse – sie war schätzungsweise einen Meter achtzig groß, hatte die ordentlichsten Bügelfalten in ihrem Schuluniformrock, hatte das Haar immer hoch auf dem Kopf zusammengebunden und große viereckige, goldene Modeschmuckohrringe, wie sie viele von den Mädchen trugen. Es war schon ein Privileg, zusammen mit den Älteren auf der Mauer hinter der Schule sitzen zu dürfen, aber das Angebot, sich von ihnen Musik zu leihen, überstieg Laras kühnste Träume – also stimmte sie natürlich begeistert zu.

An diesem Tag lag Lara nach dem Abendessen – gebratenes Gemüse vom Vortag mit Kartoffeln – auf dem Bett, orangefarbene Kopfhörer auf den Ohren, die graue Lampe neben sich eingeschaltet.

Als sie Mum schließlich von unten rufen hörte: «Jetzt wird aber geschlafen!», realisierte Lara, dass sie sich Public Enemy nur einmal angehört hatte, ohne die Texte richtig zu verstehen, dass aber die Kassette mit Arrested Development sie völlig mitgerissen hatte und eine neuartige Mischung aus afrikanischen Rhythmen und modernen Sounds in ihren Ohrwindungen tanzte. Laras erste Kostprobe von Musik im afrikanischen Stil gab ihr das Gefühl, gerade zum ersten Mal geküsst worden zu sein – *wie auch immer sich das anfühlte.* Es war, als hätte sie soeben pures Gold entdeckt, das unter dem Schmutz einer Straße vergraben gewesen war, die sie jeden Tag entlangging. Die Musik war frisch, begeisternd, und sie konnte gar nicht genug davon bekommen.

Sie schwenkte die Hüften, wippte mit dem Kopf im Takt der hypnotischen Rhythmen, verdrehte den Körper, beugte ihn vor dem Spiegel so tief hinunter, wie sie konnte, und ihr Herz raste vor Anstrengung und Erregung. Eine neue Entdeckung. Eine neue Verbindung.

In jener Nacht schlief sie selig in ihrem blau-rosa gestreiften Pyjama ein, die Kopfhörer auf den Ohren, den Text von ‹Tennessee› im Kopf: «*Take me to another place. Take me to another land …*»

Gegen Ende des Monats hatte Lara genug Geld gespart, um sich beide Alben kaufen zu können. Weil Makeba zwei Klassen über ihr war, würden sie nie enge Freundinnen werden, aber Lara war schon froh, jedes bisschen an Informationen aufzuschnappen, das sie zum Thema Afrika erlangen konnte. Sie wusste nicht einmal genau, wo Makeba herkam, aber sie gierte nach jeder Kleinigkeit, die irgendetwas mit afrikanischer Herkunft zu tun hatte. Und wenn sich Lara allabendlich auf ihrem Walkman die Alben anhörte, während Mum und Dad sich unten unterhielten, fühlte sie sich irgendwie unabhängig. Dabei ging es um sehr viel mehr als den vielbeschworenen vorpubertären Moment des «seinen Platz in der Welt finden» . Die Musik von Arrested Development und Public Enemy hatte Lara etwas gegeben, von dem sie nicht einmal geahnt hatte, dass sie es brauchte. Das war etwas, wovon Mum und Dad ihr nie etwas hätten erzählen können – selbst wenn sie gewollt hätten –, und aus diesem Grund hatte Lara ein furchtbar schlechtes Gewissen, als würde sie ihre Eltern irgendwie verraten.

Aber sie würde sie niemals kränken, sagte sie sich, obwohl sie gleichzeitig wusste, dass sie jetzt, da diese Tür einmal aufgestoßen worden war, keineswegs die Absicht hatte, sie wieder zu schließen.

Also versteckte sie die Kassetten unter der Matratze, wo sie nie, nie im Leben jemand finden würde.

Kapitel 20

Jetzt

Kaum hatte Lara «Nigeria» gegoogelt, tat sich ihr ein schier unerschöpflicher Reichtum an Informationen auf. Es war nicht das erste Mal in ihrem Leben, dass sie sich über ihr Herkunftsland informierte, aber der Auftritt der beiden Frauen hatte die Suche mit einer Leidenschaft neu entfacht, wie Lara sie noch nie empfunden hatte.

Sie tippte drauflos, und aus einer markanten grün-weißen Fahne flogen ihr Worte entgegen wie Geschosse. Die bekanntesten Stämme: *Hausa, Igbo und Yoruba.*

Aus welchem kam Lara?

Zahl der gesprochenen Sprachen: 521.

Welche Sprache hatte Lara gesprochen und verstanden, bis sie drei Jahre alt war?

Sie tippte und las, bis sie nur noch verschwommen sehen konnte, und unterbrach nur ein einziges Mal ihre Recherche, weil ihr Handy klingelte.

«Wie geht's dir?», fragte Tyler.

«Mir geht's gut ...», antwortete sie geistesabwesend, die Augen auf den Monitor gerichtet.

«Dir geht's gut. Obwohl deine echte Großmutter gerade aufgetaucht ist!»

Schon wieder solch ein Ausdruck, der auf die Liste der Worte gehörte, die so unverhofft in ihr Leben eingedrungen waren: *leibliche Mutter, Großmutter, Yomi, Nigeria.*

Sie öffnete in erneuter Verwunderung den Mund und atmete aus.

«Eine Großmutter, Tyler …», sagte sie und drehte sich vom Computer fort.

«Muss eine hübsche Überraschung sein.»

«Ich weiß nicht … Ich war noch nie die Enkeltochter von irgendwem», sagte sie, bemüht, das leicht freudige Beben in ihrer Stimme zu ignorieren.

«Das ist unglaublich! Wo bist du jetzt, Baby? Ich möchte dich sehen. Das ist einfach unglaublich.»

«Ich bin im Büro», antwortete sie und verkleinerte die Webseite.

Sie warf einen Blick auf ihre wahllosen Notizen – *Nollywood, Palmöl, buba*. «Aber können wir uns morgen sehen, Tyler? Ich bin gerade beschäftigt. Geht das?»

«Arbeitest du noch?»

«Ja, sozusagen. Ich habe –» Leichte Verlegenheit erfasste sie. Lara war noch nicht bereit, ausgerechnet Tyler ihre kulturellen Informationslücken zu beichten. Er wusste mehr über Nigeria, als sie je wissen würde – und er war Amerikaner!

«Ich hab … ein bisschen rumgegoogelt – über Nigeria und so …»

Es kränkte sie schmerzlich, dass Tyler am anderen Ende auflachte.

«Und was ist daran so lustig?»

«Ich lache nicht über dich. Ich find's einfach nur süß, dass du anfängst, dich damit zu beschäftigen.»

«Ja klar», erwiderte sie sarkastisch.

«Hör mal, Schatz, es kommt dir vielleicht komisch vor, dass ausgerechnet ich das sage, weil ich mein Geld doch mit dem Internet verdiene, aber glaub mir, es ist besser, die Kultur real zu erleben. Du musst sie wirklich spüren, die Menschen, Geräusche, Gerüche, Stärken, Schwächen und noch sehr viel mehr. Ich bin mal einen Sommer lang durch Tansania, Kenia und Namibia gereist. Dabei hab ich unendlich viel über die Menschen, das Essen, das Leben dort gelernt.»

«Willst du damit etwa sagen, ich soll nach Nigeria fahren?»

«Ich weiß, dass das im Moment nicht geht. Aber denk mal drüber nach, okay?»

Sobald er aufgelegt hatte, klickte Lara erneut die Webseite an, die verhieß, ihr alle Aspekte der nigerianischen Igbo-Kultur nahezubringen.

Eine Stunde später wusste sie, was Fufu war und dass Victoria Island schöne Strände zu bieten hatte, aber natürlich war sie nicht in der Lage, ihr Geburtsland wirklich zu *spüren*. Und allmählich wurde ihr klar, was Tyler ihr hatte sagen wollen.

Lara wusste, dass sie noch viel zu lernen hatte, und Tylers Vorschlag ging ihr nicht mehr aus dem Kopf, also beschloss sie zu Jeans großer Verwunderung, den ganzen Tag frei zu nehmen. Sie fuhr mit der U-Bahn bis zur Haltestelle Warren Street, und als sie ausstieg, lächelte sie unsicher. Sie würde Nigeria finden – weit entfernt von ihrer Maus und Tastatur, aber hier in London.

Das British Museum hatte ein riesiges weißes Kuppeldach und ein weitläufiges Atrium, das die helle Vormittagssonne hereinließ. Der Mitarbeiter an dem großen Informationsstand schickte sie zu Raum 25 – im Sainsbury-Flügel –, und sie fiel fast in einen ungeduldigen Laufschritt, so gespannt war sie, was sie hinter dieser Glastür erwartete.

Sie war nicht auf die ersten Ausstellungsstücke hinter hohen, durchsichtigen Raumteilern gefasst. Zwei große, ziemlich bedrohlich aussehende, aber sehr imposante kostümartige Objekte starrten sie an. «Maskenkostüme» stand als Erklärung auf einer kleinen weißen Karte. Die Stücke waren anscheinend aus Pflanzenfasern, Stoff und Holz gefertigt und kamen aus Malawi. In Laras Phantasie konnten die Kostüme jeden Moment zum Leben erwachen und sie mit Haut und Haaren verschlingen. Sie fröstelte, musste an die Träume denken, die sie als Kind gehabt hatte, als ihr junger Verstand versuchte, das Besondere von Afrika zu erfassen und im Grunde nur Bruchstücke dessen zusammenfügte, was sie im Fernsehen gesehen hatte.

Als Nächstes kamen Waffen – Bogen, Pfeile, Speere aus Holz – und tierische Überreste. Dahinter sah sie Materialien und Stoffe aus Nord-, West-, Süd- und Ostafrika. Ein Stoff sprang Lara ins Auge. Er stammte offenbar aus Kamerun, war grün mit gelben und roten länglichen Gebilden darauf. Ein unerwartetes Gefühl der Vertrautheit erfasste sie.

Sie ging weiter und kam zu einem Gemälde, auf dem der Künstler das Letzte Abendmahl mit Tieren dargestellt hatte. Dann sah sie sich eine geschnitzte Holztür aus Südnigeria an, die sie so gern berührt hätte. Lara empfand eine Mischung aus Euphorie und Erstaunen – den Wunsch, mehr zu erfahren, und Traurigkeit, weil sie sich nie damit beschäftigt hatte.

Sie betrachtete Statuen aus dem Senegal, Hüte aus Gambia. Afrika mit seinen vielen, reichen Kulturen und Sitten war ein überwältigender Kontinent – und Nigeria selbst ein großes Land. Kunstwerke wie die Büsten aus Ile-Ife, der heiligen Stadt der Yoruba, und zeremonielle Trachten schienen aus ganz unterschiedlichen Regionen des Landes zu kommen. *Wo lag Ile-Ife? War sie als Kind je dort gewesen?* Sie wusste, dass Yomi in Lagos gewohnt hatte, war sie damit also eine Lagosianerin oder eine Yoruba oder was?

«Suchen Sie nach etwas Bestimmtem, Madam?», fragte eine Frau in einem blauen T-Shirt mit dem Museumslogo. Lara fiel auf, dass ansonsten niemandem die Frage gestellt wurde. Schon gar nicht den Touristen mit ihren Kopfhörern, weil selbst die wussten, wo sie hinwollten. Anders als Lara.

«Nein, danke, ich komme zurecht.»

«Falls Sie Hilfe benötigen ...»

Lara hatte noch nie so stark den Wunsch gehabt, jemanden anzubrüllen, nur weil er hilfsbereit war.

«Danke, nein. Wie gesagt, ich komme zurecht. Danke.»

Ein wenig niedergeschlagen setzte sich Lara vor ein Kunstwerk, das aus vielen Quadraten bestand, die alltägliche Szenen darstellten: Kampf, Geburt, Jagd, Kochen – das Leben in all seinen Formen. Natürlich enthielt die dazugehörige Tafel ein paar Hinweise, wie es zu deuten war, aber für Lara stellte es nicht mehr dar als ein paar hübsche, aneinandergefügte Metallteile. Ja, sie war hier von vielen hübschen Dingen umgeben, mit denen sie nichts anfangen konnte. Aber vielleicht konnten sie ja auch nur dann etwas bedeuten, wenn Lara sie richtig begriff, nicht bloß als Museumsstücke, sondern durch persönliche Erfahrung. Wieder musste sie daran denken, was Tyler gesagt hatte.

Nachdem sie rasch einen Kaffee getrunken hatte, machte sie sich an die zweite Phase ihres Forschungstages, indem sie mit der U-Bahn in den Londoner Süden fuhr.

Dass sie Brixton als Teil ihrer Entdecke-Nigeria-Expedition ausgewählt hatte, war sicherlich ein albernes Klischee, das wusste sie. Aber sie war einfach ihrem Instinkt gefolgt.

Nicht, dass Lara noch nie in Brixton gewesen wäre. Ein paarmal hatte sie sich im Ritzy-Kino einen Film angesehen, und sie war mit Sandi schon einmal in einem netten japanischen Restaurant in der Nähe der Coldharbour Lane essen gewesen, aber als sie jetzt vor der hochmodernen U-Bahn-Station stand, war sie desorientiert und verwirrt. Yomis Auftauchen hatte das geordnete Gefüge ihres Lebens nicht nur ins Wanken gebracht, sondern zum Einsturz, und es war kaum möglich, die einzelnen Stücke aufzusammeln und wieder zusammenzusetzen. Immerhin hoffte sie, in Brixton mehr über ihre Vergangenheit herauszufinden, ohne dafür gleich das Land verlassen zu müssen. Hier konnte sie vielleicht ein bisschen der Sprache lauschen, das Aroma des einen oder anderen Nationalgerichts schnuppern und sich einen Eindruck von der Mode machen. Natürlich war sie nicht dumm. Sie wusste, dass ein einziger Tag mit Yomi und ihrer Großmutter wahrscheinlich den Koffer voller Fragen beantworten würde, den sie im Kopf mit sich herumschleppte. Aber sie wollte auf keinen Fall irgendwem gegenüber zugeben, dass sie, das Kind aus Nigeria, die Yoruba nicht von Igbo unterscheiden konnte, keine Ahnung hatte, was *ẹbà* war, und wahrscheinlich noch nie in ihrem ganzen Leben ein vernünftiges Gespräch mit jemandem aus Nigeria geführt hatte.

Also musste Brixton erst einmal genügen.

Die launische Sonne hatte beschlossen, sich hinter wattigen Wolken zu verstecken, aber die Temperatur war noch immer hoch genug, um bei Lara ein positives Gefühl zu wecken, während sie sich unter die Einwohner mischte. Sie plauderte mit der Frau, die vor dem Iceland-Supermarkt CDs verkaufte, lächelte einen kleinen Jungen mit Reisetasche an, wich rasch einem Mädchen aus, das dem 159er Bus hinterhersprintete, und beobachtete einen Vater, der sich hinabbeugte, um sein Kind auf die Stirn zu küssen, genau wie Mum das jeden Abend mit Lara gemacht hatte, als sie noch ein Kind war. Brixton war voller Verheißungen, es war lebendig und farbenfroh, aber es half ihr trotzdem nicht weiter. Es war bloß eine Gegend in London. Warum ertönten nicht an jeder Straßenecke afrikanische

Trommeln? Warum köchelte kein aromatisch duftendes afrikanisches Essen in einem großen Topf mitten auf der Brixton High Street?

Sie wanderte ziellos umher, versuchte sich nahtlos in das Kaleidoskop aus Farben und Kulturen einzufügen, die hier Seite an Seite gingen.

Aber wieder einmal fühlte sich Lara Reid fremd.

Sie bog in eine Seitenstraße ein, die übersät war mit Marktständen und in der es erstaunlich nach Gewürzen, Früchten und Weihrauch duftete.

Genau – sie würde afrikanische Lebensmittel kaufen, dachte sie.

Nein, nigerianische Lebensmittel. Weil Afrika ein Kontinent war und Nigeria ein Teil davon und sie wiederum ein Teil davon. Lara trat in einen Laden, der *M & N's Food* hieß.

Aus dem Internet hatte sich Lara eine komplette Einkaufsliste auf das Notizbuch ihres Handys geladen. Und als sie jetzt eine Kiste mit glänzenden roten Scotch Bonnets und Chilischoten sah, fühlte sie sich wie ein Kind, das sich ein Geschenk aussuchen darf. Solche Chili hatte sie noch nie gesehen. Sie waren ganz hutzelig, und ihr scharfes Aroma kontrastierte mit dem der frischen Tomaten und Süßkartoffeln daneben (Letztere erkannte sie auch ohne Google). Sie strich mit dem Finger über die längste Banane, die sie je gesehen hatte, suchte im Geist nach dem richtigen Namen.

«Möchten Sie die Kochbanane kaufen?», fragte der Ladenbesitzer.

«Ja ... zwei bitte», antwortete sie, erfreut, weil er anscheinend meinte, sie würde sich damit auskennen, war aber unsicher, wie sie sie zubereiten sollte. Sie riss eine braune Papiertüte von einer Kordel und legte die Früchte oder das Gemüse oder was auch immer hinein. Dann ging sie zu der Kiste mit dicken, glänzend roten Tomaten hinüber und tat auch davon einige in eine Tüte. Vor der Fleischtheke, hinter deren Glasscheibe ein Berg von Geflügelteilen lag, zögerte sie, suchte vergeblich nach einem erklärenden Etikett, worum es sich handelte, wo oder wie die Tiere ihr Leben gefristet hatten, und musste dann über sich selbst lachen: Sie war eine typische Vertreterin der englischen Mittelschicht geworden. Sie war längst nicht mehr das «arme» Mädchen aus Afrika, sondern die Tochter eines ehemaligen Popstars in Essex. Und inzwischen hatte sie es selbst sogar zur Geschäftsfrau gebracht. Sie packte ein paar undefinierbare Teile in die Tüte, zahlte und trat wieder nach draußen

«Und was kochst du?» Sandi stand neben dem Herd.

«Abendessen», antwortete Lara einsilbig. Sie war ziemlich unzufrieden mit dem Verlauf des Tages, hoffte aber auf einen erfolgreicheren Abend. Sie würde mit den Zutaten, die sie gekauft hatte, nigerianisch kochen.

«Ich dachte, du würdest jemanden mitbringen», sagte Lara, während sie sich an der Spüle die Hände wusch, ehe sie loslegte.

«Ich kenne dich seit fast zwanzig Jahren, und du hast noch nie für mich gekocht, weil du nämlich, wie wir beide wissen, nicht kochen kannst. Du glaubst doch nicht ernsthaft, ich würde einen von meinen Männern schutzlos an deinen Esstisch lassen! Ich mach heute Abend die Vorkosterin.»

«Du übertreibst.»

«Zum Glück hab ich die Nummer vom nächsten Pizzaservice gespeichert», sagte Sandi und begann tatsächlich, Tasten zu drücken.

Lara riss ihr das Handy aus der Hand. «Es wird schon schmecken! Versprochen. Tyler kommt auch.»

Sandi spähte in den Kühlschrank. «Prima. Ich fand noch nie, dass drei einer zu viel ist. Und was ist das da?»

«Papaya. Schmeckt wunderbar, wenn man sie mit Mangos und Bananen püriert.» Zumindest laut der nigerianisch-englischen Webseite.

«Und die Dinger da?» Sandi zeigte auf die kleinen rundlichen Chilis im Gemüsefach.

«Das sind Scotch Bonnets. Die brauche ich für den Hauptgang.»

«Habe ich noch nie gesehen.»

«Die gibt's sogar in manchen Tesco-Filialen, wie ich gerade erst rausgefunden hab.»

«Sieht eigentlich alles gut aus», sagte Sandi versöhnlich.

Lara legte eine CD von verschiedenen nigerianischen Musikern auf, unter anderem einer Gruppe oder einem Sänger namens Tuface und jemandem, der sich 9-Ice nannte – der perfekte musikalische Hintergrund für dieses besondere Dinner.

Tyler zog eine Flasche Cabernet Sauvignon aus einer Papiertüte. «Du machst das super, Baby», sagte Tyler mit tiefer Stimme und umschlang von hinten ihre beschürzte Taille.

«Danke», erwiderte sie stolz, während er ihren Hals küsste. Die Töpfe auf dem Herd brodelten herrlich, die ganze Wohnung war erfüllt von einem köstlich würzigen Aroma.

«Ich könnte mich dran gewöhnen, dich in Schürze brutzeln zu sehen», sagte Tyler und pustete ihr in den Nacken. Sie hatte noch nie für ihn gekocht, und auch wenn das hier eher ein Versuch war, das «Nigerianische» in ihr zum Vorschein zu bringen, musste sie zugeben, dass es ihr richtig Spaß machte. Ein Teil von ihr wollte Tyler noch eher als Sandi beweisen, dass sie sozusagen ihr angeborenes Handwerk beherrschte.

«Du hast doch noch gar nicht probiert, Tyler.»

«Es schmeckt bestimmt köstlich. Und jetzt hol mir ein Bier, Weib!»

«Ha, pass bloß auf», warnte sie ihn scherzhaft.

Eine halbe Stunde später trug Lara eine große Suppenterrine mit dampfendem, geschmortem Hähnchenfleisch von der Küche zum Esstisch und hörte dabei im Geist eine Triumphfanfare.

«Kann ich dir helfen?», fragte Tyler.

«Danke. Ich mach das schon», antwortete sie selbstsicher. Sie hob den Deckel ab, und nachdem sie einmal tief Luft geholt hatte, um sich zu beruhigen, sagte sie: «Ich glaube, das Gericht heißt Obe ata, frei übersetzt: scharfe Chilisuppe oder so ähnlich.»

«Bravo!», sagte Tyler und strahlte sie an. Sie lächelte zurück, fühlte sich zum ersten Mal seit Tagen wirklich glücklich.

Gespannte Erwartung lag in ihrem Gesicht, als Tyler und Sandi wie in Zeitlupe den ersten Bissen an die Lippen führten.

Der Moment der Wahrheit war gekommen.

«Ach du Sch…!», entfuhr es Sandi nach kurzem Kauen, und dann musste sie furchtbar husten, was Lara geradezu Angst machte. Tyler verhielt sich vornehmer, hüstelte diskret hinter vorgehaltener Hand.

Sandi warf alle ihre Tischmanieren über Bord. «Wasser! Wasser! Schnell!» Sie wedelte mit den Armen, als wollte sie fliegen. «Schnell!»

Lara sprang auf, rannte zur Spüle und ließ Leitungswasser in den nächstbesten Becher laufen. Mit offenem Mund sah sie fassungslos zu, wie Sandi das Wasser runterstürzte, als hätte sie eine Woche in der Wüste hinter sich.

«Das tut mir leid», sagte Lara.

«Schon gut. Aber nächstes Mal versuch nicht gleich, mich

umzubringen, okay? Und du solltest beim Kochen zwischendurch mal probieren – wie Jamie Oliver oder so.»

Lara sah Tyler an, der sagte: «Bei mir ist alles klar. Ich bin dran gewöhnt, ziemlich scharf zu essen. Es ist wirklich ein bisschen heftig. Aber keine Sorge, beim nächsten Mal kriegst du's besser hin.»

Lara nahm vorsichtig einen Löffel von der Suppe. Schon allein der Geruch ließ ahnen, dass ungewöhnlich viel Chili drin war. Es dauerte einen Moment, bis das Feuer in ihrem Mund ausbrach, aber dann war es brutal. Die Suppe schmeckte eigentlich nach nichts außer nach Chili.

Was für ein Desaster.

Sie hustete kurz, fest entschlossen, sich kein Wasser zu holen, griff aber trotzdem nach Sandis Glas, während Tyler ihr mitfühlend über den Rücken rieb – das Letzte, was sie in diesem Moment brauchte.

Nachdem sie Pizza Hawaii bestellt hatten und Sandi gegangen war, stand Lara in der Küche und starrte auf die missglückte Mahlzeit.

«Ich helf dir aufräumen», sagte Tyler.

«Nein, ich mach das allein.»

«Das geht ganz schnell.»

«Ich hab gesagt, lass es!», schrie sie.

Tylers Augen weiteten sich. So hatte sie ihn noch nie angefahren, aber sie war zu sehr mit ihrem eigenen Scheitern beschäftigt, um zu realisieren, was sie getan hatte.

«Lara, es war doch bloß ein Essen. Davon geht die Welt nicht unter.» Er setzte sich steif aufs Sofa.

«Für dich vielleicht. Aber für mich war es wichtig.» Sie wusste, dass sie überreagierte, aber sie wollte ihm klarmachen, was der Abend für sie bedeutet hatte. Andererseits, wie sollte er das verstehen? Tyler wusste so viel über andere Kulturen, er war selbstbewusst und sicher in seinem Ichgefühl. Wie sollte er da nachvollziehen können, wie es ihr ging?

«Komm her», sagte er, und sie setzte sich widerstrebend neben ihn.

«Ich weiß, was du durchmachst», sagte er.

«Ja klar», antwortete sie ironisch.

«Schau mich an. Eine Afroamerikanerin als Mom, einen Dänen als Dad. Denkst du, es wäre mir nicht genauso ergangen wie dir jetzt?»

Wahrscheinlich versuchte Tyler, ihr zu helfen, aber damit machte er alles nur noch schlimmer. Er führte ihr nämlich vor Augen, wie hilflos sie war. Wie blöd sie war, dass sie nichts über das Land ihrer Herkunft wusste, nicht mal in der Lage war, ein Nationalgericht zu kochen! Je mehr er sagte, desto unzulänglicher fühlte sie sich. Tyler hatte keine dreißig Jahre und einen Überraschungsbesuch gebraucht, um sich mit seiner Herkunft zu beschäftigen. Warum hatte *sie* die Neugier ihrer Kindheit einfach aufgegeben?

«Du musst das alles erst einmal im Kopf sortieren, und das dauert. Ich meine, du hast gerade erst deine Mutter kennengelernt. Das kann einen schon umhauen!»

«Nenn sie nicht so, Tyler.»

Lara war wütend und hätte am liebsten losgeheult. Sie wollte allein sein, wie immer, wenn sie sich so fühlte. Deshalb war es eine Erleichterung, als Tyler endlich ging. Jetzt war der Moment gekommen, in dem sie sich der Enttäuschung über den Abend und ja, den ganzen Tag, hemmungslos hingeben konnte. Sie war so versessen darauf gewesen, ihrem Freund und ihrer besten Freundin einen Teil von sich zu zeigen, den sie selbst erst noch richtig entdecken musste, dass sie sich nicht klargemacht hatte, wie schwer das sein würde.

Lara ließ den Kopf auf den Tisch sinken und dachte darüber

nach, wie sie es bloß fertiggebracht hatte, einen Fehler zu begehen, der höchstens einer Küchenhilfe in einer Realityshow unterlaufen würde. Vielleicht hätte sie vorher öfter auf den Tisch klopfen sollen. Oder so.

«Lachhaft», sagte sie laut, und gleich darauf folgte ein Vulkanausbruch von Emotionen. Tränen strömten ihr übers Gesicht und sanken in die Fasern des Tischtuchs. Die Tränen überraschten sie. Warum machte ihr das so viel aus? Lara weinte nie, außer bei wirklich wichtigen Dingen. Eine verpatzte Mahlzeit war nichts Wichtiges und doch ... die Tränen wollten nicht mehr aufhören, und dann griff Lara zum Telefon und wählte zum ersten Mal seit Yomis Ankunft deren Nummer.

In der kleinen Sackgasse herrschte Sommerstimmung mit allem Drum und Dran: ferne Musik, Motorenlärm, Hundebellen. Lara hielt vor dem adretten Haus mit einem Blumenbeet voll welkender Blumen, und nachdem sie geklingelt hatte, wartete sie, bis die Tür aufging und eine zerzauste, kaugummikauende Frau, die nicht Yomi war, sie anblickte.

Mit starkem Akzent sagte sie: «Herzlich willkommen, Omolara.»

Drinnen roch es nach Mottenkugeln und Pfeffer. Die kaugummikauende Frau zog den Perlvorhang vor der Tür zum Wohnzimmer zurück, und Lara folgte ihr hinein. Yomis Mutter lag auf dem Sofa, die Fernbedienung neben sich, die Augen geschlossen. Als Lara versehentlich mit dem Knie gegen das Tischbein stieß, flatterten die Augen der alten Frau auf.

«Aua!», sagte Lara, der ein heftiger Schmerz durchs Bein schoss.

«Da bist du ja, Omolara. Willkommen! Danke, dass du angerufen hast», sagte sie, richtete sich auf und klopfte auf den freien Platz neben sich. Als sich Lara setzte, ließ der Schmerz nach, und sogleich fing die alte Frau an, leise zu schluchzen. Lara hatte noch nie gut damit umgehen können, wenn andere weinten, aber es war noch schlimmer, einen alten Menschen weinen zu sehen. Ihr Unbehagen wurde noch dadurch verstärkt, dass sie etwas mit dieser alten Frau zu tun hatte, die offensichtlich ihretwegen weinte.

«Alles in Ordnung?», rang sich Lara ab, die nicht genau wusste, was sie tun oder sagen sollte. Ihr die Hand auf die Schulter legen? Einen Schluck Wasser holen?

«Keine Sorge, mein Kind. Das sind Freudentränen, weil ich so glücklich bin. Endlich.» Sie seufzte tief.

«Endlich», wiederholte sie und atmete zufrieden durch.

Yomi und ihre Mutter wohnten bei Stella, der Tochter einer Freundin. Und wie Lara so dasaß, neben der alten Frau auf der Couch, umgeben von Chintz und Nippes in einem Raum, dessen einziges Fenster nicht genug Licht einließ, kam ihr unwillkürlich der Gedanke, wie *richtig* es sich anfühlte, hier zu sein und die Hand ihrer Großmutter zu halten.

Ihre Großmutter! Sie hatte graue Strähnen, die unter einem Kopftuch hervorlugten, gesunde lückenlose Zähne, die zum Vorschein kamen, wenn sie lächelte, einen ausladenden Busen und eine gestrenge Art, die aber offensichtlich nur gespielt war.

«Ich bin so glücklich, dass du angerufen hast», sagte sie. Lara blickte in die wässrigen Augen der Frau und konnte sich nicht gegen das Gefühl wehren, von einer warmen Decke der Akzeptanz umhüllt zu werden. Sie hatte nicht damit gerechnet, nichts dergleichen erwartet.

«Sag mir, Kind, warum machst du das mit den Lippen?», fragte ihre Großmutter und schob die Unterlippe vor wie ein vorlautes Kind. «Genau wie Kunle!»

«Ich ... Mach ich das?», fragte Lara mit einem Lächeln.

«Kunle ist mein Sohn, dein Onkel.»

Auf einmal verspürte Lara eine vage Freude bei der Vorstellung, dass Tausende von Meilen entfernt Menschen lebten, mit denen sie gewisse Eigenschaften gemeinsam hatte. Menschen, die sie überhaupt nicht kannte.

«Omolara», sagte ihre Großmutter, was Lara seltsamerweise weniger störte, als wenn Yomi den Namen benutzte. «Ich weiß nicht, wie viel Zeit mir noch auf dieser Erde bleibt –»

«Heißt das …?», unterbrach Lara bestürzt. *Natürlich! Sie ist todkrank*, dachte Lara. *Das ist die Erklärung*. Deshalb hatte sie endlich ihre Enkeltochter sehen wollen. Jetzt ergab alles einen Sinn.

Sie rutschte ein Stück von der alten Dame fort.

«Heißt das, du … du stirbst?», fragte sie ängstlich, obwohl sie die Antwort natürlich schon kannte.

«Ja.»

«Ach so, verstehe», sagte sie gottergeben.

«Omolara, wir alle sterben.»

«Wie bitte?»

«Vielleicht lebe ich noch zwanzig Jahre und werde hundert wie Mrs Apampa in unserer Straße, vielleicht sterbe ich aber auch in der nächsten Minute. Wer weiß? So ist das Leben.»

«Dann bist du nicht krank?»

«Falls ja, weiß ich nichts davon. Was manchmal besser ist. Wie bei Mrs Odunsi, die einmal auf dem Markt Bratfisch kaufen gegangen war und vor ihrem Haus tot umgefallen ist. Einfach so! Das war gut.»

«Oh …»

«Ihr Mann hat keine zwei Wochen später wieder geheiratet, kannst du dir das vorstellen? Dieser Windhund war immer untreu. Hat mich nicht gewundert, dass er sich die neunte Frau genommen hat. Mrs Odunsi war hundertzehn, ein gesegnetes

Alter. Wenn man drüber nachdenkt, war es wirklich gut so, wie es gekommen ist. Mit hundertzehn ist sie noch zum Markt gegangen, sie hatte einen schnellen Tod, und jetzt ist sie an einem besseren Ort. Das ist gut.»

«Ach, okay», antwortete Lara leicht verwirrt, aber neugierig auf diese alte Frau, die so schnell sprach, noch dazu mit diesem starken Akzent, dass Lara zwischendurch Schwierigkeiten hatte, sie zu verstehen. In dem dämmrigen Raum sah Lara ein großes Bild an der Wand, auf dem ein erwachsenes Paar, das traditionelle Gewänder trug, in königlicher Haltung saß und in die Kamera lächelte. Sie fragte sich, ob sie mit ihnen auch verwandt war.

«Mama hat noch viele Jahre auf dieser schönen Erde vor sich!», fügte Stella hinzu, die auf einem Weihnachtstablett Tee und Gebäck hereinbrachte und dabei energisch auf ihrem Kaugummi kaute.

«Stella ist die Tochter einer Freundin von mir. Sie ist so nett, uns hier für die Zeit unseres Aufenthalts wohnen zu lassen», sagte sie und nahm sich einen Keks vom Tablett.

«Es ist eine Ehre, Sie kennenzulernen, Tante.»

«Ich bin Ihre Tante?»

Die alte Frau, die wenig später darauf bestand, mit Granny angesprochen zu werden, sah Lara an. «Für Jüngere bist du automatisch ihre Tante. Das gehört zu unserer Kultur. Der Respekt vor Älteren.»

Lara saß eine Stunde in diesem seltsam eingerichteten Haus und hörte sich Geschichten an über die Nachbarn «zu Hause», die unhöflichen Touristen am Buckingham Palace und das gute Aussehen des Mannes, der gerade im Fernsehen war und bei dem es sich um Moderator Dale Winton handelte. Granny sprang von einem Thema zum anderen, und trotzdem wuchs bei Lara der Hunger, immer noch mehr zu erfahren.

«Dieser Mann da im Fernsehen hat die gleichen Hände wie mein Soji, möge er in Frieden ruhen. Ich hätte nie einen Mann mit hässlichen Händen heiraten können!»

Lara hatte Fragen. Jede Menge Fragen. Es gab so viel, was sie von dieser keineswegs gebrechlichen alten Frau erfahren wollte. So viele Geschichten, die sie in sich barg. Nicht bloß Informationen über das Land, in dem Lara zur Welt gekommen war, sondern auch über Mitglieder einer Großfamilie, die Lara nie kennengelernt hatte. Ein Großvater, Onkel, Tanten, Cousins, Cousinen, Nichten und Neffen. Und während sie Grannys Mund beim Sprechen beobachtete, ihre gestikulierenden Hände, den plötzlichen Glanz in ihren Augen, wurde Lara klar, dass sie sie brauchte.

Die alberne Suche in Brixton war sinnlos gewesen. Alles, was Lara wissen wollte, war im Gedächtnis dieser über achtzigjährigen Großmutter zu finden, und sie brannte darauf, alles zu hören, was die ihr zu sagen hatte.

Sie verputzten zwei ganze Packungen Kekse.

«Warst du schon mal verheiratet?», fragte Granny.

«Nein.»

«Ich hab gesehen, dass du keinen Ehering trägst, deshalb dachte ich, du wärest verheiratet gewesen und hättest ihn rausgeschmissen.»

«Nein, ich war nie verheiratet.»

«Hast du jemanden?»

«Könnte man so sagen. Ich meine, ich bin mit jemandem zusammen.»

«Ja oder nein?»

«Also gut, ja.»

«In Nigeria wärst du längst verheiratet. Aber dafür bleibt dir noch genug Zeit. Mach es nicht wie so viele andere und heirate gleich den Ersten, der dir beim Wassertragen hilft.»

Lara lächelte. Diese alte Dame erfüllte sie allmählich mit Sonnenschein. Sie war ganz anders als Yomi, die diesen Sonnenschein trübte, sobald sie mit zwei Einkaufstüten hereinkam.

Als Stella und Yomi gemeinsam die Lebensmittel einräumten, wusste Lara, dass es Zeit wurde, nach Hause zu fahren.

«Omolara, bitte komm wieder», sagte Granny, als sich Lara vorbeugte und ihr einen Kuss auf die weiche Wange gab. Yomi stand im Türrahmen mit dem Perlenvorhang und beobachtete sie. Sie wurde mit einem Winken abgespeist.

«Versuch mal, mich davon abzuhalten», sagte Lara.

«Wieso sollte ich versuchen, dich davon abzuhalten?»

«Ach Granny, das sagt man bloß so ... schon gut!» Lara kicherte.

«Wenn du lachst, klingst du genau wie er», sagte Yomi wehmütig.

«Wie wer?», fragten Lara und Granny wie aus einem Munde.

«Egal ... irgendwer», antwortete Yomi, und ihre Miene wurde dunkel.

Nach dem Besuch in dem kleinen Haus fühlte sich Lara leichter, beflügelt von den Erzählungen über Nigeria und ihre Großfamilie. So lebendig, wie Granny erzählte, so anschaulich, wie sie Gefühle, Gerüche und Farben beschrieb, war es fast so, als wäre man dort. Tyler hatte recht gehabt.

Sie ließ den Motor an, und auf einmal hatte sie ein Bild von ihren Eltern im Kopf. Natürlich folgte das schlechte Gewissen auf dem Fuße. Lara hatte sie seit der Party nicht mehr gesehen, und es war Zeit, auch ihnen einen Besuch abzustatten.

«Schätzchen, geht's dir gut? Wir haben uns solche Sorgen um dich gemacht», sagte Mum.

«Tut mir leid. Ich brauchte ein bisschen Zeit, um alles zu

verdauen. Ich weiß, ich hätte mich früher melden sollen.» Lara reichte ihrer Mutter eine rosa-grüne Tüte mit Geschenkartikeln von ihrem neuesten Kunden.

«Ich weiß, ich weiß. Ich glaub, in der Situation hat keiner von uns gut reagiert.»

«Du hast nichts falsch gemacht, Mum.»

Lara hatte ihr Elternhaus stets voller Liebe und mit einem gewaltigen Vorrat nostalgischer Erinnerungen betreten. Jetzt jedoch war die Erinnerung an das letzte Mal, als sie in Panik vor Yomi geflohen war, das vorherrschende Bild.

«Wo ist Dad?»

«Wo wohl?»

«Im Schuppen?»

«Wie immer», bestätigte Mum.

Dad saß auf einem Stuhl und las die letzte Seite der Zeitung. Als er aufblickte und sie sah, hellte sich sein Gesicht auf. «Hallo, Liebes.»

«Tut mir leid, Dad.»

«Was tut dir leid?», fragte er, während sie sich bückte und ihm einen Kuss gab.

«Dass ich einfach so abgehauen bin.»

«Sobald wir wussten, dass dir nichts passiert ist, war das in Ordnung. Du brauchtest einfach Zeit für dich.»

«Stimmt. Ich musste das erst mal verkraften, weißt du?» Sie hoffte wirklich, dass er es verstand, denn Dads Wohlwollen war ihr am allerwichtigsten.

«Na klar, Laralina-Liebes. Es war für uns alle ein Schock.»

Sie setzte sich auf einen Plastikstuhl, der so unbequem wie eh und je war. Wie aus dem Nichts zauberte Dad eine Dose mit Keksen hervor und bot ihr welche an.

Noch mehr Kekse, dachte sie plötzlich schuldbewusst. Sie erinnerten sie schlagartig daran, wo sie zuvor gewesen war.

«Weißt du, als wir dich das erste Mal gesehen haben, hat sich deine Mum gleich in dich verliebt. Aber ich, na ja, ich war eher mit der Hitze beschäftigt und den Moskitos. Ich hab nicht gewagt, dich richtig anzuschauen, um nicht zu sehen, was sie sah. Ein wunderhübsches kleines Mädchen, das einfach nur etwas Liebe wollte.»

«Warum warst du so, Dad?»

«Ich hatte Angst, dass es mit der Adoption nicht klappen würde. Wir hatten schon ein Kind verloren, und die Formalitäten zogen sich länger hin, als ich gedacht hatte. Erst als ich dich in den Armen hielt, hab ich mir erlaubt zu glauben, dass du nun wirklich zu uns gehörst.»

Lara kaute auf einem Stück Keks.

«In der Zeit gab es nur uns. Und da wusste ich, dass du mich um deine kleinen Finger gewickelt hattest. Mein Herz gestohlen ... das jetzt nicht mehr viel hermacht. Ist nicht gerade in Topform ... zu viele Zigaretten! Jedenfalls, du verstehst, was ich sagen will.»

«Ich glaub schon ...» Lara konnte nicht sprechen, weil sie Angst hatte, die Fassung zu verlieren.

«Dich zu bekommen war ... wie soll ich sagen? Das allergrößte Glücksgefühl überhaupt. Und das hatte wahrscheinlich auch etwas damit zu tun, *wie* wir dich bekommen haben. Dass du uns ausgesucht hattest.»

«Ich euch ausgesucht?»

«Aber ja. Und das ist der Grund dafür, dass wir immer das Gefühl hatten, wir dürften dich nur kurze Zeit behalten, dass du uns jederzeit wieder aus den Händen gleiten könntest.»

«Ich glaube, ich weiß, was du meinst.»

«Ich erinnere mich noch, wie ich gedacht habe, wenn dieses Mädchen je beschließt, uns zu verlassen und nach seinen leiblichen Eltern zu suchen – das würde mich zerstören. Absolut vernichten. Aber mit den Jahren wurde das immer unwahrscheinlicher, und soll ich dir was sagen? Ich weiß, das klingt egoistisch, aber es war mir lieber so.»

«Ach, Dad.»

«Ich hatte nur nicht damit gerechnet, dass sie herkommen würden, um nach *dir* zu suchen.» Dann wandte er sich von ihr ab, und Lara wusste, dass sie nichts sagen konnte, um ihn zu trösten. Yomi und Granny würden vorläufig bleiben, und Lara hatte nicht die Kraft, sie fortzuschicken. Und sie war sich gar nicht mehr sicher, ob sie das wollte. Na ja, jedenfalls nicht Granny. Sie war hin und her gerissen zwischen der Familie, die sie kannte und liebte, und der Familie, die sie erst noch kennenlernen musste.

«Es tut mir so leid, Dad.»

«Dir muss gar nichts leidtun. Jetzt lass uns reingehen und ein Tässchen Tee trinken.»

Lara verbrachte den Rest des Tages in Essex, aß Mums roten Samtkuchen – ein neues Rezept – und war einfach wieder Kind. Es war ein bisschen wie früher.

«Also, was hältst du von dem Kuchen? Ist mein erster Versuch. Dieser rote Samtkuchen ist jetzt in Mode.»

«Köstlich, Mum. Du weißt doch, dass du die beste Konditorin aller Zeiten bist.»

«Ich geb mir Mühe …», sagte sie mit einem spaßigen Augenzwinkern.

Als Mum Lara zum Auto brachte, die Arme beladen mit rechteckigen Tupperdosen voller Essen, stellte sie eine andere Frage.

«Was hältst du von deiner neuen Großmutter?»

«Sie ist nett. Ich meine, sie scheint ganz in Ordnung …», antwortete Lara, unfähig, Mum in die Augen zu sehen.

«Kein Problem, weißt du. Es wäre schön für dich, eine

Grandma zu haben. Ich hab mich immer schuldig gefühlt, weil du meine Mum nie kennengelernt hast.»

«Was ist denn eigentlich mit ihr?»

«Lange Geschichte.»

«Das hast du immer gesagt. Aber du erzählst nie von ihr oder deinen Geschwistern.»

«Weil es nicht viel zu erzählen gibt. Wir haben uns aus den Augen verloren, und das war's. Aber ich hab Agnes und Maria, und die sind für mich wie Schwestern. Du und ich wissen doch, dass Liebe nicht von Blutsverwandtschaft abhängt. Diejenigen, die uns am nächsten sind, stehen manchmal in keiner verwandtschaftlichen Beziehung zu uns. Denk doch bloß an dich und Sandi.»

Lara schnallte sich an und ließ das Seitenfenster runter. «Danke für das Essen, Mum. Jetzt muss ich eine Woche lang nicht kochen.»

«Tust du doch sowieso nie! Danke für den Schal und die Silberohrringe. Die sind wunderschön!», schwärmte Mum, während Lara den Gang einlegte.

«Gern geschehen, Mum.»

«Sie erinnern mich an meine Tage als Sängerin, die ganzen Werbegeschenke. Wenigstes das haben wir gemeinsam. Bis bald!», rief sie, während Lara die Klimaanlage anmachte, das Fenster nach oben glitt und die Klänge von Tuface aus den Lautsprechern dröhnten.

«Ach du Schande, was hast du mit deinen Haaren angestellt?», fragte Sandi.

«Ich hab meine Frisur ein bisschen verändert, aber –»

«Ach, komm, das ist ja noch klischeehafter als deine Brixton-Expedition! Sollen die Zöpfe dich irgendwie afrikanischer machen oder was?»

«Lass mich doch mal ausreden ... Das wollte ich schon immer mal machen lassen», sagte Lara und zwirbelte sich einen langen dünnen Zopf um die Finger.

«Warst du in Brixton beim Friseur?»

«N ... nein ... Ich war in einem sehr schönen Salon auf der ...»

«Wo?» Sandi hob eine Augenbraue.

«Knightsbridge Road.»

«Wie bitte? Das muss dich ja ein Vermögen gekostet haben! Eine Bekannte von einer Bekannten von mir hätte dir das für fünfzig Pfund gemacht!»

«Ehrlich? Woher kennst du denn solche Leute?»

«Hallo? Ich lebe jetzt vielleicht anders, aber ich bin noch immer mit ein paar guten Menschen befreundet, die zu mir gehalten haben, als ich nichts hatte. Das weißt du genau.»

«Ich dachte, das hättest du alles hinter dir gelassen.»

«Quatsch, sonst würde ich doch durchdrehen. Ich kenne noch immer etliche Leute aus den alten Gegenden, wo ich früher gelebt hab. Ich bin nicht bloß Chanel und Notting Hill. Ich habe eine Vergangenheit, Lara. Die gehört zu mir, und die geb ich nicht einfach auf», sagte sie mit Nachdruck. Sandis Bemerkungen hatten gesessen. «Nächstes Mal sag ich Nikki, sie soll dir das machen. Verdammt, manchmal kann ich mir echt nicht erklären, wieso ich mit dir befreundet bin.»

«Ich auch nicht», sagte Lara ironisch.

«Also, willst du deine neue Familie damit beeindrucken?»

«Ich muss überhaupt niemanden beeindrucken. Nein, das ist nur für mich», sagte Lara mit aufgesetztem Selbstbewusstsein. Was Sandi über die Vergangenheit gesagt hatte, klang ihr noch in den Ohren.

«Na ja, ich weiß jedenfalls, wer nicht gerade begeistert sein wird ... Tyler. Dem wird dein neuer Look nicht gefallen. Ich glaub, er ist eher ein Gewohnheitstier.»

«Er wird sich dran gewöhnen», entgegnete Lara unsicher und drehte einen anderen Zopf zwischen den Fingerspitzen. Für sie selbst war das schwere Gefühl auf dem Kopf noch ziemlich ungewohnt.

«Du hast echt keine Ahnung von Männern, was?»

Tatsächlich hätte das, was Lara über Männer wusste, auf eine Briefmarke gepasst. Sandi hatte sie einmal, als sie fünfzehn war, als «Spätzünderin» bezeichnet.

«Weißt du, was mir passiert ist?», sagte Lara, als sie eines Abends nach der Schule im Garten saßen und Sandy immer wieder träge gegen einen von Dads Gartenzwergen kickte.

Sandy sah Lara tief in die Augen, und ganz langsam breitete sich ein Lächeln auf ihrem Gesicht aus. «Das gibt's nicht, ich auch!», quietschte sie.

«Woher weißt du es?», fragte Lara ein wenig verwirrt und dachte an die Fahrt zur Drogerie, wo Mum mit einem Ausdruck des Stolzes, als hätte sie gerade einen Preis gewonnen, eine Jumbopackung Binden gekauft hatte.

«Das seh ich dir am Gesicht an. Wer ist es, Lara?»

«Wer ist was?»

«Wer will mit dir gehen?»

«Keiner. Ich hab meine Periode bekommen!», sagte sie und war ziemlich enttäuscht, weil diese Neuigkeit jetzt so verpuffte.

«Ach so, das! Ich hab meine ja schon seit 'ner Ewigkeit.»

Sandy kam näher gerutscht, schob den Mund dicht an Laras Ohr und flüsterte: «Ich hab einen Freund.»

«Du hast doch dauernd neue Freunde!» Irgendwie klang das so, als wäre Sandy eine Schlampe. Dabei war sie sehr wählerisch, wenn es darum ging, von den zig Typen, die ihr hinterherliefen (und zu denen jetzt auch peinlicherweise Kieron und Laras Cousin Jason gehörten!), einen auszuwählen. Sandy ließ die meisten links liegen und war nur mit ganz wenigen Jungs mal ausgegangen.

«Ich will ja nicht übertreiben, Kleine, aber der könnte der Richtige sein.»

Und da wäre Lara am liebsten gestorben.

Von dem Moment an, als Sandy sie mit James Morris bekannt machte, hasste Lara ihn und seinen blöden dünnen Schnurrbart, auf den er so stolz war, die mageren Beine und riesengroßen Turnschuhe. Sandy benahm sich plötzlich, als wäre er der einzige Junge auf Erden, und verbrachte viel weniger Zeit mit Lara. Also zog sich Lara zurück, war viel allein in ihrem Zimmer, hörte sich Kassetten an, las, sprach mit sich selbst und klopfte häufiger als sonst auf irgendwelche Sachen.

Als ein Fußballkumpel von Kieron schließlich mit Lara ein Date vereinbarte, konnte sie endlich die Gefühle erleben, von denen Sandy so lange geredet hatte.

Er hieß Mitchell Simons.

Sandy sagte, der Name würde an einen Nachrichtensprecher erinnern, aber für Lara war «Mitch» der schärfste, tollste Name, den sie je gehört hatte. Mitch war etwa einen Zentimeter größer als Lara (solange sie sich ein bisschen bückte, wenn sie neben ihm ging), und er trug superbunte Nike-Turnschuhe aus Amerika, um die ihn jeder Junge in der Nachbarschaft beneidete. Mit Mitch zusammen zu sein war schön, weil sie sich dann nicht mehr so allein fühlte. Sogar Mum fiel die Veränderung auf, und sie fragte immer wieder, ob sie einen Freund hätte.

«Natürlich nicht», antwortete Lara dann, und Dad fügte hinzu: «Nun lass sie doch. Natürlich hat sie noch keinen Freund.»

Nur Lara und Sandy kannten die Wahrheit. Mitch Simons wurde ihr kleines Geheimnis.

«Ich weiß, dass du mit Mitch gehst», sagte Kieron über den Gartenzaun, als sie in der Sonne saß, einen Fächer in der einen, ein Glas Limo in der anderen Hand.

«Ich weiß nicht, wovon du redest.»

«Er ist ein Idiot, ich hoffe, das weißt du.»

«Verschwinde, Kieron», sagte sie und scheuchte ihn mit ihrem Fächer fort.

«Sogar du könntest einen Besseren abkriegen!»

«Wenn du meinst.» Sie seufzte, weil sie nichts Negatives über Mitch hören wollte, den sanftesten und rücksichtsvollsten und großzügigsten Freund, den sie sich nur wünschen konnte. Sie hielten im Kino Händchen, er kaufte ihr Pralinen. Und als er sich in Dads Schuppen vorbeugte, um sie zum ersten Mal zu küssen, schwebte Lara in den siebten Himmel. Es war ganz anders als alles, was Sandy über erste Küsse erzählt hatte. Gedanken an Nasenkollisionen, offene Augen und Mundgeruch waren schlagartig vergessen. Der Augenblick war überwältigend schön, romantisch (sie hatten sogar ihre Kaugummis getauscht) und haargenau so wie alles, was Lara je in Illustrierten begierig gelesen hatte. Sie liebte es, wenn Mitch sagte, wie viel sie ihm bedeutete und dass er immer für sie da sein würde. Sie konnte ihn gar nicht oft genug sagen hören: «Du hast mir gefehlt.» In ihrem tiefsten Innern glaubte sie ihm natürlich nicht ganz. Aber schon allein die Worte zu hören genügte ihr.

Und dann machte er einfach mit ihr Schluss.

Natürlich.

Bei jeder weiteren Beziehung, die sie im Laufe der Jahre einging, lief es stets nach demselben Muster ab. Nach anfänglicher Begeisterung und schönen Erlebnissen kam die lähmende Angst, dass ihr alles wieder genommen werden könnte. Da konzentrierte sie ihre Energie lieber auf etwas Handfestes, das ihr allein gehörte, nämlich auf ihre Karriere. Nicht auf einen Mann.

Doch dann lernte sie Tyler Jonsson kennen, und zum allerersten Mal gerieten ihre Vorsätze vorübergehend ins Wanken.

Die Veranstaltung im Luxushotel Carlton war als Networking-Event für Online-Firmen angekündigt gewesen. Normalerweise mied Lara solche Termine, doch diesen nahm sie wahr, weil sie einsah, dass es von Vorteil sein konnte, sich mit anderen in der Branche auszutauschen. Trotzdem erwartete sie lediglich, mit ein paar neuen Visitenkarten und vollem Magen wieder nach Hause zu fahren. Sie hatte nicht mit dem eleganten Rahmen des Abends gerechnet, und als Frauen in Glitzerkleidern und glänzenden Stöckelschuhen an ihr vorbeischwebten, wünschte sie, sie hätte ihren Schrank gründlicher durchforstet und etwas anderes gewählt als einen Hosenanzug. Verunsichert suchte Lara den Saal ab, in der Hoffnung, ein bekanntes Gesicht zu erspähen, irgendjemanden, an den sie sich dranhängen konnte. Aber der opulent geschmückte Raum war voller Fremder, die sich am Buffet drängten, wo Champagnergläser und hauchfeine Porzellanteller auf silbrigen Tischtüchern arrangiert waren. Foie gras, Frühlingsrollen und Tempura-Gemüse wurden auf kleinen Tabletts von schick gekleideten Hotelbediensteten serviert, deren Uniform ganz ähnlich aussah wie ihr Hosenanzug.

Sie wippte mit dem Fuß im Takt der Jazzband, die moderne Hits spielte, während gigantische Plasmabildschirme neue Online-Firmen präsentierten, die gerade im Internet Furore machten. Der Saal füllte sich mit noch mehr Glitzerkleidern. Ein mongolischer Koch briet Tintenfischringe und grüne Paprika vor einer Warteschlange hungriger Gäste.

«Hinreißend!», schwärmte ein weißhaariger Mann in einem noblen grauen Anzug mit roter Krawatte.

«Stimmt, einfach toll. Da hat sich jemand richtig Mühe gegeben», antwortete Lara in ihrer besten Business-Stimme.

«Ich meinte Sie», sagte er, und Lara verschluckte sich fast an einem Kanapee. Wie sie befürchtet hatte, wurde sie für die nächsten zwanzig Minuten in ein langweiliges Dreiergespräch verwickelt, an dem außer ihr ein rechthaberischer Geschäftsmann aus Virginia teilnahm, der mit dem Online-Verkauf handgefertigter Socken Millionen verdient hatte, und der Mann mit der roten Krawatte, der noch dazu die Fähigkeit besaß, beim Sprechen nicht nur Worte auszuspucken, sondern auch die jeweilige Delikatesse, die er gerade im Mund hatte.

«Und wo kommen Sie her?», fragte einer der beiden schließlich.

«Aus Essex», antwortete Lara, während sie nach einem Vorwand suchte, den Rückzug anzutreten.

«Ich glaube, er wollte wissen, aus welchem Land», sagte der andere.

«Aus England», erwiderte Lara tonlos. Sie konnte nicht einmal mehr wütend werden, hatte es einfach nur satt, ihre Herkunft ausführlich erklären zu müssen. Es kam nicht sehr oft vor, meistens nur bei diesen piekfeinen Veranstaltungen, aber es kam immer noch vor. Und manchmal schilderte sie die Umstände ihrer Adoption, aber häufiger nicht.

«Ich bin aus England. Essex. Und ich bin in einem Haus auf dem Entwistle Way aufgewachsen.»

Der Sarkasmus in ihren Worten war kaum zu überhören.

«Aber Sie sehen nicht aus wie eine typische junge Frau aus Essex.»

«Wie meinen Sie das?» Jetzt war die Gereiztheit kaum zu überhören.

«Zunächst einmal haben Sie Klasse ...»

«Über solch ein Kompliment werden Sie sich doch wohl freuen», sagte der andere. Lara beschloss, nicht mehr zuzuhören. Sie war tödlich beleidigt, «nicht wie eine typische junge Frau aus Essex» zu wirken, auch wenn Londoner das wohl nicht abfällig meinten. Diskret blickte sie zum hundertsten Mal auf die Uhr, und als sie wieder aufschaute, sah sie *den schönsten Mann der Welt* genau auf sich zukommen.

«Da bist du ja!», rief er freudig.

«Ich?»

«Ich hab dich schon überall gesucht. Wo hast du denn gesteckt? Hallo, angenehm», sagte er mit Blick auf die beiden Männer rechts und links von ihr.

«Sie wollen die reizende junge Dame doch wohl hoffentlich nicht entführen?», fragte der Mann mit der roten Krawatte.

«Leider doch», sagte *der schönste Mann der Welt*, bei dem es sich in dem Moment durchaus auch um jemanden hätte handeln können, der leicht verrückt war.

Lara sagte kein Wort, als er ihre Hand nahm und sie aus dem Getümmel ins Hotelfoyer zog. Sie kicherten beide wie Schulkinder, obwohl sie sich gar nicht kannten.

Oben in der Hotelbar mit Blick auf London sorgte ihr Retter dafür, dass ihre Gläser stets gut gefüllt blieben, während sie sich angeregt unterhielten wie alte Freunde. Er beeindruckte sie mit jedem Wort aus seinem Mund, und insgeheim fand sie seinen amerikanischen Akzent sowohl ungewöhnlich als auch unwiderstehlich.

Tyler Jonsson war erfolgreich, gutaussehend und selbstbewusst, alles, was sie sich von einem Mann wünschen konnte. Sie versuchte, sich nicht zu sehr in hoffnungsfrohen Vorstellungen zu ergehen.

Ich bin ein Workaholic. Mein Job nimmt mich viel zu sehr in Anspruch, als dass ich eine Beziehung führen könnte. Gleichgültig, mit wem.

Aber nach diesem Abend sahen sie sich immer öfter, und allmählich begriff Lara, wie unnötig ihre Bedenken waren. Tyler behinderte ihr Leben nicht, er bereicherte es auf die angenehmste Art. Er hatte Verständnis, wenn sie bis spät in die

Nacht Überstunden machen musste, half ihr manchmal sogar bei dem Papierkram. Er verstand sie, ermutigte sie, er sagte, sie sei ihm wichtig. Er sagte, dass er sie liebte.

Und da fingen die Probleme an.

Laras Gefühle für Tyler waren von einer Intensität, die sie kaum in Worte fassen konnte.

In der Frühphase ihrer Beziehung hatte sie dagegen angekämpft, einen Schutzwall aus Angst und Unsicherheit aufgebaut – genau wie in früheren Beziehungen mit Männern. Aber irgendwie ging Tyler immer dagegen an, weigerte sich, nachzugeben, zu kapitulieren oder einfach zu verschwinden. Er war sehr männlich, aber mit einer einfühlsamen Seite, die es Lara ermöglichte, mit ihm über alles zu reden, und er umsorgte sie rührend, wenn es nötig war. Wie an dem Tag, als Lara mit dem Handgelenk gegen eine Tür geknallt war. Tyler vergewisserte sich, dass die Hand nicht ernstlich verletzt war, fragte sie, ob sie zum Arzt gehen wolle, bot an, sie zu verbinden, und küsste das gestauchte Gelenk. Außerdem war er ein Mensch, der gern berührte und berührt wurde, ganz anders als Lara mit ihrer steifen und manchmal verklemmten Art. *Sie* wollte nicht auf der Straße Händchen halten oder zwischendurch Küsschen geben, wenn sie im Park spazieren gingen. *Sie* wollte nicht so sein. Aber Tyler ließ nicht locker. Er nahm ihre Hand, wenn sie gar nicht damit rechnete, wenn Menschen in der Nähe waren, und küsste sie frech auf den Mund, während sie vor einem Jazzclub in der Schlange standen. Auch wenn sie sich dann fortdrehte und sagte: «Lass das!», gefiel es ihr insgeheim. Er bestand auch darauf, dass sie auf der Bürgersteigseite ging, die der Straße abgewandt war, schützte sie mit seinem Körper vor allem, was ihr gefährlich werden könnte. Tyler verunsicherte Lara auf eine Weise, wie sie es noch nie erlebt hatte, und das machte ihr Angst. Aber mit der Zeit geschah etwas Unerwartetes. Sie begann, sich nach seiner Berührung zu sehnen, fühlte sich nur vollständig, wenn er ihre stumme Sehnsucht endlich spürte und einfach nur ihre Hand hielt, mit dem Daumen sanft über ihre Haut fuhr. Manchmal schlossen sich ihre Augen instinktiv, weil sie es sich erlaubte, dieses Gefühl zu genießen. Die Sinnlichkeit. Die Nähe. Aber das Ganze dauerte nur einen Moment. Dann rückte sie wieder von ihm ab – als bestünde die Gefahr, dass er verschwand, sobald sie seine Nähe zu sehr genoss.

Und dann ging sie ins Bad und klopfte seitlich aufs Waschbecken. Oder auf irgendetwas anderes Hartes.

Wenn sie nicht zusammen waren, erlaubte sich Lara nicht, an Tyler zu denken, aber manchmal konnte sie einfach nicht anders. Zum Beispiel, wenn etwas sie an ihn erinnerte, wurde sie jäh von einem guten Gefühl durchströmt. Aber dieses Gefühl konnte genauso schnell ins Negative umschlagen, sie an einen dunklen, finsteren Ort bringen, wo ihr vor Augen geführt wurde, dass Tyler Jonsson ohne sie doch viel besser dran wäre.

Beziehungen hatten ein Verfallsdatum, das Wochen, Monate oder Jahre in der Zukunft lag, aber keine hatte eine Ewigkeitsgarantie. Man konnte jederzeit verlassen werden, und Lara hatte vor langer Zeit beschlossen, dass es am besten war, dem zuvorzukommen.

Und jetzt kam Tyler, mit dem sie seit sechs Monaten zusammen war, selbstbewusst zur Tür herein, lächelnd, die Arme ausgebreitet, ein Leuchten in den schönen Augen.

«Mensch, tut das gut, dich zu sehen! Du hast mir so gefehlt», sagte er.

«Ich denke, wir sollten uns trennen», sagte sie.

Er blieb stehen.

Also sagte sie es noch einmal. «Ich denke, wir sollten uns trennen.»

«Was? Wieso denn das?»

«Nur so. Ich finde einfach –»

«Ich weiß, warum du das sagst. Du bist im Moment völlig verwirrt. Hab ich recht?»

Sie wandte sich ab.

Er sagte: «Denkst du ernsthaft, ich würde dich in dieser verrückten Phase deines Lebens verlassen? Sprich mit mir. Was ist los?» Er fasste sie sanft, aber mit unterschwelligem Nachdruck an den Schultern.

«Es tut mir leid, Tyler.»

Sie wand sich aus seinem Griff. «Respektiere bitte meine Entscheidung. Wenn du mich liebst –»

«Was? Natürlich liebe ich dich! Und ich würde deine Entscheidung respektieren, wenn du im Moment nicht einfach nur durcheinander wärest.»

«Bin ich das?»

«Allerdings bist du das. Lass mich dir helfen. Stoß mich nicht fort, wie du es so oft tust. Ich meine, hab ich denn kein Mitspracherecht dabei? Wieso musst du immer die Kontrolle haben?»

«Wir wissen doch beide, dass du allmählich die Nase voll von mir hast. Ich hab das Gespräch neulich im Auto nicht vergessen. Ich hab's in deiner Stimme gehört. Dieses ganze Drama hat die Sache nur ein bisschen verzögert. Du willst die Trennung, das ist offensichtlich.»

«Jetzt bestimmst also du, was ich will?»

«Irgendwann gehen alle, Tyler.»

«Hör auf, immer auf dem Thema ‹Ich bin verlassen worden› herumzureiten. Viele Kinder werden adoptiert, aber die verhalten sich nicht so wie du. Sieh dir Sandi an!»

«Du weißt gar nichts über mich!»

«Ich weiß genug.»

Sie schwiegen lange, und Lara wünschte sich nichts sehnlicher, als dass er sie in die Arme schloss und den ganzen Mist wegküsste und ihr versprach, dass alles gut werden würde. Aber sie wusste, dass er dieses Versprechen nicht würde halten können.

«Ich brauche diese Trennung, damit ich mich konzentrieren kann. Ich muss mich darauf konzentrieren, Lara zu sein.»

Tyler setzte sich aufs Sofa und kippte nach hinten wie eine weggeworfene Puppe. Der Ausdruck in seinem Gesicht brachte ihre Entschlossenheit beinahe ins Wanken.

«Wie lange brauchst du, Lara?», fragte er leise mit bebender Stimme.

«So lange, wie es nötig ist», erwiderte sie in der Gewissheit, dass es ihm bald langweilig werden und er sich jemand Neues suchen würde. Und das war gut so. Sie ermöglichte ihm praktisch, zu tun, was für ihn am besten war. Machte es für sie beide nahezu schmerzlos.

«Weißt du was?», begann er und stand auf.

Sie sah ihn an, wusste nicht, was er sagen wollte. Ein Teil von ihr hoffte, dass er ein bisschen um sie kämpfen würde.

«Lass dir so lange Zeit, wie du willst, Lara. Mir reicht's. Es ist aus und vorbei. Das mit uns ist aus und vorbei.»

Plötzlich bekam sie keine Luft mehr, und ihre Augen verfolgten Tyler Jonsson, wie er zur Tür hinausging, sie einfach stehen ließ. Verschreckt. Leer.

Und dann war er fort.

Pat und Yomi

Kapitel 21

Pat

Das Auftauchen dieser Frau, Yomi, Yami oder so ähnlich, hatte Pat überraschend aus der Bahn geworfen.

Siebenundzwanzig Jahre lang hatte sie eine Bilderbuch-Mum sein dürfen, ohne irgendwelche Streitigkeiten oder Rückschläge. Es war ein schönes Leben, zu dem ihr Mann gehörte, ihre Tochter und ein überschaubares Umfeld von Verwandten und Freunden, und sie hatte dabei ihre Berufung entdeckt. Ihre Identität hing nicht mehr davon ab, ob sie einen Nummer-eins-Hit schaffte, sondern vom Wohlbefinden und Lachen eines Kindes namens Lara.

Pat hatte immer gewusst, dass Lara die Richtige war.

Sie hatte es in dem Moment gewusst, als sie sie in dem Heim zum ersten Mal sah. Anfangs fürchtete sie, Barry könnte nicht mit der Adoption einverstanden sein, obwohl er ihr bis dahin nie etwas abgeschlagen hatte. Doch alle Angst verpuffte in jenem Augenblick in Heathrow, als sie die offensichtliche Nähe zwischen den beiden erkannte. Durch die kostbaren Tage in Nigeria und den sechseinhalbstündigen Flug waren Barry und Lara zusammengewachsen, und Pat wusste, dass sie die enge Verbindung zwischen den beiden nie würde durchdringen können. Da Pat zu ihrem eigenen Vater kein solches Verhältnis gehabt hatte, kam es ihr zunächst ein bisschen eigenartig vor – vielleicht sogar unfair. Doch mit der Zeit sah sie ein, was für ein Segen und eine Wohltat das für Laras Übergang in das neue

Leben war. Ihre Familie war komplett. Sogar perfekt, trotz der Bedenken, die ihr Schwager Brian hatte, «ein Kind von einer Kultur in eine andere zu verpflanzen», trotz der befremdeten Blicke, die sie drei ernteten, wenn sie mal verreisten, trotz dieser Kassetten von Public Enemy, die sie damals unter Laras Matratze versteckt gefunden hatte.

Und trotz eines kleinen, winzigen Störimpulses vor etlichen Jahren, als Lara elf oder zwölf war und eine aufdringliche Weltverbesserin namens Rosie versucht hatte, das zu kritisieren, was sie als Familie ausmachte.

Pat setzte sich an den Tisch. In ihrem jetzigen Gemütszustand fühlte sie sich schlagartig wieder an diesen beängstigenden Moment erinnert.

Pat hatte sich schon immer gefragt, warum die Socken, die sie aus der Waschmaschine zog, nie zueinander passten – da war ein blauer mit grauen Punkten, ein gelber, ein weißer, ein grüner. Sie überlegte, ob ihre Tochter absichtlich nur einzelne Socken in den Wäschekorb warf oder ob es eine mythische Sockenfee gab, die immer je einen Socken verschwinden ließ.

Die zweite Erklärung hätte wahrscheinlich zu heftigen Diskussionen geführt, sobald Barry mit Lara von der Schule zurückkam. Oder sie würden andere Themen besprechen, zum Beispiel Laras neue beste Freundin oder ihre Mathe-Hausaufgaben. Wie immer konnte Pat es kaum erwarten, dass die zwei endlich durch die Tür kamen. Ihr Tag, ganz gleich wie arbeitsreich, hektisch, ruhig oder produktiv er war, mündete stets in einer unerschütterlichen Sehnsucht nach ihrer Familie.

Sie fuhr zusammen, als es um 14.30 Uhr an der Haustür klingelte. Sie bekamen kaum Besuch, der sich nicht vorher angekündigt hatte, und der Postbote war schon da gewesen.

Daher war Pat verwirrt, als sie zögernd die Haustür öffnete und eine Frau in einem zerknitterten Hosenanzug mit kurzen, aber leicht zerzausten Haaren vor sich stehen sah. Eine Frau, die sich, wie Pats Mutter es formuliert hätte, wohl im Dunkeln angezogen hatte.

«Mrs Reid?», sagte die Frau.

«Ja?», antwortete Pat misstrauisch. Irgendetwas an dieser Frau gefiel ihr nicht, und das lag nicht bloß an ihrem ungepflegten Äußeren. Es lag an ihrer ganzen Ausstrahlung.

«Ich bin Rosie O'Day, und ich komme vom Jugendamt», sagte die Frau mit den kurzen Haaren.

Pat spürte förmlich, wie ihr das Herz nach unten sackte.

«Haben wir Ärger?», fragte Pat, ohne nachzudenken, und überlegte erst dann, ob die Frage irgendwie schuldbewusst klang. Das letzte Mal hatte sie solch einen Satz als Sechsjährige ausgesprochen, als sie und ihre Brüder drüben am Lakeview Common Kastanien gesammelt hatten und zu spät nach Hause gekommen waren. Dass ihre Mutter außer sich vor Sorge gewesen war, wurde überschattet von den saftigen Ohrfeigen für jeden von ihnen und von dem unsterblichen Ausspruch: «Wartet nur ab, bis ihr selbst Kinder habt, dann wisst ihr genau, warum ich wütend bin! Es ist verdammt noch mal nicht leicht, Mutter zu sein.»

Pat ließ die Frau herein.

Zwei Tassen Tee aus Pats bester Teekanne und einen nicht angerührten Teller mit Keksen später war es vier Uhr geworden.

Wie zu erwarten, stürzte sich Lara auf den Teller mit den Keksen und schien verwundert, dass sie nicht mit einem strengen «Jetzt nicht, dann hast du später keinen Appetit mehr!» gestoppt wurde. Stattdessen sah Pat zu, wie das kleine Mädchen, das sie liebte, sich hinsetzte und zwei Schokokekse verputzte.

Pat starrte sie an und spürte, wie sich ihr das Herz vor Liebe weitete. Sie vermutete, dass diese Liebe schon begonnen hatte, noch ehe das kleine Mädchen von seiner leiblichen Mutter auf die Welt gebracht worden war, dass im Moment seiner Geburt Pats Herz einen Satz getan hatte, dieses Herz, das in der Vergangenheit eigenen Schmerz, eigene Trauer erlebt hatte, nur um dadurch stark genug und bereit dafür zu sein, dieses wunderbare Kind zu lieben.

Und jetzt wollte jemand behaupten, dass das falsch war?

Schon allein der Gedanke widerte Pat an, während sie zusah, wie ihr kleines Mädchen – das mit seinen langen Beinen und den hübschen Gesichtszügen eigentlich kein kleines Mädchen mehr war – die Schokokekse verputzte. Sie wollte ihre Tochter an sich ziehen, die drei Pässe nehmen und einfach verschwinden. Aber sie befand sich nicht in einem Actionfilm. Und wie Barry am Telefon gesagt hatte, nachdem sie ihn vorhin ganz aufgelöst angerufen hatte: Die Adoption war legal und ordnungsgemäß abgelaufen. Sie besaßen Papiere, Unterlagen von den Behörden.

Pat wandte sich ab und spürte einen warmen Tropfen über ihre Wange laufen. Die Angst, dass jemand ihnen Lara tatsächlich wegnehmen könnte, war nach wie vor da, aber tief in ihrem Innern lauerte noch eine andere Angst – der Gedanke, dass Barry und sie wegen ihrer Hautfarbe nicht gut für Lara waren.

Sind wir als Weiße nicht die richtigen Eltern, um ein schwarzes Kind großzuziehen?

Wie kann Liebe von der Hautfarbe bestimmt werden?

Fragen, Fragen, Fragen.

Pat hielt die Klinke der Küchentür umklammert, hatte das Gefühl, sich in einem Traum zu befinden. Einem Albtraum. Sie hatte sich immer eine offene Küche gewünscht, aber Barry hatte gesagt, das sei nur eine Modeerscheinung, die sich nicht durchsetzen würde. Barry, mit seinen spontanen Sprüchen; Barry, der Mann, den sie liebte, der beste Vater, den sie je gesehen hatte. Tausendmal besser als der Mann, der Pat gezeugt hatte, und doch war er in den Augen mancher offenbar nicht gut genug.

Weil er ein Weißer war.

Pat fragte sich, wer wohl das Jugendamt angerufen und seiner «Sorge» Ausdruck gegeben hatte, dass ein farbiges Kind bei weißen Eltern lebte. Wen ging das überhaupt was an?

Pats Gedanken kehrten in die Gegenwart zurück. Sie verspürte auch jetzt dieses Gefühl von Hilflosigkeit. Es war derselbe Zorn, der unter der Oberfläche brodelte und drohte, sich in einem Schwall von Schimpfwörtern Bahn zu brechen, die Pat eigentlich nie verwendete. Sie rief sich rasch in Erinnerung, dass das Leben mit Lara abgesehen von dieser kleinen Störung absolut perfekt gewesen war.

Jetzt war diese Yomi aufgetaucht, und alles würde sich ändern. Maria würde wahrscheinlich sagen, dass sie gerade mehrere Lebensläufe gegeneinander ausbalancierten. *Denn etwas Vollkommenes zu haben war unwirklich, und eine Seite musste nachgeben.*

Während Pat Barrys Hemd bügelte, presste sie die Lippen zusammen und fragte sich, was Lara wohl gerade machte. Ihr Schätzchen. Ein Kind, das sie nie enttäuscht hatte. Das Einzige, was Pat bedauerte, war Laras Unfähigkeit, auch nur ein Ei zu kochen! Pats schönste Erinnerungen waren die Momente, in denen sie zusammen Kuchen gebacken hatten – genau wie sie früher mit ihrer eigenen Mutter. Aber Lara begeisterte sich mehr für Mode und Glitzerzeug, und mit der Zeit hatte sich Pat damit abgefunden.

Als Teenager hatte Lara die normalen Höhen und Tiefen durchlebt, war viel in ihrem Zimmer gewesen, hatte manchmal schlechte Laune gehabt, aber sie hatten nie große Probleme gehabt, zum Beispiel wegen Jungs oder schlechter Noten. Nun hatte Pat zum ersten Mal das Gefühl, dass ihre Beziehung durch eine Frau, mit deren Auftauchen sie nie gerechnet hatte, Probleme bekommen könnte. Sie hasste diese Yomi und alles, was sie verkörperte. Welche Frau ließ denn ihr Baby einfach allein? Pat wünschte, sie würde wieder in ein Flugzeug steigen und verschwinden, so wie sie die letzten dreißig Jahre verschwunden gewesen war. Sie sollte sie doch alle in Ruhe lassen!

Dass diese Gedanken falsch waren, in jeder Hinsicht schlecht, wusste sie, aber sie kam nicht dagegen an. Lara gehörte zu ihnen. Pat war es gewesen, die sie nach Albträumen wieder in den Schlaf gewiegt hatte. Barry war es gewesen, der sechs Jahre lang jeden Tag mit ihr zur Schule gegangen war. Pat war es gewesen, die auf jedes aufgeschlagene Knie Desinfektionssalbe gerieben hatte, die ihr jeden Abend vorgelesen hatte, bis sie sieben Jahre alt war und es «allein konnte, danke, Mum» . Wenn Pat eines bedauerte, dann, dass sie Kayo ihre Adresse hinterlassen hatte. Sie hätten einfach verschwinden, eine falsche Anschrift angeben sollen. Oder sie hätten umziehen sollen. Doch alle drei hatten ihr Häuschen auf dem Entwistle Way geliebt und liebten es noch immer.

Heute Abend, wie an jedem Abend seit der Party zu Laras dreißigstem Geburtstag, würde Pat versuchen, vor dem Einschlafen nicht zu weinen. Aber das würde nicht leicht werden, besonders weil sie auch versuchen musste, sich Barry gegenüber nichts anmerken zu lassen. Sie wollte nicht, dass er sich Sorgen machte, er sah ohnehin ziemlich mitgenommen aus. Die Falten um seine Augen hatten sich tiefer eingegraben, und seine Wangen waren bleich. Er hatte schon einmal eine leichte Herzattacke gehabt. Dieser zusätzliche Stress tat ihm nicht gut.

Nein, seit der Party zu Laras dreißigstem Geburtstag schien alles anders zu sein. Pat hatte Angst vor der Zukunft und klammerte sich verzweifelt an die Hoffnung, dass ihr kleines Mädchen sie nicht verlassen würde.

Yomi

Yomis Gedanken kreisten ausschließlich um die Frage, ob es ihr gelingen würde, mit Lara in Kontakt zu kommen und sie kennenzulernen.

Und ihre Sorge wuchs, denn ihr Visum war auf sechs Monate befristet, und das Geld, das sie für die Reise aufgebracht hatte, schmolz ebenso schnell dahin wie die Zeit.

Yomi hatte sich naiverweise ein tränenreiches und glückseliges Wiedersehen ausgemalt, mit endlosen Umarmungen und einem Gesicht, das strahlte vor Liebe. Stattdessen hatte sie eine Familie kennengelernt, die Yomis Anwesenheit, ja, ihre Existenz eindeutig ablehnte. Für sie war Yomi eine unangenehme Kakerlake, die man loswerden wollte, ihre Stimme das lästige Meckern einer Ziege.

Ein Ärgernis.

Aber das würde Yomi verkraften. Sie war nicht ohne Grund Tausende von Meilen gereist, und sie hatte nicht vor, das Handtuch zu werfen. Diese Reise bedeutete mehr für sie als bloß das Überbrücken einer räumlichen Distanz.

Alle, die sie kannten, waren in dem Glauben, die lieblose Ehe mit dem Chief habe keine Kinder hervorgebracht – eine Todsünde an jenem Ort, wo sie herkam, vor allem, wenn man mit einem wichtigen Mann verheiratet war. Daher war es sein gutes Recht, sich eine weitere Frau zu nehmen, was er auch bedenkenlos tat. Yomi hatte damit gerechnet. Doch die Demütigung, dass die fünfte Frau von Chief Ogunlade ausgerechnet Ola sein musste, Mamas früheres Hausmädchen und die einzige andere Person, die von Omolaras Existenz wusste, hatte sie nicht vorhersehen können. Als sie eines Abends von einem Besuch bei ihrer Mutter nach Hause zurückkehrte und Ola aus dem Zimmer des Chiefs kommen sah, wurden ihre schlimmsten Befürchtungen wahr, aber sie hatte es tagelang für sich behalten, war aus mehr als nur einem Grund unfähig gewesen, das Problem mit Mama zu besprechen.

Ola zur Rede zu stellen war leicht, aber vergeblich, denn die hatte zischelnd geantwortet: «Wenn du dich gegen meine Heirat mit dem Chief stellst, sag ich die Wahrheit über dich. Ich erzähl allen, was du getan hast, das garantiere ich dir!»

Yomi erinnerte sich an die Kälte in den Augen des Mädchens. Jahre der Loyalität weggefegt wegen der Aussicht auf ein besseres Leben für sie und ihre Familie, das der Chief ihr problemlos bieten konnte. Also blieb Yomi keine andere Wahl, als stillzuhalten und dem öffentlichen Schauspiel zuzuschauen, wie Chief Ogunlade ein einfaches Hausmädchen heiratete.

Iyabo, Ola, die gehässigen Klatschmäuler – sie alle hatten gewonnen, und Yomi war wieder am Nullpunkt angelangt, nur diesmal ohne den Luxus der Jugend. Stattdessen war sie eine gebrochene Frau, gepeinigt von den Entscheidungen, die sie in ihrem Leben getroffen hatte, und erfüllt von der Sehnsucht, noch einmal ganz von vorn anfangen zu können.

Der Chief war immerhin so gütig, Yomi ein Haus außerhalb des Anwesens bauen zu lassen – einen kleinen Bungalow am Ende der Ogunlade Street, nicht weit von ihrem Elternhaus entfernt. Doch das Gebäude fühlte sich leer an, was es auch war, bis auf ein Hausmädchen und die gelegentlichen Besuche von einem ihrer Brüder, die schnell mit Urteilen bei der Hand waren und ihr die Fehler vorwarfen, die sie gemacht hatte – ständige Erinnerungen daran, was sie verloren hatte und nie zurückbekommen würde. Sie eröffnete einen kleinen Laden für Kleidung, Bettwäsche und handgefertigten Schmuck und verdiente so gut, dass sie mit Kunles Hilfe eine Reise nach Amerika finanzieren konnte, wo seine Kinder inzwischen lebten. Die Geschäfte liefen immer besser, und schließlich schaffte sie es, genug Geld und genug Mut aufzubringen, um in das Land zu reisen, in dem es feine Gentlemen gab, Burgen – und ihre Omolara.

Aber in Stellas Haus in Bexleyheath, England, verbrachte sie ihre Tage meist damit, den Perlenvorhang vor der Tür anzustarren, dem bellenden Hund von nebenan zu lauschen und den Autohupen, die ohne erkennbaren Grund gellten. England war nicht so, wie sie es sich vorgestellt hatte, und Omolaras Reaktion auch nicht. Der zornige Blick, mit dem ihr eigenes Kind, ihr einziges Kind, sie gemustert hatte, war so schrecklich anders als der Blick, mit dem Omolara sie an jenem Tag angeschaut hatte, als Ola sie ihr in die Arme legte! Vor dreißig Jahren war Yomi nicht auf die Liebe gefasst gewesen, die ihr aus jeder Pore geströmt war, genau wie sie jetzt nicht darauf vorbereitet gewesen war, was Omolara von ihr dachte. Yomi war bloß froh, dass Mama spontan beschlossen hatte, sie nach England zu begleiten. Mama, die Geheimwaffe. Im Traum wäre sie nicht darauf gekommen.

Und doch war ein Teil von ihr neidisch, weil sich Mama und Omolara so gut verstanden. Yomi betrachtete das als eine Art Strafe. Immerhin hatte sie ihre eigenen Eltern belogen, ihnen erzählt, Omolara wäre gestorben, während sie doch die ganze Zeit in dem Heim für mutterlose Kinder lebte.

Was an dem Tag geschehen war, als Mama die Wahrheit erfuhr, war etwas, das Yomi vergeblich versucht hatte, aus ihrer Erinnerung zu verbannen. Noch immer konnte sie Mamas gequälte Schreie hören, die gar nicht mehr aufhören wollten. Noch immer erinnerte sie sich an Mamas Zusammenbruch und dann ihre Vorwürfe und ihr Flehen, dass dieses Geheimnis nie herauskommen durfte. Falls Mrs Apampa und die anderen je dahinterkamen, wüsste es bald ganz Lagos. Und falls die Familie des verstorbenen Chief, es je erfuhr, wäre ihr Leben in Gefahr. Selbst im Tod war er noch immer ein Mann mit Einfluss.

Yomi schauderte bei dem Gedanken, nahm sich aber im Stillen vor, dafür zu sorgen, dass Omolara eines Tages die Wahrheit erfuhr – die volle Wahrheit –, und wenn es das Letzte war, was sie in ihrem Leben erreichen würde.

Kapitel 22

«Ich bestehe darauf, dass wir die Statue von Prinzessin Diana ansehen, von der Mrs Apampas Nichte immer redet!» Nach einem fünfminütigen Nickerchen im Bus war Mama wieder hellwach. Mit scheinbar unerschöpflicher Energie zwang sie Yomi zu einem zweiten Besuch des Westminster-Palastes und einem kurzen Abstecher zu Harrods.

«Oya!», war Mamas Lieblingswort. Es bedeutete, dass sie bereit war, das nächste Ziel auf ihrer mentalen Liste anzusteuern.

«Und wann treffen wir uns wieder mit Omolara?», fragte sie, als sie Harrods verließen und auf die Knightsbridge Road traten.

«Wenn sie uns anruft», antwortete Yomi schwach, unsicher, wann das passieren würde.

«Gehen wir zu Harvey Knickers.»

«Wo ist denn das?», fragte Yomi.

«Das Mädchen ist genauso stur wie mein Soji; das seh ich ihr an den Augen an. Sie wird dich nicht anrufen, wo sie mir doch jetzt ein neues Mobiltelefon gekauft hat. Du musst den ersten Schritt machen, Tochter.»

«Ich lass ihr noch ein paar Tage, Mama.»

«Nein, du rufst sie jetzt an, bevor wir zu Harvey Knickers gehen», sagte Mama und griff nach ihrem Handy.

«Oh, sieh mal, es blinkt», sagte Mama und spähte auf das

Telefon. «Jemand hat einen Brief für mich in das Telefon geschickt. Weißt du, wie das geht, Kind?» Mama gab Yomi das Handy, und tatsächlich, das Briefsymbol blinkte.

«Das ist eine Textnachricht, Mama. Von Omolara.»

«Ich kenn mich mit so was nicht aus. Kannst du den Brief aufmachen, bitte?»

Mama interessierte sich nicht für neumodische Technik. Yomi selbst hatte in etwa verstanden, was das Internet war, aber nur, weil sie regelmäßig die Werbung für die vielen Internetcafés sah, die in letzter Zeit auf der Ogunlade Street und Umgebung wie Pilze aus dem Boden geschossen waren. Einer der jungen Burschen aus dem Dorf hatte mal erwähnt, man könnte Leute mit etwas finden, das Google hieß, offenbar eine Art Maschine, die im Internet saß. Yomi hatte sich hin und wieder gefragt, ob sie versuchen sollte, auf diese Weise Henry Bibimsola ausfindig zu machen. Ja, sie dachte gelegentlich an Henry, aber nicht oft.

Nicht jeden Tag. Nur manchmal.

Sie sah nach unten auf die Nachricht in Mamas Handy.

«Hier steht, sie, Omolara, möchte dich ausführen.»

«Dich auch?»

«Nein, Mama, mich erwähnt sie nicht. Sie will nur dich sehen.»

Pat zog vorsichtig die glänzende Lammkeule aus dem Ofen. Die gelben Topfhandschuhe, die sie dazu verwendete, hatte Lara ihr vor rund zwölf Jahren zum Muttertag geschenkt. Damals war das Sonntagsdinner immer ein geselliges Miteinander gewesen, zu dem sie manchmal auch Brian und Agnes mit den Kindern einluden; es wurde gut gegessen, nett geplaudert, und anschließend guckten sie gemeinsam die *EastEnders* im Fernsehen. Bei solchen Gelegenheiten vermisste Pat ihre Mutter am meisten. Auch damals schon war der Sonntag nämlich immer der Tag gewesen, an dem die ganze Familie gemeinsam zu Abend aß, Geschwister und Eltern vereint. Natürlich kam es gelegentlich vor, dass die Jungs sich am Tisch kabbelten, während Pats übellaunige Schwester ins Leere starrte und ihre Eltern über Belanglosigkeiten plauderten, wobei sich ihr Vater über einen großen Teller mit Fleisch, Gemüse und Kartoffeln mit Soße hermachte, um danach im Sessel ein Nickerchen zu halten. Aber so war ihre Familie nun einmal. Ein wesentlicher Teil ihres Lebens, den sie immer vermissen würde, ganz gleich, wie unbefriedigend er ihr damals erschienen war.

«Schmeckt toll, Schatz», sagte Barry, genau wie ihr Vater immer zu ihrer Mutter gesagt hatte. Barry aß gern und gut – was sich an seinem rundlichen Bäuchlein zeigte. Aber das war in Ordnung, denn Pat liebte jeden Zentimeter dieses Bauches, jeden Teil von ihm, und daran würde sich nie etwas ändern. Zugegeben, in ruhigen Momenten gestand sie sich ein, dass ihre Ehe nicht aus der Art von Leidenschaft erwachsen war, ohne die Maria offenbar nicht existieren konnte. Zu Anfang hatte ihre Beziehung mit Barry eher darauf beruht, dass er ein Mann war, der alles für sie tun würde. Er weckte in ihr den Glauben, dass sie jedes Ziel erreichen konnte, das sie sich vornahm. Doch in letzter Zeit hatte sie angefangen, in einer Weise auf ihr Leben zurückzublicken, wie sie es noch nie getan hatte. Vielleicht hing es damit zusammen, dass sie ihr sechzigstes Lebensjahr erreicht hatte. Vielleicht lag es aber auch daran, dass die Vergangenheit in Gestalt von Yomi zurückgekehrt war und ihr Leben mit einer bislang unbekannten Gefahr bedrohte.

Vielleicht.

Es gab einiges in ihrer Ehe, worauf Pat besonders stolz war, unter anderem, dass sie und Barry anders als ihre eigenen Eltern noch immer miteinander *sprachen*. Sie lachten gemeinsam, scherzten, diskutierten, und wenn Pat irgendetwas auf der Seele brannte, hatte sie immer das Gefühl, bei Barry ein offenes Ohr zu finden.

Bis jetzt.

«Ich hab etwas Knoblauch ans Fleisch getan, es schmeckt so würziger», sagte sie überflüssigerweise, während Barry kräftig zulangte. Ihr Mann nickte beifällig. Pat spießte ein Stück Ofenkartoffel auf. Sie öffnete den Mund, um zu essen, doch stattdessen sagte sie: «Barry?»

Barry, der Mann mit den guten Manieren, deutete übertrieben auf seinen vollen Mund, und sie verstand.

Er kaute zu Ende. «Was ist, Schatz?»

«Ich ... Ich hab Tiramisu gemacht, zum Nachtisch.»

«Super!», sagte er anerkennend.

Eine Stunde später stand Pat mit dem Abwasch an der Spüle.

«Ich trockne ab», sagte Barry neben ihr.

«Was ist denn mit dir los? Das machst du doch sonst nie», sagte Pat lachend.

Barry nahm einen nassen Teller und wischte mit dem SUPER-MUM-Geschirrtuch darüber.

«Wir müssen über Lara reden», sagte Pat. Endlich. Jetzt war es heraus. Nach Tagen der heimlichen Gedanken und Sorgen, die sich nur in traurigen Augen zeigten, würden jetzt endlich Worte folgen.

«Stimmt, das müssen wir», bestätigte Barry, schloss seine Hände um ihre nassen Finger und zog sie behutsam ins Wohnzimmer. Es wurde ein sehr langes Gespräch.

Pat sah zu ihrem schlafenden Mann hinüber, der auf dem Rücken lag und friedlich schnarchte.

Sie hatten bis in die frühen Morgenstunden über Yomis Auftauchen gesprochen und darüber, was es bedeuten mochte.

Pat hatte auch bei ihrem Mann Zorn erwartet, Furcht, die Entsprechung zu ihren eigenen Gefühlen, aber Barrys Äußerungen hatten sie schockiert. Sie hatte gesehen, wie sein Blick stechend wurde, und er hatte Worte wie *Hass* in Bezug auf einen Menschen benutzt, den sie nicht mal kannten – ihr Mann, der sich nie über andere erhob und jedem gegenüber aufgeschlossen war. Dabei hatte diese Frau doch noch gar nichts gemacht. Natürlich, sie hatte ihr Kind weggegeben, aber davon hatten sie selbst ja nur profitiert. Das erkannte Pat natürlich, wodurch ihre eigenen ablehnenden Gefühle ein wenig abgeschwächt wurden. Es war ihr unbegreiflich, wie Barrys Zorn auf Yomi so groß sein konnte, und Pat vermochte sich dafür nur dasselbe Motiv wie für ihre eigenen starken Gefühle vorzustellen – die Angst davor, ihre Tochter zu verlieren.

Diese Angst hatte ihren Umgang mit dem Thema Adoption immer stark beeinflusst. Vielleicht hätten sie sich anders verhalten sollen, als Lara noch klein war, hätten häufiger mit ihr über Nigeria und ihre Adoption reden sollen, anstatt ihr bloß ein paar vergilbte Zeitungsausschnitte und zwei Bilder zu zeigen. Aber tief im Innern hatte Pat nie gewollt, dass sich Lara mit ihrer Vergangenheit beschäftigte, weil sie doch eine Zukunft hatte. In England. Mit ihr und Barry.

Und obwohl die Angst noch immer da war, hatte Pat ihren Mann damit beruhigen können, dass es ja jetzt, da Lara eine dreißigjährige Frau und kein Kind mehr war, keine gerichtlichen Auseinandersetzungen, keine nicht enden wollenden emotionalen Albträume geben würde. Lara gehörte zu ihnen, und falls Yomi Kontakt zu ihr haben wollte, dann würden sie das eben dulden. *Sie* jedenfalls würde es dulden. Barry hingegen hatte nichts davon wissen wollen und gemeint, ihr Leben könnte erst dann zur Normalität zurückkehren, wenn Yomi wieder im Flugzeug saß.

Kapitel 23

Yomis Amerikareise im letzten Jahr hatte jeden Kulturschock vorweggenommen, den England zu bieten hatte, aber auf diese raschen Wetterumschwünge binnen vierundzwanzig Stunden war sie nicht gefasst gewesen – am Vormittag Sonne, am Nachmittag Regen, am frühen Abend wieder Sonne und in der Nacht dann die Kälte. Ihr ganzer Körper geriet durcheinander, und sie hoffte, es würde nicht auch noch anfangen zu schneien. Für alle Fälle hatte sie immer die LONDON-RULES!-Wollmütze dabei, die Mama in der Nähe von Downing Street Number 10 bei einem Straßenhändler gekauft hatte.

Sie schielte zu ihrer Mutter hinüber, die schlafend im Sessel saß. So gern sie sie auch um sich hatte, sie war froh, dass Mama bald wieder nach Nigeria zurückkehren würde. Omolara hatte gestern den ganzen Tag mit Mama verbracht, während Yomi ausgeschlossen blieb wie ein unartiges Kind. Und wenn sie ganz ehrlich war, musste sich Yomi eingestehen, dass sie Mamas Blick, der von Tag zu Tag missbilligender wurde, nicht mehr ertrug. Ihr Zorn auf Yomi und das, was sie getan hatte, war noch längst nicht abgeklungen.

«Du hast mir meine Enkeltochter vorenthalten! Du hast deinem Vater bis zu seinem Tod die Möglichkeit vorenthalten, sein Enkelkind zu sehen!», hatte sie getobt, hatte die Hände flach auf den Kopf gepresst und klagende Schreie ausgestoßen. So hatte sie an dem Tag reagiert, als Yomi ihr gestand, dass ihre Enkeltochter nicht tot war,

und dann war sie zusammengebrochen. Es war ein schrecklicher Tag gewesen.

Natürlich hatte sie sich seitdem nicht mehr so heftig aufgeregt, aber Mamas Zorn und Schmerz waren in jedem Blick und jeder Geste deutlich zu erkennen, wenn Yomi mitbekam, wie sie mit Omolara umging, als wollte sie sagen: «So ist es nicht richtig. Omolara hätte in Nigeria aufwachsen sollen, mit uns allen – Daddy, Brüdern und Schwestern – anstatt bei Fremden, die nicht einmal wissen, wie man Amala und Kuhfüße kocht.»

Mama wurde wach und beugte sich langsam vor, um nach ihrem Handy zu greifen. Ihre Augen wurden immer größer, während sie auf den Tasten herumtippte. «Das ist lachhaft. Wieso können die keine Telefone mit größeren Zahlen bauen? Für uns Alte sind die viel zu klein. Bis ich den Namen gefunden hab, die Nummer gelesen und gewählt hab, hat in Lagos schon die Regenzeit angefangen. Ah, ich bin es satt!»

Yomi wusste, dass Mama Omolara anrufen wollte. Vielleicht, um ein neues Treffen zu vereinbaren – ohne sie. Die beiden würden sich zusammentun, reden, tuscheln, wollten sie nicht dabeihaben.

Mama lutschte an den Zähnen und grummelte vor sich hin, bis Yomi ihr sachte das Handy wegnahm und im Telefonbuch das O aufrief. Olu 1, Oyin 1, Olumide 3. Aber kein «Omolara».

«Mama, wo hast du ihren Namen abgespeichert?»

«Keine Ahnung. Ich hab das Ding einfach dem Kind gegeben, und sie hat tipp, tipp, tipp gemacht und es mir zurückgegeben.»

Und natürlich erschien «Lara» unter «L».

«Sie hat die Nummer unter Lara eingegeben», sagte Yomi gereizt.

«Zieh nicht so ein Gesicht. Das ist jetzt ihr Name.»

Und dann bedachte Mama sie wieder mit *diesem* Blick.

Pat stand vor dem kleinen Reihenhaus und hielt nach Zeichen Ausschau.

Zum Beispiel nach einem Zeichen dafür, dass sie nicht hier sein sollte. Oder ein Zeichen, dass jemand zu Hause war. Oder vielleicht ein Zeichen, dass sie dazu bringen könnte, die Straße zu überqueren, an die Tür zu klopfen und zu warten. Aber nichts kam. Bloß das Zeichen, dass sich der eben noch blaue Himmel eingetrübt hatte und es jeden Moment anfangen könnte zu regnen. Sie trat von einem Bein aufs andere und sah auf die Uhr. Sie stand jetzt schon über eine halbe Stunde hier und stellte sich Szenarien mit unterschiedlichem Ausgang vor. Manche endeten positiv, andere damit, dass die Polizei anrücken musste. Aber das war albern.

Sie fragte sich, ob sich Yomi so gefühlt hatte, als sie vor gerade mal drei Wochen vor ihrem Haus in Essex gestanden hatte. Die Ungewissheit, die Unsicherheit, was sie erwarten würde. Und auf einmal empfand Pat eine Art Achtung für die Frau.

Eine ältere Dame, die den kleinsten Hund auf dem Arm trug, den Pat je gesehen hatte, kam vorbei und beäugte sie misstrauisch. Der Hund ebenso.

Pat war nicht zum ersten Mal hier. Während der letzten siebenundzwanzig Jahre hatte es eine Handvoll Versuche gegeben. Einmal, als Lara noch klein war, hatte sie hier mit ihr gestanden und die winzige Hand ihrer Tochter umklammert, hatte nach dem Mut gesucht, zur Tür zu gehen und anzuklopfen. Lara war schön herausgeputzt gewesen, in einem hübschen blauen Trägerrock und Bluse, hatte so entzückend ausgesehen, dass Pats Herz fast geplatzt wäre vor Stolz. Doch als sie den ersten Schritt auf das Haus zumachte, hatte Lara gerufen: «Ich muss Pipi!» Normalerweise fand Pat diese Ankündigung niedlich, doch der Zeitpunkt war unglücklich gewählt. Also hatte sie nicht an die Haustür geklopft, sondern sie beide waren ins nächstbeste Café geeilt, und danach waren Pat und Lara einfach in den Bus gestiegen und nach Hause gefahren.

Ein anderer ihrer Besuche hatte kurz nach Barrys erstem leichten Herzanfall stattgefunden. Damals hatte sie vor Angst nicht ein noch aus gewusst, und sie hatte mehr Unterstützung gebraucht als Marias Spruch: «Alles halb so schlimm! Wenn er hin und wieder mal eine Zigarette raucht, bringt ihn das schon nicht um.»

Sie hatte ihre Mum gebraucht.

Pat starrte auf das obere Fenster. Kein Lebenszeichen. Sie fragte sich, ob jemand zu Hause war, und fürchtete das Schlimmste. Nein, wenn etwas passiert wäre, hätte sie das ganz sicher von einem entfernten Verwandten erfahren – falls «entfernt» auf einen Menschen zutraf, der zwar nicht weit von ihr wohnte, aber nur einmal im Jahr eine Weihnachtskarte schickte. Oder einer der Nachbarssöhne, die sie gelegentlich auf dem Markt traf, hätte sie informiert.

Auf jeden Fall hätte sie irgendetwas gehört.

Pat spürte einen Regentropfen auf der Nase landen. Ein Zeichen, nach Hause zu fahren, vielleicht. Ja, sie würde ein anderes Mal wiederkommen. Aber als sie gerade gehen wollte, hielt ein Auto vor dem Haus. Eine Frau in einem engen Jeanskleid stieg aus und beugte sich nach hinten, um ein himmelblau gekleidetes Baby von der Rückbank zu heben. Die Frau war Pat fremd, doch der Mann, der jetzt auf der Fahrerseite ausstieg, kam ihr bekannt vor. Er war höchstens fünfundzwanzig Jahre alt.

Die kleine Familie ging zu dem Haus, in dem Pat aufgewachsen war, und auf einmal durchfuhr sie der Gedanke, dass ihre Mutter wahrscheinlich nicht mehr dort lebte.

Das junge Paar drückte auf die Klingel und wartete, dann wurde die Tür schwungvoll aufgerissen, und eine kleine, gebeugte alte Frau mit weißem, bauschigem Haar begrüßte sie. Beide gaben ihr einen Kuss auf die Wange. Die alte Frau lächelte, das Baby strampelte in den Armen seiner Mutter, und die Tür schloss sich hinter ihnen.

Pat wischte sich einen Regentropfen vom Auge – oder vielleicht war es auch eine Träne. Ihr Puls hatte sich beschleunigt, ihr Schmunzeln war zu einem bittersüßen Lächeln geworden – weil sie gerade ihre Mutter gesehen hatte.

Das letzte Mal war Pat mit ihrer Mutter vor siebenundzwanzig Jahren zusammen, während einer der wichtigsten Phasen ihres Lebens. Es war in der ersten nervenaufreibenden Woche mit Lara gewesen, sieben Tage, die sich nicht ganz so idyllisch gestalteten, wie sie sich das vorgestellt hatte. Lara schlief nicht gut, wachte mitten in der Nacht auf und wollte sich nur von diesem muffigen Stück Stoff beruhigen lassen, an das sie sich lieber klammerte als an Pat. Es sollte noch einige Tage dauern, bis sich Lara überhaupt von Pat in den Arm nehmen ließ. Sie zog Barrys beruhigende Umarmungen vor, wenn sie im Garten hingefallen war oder einfach nur Zuwendung brauchte. Aber nach der schwierigen Übergangszeit lud Pat ihre und Barrys Verwandtschaft ein, damit sie Lara kennenlernten. Agnes, Brian und die Kinder kamen mit einer riesigen blonden Puppe auf Rollerskates. Als Lara die Puppe sah, versteckte sie sich schnell hinter Pats Beinen und brach ängstlich in Tränen aus. Maria und weitere Verwandte von Barry trafen ein, doch Pats Geschwister und ihre Mutter ließen sich nicht blicken, was natürlich allen auffiel. Vielleicht waren sie ja verhindert und hatten vergessen, abzusagen. Lara sah wunderhübsch aus in ihrem blau-weißen Pepitakleidchen mit Trägern, weißen Söckchen und einer großen rosa Schleife im Haar. Alle waren hingerissen von dem Familienzuwachs, auch wenn die Kinder von Agnes und Brian sie immer wieder verwundert anstarrten und ihr über das «buschige» Haar streichelten.

Pat wartete eine Weile, ehe sie ihre Mutter anrief.

«Mum, Lara muss um sieben ins Bett, und ich dachte, es wäre doch schön, wenn du deine neue Enkeltochter richtig kennenlernst. Hier sind schon alle ganz vernarrt in sie. Wann kommt ihr denn?»

«Dein Bruder kann mich nicht fahren», sagte sie bloß.

«Warum hast du denn nichts gesagt? Barry kann dich doch abholen.»

«Lass mal. Heute bleib ich lieber zu Hause.»

«Aber willst du denn deine neue Enkelin nicht sehen?»

«Ein anderes Mal. Kümmere du dich um deine Gäste.»

Am nächsten Tag suchte Pat ihre Mutter auf.

«Erzählst du mir jetzt, was gestern los war, Mum?»

Ihre drei Brüder kamen in die Küche, gefolgt von ihrer Schwester, die ihr jüngstes Kind auf dem Arm trug. Pat hoffte, dass sich Lara eines Tages besser mit ihren Cousins und Cousinen verstehen würde als sie mit ihren Geschwistern. Ja, dafür würde sie sorgen.

«Hoppla, was kommt denn jetzt?», fragte Pat und wollte schon einen Witz über den Großaufmarsch machen, doch dann bemerkte sie die ernsten Mienen. Ihre Mutter hatte sich dem Herd zugewandt, ignorierte Pats fragenden Blick.

«Was habt ihr denn?», fragte Pat.

«Uns gefällt das nicht, was wir da in der Zeitung gelesen haben.»

Und dann ging's los.

«Du solltest keine afrikanischen Kinder adoptieren.»

«Du bist Engländerin.»

«Du solltest dich wie eine Smith benehmen.»

«Was werden die Leute dazu sagen?»

«Hast du auch mal an die Zukunft gedacht?»

«Das ist nicht richtig.»

«Die sind anders als wir!»

Es war schwer zu verkraften. Die Worte, die Vorwürfe, das fehlende Verständnis. Dieser Widerwille, sich ihren Standpunkt anzuhören, der letztlich auf Liebe beruhte, nichts anderem. Sie liebte dieses

Kind. Es ging nicht um Politik oder Kultur oder darum, was sie für richtig hielten – es ging schlicht und ergreifend um Liebe. War das denn so schwer zu verstehen?

Von allen Menschen, die an diesem Tag vorwurfsvoll in der Küche standen, müsste gerade ihre Mutter das verstehen, fand Pat. Sie hatte alle ihre Kinder allein großgezogen, mit ganz wenig Geld, und nie irgendeinen Dank dafür bekommen. Das war Liebe. Ihre Mutter würde es verstehen.

«Mum?»

Aber ihre Mutter sah sie nur kurz an.

«Sie haben nicht unrecht. Ist das denn wirklich gut für das Kind –»

«Du also auch, Mum?» Pat versagte die Stimme, fassungslos, das von ihrer Mutter zu hören. Sie schluckte trocken, stand auf und ging zur Tür. Die tiefe Stimme ihres Bruders dröhnte hinter ihr her: «Brauchst gar nicht wieder herzukommen, klar, Pat? Lass dich bloß nicht mehr hier blicken, hörst du? Und das Balg hat hier auch nichts verloren!»

Pat erstarrte.

Doch nicht vor Zorn, sondern weil ihr schmerzlich bewusst geworden war, dass sie ihre Mutter nicht mehr kannte. Sie zog die Tür wortlos hinter sich zu.

Sie überlegte, ob sie warten sollte, bis das junge Paar wieder ging. Oder ob das wieder nur einer von ihren Vorwänden war, nicht zu klingeln. Vielleicht würde sie das nächste Mal dann wieder in fünf, zehn, fünfzehn Jahren an dieser Stelle stehen. Aber so viel Zeit war ein Luxus, den sie sich nicht mehr leisten konnte. Ihre Mutter hatte so verändert ausgesehen, so viel älter als bei ihrer letzten Begegnung. Pat hatte sich ein paar graue Haare mehr vorgestellt, ein paar Pfund mehr – aber doch nicht diese Frau an der Tür, die sie an die Queen erinnerte!

Sie wusste, diesmal musste es anders sein. Sie konnte nicht

abermals fortlaufen, sondern würde hineingehen und sich dem stellen, wovor sie zweieinhalb Jahrzehnte lang fortgelaufen war. Die Situation hatte sich geändert, nicht nur, weil sie ihre Mutter kurz gesehen hatte, sondern auch, weil ihre eigene Tochter jetzt mit ihrer Vergangenheit konfrontiert war und sie als Mutter mit gutem Beispiel vorangehen sollte.

Sie wollte warten, bis die jungen Leute gegangen waren, aber eine Stunde verging, und die Tür hatte sich noch nicht wieder geöffnet. Der Regen, der mit leichtem Tröpfeln begonnen hatte, war zu einem Wolkenbruch geworden. Sie hatte keinen Schirm dabei. Sie musste hinein.

Sie klopfte einmal an die Tür, die sogleich von dem jungen Mann geöffnet wurde.

«Hallo», sagte sie. Wieder dachte Pat, dass er ihr vage bekannt vorkam.

«Hallo», sagte er mit einem freundlichen Lächeln.

«Könnte ich vielleicht –»

«Sie möchten zu meiner Großmutter?»

Großmutter?, dachte Pat. Sie musste sich kurz sammeln, ehe sie sagte: «Ja.»

«Kommen Sie rein», sagte er. Pat sah erstaunt, dass der alte Paisley-Teppich noch immer in der Diele lag, nur die graue Tapete mit Rautenmuster an den Wänden war neu. Absolut nicht der Stil ihrer Mutter, dachte sie. Aber was wusste sie schon darüber, wie sich der Geschmack ihrer Mutter verändert haben mochte? Pats Magen verkrampfte sich, als sie weiterging, und sie spürte das Heimweh und die Sehnsucht nach einer Zeit mit dem Duft frisch eingemachter Marmelade und dem Gezänk ihrer Geschwister. Ihre Familie hatte ihr gefehlt. Ihre Mum hatte ihr so gefehlt.

In der vertrauten Küche, wo die junge Frau mit dem Baby saß, fühlte sich Pat sofort wieder zu Hause, vor allem, da ihre

Mutter gerade gebückt vor dem Herd stand, um einen Kuchen aus dem Backofen zu holen.

«Wer war denn an der Tür?», fragte ihre Mutter. Pat bekam Angst, dass ihr vor Schock die heiße Kuchenform aus der Hand fallen würde, wenn sie sie sah. Um diese Gefahr zu vermeiden, reagierte sie schnell, ehe ihre Mutter die Hände in den Ofen stecken konnte.

«Mum?», sagte sie

Zwei Augenpaare richteten sich blitzartig auf Pat, während sich ihre Mum langsam aufrichtete, die Hände in Topfhandschuhen.

Einen Moment lang geschah nichts, dann drehte sich ihre Mutter um und sagte: «Was machst du denn hier?» Das war nicht gerade die Begrüßung, auf die Pat gehofft hatte. Aber es war zweifellos typisch für ihre Mum, und das machte sie überglücklich.

«Ich wollte dich besuchen ... Mum.»

Die Miene ihrer Mutter blieb unverändert, verriet nichts, während Pats Gefühle über ihr Gesicht huschten, als würden rasch hintereinander verschiedene Radiosender eingeschaltet.

«Das ist deine Tante Pat», sagte ihre Mutter schließlich zu dem jungen Mann.

Die junge Frau schlug die Hand vor den Mund. «Das gibt's nicht! Die, die mal ein Popstar war?»

«Genau die», sagte Pats Mutter, und einen kurzen Augenblick lang meinte Pat, so etwas wie Stolz im Gesicht ihrer Mutter zu erspähen.

«Wie schön, dass wir dich endlich mal kennenlernen», sagte der junge Mann und schüttelte ihr die Hand, und im selben Moment wusste Pat, dass er der Sohn ihres jüngsten Bruders war. Er sah genauso aus wie er in dem Alter. Er hatte auch die Augen von seinem Vater.

«Wir haben schon so viel von dir gehört, Pat», sagte die junge Frau begeistert.

«Nur Gutes, hoffe ich», sagte Pat automatisch.

«Aber ja. Gran spricht andauernd von dir!»

Pat musste lächeln. Ihre Mutter hatte von ihr gesprochen.

«Und das ist mein Kleiner, Tony. Tone, schau mal, begrüß deine … deine Großtante, nehme ich an.» Sie lachten alle drei, und Pats Mutter bückte sich wieder und holte nun doch den Kuchen aus dem Ofen. Einen großen Sandkuchen.

Die junge Familie verabschiedete sich nach einigen Stunden, in denen sie in Erinnerungen geschwelgt und sich gegenseitig Fotos auf ihren Handys gezeigt hatten. Außerdem hatte Pat erfahren, dass ihr zweitältester Bruder im Gefängnis saß und ihr Vater sich nie wieder gemeldet hatte.

«Es sind nette Kinder», sagte Pats Mutter. «Viel besser als die von deiner Schwester. Die lassen sich kaum bei mir blicken. Aber die Kinder von meinen Jungs sind schwer in Ordnung.»

Pat hätte am liebsten die Augen verdreht, weil ihr klar wurde, dass ihre Mutter die Söhne offenbar noch immer bevorzugte. *Meine Jungs*.

Bei der nächsten Kanne Tee machte sich Pat klar, dass es schön gewesen war, mit ihrem Neffen zu plaudern, aber jetzt war sie mit ihrer Mutter allein, und sie wollte mehr. Keine Umarmung, das war nun einmal nicht die Art ihrer Mutter. Nein, Pat wollte mit ihrer Mutter über Lara sprechen. Sie wollte ihr von ihr erzählen, einfach irgendetwas berichten, denn in den letzten siebenundzwanzig Jahren hatte dieses kleine Mädchen den größten Raum in Pats Leben eingenommen.

Dann fiel ihr ein, dass in ihrem Portemonnaie ein altes Foto von Lara steckte, auf dem sie Barrys Hand hielt. Sie und Maria hatten das Mädchen förmlich zu der Pose gezwungen. Sie wussten damals, dass sich Lara wahrscheinlich nie wieder zu so etwas überreden lassen würde, weil sie schon fast zwölf war und mit Riesenschritten auf die Pubertät zusteuerte.

«Auf dem hier ist Lara elf.» Pat sah aufmerksam zu, wie ihre Mutter das Bild betrachtete. Und wartete.

«Nettes Foto. Sie ist hübsch», sagte sie und gab es ihr zurück. Pat war leicht enttäuscht von der Reaktion, aber es war immerhin etwas, ein Anfang. Sie musste behutsam vorgehen. Es war so viel Zeit vergangen.

Sie sprachen über die anderen Mitglieder der Familie, aßen noch mehr Kuchen, und dann verabschiedete sich Pat. Sie hatte vor, ihre Mutter bald wieder zu besuchen, und hoffte, ihr vielleicht irgendwann die Enkeltochter vorstellen zu können.

Kapitel 24

Lara

Jetzt

Lara war für jede Ablenkung dankbar, ganz gleich wie banal, während sie gedankenverloren im Büro vor ihrem Computer saß. Im Augenblick beobachtete sie fasziniert die kleine Spinne, die die Wand hochkrabbelte. Der zarte Körper hatte ein Viertel des Weges geschafft und noch eine gewaltige Strecke vor sich, ohne irgendeine rettende Oase zwischendurch – nichts als eine endlose, mit Dulux-Farbe gestrichene Weite. Früher hatte sie das Gefühl gehabt, dass ihre eigene Reise dahin, ihr echtes Selbst zu finden, mühselig geworden war.

Bis sie ihre Großmutter kennenlernte.

Zwar durchdrangen sie noch immer alle möglichen Fragen, aber dank dieser alten Frau, die gebückt ging, einen Krückstock jedoch strikt ablehnte, sammelten sich jetzt auch immer mehr Antworten an, von denen manche allerdings gleich wieder neue Fragen aufwarfen. Zum Beispiel dachte sie jetzt darüber nach, was aus ihr wohl geworden wäre, wenn ihr Lebensweg damals anders verlaufen wäre und sie in Nigeria bei Yomi und ihrem Vater, dem mächtigen Chief, aufgewachsen wäre. Dieses Detail ließ sie schmunzeln. Dass sie, Lara Reid aus Essex, Tochter eines Chiefs war, eines Häuptlings! Sie stellte sich beispielsweise vor, wie sie wohl in einem gefiederten Kleid aussähe, ein Leopardenfell um die Schultern gewickelt, Phantasien, die ausschließlich auf dem alten Eddie-Murphy-

Film *Der Prinz von Zamunda* beruhten. War ihr Königreich genauso bunt und zauberhaft gewesen? Und sie selbst? Was für eine Persönlichkeit hätte sie gehabt, was für Ziele, welchen Modegeschmack?

Sie strich sich geistesabwesend durchs Gesicht. Selbst wenn dieser Häuptling von Lagos noch am Leben wäre, hätte er sich wahrscheinlich nicht sonderlich für sie interessiert, dachte sie, denn laut Granny war Lara bloß eines von vielen Kindern, die er gezeugt hatte. Er hatte zahlreiche Frauen geheiratet, und wie sie auf der Internetseite über polygame Ehen in Nigeria gelesen hatte, war die erste Frau immer die wichtigste. Soviel sie wusste, war Yomi Nummer drei oder vier oder fünf gewesen. Dennoch, immerhin hätte Lara fließend Yoruba und Englisch gesprochen, und irgendwelche Hip-Hop-Ausdrücke hätten nie den Weg in ihren Wortschatz gefunden. Sie hätte nigerianische Sitten gelernt, wie zum Beispiel, dass man sich vor Älteren verneigt, und eine gute Pepesuppe hätte sie garantiert wie im Schlaf kochen können. An manchen Tagen hätte sie wahrscheinlich Umhang und *buba* getragen und dazu ein Kopftuch. Andererseits hätte sie ihre Familie – Brian, Agnes, Rob, Keely, Jason, Annie –, Sandi und auch Kieron von nebenan niemals kennengelernt.

Und auch nicht Pat und Barry.

Und dass ihre Eltern ihr genauso fremd gewesen wären wie jetzt Yomi und der Häuptling, war für sie einfach unvorstellbar, ja, ein so erschreckender Gedanke, dass sie erst tief Luft holen musste, ehe sie auf Jeans Klopfen reagierte.

«Lara, es geht um meine Mutter. Sie ist schon länger krank, und jetzt hat sich ihr Zustand verschlechtert. Ich muss nach Hause, nach Frankreich», sagte Jean.

«Selbstverständlich, Jean», sagte sie, ging zu ihm und legte ihm tröstend eine Hand auf die Schulter. Er hob die Hände vors

Gesicht, rieb sich so fest über die Wangen, dass sie sich rosig färbten. Er sah aus, als hätte er seit Tagen nicht mehr geschlafen.

«Ich bleib heute noch bis Feierabend, aber dann muss ich fahren. Ich weiß nicht mal genau, wann ich zurückkommen kann.»

«Nein, mach sofort Schluss. Fahr in deine Wohnung, pack deine Sachen und grüß deine Mum von mir.»

«Danke, Lara. Tut mir echt leid, dass ich dich jetzt hier hängenlasse.»

«Sei nicht albern. Kümmere dich um sie. Das ist jetzt das Wichtigste.»

Jean sah sie an und sagte mit einem offenen Lächeln: «Man hat eben nur eine Mum, was?»

Nachdem sie sich von Jean verabschiedet hatte, machte sich Lara daran, an dem Werbetext für neue Angebote zu feilen, die ins Netz gestellt werden sollten. Sie hatte gehofft, mit Jean, der für sie unentbehrlicher war, als sie zugeben wollte, jedes neue Accessoire durchgehen und die Präsentation mit ihm besprechen zu können. Aber jetzt hatte sie plötzlich doppelt so viel Arbeit.

Sie rief die Zeitarbeitsfirma an, und dann rief sie ihre Mum an, weil sie das Bedürfnis hatte, ihre Stimme zu hören, erst recht nach dem, was Jean gerade durchmachte.

«Ich kann dir helfen, wenn du möchtest.»

«Aber nein, Mum. Ich schaff das schon.»

«Damals, als ich noch gesungen habe, war ich ziemlich gut darin, Outfits zusammenzustellen. Ich hatte keine Stylistin wie die jungen Stars heutzutage. Dein Dad und ich waren ein Team, und sonst gab es niemanden.»

«Phil noch!», sagte Lara.

«Stimmt, manchmal auch Phil.»

Mum sprach kaum noch über ihre Zeit als Popstar, und obwohl Lara furchtbar gern mehr darüber gehört hätte, musste sie sich dringend an die Arbeit machen.

«Tut mir leid, Mum, ich muss jetzt Schluss machen», sagte sie schuldbewusst.

«Okay, Schätzchen, aber denk dran, mein Angebot steht.»

Am nächsten Morgen kam Jeans Vertretung von der Zeitarbeitsfirma. Vor Lara lag ein hektischer Tag, aber aus irgendeinem Grund verharrte ihr Stift über einem Vertrag, unschlüssig, wie sie ihn unterschreiben sollte. Es war ein absurder, irrationaler Moment, der sie wie aus dem Nichts überfiel.

Lara Reid oder Omolara Ogunlade?

Ihr Bürotelefon summte.

«Ms Reid?»

«Cally, bitte nennen Sie mich Lara.» Oder Omolara, dachte sie.

«Ihr Vater ist hier und möchte Sie sprechen.»

Ein alarmiertes Prickeln durchlief sie, als die Tür aufging.

«Was machst du denn hier?», fragte sie erstaunt, froh und erleichtert, als sie sah, dass es nicht noch eine Figur aus ihrer fernen Vergangenheit war – vielleicht ein untoter Häuptling, der mit seiner leopardenfell- und federgeschmückten Entourage zu ihr ins Büro stürmte. Sie war anscheinend dabei, den Verstand zu verlieren.

«Ich werde doch wohl noch mein kleines Mädchen besuchen dürfen, oder?»

«Hat Mum dich entwischen lassen?»

«So ungefähr.»

Sie umarmten sich herzlich.

«Tut mir leid, dass ich euch schon länger nicht besucht habe. Bin keine besonders gute Tochter, was?»

«So was darfst du nicht sagen, Laralina-Liebes. Du bist die beste Tochter, die sich ein Vater nur wünschen kann.»

Dad sah ein bisschen angespannt aus, offensichtlich lag ihm irgendetwas auf der Seele. Er war bisher nur ein einziges Mal zu ihr in die Firma gekommen und zwar nach ihrer ersten Arbeitswoche, als sie ihre Eltern eingeladen hatte, sich doch mal ihr todschickes Büro anzusehen. Dad hatte spontan eine kleine Rede gehalten und mit den Tränen gekämpft, während er sich mit zitternder Stimme darüber ausließ, wie stolz er auf sie war, woraufhin Mum ihn mit einem Pfefferminz beruhigte und rief: «Du bist so ein Softie!»

«Setz dich, Dad. Ich sag Cally, sie soll uns einen Tee bringen», sagte Lara.

«Nein, schon gut, Liebes. Ich muss dir erst etwas sagen. Es ist wichtig, und du solltest dich lieber hinsetzen.»

«Dad, worum geht's?»

«Lass mich vorab deutlich machen, dass ich für dich immer nur das Beste gewollt habe.»

«Dad, du machst mir Angst. Ist alles in Ordnung mit dir?»

«Vergiss das bitte nicht, wenn ich dir sage, dass es mir leidtut, aufrichtig leidtut –»

«Was tut dir leid? Dad, du redest wirr!»

«Das, was ich vor langer Zeit getan habe. An dem Tag … dem Tag, als du deinen zehnten Geburtstag gefeiert hast. Erinnerst du dich daran?»

Sie hatte den Tag nie vergessen. Das gepunktete Kleid. Wie sie auf dem Bett saß und gegen die Müdigkeit ankämpfte, weil sie auf ihren Ehrengast wartete. Die anschließende Nacht voller Trauer und Schmerz und dem Gefühl, abgelehnt worden zu sein.

«Ich erinnere mich vage, Dad.»

Er sprach weiter. «An dem Abend hab ich dich angelogen,

Lara. Ich hab gesagt, ich hätte mich mit Yomi in Verbindung gesetzt und sie würde kommen. Aber das stimmte gar nicht ... Ich hab dir vorgemacht, sie sei unterwegs, obwohl das nicht der Fall war. Sie wusste von nichts, Liebes. Damals nicht und auch danach nicht.»

Dad sah sie ängstlich an, wie ein unartiges Kind, das auf seine Strafe wartete.

«Ich ... ich glaube, ich verstehe nicht ganz, Dad.»

«Ich habe gelogen, Lara.»

Dad hatte im Hinblick auf Yomi gelogen.

Lara nickte, konnte nicht klar denken, konnte nicht begreifen, was Dad ihr da erzählte. «Ist schon gut, Dad. Ich ... Mach dir deswegen keine Gedanken ... Das ist unwichtig und lange her. Ich hab schon ewig nicht mehr daran gedacht.» Sie wandte das Gesicht ab, und ihre Augen weiteten sich fassungslos, als die Wahrheit ihr allmählich ins Bewusstsein drang.

Dad hat gelogen?

Aber es war wirklich nicht weiter schlimm. Es änderte nichts. Es war nun einmal Fakt, dass Yomi sie vor fast dreißig Jahren in dem Heim für mutterlose Kinder abgegeben hatte. Daran gab es nichts zu deuteln. Fakten waren und blieben nun mal Fakten.

«Danke, dass du es mir gesagt hast, Dad. Mach dir keine Sorgen. Wirklich. Im Grunde hab ich das immer gewusst.»

«Es tut mir so leid, Liebes. Wie ... wie fühlst du dich?»

Ganz ehrlich, Lara wusste nicht, wie sie sich fühlte. Vielleicht ein bisschen geschockt und verunsichert. Aber sie hielt sich einfach stur an die Fakten: Yomi hatte sie in dem Heim für mutterlose Kinder abgegeben und es all die Jahre über nie für nötig gehalten, sich bei ihr zu melden.

«Weißt du was, Dad? Ich lade dich jetzt zum Lunch ein, okay?», sagte sie mit einem Lächeln.

«Ich bin noch nicht fertig, Laralina-Liebes.»

«Dad, ist schon gut. Wir ... ich komme schon klar ... Es ist gut.»

«Bitte, hör mir zu. Ich bin noch nicht fertig.»

Ach, wie sehr wünschte sie, er wäre fertig gewesen! Wie sehr wünschte sie, seine Beichte wäre an dem Punkt zu Ende gewesen und sie wären Arm in Arm zu der Sportbar gegangen, die erst letztes Jahr neben Waterstone aufgemacht hatte. Als Lara das erste Mal dort war, wusste sie gleich, dass auch Dad sich in dieser Bar wohl fühlen würde. An sämtlichen Wänden hingen Plasmafernseher, die über Sportereignisse rund um den Globus berichteten – Tennis, Fußball, Hockey –, und Männer diskutierten die Abseitsregel und Gott weiß was. Sie hatte sich Dad vor einem Teller mit dem größten Steak und Kartoffelecken vorgestellt. Hatte sich vorgestellt, wie sie ihren guten alten Dad liebevoll anschauen und Kartoffelecken von ihm stibitzen würde, während sie ihren griechischen Bauernsalat aß, obwohl sie wusste, dass er ihr sowieso welche abgeben würde, weil er nun mal Dad war. Ihr Dad, der beste Vater auf der ganzen Welt.

Wie sehr wünschte sie, sie wären einfach in diese dämliche Sportbar gegangen.

Stattdessen saß Dad vor ihr im Büro und erzählte ihr, dass er sie jahrelang angelogen hatte. Yomi hatte nämlich dreimal versucht, Kontakt zu Lara aufzunehmen, brieflich, bis sie schließlich aufgab, als Lara neun war, ein Jahr vor besagter Party zu ihrem zehnten Geburtstag.

«Wa... warum ...?», fragte Lara heiser. Ihre Kehle fühlte sich an wie aus Schmirgelpapier, und sie war nicht in der Lage, ihn anzusehen.

«Ich weiß es nicht», antwortete er.

«Du musst es wissen.»

«Es ist, wie ich schon gesagt habe. Du gehörst zu uns. Wir lieben dich. Ich habe dich immer schon so sehr geliebt. Ich hätte es nicht ertragen, wenn irgendwer dich uns weggenommen hätte. Nach allem, was du durchgemacht hattest. Du fühltest dich wohl in der Schule, hattest Freundinnen gefunden, du warst und bist eine Reid. Ich wollte mir meine kleine Laralina von niemandem wegnehmen lassen. Niemals!»

Dads Gesicht lief vor Erregung rot an. So erlebte sie ihn nur selten. Andererseits erfuhr sie auch nur selten solche dramatischen Dinge.

«Wo sind die Briefe jetzt, Dad?», fragte sie eindringlich. Das Bedürfnis, die Beweise zu sehen, war so groß, dass sie das ganze Haus auf den Kopf stellen würde, um sie zu finden. In den Händen zu halten. Sie zu lesen. *Ihre Briefe*. Das durfte alles nicht wahr sein. Ihr Daddy machte so was nicht. Er war ihr Held. Der erste Mann, den sie je geliebt hatte. Warum sagte er so etwas? *Wer war er?*

«Die Briefe sind nicht mehr da, Liebes.»

«Du hast sie vernichtet?» Lara kniff ungläubig die Augen zusammen, fragte sich, ob noch mehr Schläge auf sie warteten. Wann sie wieder klar würde denken können, ohne alles durch den Schleier ihrer wachsenden Verwirrung zu sehen.

«Ich wollte nicht, dass du sie findest, deshalb habe ich sie zurückgeschickt. Zurück an die Absenderin.»

Lara saß in ihrem Büro mit einem siebzigjährigen Mann, dessen feuchte Augen um Vergebung flehten. Sie wusste, es wäre nicht gut, ihm Vorwürfe zu machen, aber sie wollte es. O ja, sie wollte es! Sie wollte schreien, ihn anbrüllen, ihn nach dem Grund fragen. *Warum hast du das getan?*

Ihr zitterten die Hände.

«Dad, ich hab in zehn Minuten ein Meeting», log sie.

«Ich dachte, wir würden zusammen zum Lunch gehen. Ausführlicher darüber reden.»

«Ich kann nicht», antwortete sie roboterartig.

Dad sagte etwas, aber sie hörte nicht zu.

Es war offensichtlich, dass er litt, aber Lara besaß nicht die Kraft, ihn zu umarmen oder ihm irgendetwas Beruhigendes zu sagen. Sie spürte nur, wie eine jähe, ungeahnte Wut sie erfasste.

«Dad?»

«Ja ... Liebes?»

«Bitte, geh jetzt.» Sie sagte das ruhig und mit aller Beherrschung, die sie aufbringen konnte.

«Aber, Lara ... Ich ... Ich hab das gemacht, um dich zu schützen! Dafür sind Eltern da.»

«Nein, du hast es gemacht, um *dich* zu schützen.»

«Lara –»

«Dad, bitte, geh einfach!», schrie sie wütend, die Hände zu Fäusten geballt, ihr Verstand bloß noch ein roter, dichter Nebel. Dad sprang abrupt auf, stieß sich ein Bein am Tisch, murmelte etwas, das sie nicht verstand. Er fasste sie am Arm, und sie starrte auf seine Hand. Ihr ganzer Körper hatte sich unter seiner Berührung verkrampft.

«Laralina? Liebes?»

Sie sah ihn an und kannte ihn nicht mehr. Er war wie ein Fremder, der völlig grundlos hereingeplatzt war.

«Lara?»

«Geh jetzt, Dad.»

Und auf einmal war sie wieder allein. Sie brauchte Tyler. Sie brauchte Sandi. Sie brauchte niemanden. Ihr Atem kam keuchend, und sie beugte sich über den Schreibtisch, ihr Körper plötzlich völlig kraftlos. Übelkeit stieg in ihr auf. Sie zitterte noch immer, weigerte sich, auch nur eine Träne zu vergießen, aufgestaute Emotionen, die kein Ventil fanden. Sie hatte keine Ahnung, was sie machen sollte, wen sie anrufen könnte. Und selbst wenn sie jemanden anrief, was sollte sie sagen? Dass ihre Vergangenheit innerhalb von einer Viertelstunde völlig neu geschrieben worden war?

Was sollte sie sagen?

Kapitel 25

Lara brauchte eine Weile, um ihre Gedanken zu sortieren und auch nur die Fähigkeit wiederzufinden, einen Fuß vor den anderen zu setzen. Aber als es so weit war, wurde sie von dem Bedürfnis durchströmt, jemanden ganz Bestimmtes zu sehen. Mit ihr zu reden, ihr alles zu erzählen, sich vielleicht sogar von ihr trösten zu lassen. Der Drang war so stark, dass ihr erst, als sie vor der Tür des kleinen Hauses stand, klarwurde, was für ein wichtiger Wendepunkt das sein würde.

«Hallo, Tante», sagte Stella, die die Tür öffnete. Als sich Lara neben ihre Großmutter setzte, war Stella schon unterwegs, um ein Tablett mit Keksen und zwei dampfende Teetassen zu holen, auf denen der Union Jack prangte.

«Danke, Stella», sagte Lara und nahm sich eine Tasse, während Granny nach einem Keks griff.

«Das Einzige, was es in diesem Land gibt, ist Tee. Immer nur Tee», sagte Granny schmunzelnd. «Und jetzt erzähl mir, was dir auf der Seele brennt.»

«Woran hast du das gemerkt?»

«Ah, du bist eine Ogunlade, aber auch eine Komolafe. Dein Großvater Soji, möge er in Frieden ruhen, hat immer das Gleiche gemacht wie du, wenn er mir etwas erzählen wollte, wovon er wusste, dass ich mich anschließend fragen würde, warum ich nicht Solomon Ajayi geheiratet hatte.»

«Wer ist Solomon Ajayi?»

«Einer von den Bewerbern um meine Hand. Er war ein gutaussehender Mann, aber nicht wie mein Soji, der frisch und fröhlich war. Solomon war wie ein alter Mann, der gelebt und gelitten hat.»

«Und wie ging es dann weiter?»

«Soji kam aus einer guten Familie, aber Solomon … nun ja, Solomon war ein bisschen schlecht geraten, immer auf den Straßen unterwegs, um sein Brot zu verdienen. Mama meinte, er würde mir Unglück bringen. Und sie hatte recht. Soji war für mich …»

Granny verstummte gedankenverloren, und Lara wartete, bis sie in die Gegenwart zurückkehrte.

«Das ist lange her. Du hast dir vorhin an der Nase gekratzt wie deine Mutter und ihr Vater. Du möchtest irgendetwas mit mir besprechen, mein Kind.»

«Stella, mehr Tee, bitte!», rief Granny zehn Minuten später, ehe sie sich wieder Lara zuwandte.

«Granny, ich dachte, du würdest wütend werden.»

«Meinen Zorn hat meine Tochter erlebt, vor langer Zeit. Aber ich bin eine alte Frau, ich weiß, dass wir die Vergangenheit nicht ändern können. Ah, ah, Stella, wo bleibt mein Tee?! Ich habe dich jetzt, und das ist meine Freude.»

«Aber die Briefe …», sagte Lara.

«Kind, du weißt nicht, was passiert wäre, wenn du diese Briefe bekommen hättest», sagte Granny sachlich. «Wir können nicht sehen, was gewesen wäre.»

«Das verstehe ich, Granny, aber –»

«Ich glaube, du verstehst das nicht. Du denkst, dein Leben wäre *so* gewesen. Oder *so*. Aber du weißt es einfach nicht.»

Granny legte eine Hand auf Laras angespannten Arm. «Wenn ich *ẹbà* koche und eine gute Suppe und gutes Fleisch, und du isst das alles – wie willst du wissen, dass die gleiche Mahlzeit genauso schmackhaft wäre, wenn Yomi sie gekocht hätte?»

«Ich verstehe nicht, Granny», antwortete Lara und schüttelte ratlos den Kopf.

«Hast du dir schon mal überlegt, dass dein Leben nicht so schmackhaft wäre, wie es jetzt ist, wenn du bei uns geblieben wärst?»

Lara sah sie zweifelnd an.

«Vielleicht wärst du jetzt mit Tunge Ogisaye verheiratet und würdest auf der Iju Road Pepe verkaufen. Du würdest nie in so einem Auto fahren, wie du eins hast, nein, du würdest schwere Lasten auf dem Kopf tragen. Du bist eine kluge Frau. Ein heller Kopf.»

«Du übertreibst, Granny. Mein Notendurchschnitt war bloß 2,2», antwortete Lara scherzhaft, um die Stimmung aufzuhellen.

«Mrs Apampas Enkeltochter hat die Schule gar nicht zu Ende gemacht! Jedenfalls, ich will damit Folgendes sagen: Ich weiß, du denkst darüber nach, wie dein Leben hätte sein können, wenn du bei uns geblieben wärst oder wenn dein Daddy die Briefe nicht abgefangen hätte. Aber ich sage es noch einmal: Sieh hin!» Sie zeigte auf ihre Augen. «Sieh richtig hin und schau dir das Leben an, das du führst, ah? Hier in England. Dein Leben ist ein gutes Leben, und dafür solltest du dankbar sein, anstatt darüber nachzudenken, was deiner Meinung nach hätte sein können. Denn genau wie der Aal im Wasser, der, kurz bevor er gefangen wird, noch munter herumschwimmt, wirst du nie wissen, was gewesen wäre, wenn. Diese Augenblicke sind dahin. Wie so viele andere Dinge musst du sie und die Gedanken daran loslassen. Das Einzige, was für dich zählen sollte, ist, dass es Yomi wichtig war, Verbindung zu dir aufzunehmen.»

«Es war ihr wichtig ...», stammelte Lara. Den Rest des Satzes brachte sie nicht heraus. «Was ist mit Dad?»

«Was soll mit ihm sein?»

«Ich habe ihm vertraut, Gran.»

«Und schon wiederholst du dich, Kind. Lass den Unwillen los. Er erfüllt keinen Zweck in deinem Leben! Du legst dir nur selbst Fesseln an, dabei solltest du darauf achten, was gut ist, und –»

«Nach vorn schauen. Ich weiß, Granny. Aber mein Dad ... er hat mich und Mum angelogen. Er hat mich in dem Glauben gelassen ...»

«Wirst du ihm verzeihen?»

«Im Augenblick kann ich das nicht, das hab ich auch Mum gesagt.»

«Dann verzeih erst einmal jemand anderem. Ich denke, Yomi hat lange genug gewartet. Du musst sie kennenlernen. Mehr über sie erfahren. Es gibt ein altes afrikanisches Sprichwort: ‹Wenn du die Güte eines Menschen nicht siehst, warum solltе dich dann seine Traurigkeit rühren?›»

Lara lehnte sich auf dem Sofa zurück und atmete einmal pustend aus. «Ich weiß, Gran.» Und das stimmte. Ihr Zorn auf Dad und seine Enthüllung hatte ihre Wut auf Yomi deutlich abkühlen lassen. Lara wollte sie jetzt gern kennenlernen, ihr eine Chance geben. Vielleicht war sie doch nicht nur hinter ihrem Geld her. Aber sie wusste nicht, wie sie es anstellen sollte. Und deshalb wandte sie sich an Granny. «Irgendwelche Vorschläge?»

«Du und meine Tochter, ihr seid euch in so vielen Dingen ähnlich. Genau wie du ist sie, wie sagt man ... still? Einsam?»

«Ich glaube, ich weiß, was du meinst.»

«Aber das Licht in deinen Augen, es leuchtet, wenn du bei der Arbeit bist.»

Plötzlich wurde Lara verlegen.

«Es gibt nicht viele Menschen, die sagen können, dass sie ihre Arbeit lieben. Der Arbeitsplatz ist der Ort, an dem du die meiste Zeit verbringst, also ist es doch gut so! Was ich damit sagen will, ist: Auch meine Yomi hat Dinge, die sie glücklich aussehen lassen. Früher hat sie gern Bücher gelesen, aber das tut sie nicht mehr. Dabei hat es ihr so viel Freude gemacht. Sie hat auch gern gekocht. Bevor sie geheiratet hat, konnte sie fast besser Suppe kochen als ich. Ah, das bringt mich auf eine Idee ...»

Lara brachte es nicht übers Herz, Granny zu gestehen, dass Kochen noch nie ihre Stärke gewesen war. Sie war einfach nur froh, irgendwas tun zu können, um das Eis zwischen ihr und Yomi zu brechen. Außerdem, ihrer Großmutter etwas abzuschlagen, schaffte vermutlich niemand!

Und so kam es, dass Lara auf einmal dabei war, ihrer Granny eine Schürze umzubinden, während Yomi Laras kaum gebrauchtes orangefarbenes Schneidbrett auf die Arbeitsplatte legte. Lara würfelte Zwiebeln, Tomaten und Paprika, und Yomi gab sie in den Retro-Mixer, den Lara nur ein einziges Mal benutzt hatte, um sich einen Smoothie zu machen, ehe sie die Saftbar gleich um die Ecke entdeckte.

Granny hielt ein Hähnchen unter fließendes Wasser und zerlegte es. «Die paar Zwiebeln werden nicht reichen!», sagte sie im Kommandoton. Lara schälte noch eine Zwiebel, und als sie anfangen wollte, sie zu würfeln, schnitt sie sich in den Finger.

«Autsch!», rief sie, und ein Blutstropfen quoll aus der Wunde.

«Komm her», sagte Yomi und zog sie fürsorglich zur Spüle. Laras erster Impuls war, sich ihrem Griff zu entwinden, stattdessen entspannte sie sich zum ersten Mal in Yomis Gegenwart und ließ die Schultern sinken, während das kalte Leitungswasser ihr über den blutenden Finger lief. Lara zeigte auf einen kleinen grünen Erste-Hilfe-Kasten oben auf dem Geschirrschrank.

Yomi zog konzentriert die Stirn kraus, während sie behutsam das Pflaster um Laras Finger wickelte.

«Ist das gut so, Omolara? Meinst du, es hält?»

«Ja ja, danke.» Lara versuchte halbherzig, die Hand fortzuziehen, aber Yomi hielt sie weiter fest, streichelte über den Fingernagel, als sähe sie ihn zum ersten Mal.

«Nun macht schon!», sagte Granny, bückte sich und holte eine große Pfanne unten aus dem Schrank. «Wir müssen das Fleisch anbraten. Los, los, worauf wartest du, Frau?»

Lara und Yomi kicherten kurz, und Lara befreite ihre Hand aus Yomis Griff, behutsam, um sie nicht zu kränken. Sie genoss die Situation, mit diesen beiden Menschen zusammen zu sein, die sie bis vor wenigen Wochen noch gar nicht kannte.

Der Reis war wunderbar weiß und locker, und der tiefrote Eintopf dampfte in einer großen Schüssel auf Laras selten benutztem Esstisch. Alle drei waren mächtig stolz auf das, was sie gemeinsam zustande gebracht hatten.

«Ich hätte nie gedacht, dass ich das mal erleben würde. Drei Generationen von Komolafe-Frauen kochen gemeinsam in London ein Festessen. Es ist mir eine große Freude und Ehre.» Granny schlang einen Arm um Laras Taille. «Du bist mein Liebling, weißt du das? Ich habe viele Enkelkinder, an denen mein Herz hängt, aber an keinem so wie an dir. Söhne können viele Kinder zeugen, aber das Kind einer Tochter – das ist mit nichts zu vergleichen.»

Lara zitterte vor Rührung, als sie das hörte. Als Teil der Familie Komolafe betrachtet zu werden tat ihr unglaublich gut. Gehörte sie tatsächlich dazu? War sie tatsächlich gewollt?

«Mir tränen die Augen vom Zwiebelschneiden», sagte Lara rasch und hastete ins Bad, obwohl sie wusste, dass Granny ihre Tränen längst bemerkt hatte.

Sie aßen mit kräftigem Appetit, und sie unterhielten sich ein wenig – Smalltalk, zugegeben, aber es war immerhin ein Gespräch. Granny entfernte sich diskret vom Esstisch und machte es sich auf dem Sofa bequem. Sie beteuerte, den – nach Soji – schönsten, knackigsten Mann in einem seiner Werbespots bewundern zu wollen. Somit blieben Lara und Yomi allein am Tisch. Und das war schön. Richtig schön.

Später, Granny war längst auf dem Sofa eingenickt, packte Yomi Handy und Lippenstift in ihre Tasche.

«Wir müssen allmählich zurück. Es wird spät und ein bisschen kühl für Mama.»

«Sie sieht so friedlich auf dem Sofa aus ... bleibt doch einfach bis morgen. Oder warum nicht gleich für ein paar Tage? Es spricht doch nichts dagegen.»

«Das wäre wunderbar! Aber wo sollen wir schlafen?»

«Granny kann mein Bett nehmen, und für dich hab ich eine sehr gute Luftmatratze.»

«Und du?»

«Ich schlafe einfach auf der Couch.»

«Hier unten, bei mir?», fragte Yomi.

«Ja, hier unten bei dir ... Falls du nichts dagegen hast.»

Lara brachte Granny ins Bett.

«Träum schön», sagte sie zu ihrer Großmutter, die mit einem breiten Lächeln dalag, wie ein spitzbübisches Kind. Lara gab ihr einen Kuss auf die Stirn und ging hinunter zu Yomi, die vor dem Fernseher saß und sich eine Wiederholung von *Real Housewives* anschaute.

«Das ist eine tolle Sendung», sagte sie.

«Ich seh nicht viel fern», sagte Lara.

«Weil du so viel arbeitest?»

«Wahrscheinlich ...» Und schlagartig musste Lara daran denken, was für ein Berg Arbeit auf sie wartete. Das Layout für die neuen Accessoires musste dringend entwickelt werden, aber nach der Bombe, die Dad hatte platzen lassen, war sie dafür viel zu abgelenkt gewesen.

«Ich habe versucht, Kontakt zu dir aufzunehmen, weißt du», sagte Yomi völlig unvermittelt, als das Licht aus war und sich Lara auf die Couch legte. Sie konnte Yomi im Dunkeln nicht sehen.

«Ich weiß», antwortete Lara und hätte gern gewusst, ob Yomis Mund jetzt vor Überraschung aufklappte. «Ich hab es gerade erst erfahren.»

«Deine Großmutter hat's mir erzählt.»

Natürlich, Granny fackelte nie lange. Andererseits waren seitdem ja auch schon zwei Tage vergangen.

«Also dann, gute Nacht. Schlaf gut», sagte Lara schnell, einerseits, weil sie nach dem aufwühlenden Tag einfach zu erschöpft war, andererseits aber auch, weil sie das gute Gefühl der letzten paar Stunden nicht gefährden wollte. Natürlich hätte sie furchtbar gern gehört, was Yomi noch zu sagen hatte, aber sie musste sich erst seelisch darauf vorbereiten, was sie erfahren würde – sei es nun gut oder schlecht. Und im Augenblick wollte sie nur das schöne Gefühl genießen, mit Yomi und ihrer Großmutter zusammen zu sein.

Ein Schritt nach dem anderen.

Am nächsten Morgen beschloss Lara, Granny *ihr* Land zu zeigen. Herrenhäuser und Pferde, «die Kleider anhatten», waren schön und gut, aber Granny wollte unbedingt sehen, wo sich Laras Leben sonst noch in den letzten siebenundzwanzig Jahren abgespielt hatte. Und so stiegen Granny und Lara, während Yomi in der Wohnung blieb und sich hingerissen eine Folge von *Glee* anschaute, in Laras Sportwagen und brausten Richtung Essex, wobei sie miteinander plauderten wie gute alte Freundinnen. Lara erfuhr ständig neue Einzelheiten über ihr Geburtsland, die sie sich einprägte, um später genauer darüber nachzudenken: afrikanische Sprichwörter, Geschichten aus Grannys Jugend, etliche Erzählungen über die Rivalität zwischen ihnen und den Apampas von gegenüber, Großvater Soji, Hausmädchen, Umhänge, *bubas*, *ileke-idi*, Kokosnusspalmen, Maniokstraucher, das Adi-Brettspiel, das im Schatten einer Palme gespielt wurde, frische Maiskolben. Als sie Essex erreichten, hatte Lara einen Crashkurs in nigerianischer Kultur und Geschichte hinter sich, und jetzt war Granny an der Reihe.

Lara fuhr erst langsam an ihrer alten Grundschule und dann an der höheren Schule vorbei, die sie besucht hatte, anschließend an der Stelle, wo mal ihr College gewesen war und jetzt ein Apartmenthaus mit Luxuswohnungen stand. Während der Fahrt schilderte sie Granny ihre Schulzeit, wobei sie allerdings die Hänseleien durch ihre Mitschüler wegließ.

Als sie an ihrem Elternhaus vorbeikamen, verspürte Lara keinerlei Verlangen, auf eine Tasse Tee hineinzugehen, weil einfach zu viel passiert war und sie noch nicht wieder mit Dad reden konnte. Mum hatte angerufen, und Lara hatte gesagt, es ginge ihr gut und es hätte sich nichts geändert. Zwei große Lügen, weil sich nämlich alles geändert hatte.

«Du hast was weggelassen», sagte Granny, als sie wieder Richtung Schnellstraße fuhren.

«Ich denke, ich hab dir so ziemlich alles gezeigt. Die wichtigsten Orte meiner Kindheit.»

«Aber nicht dein Zuhause.»

«Mum und Dad sind nicht da», log sie.

«Das ist egal. Du hast doch bestimmt einen Schlüssel. Ich möchte sehen, wo meine Enkeltochter so viele Jahre gelebt hat. Das ist mir sehr wichtig.»

Lara schielte rasch zu ihr hinüber, und natürlich: Granny machte «das mit den Lippen» .

«Wir sind doch noch lange nicht fertig, Gran. Du hast meine beste Freundin noch nicht kennengelernt, und meinen –»

Die Unterlippe wurde wieder eingezogen. «Deinen Verlobten?»

«Verlobten?»

«Den Mann, mit dem du zusammen bist. Was soll das Ganze, wenn ihr nicht eines Tages heiratet? Also ist er dein Verlobter. Werde ich ihn kennenlernen?»

«Er ist geschäftlich verreist», log Lara schon wieder. Seit dem Abend, als Tyler gesagt hatte, es wäre aus zwischen ihnen, hatte sie nichts mehr von ihm gehört. Doch da in den letzten Tagen so viel passiert war, hatte sie das dringende Bedürfnis, sich bei ihm zu melden.

«Okay, dann lerne ich ihn eben später kennen», sagte Granny skeptisch, während sich Lara die juckende Nase kratzte.

Granny legte ein kurzes Nickerchen ein, und Lara rief Sandi über die Freisprechanlage an.

«Willst du mit deiner Großmutter zu mir kommen?», fragte Sandi.

«Nee. Lieber treffen wir uns auf Tee und Kuchen im Cupcake House. Sorry!»

«Kein Problem. Klingt doch gut. Außerdem bin ich wirklich gespannt darauf, deine ‹andere› Familie kennenzulernen.»

«Ehrlich?», fragte Lara leicht verwundert.

«Na klar! Ich bin richtig neidisch auf dich. Immerhin sind sie extra um die halbe Welt geflogen, nur um dich zu finden.

Von meiner Sippe hab ich seit der Pubertät nichts mehr gehört.»

Vielleicht waren Sandi und Lara in gewisser Weise noch immer die Teenager, die unbedingt herausfinden wollten, wer sie wirklich waren. Und zum ersten Mal hatte Lara das Gefühl, dass sie Fortschritte machte. Aber dass Sandi sie beneidete, irritierte sie.

Lara beendete das Gespräch, weil sie fast da waren.

«Das Mädchen hört sich an wie der Vogel, den ihr Papagei nennt ... Als ich Kind war, hatten wir so einen. Hat unentwegt geplappert, der Vogel. Bloß mit dem Unterschied, dass er Yoruba gesprochen hat.»

«Du wirst sie mögen.»

«Na, dann hoff ich mal, dass *du* Yomi bald magst», sagte Granny. «Warum hast du sie noch immer nicht umarmt, so wie du mich umarmst? Warum ist sie jetzt nicht bei uns? Ich dachte, du hättest deine Haltung ihr gegenüber geändert.»

«Ich hab nur einen Zweisitzer, Granny.»

«Das ist keine Entschuldigung.»

«Vertrau mir, das wird schon. Gestern war eine große Hilfe, und ich danke dir dafür. Ich brauche einfach Zeit.»

«Du sollst mir nicht danken. Bevor ich sterbe, will ich erleben, dass ihr euch versöhnt. Ich bin eine alte Frau. Was heißt, du brauchst Zeit?»

«Gran, bitte!»

«Und urteile nicht über sie. Versuch, sie zu verstehen. Yomi ist meine Tochter, und ich kenne sie besser als jeden anderen auf der Welt. Sie ist schon immer nach ihrem Vater gekommen, das ist eine Schwäche von ihr. Wenn es schwierig wird, wenn sie mit irgendetwas nicht umgehen kann, gerät sie in Panik. Wie bei deiner Geburt. Sie hatte Angst um deine Sicherheit.»

«Gran, ehrlich, vertrau mir. Bitte. Das wird schon.»

«Okay, ich vertraue dir.»

Falls sich Granny in der Umgebung aus rosafarbenen Wänden, Technomusik und Cupcakes deplatziert vorkam, so ließ sie es sich nicht anmerken. Sie und Sandi unterhielten sich wie alte Freundinnen über Lara, ihre gemeinsame Liebe zu Bollywood-Filmen und Grannys Versprechen, für Sandi eine Riesenportion *amala* zu kochen, nur damit sie ein bisschen fülliger würde und bessere Heiratschancen hätte.

«Diese jungen Engländerinnen sind zu mager, ah. Ihr habt keinen *idi*.»

«Was ist ein *idi?*», fragte Sandi.

«Hintern», erklärte Granny. «Na ja, wenigstens habt ihr Busen. Immerhin etwas. Lara, hol mir noch einen von diesen lustigen Kuchen. Diesmal den mit der Blume obendrauf.»

«Gern, Gran», sagte Lara zwanglos, als hätte sie ihr ganzes Leben lang zu jemandem «Gran» gesagt.

Sie ging zur Theke und suchte drei gelbe Cupcakes mit Gänseblümchen aus.

«Das macht sechs Pfund bitte», sagte der Verkäufer.

Lara bezahlte mit einem Zwanziger und dachte an die Zeit, als Mum vorgeschlagen hatte, in Essex einen Cupcake-Laden aufzumachen. Lara erinnerte sich an ihren Einwand, die Geschäftsidee würde sich nicht durchsetzen. «Welcher halbwegs vernünftige Mensch würde denn zwei Pfund für einen kleinen Cupcake hinblättern?», hatte sie gefragt. Jetzt lächelte sie über ihren mangelnden Weitblick und schüttelte geistesabwesend den Kopf. Ihr Blick wanderte zum Fenster, und in dem Moment sah sie ihn.

Tyler. Sie nahm hastig ihr Wechselgeld und wollte schon die Tür aufreißen und seinen Namen rufen, als sie die zierliche Brünette bemerkte, die neben ihm ging – knielanger Rock, schmale Taille, High Heels, billige Accessoires und ausladende Gesten, während sie sprach. Natürlich konnte sie irgendwer sein. Eine Freundin – Lara hatte nicht alle Freunde von Tyler kennengelernt. Oder sie war eine hübsche Arbeitskollegin. Nein, nicht an einem Samstag. Lara beobachtete die beiden, die jetzt an der Fußgängerampel warteten, sah, wie Tyler ihr beschützend die Hand auf den Rücken legte, als sie dem grünen Männchen gehorchten und auf die andere Straßenseite gingen.

«Miss?»

Lara wurde aus ihrem Schmerz gerissen.

«Ihre drei Cupcakes», sagte der Verkäufer und reichte ihr das Tablett.

Granny ging zur Toilette, und Lara vertraute sich prompt ihrer Freundin an.

«Was hast du vor?», fragte Lara, als Sandi anfing, auf ihrem Handy herumzutippen.

«Ihn anrufen.»

«Was? Bitte, lass das!»

«Tyler, Lara und ich – und nicht zu vergessen ihre Großmutter – wir sind ganz in deiner Nähe, im Cupcake House. Genau. Okay, bis gleich.»

«Was hast du getan?», fragte Lara, war aber irgendwie dankbar für die Dreistigkeit ihrer Freundin.

«Er ist unterwegs.»

Sobald Tyler hereinkam, spürte Lara, wie ihr Magen einen Purzelbaum machte. Ähnlich erging es vermutlich den meisten Frauen, die gerade ihre hübsch dekorierten Cupcakes verputzten.

Er hatte ihr gefehlt.

«Du bist also Tyler. Ich hörte, du seiest geschäftlich auf Reisen. Schon zurück?», fragte Granny, als Tyler nervös vor ihr stehen blieb. Tyler deutete Laras flehenden Blick richtig und bestätigte ihre Notlüge.

«Ja, Ma'am.»

«Tyler – was ist das überhaupt für ein Name?»

«Meine Mum hat mich so genannt –»

«In Nigeria bedeutet ein Name was, und ein Kind bekommt ihn aus einem bestimmten Grund. Tyler? Was soll das denn heißen? Ein Glück, dass du ein stattlicher Mann bist. Groß, genau wie mein Soji.»

«Danke», sagte er unsicher.

«Wenn du in Nigeria zum ersten Mal einem älteren Mitglied der Familie begegnest, musst du dich zur Begrüßung auf den Boden legen. Lang ausgestreckt!»

Tyler schluckte, sah erst Lara und dann Sandi an, die aber beide damit beschäftigt waren, den Zuckerguss von ihren Cupcakes zu essen.

«Ist schon gut, das war nur ein Witz! Du kannst mich umarmen, das genügt, mein Sohn.»

Tyler atmete auf und beugte sich hinunter, um die alte Frau freundlich zu umarmen.

«Deine Frisur gefällt mir», sagte er zu Lara.

«Danke.»

«Bin gar nicht dazu gekommen, dir das zu sagen, als wir uns das letzte Mal gesehen haben.»

Lara überging die peinliche Bemerkung. «Möchtest du einen Cupcake?»

«Nein, danke. Ich kann mir nicht vorstellen, dass sie hier so gut sind wie die von deiner Mum.»

Der Höflichkeit halber blieb Tyler ein paar Minuten, und als er sich verabschiedete, berührte Lara ihn am Arm und flüsterte: «Kann ich dich heute Abend sehen?»

Er nickte bedächtig und ging dann wortlos.

Lara fuhr mit Granny zurück zur Wohnung, wo sich Yomi gerade eine Realityshow über Transvestiten anschaute, die wieder aufs College gingen.

«Ich hatte einen wunderbaren Tag mit meiner Enkelin. Hab ihre Freunde kennengelernt und gesehen, wo sie aufgewachsen ist. Geht es dir gut?», fragte Granny.

«Ganz gut, ja», antwortete Yomi, wandte den Blick vom Fernseher und lächelte Lara an.

«Nächstes Mal nimmt sie dich auch mit, keine Bange.»

«Wenn du möchtest?», fragte Lara und meinte es sogar ehrlich.

«Sehr gern», antwortete Yomi mit einem breiten Lächeln, das ihre Zahnlücke zum Vorschein brachte.

«Alles klar. Ich hab im Moment sehr viel Arbeit, aber in ein paar Tagen können wir losziehen.»

«Deine Arbeit ist sehr interessant. Ich hoffe, du hast nichts dagegen, aber ich hab mir das Buch angesehen, das da auf dem Tisch liegt. Das mit den Bildern von Halsketten und Armbändern. Die sind wunderschön.»

«Ja, sie sind ganz gut. Eine Auswahl der neuen Serien, die wir auf unserer Webseite anbieten wollen.»

«Yomi kennt sich aus mit Frauenkleidung und so. Sie verkauft auch so etwas. Vielleicht kann sie dir helfen.»

Lara bezweifelte, dass Yomis Erfahrung mit afrikanischen Perlen ihr eine Hilfe sein konnte, aber sie durchschaute Grannys Absichten.

«Ja, gern, ich löchere dich dann demnächst einmal.»

Die beiden älteren Frauen blickten ein wenig beunruhigt drein.

«Hä?», sagte Gran.

«Ich meine, wir unterhalten uns demnächst mal darüber», sagte Lara lachend.

Während Yomi zwei Tassen Kakao machte, wandte sich Granny an Lara.

«Kind, wieso bist du noch hier und nicht bei diesem hübschen Ty-Mann?»

«Tyler?»

«Ja. So einen Mann lässt man nicht warten. Er ist … wie soll ich sagen?» Granny überlegte, kniff die Augen zusammen, während sie nach Worten suchte. «Er sieht sexy aus. Er sieht sexy aus, genau wie mein Soji. Das machen die Augen …», sagte sie, zufrieden mit ihrer Beschreibung.

Lara lächelte. «Ich treffe mich heute Abend mit ihm, wenn ihr beide versorgt seid.»

«Wir sind versorgt. Los, geh!»

«Ehrlich gesagt, im Augenblick läuft es zwischen uns nicht besonders gut», gestand Lara.

«Das hab ich bei der Begegnung gespürt», sagte Granny.

«Also sollte ich vielleicht doch nicht hingehen. Hat wohl sowieso keinen Sinn.»

«Der kluge Mann, und in deinem Fall die kluge Frau, achtet nicht darauf, wo sie hinfällt, sondern wo sie gestrauchelt ist.»

«Aber so einfach ist das nicht.»

«Lara, hab ich mir das alles nur eingebildet?», sagte Granny, mit den Armen wedelnd. «Dass du für mich deine wichtige Arbeit verschiebst? Mich herumfährst, mich gastfreundlich aufnimmst?»

Lara schüttelte den Kopf.

«Dann kann ich daraus nur schließen, dass du mich ebenso magst wie ich dich. Hab ich recht?»

«Ja, ich mag dich.» Lara lächelte.

Granny schlurfte näher. «Omolara, ich hab dir schon einmal gesagt, dass ich eines Tages sterben werde. Das ist das einzig Sichere im Leben.» Lara sah sie verwirrt an.

«Also, Omolara, was machst du jetzt? Hörst du auf, mich zu mögen, weil es sicher ist, dass ich eines Tages nicht mehr da sein werde? Um dir das Leid der Trauer zu ersparen?»

«Natürlich nicht!»

«Warum läufst du dann vor Tyler davon? Er ist ein guter Mann, das hab ich in seinen Augen gesehen und an der Art, wie er sein Hemd trägt.»

«Was hat denn sein Hemd damit zu tun?»

«Trau niemals einem Mann, der die oberen drei Knöpfe geöffnet hat – wie die Männer, die ohne ihre Frauen in Jo Jo's Esslokal gehen. Tyler hat nur zwei auf. Das ist gut. Und er hat gesunde Zähne. Das ist auch gut. Ah, es gibt zwei alte Redensarten.»

«Afrikanische Redensarten, nehm ich an», warf Lara ein.

«Nein, englische, glaube ich: ‹Es ist besser, Liebe empfunden und Verlust erlitten zu haben, als niemals geliebt zu haben.› Vielleicht hast du das schon mal gehört.»

«Kann sein. Und wie lautet die andere?», fragte sie und legte Granny einen Arm um die Schultern.

«‹Das, was uns die größte Freude bereitet, kann uns zugleich die größte Angst machen.›»

Granny hatte recht. Lara hatte Tyler fortgestoßen – genau wie sie ihre anderen Freunde fortgestoßen hatte, indem sie ihnen ständig vor Augen führte, dass sie sie in Wahrheit nicht brauchte. Lara war unabhängig, hatte genug Geld, konnte kleinere Reparaturen in der Wohnung selbst erledigen – vielleicht fiel es Männern deshalb schwer, zu erkennen, welchen Platz sie in ihrem Leben hatten. Schwachen Männern. Aber was war mit Tyler? Er war der stärkste Mann, dem sie je begegnet war, und manchmal gab ihr seine Stärke, ohne dass er es merkte, die Kraft, die sie brauchte.

Er versteht mich, dachte sie oft. Er verstand, wo sie herkam und wo sie hinwollte. Er fand es toll, dass sie für ihre Zukunft so hart arbeitete, und er schätzte ihre Unabhängigkeit, versuchte nie, ihre Leistungen herunterzuspielen. Und sie brauchte ihn. Brauchte seine positive Energie. Sie brauchte seine Spontaneität, wenn sie immer nur daran dachte, was sie noch alles zu erledigen hatte. Tyler nahm einen ungeheuer wichtigen Platz in ihrem Leben ein, aber sie hatte es nie für nötig gehalten, ihm das zu sagen. Hatte es ihm nie sagen wollen – bis jetzt. Sie war beschädigt gewesen, aber alles, was im letzten Monat passiert war, hatte wunderbar zusammengewirkt, um sie zu heilen. Und jetzt, da sie sich selbst genug liebte, um *ihn* lieben zu können, war sie bereit, in einer Beziehung zu leben und endlich die Lara zu sein, die sie immer hatte sein sollen.

Aber Tyler hatte schon eine Neue gefunden.

«Jetzt geh und ruf deinen Ty-Mann an», sagte Granny und fasste Lara an den Schultern. «Ein so gut aussehender Mann wie er hat es verdient, dass man sich Mühe gibt, also nimm dir Zeit. Mach dein Haar zurecht, zieh ein hübsches Kleid an und fahr zu ihm. Yomi und ich kommen schon klar, aber erst musst du uns noch zeigen, wie dieser dämliche Lichtschalter funktioniert.»

Lara tat wie geheißen, und gut anderthalb Stunden später saß sie in Tylers Wohnzimmer, das sie so gut kannte.

«Du siehst toll aus», sagte er mit Blick auf ihre Zöpfe, die jetzt dank Yomis talentierten Frisierhänden mit Nadeln und Klammern hoch auf ihren Kopf gesteckt waren. Beim Anblick des Seidenrocks und der Leggins hatte Granny das Gesicht verzogen, doch Lara wusste, dass Tyler das Ensemble immer gefallen hatte.

«Danke für vorhin, ich meine wegen Granny. Sie ist ganz begeistert von dir.»

«Kein Problem. Sie ist eine liebenswerte alte Dame», antwortete Tyler. Lara hätte ihn gern gefragt, wer die Frau draußen an seiner Seite war und warum er sie nicht vorgestellt hatte, falls es sich bloß um irgendeine Freundin handelte. Aber sie hatte Angst vor seiner Antwort.

«Es war schön, dich zu sehen, Lara. Aber eigenartig, dass du ausgerechnet im Cupcake House warst. Weiß deine Mum davon?» Er schmunzelte.

«Natürlich, die von meiner Mum hätten viel besser geschmeckt, aber ... das ist eine lange Geschichte.»

«Warum hat Sandi mich angerufen?»

«Das war ihre Idee, es tut mir leid.»

«Das muss dir nicht leidtun. Ich hätte bloß angenommen, dass du mich anrufst, wenn du mich gesehen hast.»

«Sie hat gewusst, dass ich dich ein bisschen vermisse, aber ich hatte gesehen, dass –»

«Du hast mich *ein bisschen* vermisst?», fragte er mit einem Seufzen.

«Okay, sehr. Ich hab dich *sehr* vermisst, und ich wollte einfach nur sagen ... Was ich dir wirklich sagen will, ist –»

Ihr Handy unterbrach sie.

«Geh lieber ran», sagte er.

«Nein, unser Gespräch ist wichtiger.»

Das Handy hörte auf zu klingeln.

«Die Sache ist nicht leicht für mich», sagte sie.

«Sollte es aber. Und das ist der springende Punkt.»

Lara musste es tun. Sie musste Tyler sagen, was sie empfand, und zum allerersten Mal auch gestehen, wie viel sie für ihn empfand. «Also, ich wollte dir sagen, dass –», setzte sie an, aber dann begann Tylers Handy zu klingeln.

«Das ist Sandi», bemerkte er nach einem Blick aufs Display. Er meldete sich, und Lara sah, wie sich die verwunderte Gereiztheit in seinem Gesicht in Sorge wandelte.

«Wir kommen sofort», sagte er.
«Was ist denn los?»
«Lara, es ist was mit deinem Dad.»

Kapitel 26

Der dichte Verkehr zwang sie, die Fahrt nach Essex größtenteils im Schneckentempo zurückzulegen. Lara telefonierte mit einem panischen Brian, der sie über Dads Zustand auf dem Laufenden hielt.

Dad hatte einen Herzanfall gehabt.

Er war im Krankenhaus, und man konnte noch nicht sagen, wie ernst es war.

«Was, wenn er tot ist?», sagte Lara. Nackte Angst jagte ihr wie Nadelstiche durch den ganzen Körper, während sie vergeblich versuchte, sich nicht ständig das Schlimmste auszumalen.

«Baby, bleib ruhig. Genaueres erfahren wir erst, wenn wir da sind. Aber er ist ganz bestimmt nicht tot.»

«Versprichst du mir das?», fragte sie, obwohl sie wusste, wie albern das klang. Aber sie brauchte einen Trost, irgendetwas, damit sie diese Fahrt überstand.

«Ja, das tu ich.»

Sie starrte aus dem Fenster, Tränen strömten ihr übers Gesicht, und ihr Magen war ein fester Knoten. Fast die ganze Fahrt über hatte sie auf den Rand des Autositzes geklopft. Hatte sich verzählt. Wieder von vorn angefangen. Es dann aufgegeben. Sie wollte nur, dass ihr Dad lebte. Sie würde es nicht ertragen, wenn …

«Das Letzte, was ich zu ihm gesagt habe, war ‹Geh jetzt›.

Kannst du dir das vorstellen?» Jede Faser ihres Körpers schmerzte. «Geh. Verschwinde. Raus. Irgendwas Schreckliches in der Art. Ist das nicht unglaublich?»

«Baby, denk jetzt nicht darüber nach. Wir sind bald da.» Tyler drückte mitfühlend ihr Knie, und sie schloss die Augen.

Sie war wieder auf diesem Fahrrad, wackelte hin und her, und bei dem Gedanken, dass sie das ganze Stück bis Nummer 65, wo Dad mit weit ausgebreiteten Armen stand, allein radeln sollte, wurde ihr schwindelig.

«Ich kann das nicht, Daddy!», jammerte sie. Ihr war zum Heulen zumute, und sie hoffte nur, dass Kieron sie nicht sah, weil der sich nämlich kaputtlachen würde.

Sie fing an, langsam in die Pedale zu treten.

«Na los, Lara, du schaffst das!», feuerte Dad sie an.

Je weiter das Fahrrad sich nach vorn bewegte, und je länger sie nicht damit auf die Nase fiel, desto kräftiger wurden Laras Pedaltritte, bis sie schließlich einen guten Rhythmus gefunden hatte. Sie fuhr tatsächlich allein Rad! Sie hatte es unter Kontrolle! Sie konnte es. Sie konnte tatsächlich Rad fahren.

«Daddy, guck mal!», rief sie, während sie wie wild strampelte. Das Fahrrad war neu, leuchtend gelb und hatte Flatterbänder an den Griffen. Eigentlich war es nicht mehr ganz neu, weil es nämlich sechs Wochen ungenutzt in Dads Schuppen rumgestanden hatte, bevor sie ihre Angst vor der ersten Fahrt überwinden konnte. Allein bei der Vorstellung, keine Stützräder mehr zu haben, war sie panisch geworden, aber Dad hatte versprochen, er würde sie ganz bestimmt festhalten, wenn sie umzufallen drohte. Doch als sie diese erste wackelige Fahrt von ihrem Gartentor bis zu Nummer 65 hinter sich gebracht hatte, fühlte sie sich plötzlich wie das mutigste Mädchen auf der ganzen Welt. Nicht zuletzt auch deshalb, weil Dad genau das sagte, als sie vom Fahrrad stieg und in seine Arme sprang und er sie mit Glückwunschküssen überschüttete.

«Siehst du, Laralina-Liebes, ich hab doch gesagt, du schaffst das. Ich hab dir versprochen, dass alles gut wird.»

Lara öffnete die Augen, sobald Tyler auf den Krankenhausparkplatz fuhr.

«Dad?»

Er war kreideweiß, und sein Haar sah aus wie frischgefallener Schnee. Mum saß mit rotgeweinten Augen neben ihm und hielt seine Hand. Brian tigerte im Zimmer auf und ab.

«Wie geht's ihm?»

«Ach, Lara!», schluchzte sie.

«Ich hab ihn gefunden. Er hatte furchtbare Schmerzen», sagte Brian.

«Lass mich das selbst erzählen, Bri», sagte Dad, während sich Lara zu ihm ans Bett setzte und ihr vor Erleichterung abermals Tränen in die Augen schossen. Sie nahm seine Hand, und seine bleiche Haut hob sich krass von ihrer ab. Ihre Finger verschränkten sich.

«Du kannst sprechen?»

«Ich hatte einen Angina-Pectoris-Anfall. Ich liege nicht im Koma!»

«Wieso ist das passiert?»

«Weil dein Dad noch immer meint, er müsse heimlich hinter meinem Rücken rauchen, deshalb! Außerdem hatte ich ihm gesagt, er soll nicht so lange in diesem Schuppen arbeiten. Diesem blöden Schuppen!», sagte Mum.

Lara sah Dad an. «Was hast du gemacht?»

«Bloß ein bisschen aufgeräumt, die Gartengeräte sauber gemacht. Und auf einmal hatte ich so ein Engegefühl in den Armen und in der Brust.»

«Ach, Dad, das ist alles meine Schuld.»

Brian sagte: «Wenn irgendwer Schuld hat, dann ich. Dein

Dad hat mich schon seit einer Ewigkeit gebeten, ihm beim Aufräumen zu helfen, und ich hab ihn immer hingehalten. Tut mir echt leid, Barry.»

«Ich wollte sowieso nicht, dass du mir hilfst. Das war Pats Idee. Ich bin kein Tattergreis. Ich brauche keine Hilfe. Es ist mein Schuppen, und ich weiß, wo alles hinkommt. Ich allein bin schuld, sonst keiner.»

«Aber Stress war bestimmt nicht gut für dich, und ich ...» Lara sah ihren Dad an, dessen Augen sie beschworen, nicht weiterzusprechen. Und genau wie er damals ihre Angst vor dem Radfahren ohne Stützräder beschwichtigt hatte, so sagte er jetzt: «Keine Sorge, Laralina-Liebes. Alles wird gut.»

Kapitel 27

Es waren bedrückende Tage gewesen.

Eine sehr lange Woche.

Ein außergewöhnlicher Monat im Leben von Lara Reid.

Ihr Leben hatte sich auf vielerlei Weise verändert, ihre Emotionen waren in alle Richtungen gezerrt worden, und manchmal hatte sie das Gefühl gehabt, auf einem rutschigen Hochseil zu balancieren. Jetzt jedoch fühlte sie sich zum ersten Mal wieder halbwegs auf normalem Kurs. Nein, ihr Leben würde nie mehr so werden, wie es mal war. Aber das war gut. So gut, dass sie den Wunsch verspürte, es vom Dach ihres Hauses zu schreien. Oder in einen Bus zu steigen und irgendeinen Fremden anzustupsen und ihm die ganze Geschichte zu erzählen. Oder sich mit einem Plakat auf die Straße zu stellen, auf dem ihre bisherige Reise haarklein geschildert war. Doch leider interessierte sich die Welt nicht dafür, sondern nahm ungerührt weiter ihren Lauf. Auch diejenigen, die Laras Gehalt zahlten, interessierten sich verständlicherweise nur dafür, dass Lara die Umgestaltung der Webseite zügig und termingerecht hinbekam. In der Vergangenheit hatte sie natürlich alles, womit sie betraut wurde, äußerst effizient und rechtzeitig erledigt. In ihrem früheren Leben hatte es aber auch keine persönlichen Dramen gegeben, die sie daran gehindert hätten, bis in die Nacht zu Hause an ihrem Laptop zu arbeiten oder so lange im Büro zu bleiben, bis die Putzkolonne die Parkettböden wischte.

Aber die Situation hatte sich geändert. Ihr Leben kam ihr jetzt konfus und ungeordnet vor, aber nicht so, dass sie sich deswegen unsicher und orientierungslos fühlte. Und das war doch wohl ein echter Fortschritt.

Lara öffnete die Tür zu ihrer Wohnung, die früher nur sie selbst und manchmal einen Strauß Blumen vom Supermarkt um die Ecke beherbergt hatte. Jetzt schlug ihr der Klang von King Sunny Adé entgegen, der Duft von Pepesuppe und die Stimme von Granny, die oben im Schlafzimmer auf Yoruba fast ins Telefon schrie. Es war alles völlig anders. Weniger friedlich, chaotischer, aber das änderte nichts daran, dass sich ein Lächeln auf Laras Gesicht ausbreitete, als sie ihren Laptop auf den unaufgeräumten Couchtisch legte.

«Hallo, Yomi», sagte Lara und sah sogleich den Firmenprospekt, der aufgeschlagen auf einer *Vogue*-Ausgabe lag. «Hast du den gelesen?»

Yomi legte einen Finger an die Lippen, ehe sie antwortete. «Ich hab ihn mir angesehen. Ich hoffe, du hast nichts dagegen.»

«Überhaupt nicht», sagte sie, ganz die neue Lara. «Ich muss heute Abend dran arbeiten.»

«Ich weiß. Du hast viel zu tun. Ich hab gehört, wie du am Telefon darüber gesprochen hast. Ich ... ich ...» Yomi zögerte, hob wieder den Finger an die Lippen und sagte dann: «Ich hab dir ein paar Ideen aufgeschrieben. Du musst nichts damit machen ... Aber ich dachte, es würde dich vielleicht interessieren.»

Ehe Lara antworten konnte, hörte sie Granny langsam die steile Wendeltreppe vom Schlafzimmer herunterkommen.

«Du bist zu Hause, Kind!», rief sie erfreut, den Rücken gebeugt und vor Schmerzen leicht humpelnd. Granny schloss Lara in eine ihrer Umarmungen, an die sie sich schon richtig gewöhnt hatte.

«Hallo, Granny. Ich mach mich schnell ein bisschen frisch. Geht's dir gut?»

«Ich fühle mich gut. Aber dein Bett ist so hart. Als würde ich auf hundert Kolanüssen liegen.»

Als Lara oben im Schlafzimmer den Prospekt ablegte, rutschte ein kleiner Stapel Zettel heraus, Notizen in Yomis Handschrift mit Zeichnungen von einigen Schmuckstücken. Lara setzte sich aufs Bett, blätterte den Prospekt durch und studierte jedes einzelne Produkt, angefangen mit den neuen, vergoldeten, brasilianischen Glücksarmbändern. Yomi schrieb, sie hätten große Ähnlichkeit mit den Armbändern, die sie in Nigeria verkauft hatte, und sie hatte kurz ihre Bedeutung und ihren Ursprung erklärt. Auch zu verschiedenen anderen Stücken hatte sie kleine Erläuterungen geschrieben, zum Beispiel zu den kubanisch inspirierten hölzernen Halsreifen. Lara würde hier und da etwas abändern müssen, aber das, was Yomi da zu Papier gebracht hatte, war glänzend und verortete die Stücke in Zeit und Raum, was ihren Kunden bestimmt gefallen würde, weil es ihnen das Gefühl gab, etwas zu tragen, das Teil einer langen kulturgeschichtlichen Tradition war. Beim Weiterlesen fiel ihr auf, dass sich Yomi manchmal ein wenig altertümlich und schräg ausdrückte, aber mit ein bisschen Recherche und einigen Verbesserungen konnte es funktionieren.

Tatsächlich hatte Lara plötzlich eine ganze Reihe von Ideen, und sie ging sofort online, um den geschichtlichen Hintergrund des Halsreifs zu recherchieren, zu dem Yomi etwas geschrieben hatte.

Volltreffer!

Offenbar erklärten sich die Ähnlichkeiten zwischen nigerianischen, kubanischen und brasilianischen Stücken dadurch, dass Elemente ihrer gemeinsamen Herkunft durch den transatlantischen Sklavenhandel zwischen dem sechzehnten und neunzehnten Jahrhundert in die ganze Welt verstreut worden waren. Und Yomi hatte das instinktiv erfasst.

Lara hatte das Gefühl, endlich einen guten Ansatz zu haben.

«Ethno» war derzeit angesagt, und sie und Jean konnten über jedes einzelne Stück recherchieren und versuchen, seinen kulturellen Hintergrund zu beschreiben. So etwas hatte die Webseite noch nie angeboten, und das Ganze würde viel Arbeit erfordern, aber es wäre machbar. Aber dann fiel es ihr wieder ein ... Jean war noch immer in Frankreich und würde wohl auch noch für eine Weile dort bleiben. Lara stieß heftig die Luft aus. Sie wusste, dass sie diese tolle Idee ohne Hilfe niemals bis zur Deadline umsetzen konnte.

«Omolara», sagte Yomi, die die Treppe heraufkam. «Ich hab vergessen, meine Notizen aus deinem Buch zu nehmen. Ich wollte mich nicht damit aufdrängen.»

«Nein, lass sie nur hier ...»

«Warum denn?»

«Ich denke ... Ich denke, ich kann damit was anfangen.»

Ein Lächeln erhellte Yomis ernstes Gesicht, und Lara winkte sie ins Zimmer. Yomi setzte sich zu ihr aufs Bett.

«Mir gefällt die Idee, dass jedes Stück eine Geschichte erzählt. Ein Gürtel, ein Armband, eine Tasche, sogar die Haarbänder. Nur die wichtigsten Stücke. Ehrlich gesagt, ich bin ganz begeistert von dem Konzept.»

«Das freut mich. Dann mach es doch so», erwiderte Yomi.

«Ich habe aber bloß drei Tage Zeit.»

«Dann werde ich dir helfen», sagte Yomi.

«Nichts für ungut, aber kennst du dich denn mit dem Internet aus?» Yomis Augen wurden schmal, und sofort hatte Lara ein schlechtes Gewissen.

«Tut mir leid, das war nicht böse gemeint. Ich wollte nur sagen, ich muss viel recherchieren, damit die Sache gut wird.»
«Ich weiß, was Google ist», entgegnete Yomi.

Während Granny schlief oder ihnen manchmal zusah, waren Lara und Yomi konzentriert bei der Arbeit. Yomi war nicht ganz unerfahren in Sachen Internetrecherche, da sie in Nigeria schon mal Google genutzt hatte. Sie schnitten Bilder aus und klebten sie zusammen mit ausgedruckten Texten auf eine große Schautafel, um zu illustrieren, wie die Seite aussehen könnte. Zwischendurch stärkten sie sich mit Keksen, gemahlenem Reis und *shaki*. Die gemeinsame Arbeit an dem Projekt trug obendrein dazu bei, dass sie sich ein bisschen besser kennenlernten.
Jedes Stück wurde mit einer kleinen Einleitung versehen, die es vorstellte oder in der auf ein anderes interessantes Stück verwiesen wurde, zum Beispiel auf das stark konturierte bunte Haarband, dessen Muster dem eines Stoffes aus Kamerun ähnelte.

«Wir haben's geschafft!», jubelte Lara und goss Yomi ein wohlverdientes Glas Weißwein ein. Sie hatten Tag und Nacht gearbeitet, alles termingerecht fertigbekommen und saßen jetzt müde, ausgelaugt, glücklich und vertrauter denn je zusammen. Aber aus Laras Sicht gab es noch immer etwas, das nicht ganz stimmig war.
Etwas musste noch getan werden.

Sobald Jeans Mutter auf dem Wege der Besserung war, kam Laras persönlicher Assistent gleich wieder zur Arbeit und wunderte sich, dass Lara den Abgabetermin auch ohne seine Hilfe hatte halten können. Lara brauchte ein paar Minuten, um ihm von der Hilfe ihrer Mutter zu erzählen.

«Mrs Reid hat dir dabei geholfen?»

«Nein … das war Yomi.»

Jean machte große Augen, was das schlechte Gewissen, das Lara gegenüber ihrer Mum empfand, noch verstärkte. Lara hatte ihr nichts von Yomis Unterstützung erzählt. Sie hatte ihr sogar verschwiegen, dass Yomi bei ihr wohnte. Sie hatte es allen verschwiegen.

«Also, es sieht großartig aus, Lara. Ihr habt phantastische Arbeit geleistet!»

Kapitel 28

«Ich habe kein gutes Gefühl dabei, dich jetzt allein zu lassen», sagte Mum.

«Ihr fahrt zur Erholung nach Bournemouth, doch nicht an den Südpol», sagte Lara, während Sandi Dad half, den letzten Koffer im Wagen zu verstauen.

«Dad, der ist zu schwer!»

«Hör auf zu meckern. Der ist federleicht», sagte er mit einem schwachen Lächeln. Dad ging es wieder deutlich besser, aber er verhielt sich ihr gegenüber noch immer übervorsichtig. Minimaler Blickkontakt und leise Stimme. Doch Lara hatte viel Zeit gehabt, um über alles nachzudenken – Dads Herzanfall hatte ihren wilden Zorn entschärft. Und nach gründlicher Überlegung – vor allem nach zahlreichen Gesprächen mit Granny und Sandi – war ihr klargeworden, dass Verzeihen das einzig Richtige war. Wie Granny es formuliert hatte: «Ein Kind zu lieben und aufzuziehen ist das größte Geschenk. Zu erleben, dass dir dieses Kind weggenommen wird, ist der größte Schmerz.» Dad hatte aus tiefer Liebe zu ihr gehandelt, und sie wusste auch warum: weil er ihr Dad war.

«Okay, Kinder, wir melden uns, wenn wir wieder da sind», sagte er.

«Pass auf dich auf, Dad.»

«Falls irgendetwas ist, ruf an», sagte Mum überflüssigerweise.

«Nein, das tue ich nicht. Ich möchte, dass ihr beide euch richtig erholt. Dad, du darfst dich jetzt nicht anstrengen. Ich will nicht, dass du noch mal im Krankenhaus landest.»

«Ich gehe freiwillig ins Krankenhaus, wenn deine Mum nicht aufhört, wie ein Luchs auf mich aufzupassen. Sogar Maria hat mich besucht, und rate mal, was sie mir mitgebracht hat.»

Lara hob fragend die Augenbrauen.

«Obst! Ist die Welt jetzt vollends verrückt geworden?»

Lara schloss die Wagentür, und Mum kurbelte ihr Fenster hinunter. «Hör mal, jetzt, wo Yomi da ist und –»

«Alles wird gut, Pat. Lass das Kind in Ruhe», sagte Dad, doch seine Miene verriet, dass er sich gar nicht so sicher war.

«Wiedersehen, Mr und Mrs Reid!», trällerte Sandi.

«Wiedersehen!», rief Dad.

«Wenn wir zurückkommen, hab ich vielleicht eine kleine Überraschung für dich, Lara.»

«Klunker?»

«Nein, ich meine etwas Größeres. Aber wart's ab, bis wir zurück sind. Dann wirst du schon sehen!», sagte Mum geheimnisvoll.

«Ich kann's kaum erwarten», sagte Lara fröhlich. Nachdem Sandi und sie noch einmal versprechen mussten, auf das Haus aufzupassen, die Pflanzen zu gießen und keine wilden Partys zu feiern, winkten sie ihnen nach, bis der Wagen verschwunden war.

«Okay, sturmfreie Bude. Lass uns Party machen!», witzelte Sandi.

«Ich glaube, davon hatten wir mehr als genug. Erinnerst du dich noch an die letzte?»

«Ja klar, zu deinem fünfzehnten Geburtstag.»

«Du meinst wohl eher die zu *deinem* fünfzehnten Geburtstag. Deine halbstarken Freunde, deine Sauferei ... Mum war stinksauer, als es rauskam.»

«Und ich hab sie angefleht, nicht das Jugendamt zu verständigen.»

Sie seufzten beide bei den Erinnerungen an alte Zeiten.

«Ich meinte eigentlich die Party zu meinem dreißigsten Geburtstag.»

Sandi drückte Laras Hand, eine stumme Versicherung, dass sie immer für sie da sein würde.

«Jetzt aber nichts wie weg. Von Essex krieg ich Gänsehaut, und nicht die angenehme Sorte.»

«Ich bleibe über Nacht hier.»

«Wozu denn das? Du kannst doch in ein paar Tagen herfahren und die Pflanzen gießen.»

«Ich hab noch was zu erledigen.»

«Okay, also denn, ich bin weg.»

«Sandi, bevor du gehst ... Kannst du mir noch bei einer Sache helfen?»

«Bei was denn?»

«Ich brauche Hilfe, um auf den Dachboden zu kommen», sagte Lara.

«Du willst auf euren staubigen Dachboden klettern?», fragte Sandi.

«Genau. Ich will da oben nach Sachen suchen, die mit mir zu tun haben. Aus der Zeit, als ich adoptiert wurde.» Lara schluckte, nachdem sie das Wort adoptiert ausgesprochen hatte – das hatte sie bisher kaum benutzt.

«Gibt's da oben irgendwelche Viecher?»

«Ratten so groß wie Hauskatzen.»

«Prima, worauf warten wir noch?»

Sie gingen wieder ins Haus, und Sandi holte eine Leiter.

Oben auf dem Dachboden leuchtete Lara mit einer von Dads

Taschenlampen umher, während sie mühsam alte Kisten und Kartons durchstöberten. Als sie eine Kiste mit der Aufschrift «Trish» öffneten, mussten sie beide husten, weil ihnen Staub in die Nase drang. In der Kiste entdeckten sie alte Plakate aus Mums Top-Ten-Zeit, Programme von einem Laden auf der Old Compton Street und aus Manchester sowie Verträge und abgerissene Eintrittskarten. Auf anderen Kisten, die fortlaufend mit «Lara 3–6», «Lara 6–9» und so weiter beschriftet waren, hatte Mum anscheinend alles gesammelt, was irgendwie mit Lara zu tun hatte, einschließlich Schulzeugnisse, Urkunden und Preise.

«Eigentlich war das ziemlich à la Angelina Jolie und Co., find ich. Deine Adoption und alles», sagte Sandi.

«Ich hatte keine Ahnung, dass Mum so ein Ordnungsfreak ist», sagte Lara, ohne auf Sandis Kommentar einzugehen.

«Kennst du den noch?» Sandi hielt einen Teddybär mit einer blauen Fliege hoch, von dem Lara argwöhnte, dass sich bei ihm mindestens hundert verschiedene Sorten Hausmilben eingenistet hatten.

«Als ich den hatte, kannten wir uns noch nicht.»

«Lara, den Teddy hattest du noch, als du elf warst!»

«Stimmt gar nicht», sagte Lara und riss Sandi scherzhaft den Teddy aus der Hand.

«Jedenfalls, ich find's süß, dass deine Mum das ganze Zeug behalten hat. Das ist so liebevoll, echt. Früher hast du nie richtig zu schätzen gewusst, was für ein Glück du hattest.»

«Du warst das coolste Mädchen an der ganzen Schule! Total beliebt! Als du in der ersten Klasse warst, hattest du schon Freundinnen in der fünften. Ohne dich wäre ich eine Langweilerin gewesen.»

«Du *bist* eine Langweilerin.»

Lara warf den Bär nach Sandi.

«Ich hätte meine ganze Beliebtheit und Coolness, ohne zu überlegen, gegen ein geborgenes Elternhaus wie deins eingetauscht.»

«Ach Sandi ...», sagte Lara und trat näher zu ihrer Freundin.

«Jetzt werde bloß nicht gleich sentimental. Ich will nur sagen, du hattest praktisch alles, was du dir wünschen konntest, und ich hab bloß nie etwas gegen dein Selbstmitleid unternommen.»

«Mein Selbstmitleid?»

«Ja! Selbst heute noch machst du dir nicht richtig klar, wie toll das ist, dass Yomi hierhergekommen ist, um dich kennenzulernen.»

«Doch, das weiß ich inzwischen zu würdigen.»

«Hat lange genug gedauert. Jedenfalls, damals, als wir in der Schule waren, hast du auch über vieles geklagt, und ich fand's einfach leichter, dir nicht zu widersprechen, dabei war ich in Wahrheit nur neidisch auf dich. Basta.»

«Du? Neidisch auf mich?»

«Bild dir bloß nichts darauf ein. Das war mal. Ist längst vorbei. Jetzt verdiene ich mehr Geld als du, und wahrscheinlich würde ich eine Lasagne hinbekommen, ohne gleich die halbe Küche abzufackeln! Nein, mal im Ernst, ich bin stolz auf dich, Süße. Darauf, wie du jetzt mit der Situation umgehst», sagte Sandi mit einem ehrlichen Lächeln.

«So ganz hab ich das alles noch nicht im Griff, Sand, aber das kommt noch. Bald. Es fehlt nur noch eine Sache.»

Und dann, endlich.

«Ich glaube, ich hab's. Eine Kiste, auf der nur ‹Lara› steht. Ohne Altersangabe. Das muss sie sein», sagte Sandi.

«Okay, nimm die mit runter und die ‹Lara 3–6›-Kiste.»

«Zu Befehl, Ma'am», antwortete Sandi und salutierte, und sofort musste Lara an Tyler denken. Tyler, dem sie noch immer nicht gesagt hatte, was sie für ihn empfand. Ein Schritt nach dem anderen.

Sandi rubbelte sich Staub aus den Haaren. «Und wie geht's jetzt weiter? Soll ich dir helfen, die Kiste durchzusehen?»

«Nein, das mache ich allein.»

«Wonach suchst du eigentlich? Irgendetwas Besonderes?»

«Ich glaube … ich hoffe, eine Reise zurück in die Zukunft machen zu können.»

«Interessantes Zitat, mein lieber Watson», sagte Sandi geziert. «Bist du sicher, dass du klarkommst? Ist irgendwie alles ein bisschen viel.»

«Ich schaff das schon. Ich muss nur finden, wonach ich suche.»

«Dann mache ich mich mal vom Acker. Reichen dir ein paar Stunden?»

«Wo willst du denn hin?»

«Nach nebenan, Kieron ärgern.»

«Denk daran, er ist jetzt verheiratet.»

«Ich will nur ein bisschen rumflachsen. Lass dir so viel Zeit, wie du brauchst, Süße.»

Die Kiste ohne Altersangabe enthielt nur wenige Dokumente, von denen die meisten mit ihrer Adoption zu tun hatten. Ganz unten lag eine durchsichtige Plastiktüte mit etwas Flachem darin – ein rot-gelb-grünes Stück Stoff, bei dessen Anblick Lara das Gefühl hatte, als würde schlagartig alles um sie herum gleißend hell.

Sie starrte die Tüte mit dem Stoffstück darin an und als sie das Tuch in die Hand nahm, spürte sie etwas so Überwältigendes, so Starkes, dass sie wusste, es musste ihr einmal etwas bedeutet haben. Dessen war sie ganz sicher.

Zwanzig Minuten später klingelte es an der Tür.

Lara fragte Yomi, ob sie etwas trinken wolle, und kam sich ein bisschen seltsam dabei vor, der Frau, die sie geboren hatte, in dem Haus, in dem sie ohne diese Frau aufgewachsen war, etwas zu trinken anzubieten.

«Nein, danke, Omolara. Ich bin sehr gespannt, warum du mich in dein Zuhause eingeladen hast. Ein Haus, in dem noch nicht einmal Mama war. Es ist eine Ehre.»

«Ich möchte dir etwas zeigen. Komm mit», sagte Lara und führte Yomi in die Küche.

Auf dem großen Holztisch hatte Lara alles arrangiert, was sie brauchte: Schulzeugnisse, einen Schwimmpokal, zwei von ihren Milchzähnen, das ziemlich ungelenk gemalte Bild eines einäugigen Hundes, ein Blatt mit einer benoteten Spanischklausur, eine Glückwunschkarte zum neunten Geburtstag, eine verwackelte Aufnahme, die sie mit Klassenkameradinnen in Paris zeigte, eine nackte Sindy-Puppe, eine Kopie ihres 2,2er Abschlusszeugnisses, eine Kuchenkerze in Form einer Vier, Michael Jacksons *Bad* auf Kassette, ein schwarz-weißer Schlüsselanhänger mit den Buchstaben L A R A und schließlich die Collage, die Mum ihr bei der Party zu ihrem dreißigsten Geburtstag geschenkt hatte, vor gerade einmal sechs Wochen.

Yomi ging um den Tisch herum, die Stirn gerunzelt, und betrachtete konzentriert *Laras Leben auf einem Küchentisch.* Einen Moment lang dachte Lara, dass die Idee vielleicht doch zu verrückt war, aber als Yomi aufblickte, sah Lara plötzlich eine stille Rührung in ihrem Gesicht.

«Das bin ich. Lara. Mein Leben. Alles, was du nicht mitbekommen hast.»

«Ich weiß nicht, was ich sagen soll», stammelte Yomi, während ihr Blick über das Sammelsurium glitt.

«Ich habe viel versäumt», setzte sie hinzu.

«Ich weiß nicht, ob du schon mal von der Redensart gehört hast: ‹Wer vorwärts geht, hört auf, immer nach hinten zu blicken›?»

«Ja, von meiner Mama.»

«Ich auch! Sie ist eine sehr, sehr kluge Frau. Sie hat mir unglaublich geholfen. Sie hat mir vieles über die Welt erzählt, aus der ich stamme, bis hin zur Farbe von Großvater Sojis Unterhose.»

Yomi lächelte warm.

«Und ich habe von ihr gelernt, Dinge zu akzeptieren, über die ich keine Kontrolle habe ... Dinge, die ich nicht ändern kann. Aber jetzt brauche ich deine Hilfe.»

«Ich werde alles tun, worum du mich bittest.»

«Du musst mir erzählen, was passiert ist. Von dem Moment an, als du erfahren hast, dass du schwanger bist, bis zu der Entscheidung, die du dann getroffen hast. Wir gehen das durch, und dann ist es vorbei. Und ich kann leben.»

Sie setzten sich an den Tisch, und Yomi begann.

«Omolara ... Ich meine, Lara ... Als ich merkte, dass ich dich erwartete, war das für mich ein gewaltiger Schock. Ich war offensichtlich schon eine ganze Weile schwanger. Ich hatte es tief in meinem Körper und in meinem Herzen gespürt, aber ich hatte es ignoriert.»

«Dann wolltest du mich also von Anfang an nicht?»

«Das habe ich nicht gesagt. Bitte, hör mir zu, Omolara.»

Ein unbehagliches Schweigen trat ein.

Yomi räusperte sich und sprach weiter. «Es war keine gute Situation.»

«Granny hat mir von Iyabo erzählt. Ging es dabei um Hexerei? Ich meine, ich weiß, dass manche Afrikaner an Zauberei glauben, und nachdem Abimbola unter merkwürdigen Umständen gestorben war, hast du vielleicht gedacht, du musst mich retten. Granny hat erwähnt, wie viel Angst Iyabo dir mit ihren Drohungen gemacht hat.»

«Hör auf, Omolara, und hör zu, was ich sage.»

Yomi schloss die Augen, öffnete sie wieder und sagte: «Ich habe mir selbst nicht eingestanden, dass ich schwanger war, weil ich nicht der Wahrheit ins Auge sehen wollte, dass –»

«Dass?»

«Dass das Kind in meinem Bauch nicht von meinem Ehemann war. Ich war nicht von meinem Ehemann schwanger. Chief Ogunlade ist nicht dein Vater.»

Henry Bibimsola sah noch genauso gut aus wie damals, als Yomi ihn das letzte Mal gesehen hatte.

«Meine Yomi», sagte er staunend und umarmte sie zögernd, worauf sie sich glücklich an ihn schmiegte. Er roch wie früher, sah fast noch so aus wie früher, nur dass seine Augen jetzt matter wirkten. Was auch immer er erlebt hatte, es hatte ihn in die Chief Ogunlade Street geführt, und Yomi war überglücklich, endlich wieder mit ihm vereint zu sein. Ihre Ehe war eine Lüge, weil sie sich so viele Nächte nach Henry sehnte. Offen gestanden fand sie ihren Mann abstoßend und wichtigtuerisch und wusste, dass sie ihn nie im Leben würde lieben können. Sie wusste aber auch, dass es sich für die ehrbare Frau eines Häuptlings nicht gehörte, einen anderen Mann zu begehren, und sie versuchte, Henry aus jeglichen Gedanken zu verbannen, die mit ihrem Ehebett zu tun hatten. Doch sobald Yomi und Henry an jenem schicksalhaften Tag miteinander allein waren, klammerte sie sich an ihn, hatte nur den einen sehnlichen Wunsch, ihren Körper mit seinem verschmelzen zu lassen, eins mit ihm zu werden, und wollte sich nie wieder von ihm lösen, aus Angst, er würde sie abermals ver-

lassen. Ihre Leidenschaft war groß, brannte noch immer, obwohl sie so viele Jahre getrennt voneinander verbracht hatten.

Sie liebten sich auf einer Matte, in deren Stoff zarte orangegelbe Fäden eingewebt waren. Eine kleine Öllampe warf dämmriges Licht auf sie, genau wie in den berauschenden Tagen zu Beginn ihrer Beziehung.

Sie fühlte sich geborgen in Henrys Armen, als könnte ihr kein Leid zustoßen, als könnten sie ewig so verharren. In ihrem Kopf erblühte eine ganze Reihe von Plänen, die darum kreisten, dass sie gemeinsam fortlaufen und ein richtiges Paar werden, heiraten würden. Sie würden so weit wie möglich fliehen und ein neues Leben beginnen. Wie genau sie das anstellen sollten, wusste Yomi nicht, aber sie würden es tun.

Sie begann, diese Pläne auszusprechen, doch Henry sah sie mit einem Gesichtsausdruck an, der seine Skepsis mehr als deutlich machte.

«Wie weit würden wir denn ohne Geld kommen, Yomi? Und wenn sich erst einmal herumgesprochen hätte, dass wir Schande über Chief Ogunlade gebracht haben, würde niemand uns vertrauen oder irgendwie helfen. Wir würden vor den Ältesten zur Rechenschaft gezogen. Wir würden entehrt werden. Das kann ich dir nicht antun, meine Yomi. Ich kann es einfach nicht.»

Er barg das Gesicht in den Händen und sagte: «Warum nur, warum hast du mich zu dir gewinkt? Warum hast du mich nicht einfach vorbeigehen lassen? Ich habe dir nichts als Unglück gebracht, und ich schäme mich so.»

«Henry», flüsterte sie leise. Sie hatte die Finger mit seinen verschränkt, seine Brust hob und senkte sich vor innerer Erregung. Noch nie in ihrem Leben hatte sie eine so innige Liebe für jemanden empfunden, und sie wusste mit tiefer Traurigkeit, dass sie auch nicht noch einmal so empfinden würde.

«Henry, wir können das schaffen», sagte sie beschwörend, suchte in seinem Gesicht nach Zustimmung.

Doch vergeblich. «Du musst zu deinem Mann zurückgehen, Yomi, und dir dort ein gutes Leben einrichten. Vergiss mich, bitte. Vergiss mich.»

«Dann lief ich zurück nach Hause und verbrannte endlich das Wörterbuch, das er mir geschenkt hatte. Er hatte mich zum zweiten Mal in meinem Leben verletzt und verlassen. Also tat ich, worum er mich gebeten hatte, und kehrte zu meinem Mann zurück. Um mein Leben mit ihm zu verbringen.»

Sie hielt kurz inne und sprach dann weiter.

«Ich wusste, dass der Chief niemals die Wahrheit erfahren durfte, nie wissen durfte, dass ich ihm untreu gewesen war. Er war ein sehr mächtiger Mann in unserer Gegend. Mein Daddy hätte alles verloren, und ich hätte nicht nur über ihn, sondern auch über meine Familie Schande gebracht. Als du zur Welt kamst, waren meine Eltern gerade zu Besuch bei Verwandten in Ibadan, und deshalb konnte ich so tun, als wärst du zu früh geboren worden, um überleben zu können.»

Yomis Worte stanzten ein Loch in Laras Brust.

«Nach Mamas Berechnungen konnte ich erst etwa im siebten Monat gewesen sein, denn so lange war es her, seit ich zuletzt mit dem Chief geschlafen hatte. Wir lagen nicht oft zusammen, daher wusste ich das genau.» Sie räusperte sich. «Meine Eltern glaubten wie alle anderen auch, dass du zu klein gewesen warst, um zu überleben. In unserer Kultur wird die Beerdigung eines Säuglings schnell und unauffällig durchgeführt, weil es als großes Unglück gilt. Daher konnte ich meinen Eltern sagen, wir hätten das alles bereits erledigt, während sie noch fort waren.» Yomi schloss die Augen. «Der Chief als Vater durfte bei der Bestattung seines Kindes nicht dabei sein, daher war es einfach, so zu tun …»

Lara gab sich redlich Mühe, was sie da hörte, zu verarbeiten, aber es war nicht leicht. «Nur unser Hausmädchen Ola kannte die Wahrheit. Sie wusste, dass Henry, die große Liebe meines Lebens, mir das wunderbarste Geschenk gemacht hatte, das ich mir nur wünschen konnte. Henry Bibimsola, dein Vater.

Wie du weißt, hat Granny erst nach dem Tod des Chiefs erfahren, dass du lebst. Deshalb ist sie so froh darüber, bei dir zu sein. Als ich es ihr erzählt habe, fürchtete ich, sie würde mich hassen. Und tatsächlich hat sie lange Zeit nicht mit mir gesprochen. Der Tag, an dem sie zu mir kam und zum ersten Mal wieder das Wort an mich richtete, war der Tag, an dem sie sagte, dass sie mich nach England begleiten würde, um dich kennenzulernen. Ich wollte nicht, dass sie so wie mein Daddy starb, ohne dich je gesehen zu haben. Und ich selbst wollte auch nicht sterben, ohne noch einmal leibhaftig vor dir zu stehen. Über Freunde, die hier leben, habe ich deine Entwicklung, so gut es ging, verfolgt. Und als dann dieses Internet erfunden wurde, hab ich einem Nachbarssohn den Namen deiner Mutter und noch ein paar andere Einzelheiten genannt, und er hat etwas über dich herausgefunden. Zum Beispiel deinen Arbeitsplatz.»

Lara lächelte, seltsam dankbar dafür, dass Yomi mitten in diesem verrückten Gespräch Patricia Reid als ihre Mutter anerkannt hatte. «Eines verstehe ich nicht: Warum hast du nicht einfach behauptet, ich wäre das Kind des Häuptlings?»

«Deshalb.» Yomi beugte sich über den Tisch und zeigte auf den oberen Rand von Laras rechtem Ohr.

«Du warst kaum geboren, da hab ich es gesehen. Es ist genau wie bei deinem Vater. Das liegt in Henrys Familie, und jeder bei uns hätte das sofort erkannt.»

Lara fuhr sich zerstreut mit dem Daumen über das Loch. Sandi hatte sie früher oft deswegen aufgezogen, aber eigentlich dachte sie nie daran, nicht ahnend, wie entscheidend es für ihre Vergangenheit, Gegenwart und Zukunft gewesen war.

«Ich hatte Angst, eine von den anderen Frauen meines Mannes könnte es bemerken, zum Beispiel Iyabo. Sie hatte mir ja ohnehin schon gedroht. Ich wusste nicht, wozu sie fähig war. Ich war doch selbst noch ein halbes Kind, und mein einziger Wunsch war es, dich zu schützen, meine Tochter.» Yomi zitterte jetzt am ganzen Körper. «Ich schwöre, Omolara, ich hatte vor, dich nur für kurze Zeit in dem Heim für mutterlose Kinder zu lassen. Dann wollte ich dich zurückholen.»

«Und warum hast du es nicht gemacht?»

«Ich hab's versucht. Manchmal bin ich zum Tor gegangen und habe dich beobachtet, wie du gespielt oder bei anderen auf dem Rücken gesessen hast. Du hast so viel gelächelt, und das hat mich beruhigt, weil es gezeigt hat, dass die Leute dort gut zu dir waren.

Einige Zeit später habe ich dann mitbekommen, dass Mr und Mrs Reid dich haben wollten. Sie sahen so gütig aus. Sie waren verheiratet, und ich habe ihnen angesehen, dass sie sich sehr liebten. Das hat mich daran erinnert, wie es zwischen Mann und Frau sein sollte. So, wie der Chief und ich niemals sein konnten. Ich wusste, dass sie gut für dich sorgen würden.»

Lara spürte ein warmes Gefühl in sich aufsteigen, als sie hörte, wie Yomi über Mum und Dad sprach, und nie hatte sie die beiden mehr geliebt als in diesem Moment.

«Du hast sie richtig eingeschätzt – sie haben gut für mich gesorgt. Wirklich sehr gut.»

Lara war von Emotionen überwältigt. Sie brauchte eine Pause.

«Ich mach uns etwas zu essen», sagte sie.

«Ja, das wäre schön.»

«Okay ... Vielleicht ein Omelett? Ich denke, das müsste ich

einigermaßen hinbekommen», sagte Lara und griff in den Kühlschrank, den ihre Eltern schon seit fünfzehn Jahren besaßen. Zum Glück waren noch ein paar Eier da.

«Ja, du machst Essen, und ich erzähl von deinem Vater Henry Bibimsola. Wie wir uns kennengelernt haben. Alles.»

Yomi begann mit ihrer Geschichte. Es gab fröhliche Augenblicke und traurige, nachdenkliche und Augenblicke voller Bedauern. Als sie fertig war, fühlte sich Lara, als ob ihr etwas genommen worden wäre, als hätte sie etwas verloren, das ihr doch eigentlich nie gehört hatte.

«Weißt du, wo Henry jetzt ist?»

«Nein, seit dem wunderbaren Tag, als wir dich zeugten, hab ich ihn nicht mehr gesehen. Aber wie ich einige Zeit später von einem seiner Freunde erfuhr, soll er nach Abuja gegangen sein. Das ist das Letzte, was ich über ihn gehört habe.»

Lara war unsicher, wie sie dazu stehen sollte, also beschloss sie, später darüber nachzudenken. Sie hatte noch so viele Fragen, und eine davon stellte sie jetzt, während Yomi zwei Gläser mit Limonade füllte.

«Hast du oft an mich gedacht? Ich meine, in der ganzen Zeit?»

«Jeden einzelnen Tag.» Yomi blinzelte rasch ein paar Tränen fort, die ihr an den Wimpern hingen. «Du weißt nicht, wie das für mich war, Omolara. Du hast keine Ahnung.»

Lara wollte schon etwas leicht Zynisches erwidern, aber jeder Impuls in der Richtung erstarb rasch, als Yomi etwas aus ihrer Tasche zog. Einen Gegenstand. Ein Stück Stoff, so leuchtend, dass sich Laras Inneres verkrampfte und sie nach Luft schnappen musste.

Yomi hielt einen rot-gelb-grünen Stoff in der Hand, der haargenau identisch war mit dem Tuch in der Plastiktüte, die Lara auf dem Dachboden gefunden hatte. Yomi faltete es langsam auseinander, und Lara sah, dass es die Form einer Bluse mit weiten Ärmeln hatte.

«Das ist eine *buba* – eine Bluse. Dazu gehört ein Wickelrock, den ich auch hier in der Tasche habe.» Sie holte ein weiteres Stoffbündel aus der Tasche und breitete es zu seiner vollen rechteckigen Form aus. «Das ist ein dreiteiliges nigerianisches Ensemble für eine Frau. Aber ein Teil fehlt. Das Kopftuch.»

«Ich weiß, wo es ist», brachte Lara tonlos heraus.

Sie holte die Tüte aus der Kiste hervor, und ihr Herz raste, als sie Yomi das Tuch gab, die es so behutsam entgegennahm, als wäre es das Kostbarste, was sie je gesehen hatte.

«Das letzte Teil», flüsterte Yomi mit großen Augen, während ihr jetzt die Tränen über die Wangen liefen.

«Es ist derselbe Stoff», bestätigte Lara.

«Es war gerade groß genug, um dich darin einzuwickeln, bevor ich dich zu dem Heim für mutterlose Kinder brachte. Ich kann kaum glauben, dass es die ganze Zeit bei dir war.» Yomi schluchzte einmal laut auf und wedelte dann hektisch mit den Händen. «Ich kann wirklich nicht glauben, dass du es behalten hast.»

Yomi übergab Lara Bluse und Rock, die sich beides automatisch an die Wangen drückte, während Yomi das Kopftuch behielt, das verstaubt und mit den Jahren verblasst war.

«Ich hab mein Baby nie vergessen, und immer, wenn ich Angst um dich hatte, wenn ich meinte zu spüren, du bist gerade traurig, hab ich mir die Sachen an die Brust gedrückt und immer wieder geflüstert: ‹Es ist gut, meine kleine Omolara. Es ist gut.›»

«Wirklich?»

«Ich hatte dann immer das Gefühl, dass du mir ganz nahe bist. Ich weiß, das hört sich albern an.»

«Es hört sich überhaupt nicht albern an», sagte Lara, die

nach Luft rang und sich die Sachen noch immer an die Wangen hielt, Symbole dessen, wer sie gewesen war, wer sie hätte sein können und wer sie geworden war. Und dann trat Yomi näher an sie heran, zögerlich zuerst, doch als Lara nicht zurückwich, legte sie die Arme um ihre Tochter, und sie begannen beide zu schluchzen. Zwischen ihnen befanden sich die drei Stoffstücke, die niemandem sonst etwas bedeuteten, ihnen jedoch *alles*. Tränen, Erinnerungen und zum ersten Mal … Hoffnung.

Und so blieben sie stehen, bis das Telefon klingelte.

Kapitel 29

Lara erwachte am nächsten Morgen in ihrem eigenen Bett und mit einem Lächeln, weil sie wusste, dass der Mensch, der ihr gleich aus dem Badezimmerspiegel entgegenblickte, so aussehen würde wie immer – abgesehen von den Zöpfen –, obwohl sich in ihrem Innern doch alles geändert hatte, ihre Einstellung, das ganze Drehbuch ihres Lebens.

Es ist klug, nur sich selbst zu vertrauen.

Verlass dich auf niemanden.

Dann kann dich niemals jemand verletzen.

Das traurige Mantra, nach dem sie bislang ihr Leben gelebt hatte, kam ihr jetzt belanglos vor, beinahe lächerlich, und vor allen Dingen falsch. So vieles war geschehen, was es durchbrochen und das Lebenskonzept widerlegt hatte, dem Lara viel zu lange gefolgt war, an das sie sich geklammert hatte. So vieles war geschehen – wie zum Beispiel das Auftauchen von Yomi und einer über achtzigjährigen Frau, die gebückt ging, zu einem afrikanischen Batikwickelrock ein T-Shirt mit dem Aufdruck I WENT TO LONDON trug, keine SMS verschicken konnte, aber ‹Sexual Healing› als Klingelton auf ihrem Handy hatte, weil der Rhythmus so schön war. Wie zum Beispiel, dass sie Tyler beinahe verloren hatte, Dad beinahe verloren hatte …

Lara war endlich zu der Person herangereift, die sie immer hatte sein wollen. Natürlich musste sie noch viel lernen, aber das würde sie auch können, umgeben von den Menschen, an denen ihr Herz hing, die sie liebte und ohne die sie sich ein Leben nicht vorstellen konnte. Sie würde alles tun, was sie konnte, um sich an diesen Menschen zu erfreuen, solange sie da waren, solange sie sie berühren und riechen und ein möglichst großer Teil ihres Lebens sein konnte. Gleichzeitig fühlte sie sich jetzt weise und demütig genug, um zu wissen, dass nichts für die Ewigkeit gemacht war und sie das, was sie besaß, umso mehr wertschätzen sollte.

Sie war nicht mehr ausschließlich Lara Reid. Sie war auch Omolara. Ihr Leben hatte viele unterschiedliche Seiten, die sie jetzt frohen Herzens als Teil ihrer selbst annehmen konnte. Sie hatte einen inneren Kampf ausgefochten, war zwischen zwei Seiten hin und her gerissen gewesen, und jetzt fühlte sie sich zum ersten Mal als Siegerin. Sie fühlte sich frei von der drückenden Last der Ungewissheit.

Sie tappte in die Küche und freute sich über das herrliche Sonnenlicht, das durchs Fenster fiel. Als sie sich bückte, um die Post aufzuheben, fiel ihr sofort der lange goldfarbene Umschlag auf, der aus dem Stapel hervorlugte. Sie öffnete ihn und rechnete schon fast damit, über den Hauptgewinn in einer Lotterie informiert zu werden. Stattdessen bestätigte der Inhalt ihr Gefühl beim Aufwachen, dass heute ein guter Tag werden würde.

Sehr geehrte Mrs Reid,

es freut mich, Ihnen mitteilen zu dürfen, dass Sie eine der Nominierten für den Titel «Kreative Geschäftsfrau des Jahres» sind.

Wir möchten Sie hiermit zur Preisverleihung am 20. September einladen. Alle weiteren Informationen finden Sie beiliegend.

Wir gratulieren Ihnen herzlich zu dieser Ehrung und freuen uns darauf, Sie im September begrüßen zu dürfen.

Viel Glück!

Sarah A. Adams
Sekretärin
K. G. J. Nominierungsausschuss

Sie standen zu zweit vor einem kleinen Haus an einer kleinen Straße, die für eine von ihnen sehr viel bedeutete. Mum strahlte bis über beide Ohren, während sie Lara automatisch wieder wie ein kleines Mädchen behandelte und versuchte, ihren zu kurzen Jeansrock ein wenig nach unten zu ziehen, sich über die Zweckmäßigkeit von Leggins im Vergleich zu Strumpfhosen ausließ und ihre Hand nahm, als sie die Straße überquerten. Lara verzieh Mum ihr neurotisches Verhalten, weil ihr die Bedeutung des Augenblicks bewusst war, und sie setzte eine ernste Miene auf, sobald Mum an der Haustür klingelte.

Eine Frau, die große Ähnlichkeit mit der Queen hatte, öffnete mit einem verkniffenen Lächeln.

«Hallo. Schön, dass ihr da seid», sagte die Frau, deren Tonfall alles andere als königlich klang. Lara fiel gleich auf, dass die Frau sie neugierig anstarrte.

«Mum, das ist Lara», sagte Mum, als die Queen einen Schritt zur Seite machte und sie jenes Haus betreten ließ, in dem Laras Mutter ihre Kindheit verbracht hatte.

Doch als Mum weiter Richtung Wohnzimmer ging, spürte Lara, wie ihr fest auf die Schulter geklopft wurde. Sie wandte sich um und blickte die Queen an, die jetzt nicht mehr ganz so verkniffen lächelte, langsam die Arme ausbreitete und Lara mit wässrigen Augen signalisierte, was sie tun sollte. Also beschloss Lara mit einem trockenen Schlucken, diese besondere, stumme Bitte zu erfüllen. Sie trat ohne Zögern in die wartenden Arme und atmete tief aus, als sie den Kopf auf die Schulter ihrer Großmutter legte.

Die Preisverleihung würde in drei Tagen stattfinden. Alles war vorbereitet, aber Lara musste vorher noch etwas erledigen.

Sie begutachtete ihr frisch geflochtenes Haar mit den winzigen Perlen an den Spitzen, das seidene Etuikleid und die lange Reihe von bunten Armbändern, die Yomi ihr geschenkt hatte. Ihr Outfit wurde komplettiert durch eine metallisch-blaue Clutch, auf deren Seite mit gold-schwarzem Faden eine Spinne aufgestickt war. Sie lief hinunter in den Hof und wartete bei den Kanonen, bis sein Wagen hielt.

«Danke, dass du gekommen bist, Tyler», sagte sie. Sein Lächeln war reserviert, verriet ihr, dass er nicht auf sie zugehen würde. Sie hatten sich lange nicht mehr gesehen. Tyler war ein paar Tage an ihrer Seite gewesen, während sie mit ihrer Angst um Dad nach dessen Angina-Pectoris-Anfall kämpfte. Doch sobald Dad über den Berg war, hatte er sich verabschiedet.

«Weißt du was? Ich bin in der engeren Auswahl für die ‹Kreative Geschäftsfrau des Jahres›! Vor ein paar Tagen hab ich den Brief bekommen», begann sie, um das Eis zum Schmelzen zu bringen und ihn in ein Gespräch zu verwickeln.

«Ich weiß», sagte er.

«Hat Sandi es dir erzählt?»

«Was meinst du denn, wer dich dem Ausschuss überhaupt vorgeschlagen hat? Ich hab ziemlich viel Einfluss, weißt du?»

«Ehrlich?»

«Quatsch, ich hab überhaupt keinen Einfluss. Ich hab dich nur vorgeschlagen, die eigentliche Entscheidung haben andere getroffen. Offensichtlich waren sie schwer beeindruckt», sagte Tyler und lächelte.

Sie hatten sich neben den Kanonen auf eine Bank gesetzt.

«Ich weiß gar nicht, was ich sagen soll.»

«Ich hab ihnen deine Geschichte erzählt. Wo du herstammst, was du in deinen jungen Jahren alles erreicht hast. Ich hab ihnen erzählt, wie selbstbewusst du bist. Wie stark. Dass du dir nie von irgendwem etwas gefallen lässt und dabei eine der nettesten, freundlichsten und schönsten Frauen bleibst, die ich je das Vergnügen hatte kennenzulernen.»

Mit so etwas hatte Lara nicht gerechnet, und da sie keine Worte fand, versuchte sie es mit Humor.

«Ich? Kreativ? Wie das?»

«Ich weiß ja nicht, wie andere dich sehen, aber ich finde deinen Ideenreichtum faszinierend. Regelrecht inspirierend. Wenn *du* nicht kreativ bist, wer dann?»

Ihre Oberschenkel berührten sich.

«Ich hatte keine Ahnung, dass du mich so siehst.»

«Das war damals», sagte er und ließ damit gleich wieder die Luft aus dem Ballon, der sich zögerlich gefüllt hatte.

Doch dann stupste er sie an. «Natürlich seh ich dich so. Ich bin stolz auf dich, Lara. Daran wird sich auch nie was ändern, ganz gleich, was zwischen uns passiert.»

Sie erlaubte sich mehr als nur einen schwachen Hoffnungsschimmer.

«Es tut mir leid … das alles.»

«Ich weiß.»

Sie blickte ihm forschend ins Gesicht.

Und dann versuchte *er* es mit Humor. «Du willst bloß gerettet werden. Wie die meisten Frauen.»

Sie kniff ihn spielerisch. «Halt den Mund!»

«Ist ja schon gut.»

«Aber mal im Ernst. Wahrscheinlich hast du nicht ganz unrecht», sagte sie.

Seine Augenbrauen hoben sich. «Ach ja?»

«Ich glaube, ich hab mich ein bisschen benachteiligt gefühlt. Ich wollte, dass man richtig um mich kämpft, weil … na ja, ich hab zum Beispiel meiner Mutter vorgeworfen, dass sie vor dreißig Jahren nicht um mich gekämpft hat.» Sie hatte Yomi gerade als ihre Mutter bezeichnet, was ihnen beiden nicht entgangen war, und ein kurzes Schweigen trat ein.

«Aber ich denke, wir – Yomi und ich – haben das alles jetzt überwunden. Wenigstens arbeite ich dran.»

«Lara, eins muss ich dir sagen: Ich habe immer um dich gekämpft. Vielleicht hast du es nicht so empfunden, aber ich habe immer um dich gekämpft, und das werde ich auch in Zukunft tun.»

Sie nickte und hoffte, dass er sah, wie sehr sie ihm glaubte.

«Ich bin noch immer bei dir», sagte er und nahm ihre Hand. Diesmal ließ sie es geschehen.

«Ich weiß», flüsterte sie und drückte seine Hand fest.

«Und an dem Tag, als Dad ins Krankenhaus kam … vor dem Anruf … Da wollte ich dir sagen … Ich liebe dich!», platzte es aus ihr heraus. Für den Bruchteil einer Sekunde kam es ihr albern vor, doch im nächsten Moment fand sie, dass es sich schön anhörte.

Ich liebe dich. Na bitte.

Er sah ihr in die Augen, unverwandt, bis sie kichern musste.

«Siehst du, war doch gar nicht so schlimm, das L-Wort auszusprechen, oder?», neckte er.

«Nein», antwortete sie verlegen. Als wäre ein Damm gebrochen, sprach Lara schnell weiter. «Ich bin dabei, mich zu ändern, Tyler. Und ich will mich ändern. Ich brauche dich in meinem Leben. Sehr sogar. Schluss mit dem Weglaufen.»

«Schluss mit dem Weglaufen», wiederholte er, während sie

sich gleichzeitig einander zuwandten und er auch noch ihre andere Hand nahm.

«Du liebst mich?», fragte er. Seine ungewöhnlich blauen Augen, die sie forschend ansahen, ließen auf wunderbare Weise die letzten Zweifel dahinschmelzen, die sie je in Bezug auf diese Äußerung gehabt hatte.

«Ich kann dir gar nicht sagen, wie sehr.»

«Und ich liebe dich, Lara. Ich habe lange darauf gewartet, dass du das zu mir sagst.»

Er atmete langsam aus, doch dann runzelte er in gespielter Verwirrung die Stirn.

«Obwohl ... Ich weiß nicht. Wie sehr hast du dich denn geändert?»

«Sehr, Tyler!»

Seine Hand war jetzt auf ihrem Rücken, streichelte sie sachte, und es fühlte sich wunderbar an. Tatsächlich fühlte sich der ganze Moment, sie beide hier auf der Bank neben den Kanonen, vollkommen ... richtig an.

Schluss mit dem Weglaufen.

«Also, Lara, da du dich jetzt geändert hast – heißt das, dass du ein bisschen spontaner bist, oder musst du noch immer alles planen?»

«Es ist schon etwas besser geworden.»

«Komm, dann gehen wir jetzt nach oben in deine Wohnung, holen deinen Pass und fahren mit dem Eurostar nach Paris.»

«Was denn, jetzt sofort?»

«Ja. Jetzt sofort.»

«Aber die Preisverleihung ist in drei Tagen!»

«Morgen sind wir wieder da.»

«Unmöglich, das geht nicht! Da muss ich erst einiges organisieren.»

«Ach ja?», sagte er mit einer hochgezogenen Augenbraue.

«Okay. Ich verstehe, was du meinst … mit dem Spontansein und so. Aber können wir nicht doch noch ein bisschen warten?»

«Wie lange?»

«Ein paar Monate?»

«Das soll ein Witz sein, oder?»

«Wie wär's in drei Monaten? Ja, genau, lass uns das in drei Monaten machen!»

Lara wusste, dass sie diesmal nicht gewinnen würde, also legte sie ihm eine Hand in den Nacken, zog ihn zu sich und wartete auf das Kuss-Wunderland, in das Tyler sie so gut entführen konnte. Dann schloss sie die Augen und erlaubte es sich, nachzugeben.

Schluss mit dem Weglaufen.

Epilog

Beinahe Mensch

Das letzte Mal hatte Lara solch ein langes Kleid bei einer Theateraufführung in der Schule getragen, eine modernisierte Version von Cinderella. Die Titelrolle hatte sie Connie Jones vor der Nase weggeschnappt. Nie hatte sie das Triumphgefühl in dem Moment vergessen, als die Lehrerin die endgültige Entscheidung bekannt gab. Erst danach merkte sie, wie sehr dieses blöde Kleid auf ihrer zarten Haut kratzte und dass es jedes Mal, wenn es aus dem Abstellraum in der Schule geholt wurde, penetrant nach Mottenkugeln stank.

Aber dieses Kleid, ein seidengefüttertes Teil von Bayo Adegbe, das für Lara nigerianische und britische Einflüsse gleichermaßen vereinte, schmiegte sich sinnlich an ihren Körper, und auf einmal fühlte sie sich fraulich, selbstbewusst und sexy. Der Hauch Lipgloss mit winzigen Kristallen ließ ihre Lippen schimmern, und ihr geflochtenes Haar war zu einer bienenkorbartigen Hochfrisur zusammengesteckt. Die beiden lose geringelten Locken auf der linken Seite sahen hübsch aus, verfingen sich aber manchmal in ihren schwarz getuschten, falschen Wimpern.

«Der Wagen ist da! Bist du fertig?», rief Sandi, die in einem langfließenden, griechisch angehauchten, weißen Couture-Kleid lässig und schön aussah. Dazu trug sie Fulani-Ohrringe aus gedrehtem Silber, die laut Laras Webseitentext denen ähnelten, die auch heute noch von sudanesischen Frauen getragen wurden.

«Ich bin furchtbar nervös», jammerte Lara.

Sandi strich eine imaginäre Falte in ihrem Kleid glatt und lächelte. «Wer hätte das gedacht?»

«Ich jedenfalls nicht.»

«Das ist dein großer Tag. Genieß ihn», sagte sie und schob ihre Hand in Laras.

«Oh, sind die Caterer eigentlich schon im Hotel?», fragte Lara.

«Ja klar.»

«Hast du gecheckt, dass sie auch wirklich das bestellte Menü liefern?»

«Ja doch. Natürlich haben die mich angeglotzt, als hätte ich zwei Köpfe, aber das Essen ist genau das, was du ausgesucht hast.»

«Woher weißt du denn, wie sie geguckt haben, wenn du nur mit ihnen telefoniert hast?»

«Kann gar nicht anders gewesen sein. Ich meine, wer bestellt schon Ochsenschwanzgulasch, Kartoffelpüree, Erbsen und Okras als Hauptgang. Und Momo, gebratene Yams und Käsespieße mit Silberzwiebeln als Beilagen.»

«Es heißt Moimoi. Das sind Bohnenkuchen, die in Nigeria und anderen Teilen Afrikas gern gegessen werden.»

«Okay, Ms Afrikaexpertin. Und die Käsespieße? Der Aal in Aspik?»

«Gehört alles zu meiner Geschichte!»

«Du musst es mir nicht erklären. Ich hab schon verstanden», sagte Sandi und lächelte sie herzlich an. «Und jetzt tief durchatmen, okay? Es ist alles geregelt. Du musst nur noch bei der Verleihung auftauchen, Ms Lara Kontrollfreak Reid. Atme!»

Lara dachte an die kleine Zehnjährige, die sie einmal gewesen war, ein kleines verlorenes Mädchen, das in dem Gesicht eines Mannes, der bei Boney M tanzte und sang, nach Ähnlichkeiten suchte, das seine Mutter in den Hintergrundbildern eines Nachrichtenbeitrags über die Freilassung von Nelson Mandela oder in einer amerikanischen Sitcom suchte. Ein kleines verlorenes Mädchen, das sich jetzt gefunden hatte.

«Okay, gehen wir», sagte sie mit mehr Courage, als sie empfand.

Dann zögerte sie noch für einen Sekundenbruchteil und überlegte. Klopfen oder nicht klopfen. Nur zweimal? Vielleicht würde es helfen. Nein. Nicht klopfen. Nicht heute. «Also, wie sehe ich aus?», fragte sie stattdessen.

«Du weißt genau, dass du toll aussiehst.»

«Sehe ich so nervös aus, wie ich mich fühle?»

«Wieso bist du denn nervös? Du wirst sie alle umhauen. Außerdem ist es ja nicht wie bei der Oscar-Verleihung. Du weißt doch inzwischen, dass du gewonnen hast.»

«Es geht ja auch nicht um den Preis. Ich meine ... alle werden da sein. Meine *ganze* Familie.»

«Keine Sorge, du schaffst das schon. Das ist dein großer Moment, und du gehörst da oben hin.»

Lara stand in ihrem schimmernden Kleid vor dem glänzenden Mercedes und wartete, bis der Chauffeur ihr die Tür aufhielt. Schmetterlinge flatterten wild in ihrem Bauch umher.

Ich bin angekommen, dachte sie. Noch vor wenigen Monaten hätte sich dieser Satz lediglich darauf bezogen, dass sie zur Kreativen Geschäftsfrau des Jahres gewählt worden war und endlich die Anerkennung für ihre jahrelange harte Arbeit erhielt. Schon allein dadurch hätte sie sich aufgewertet und erfolgreich gefühlt. Aber jetzt hatte sie so viel mehr erhalten ...

Während sie zusammen mit den anderen Nominierten in der ersten Reihe saß, überschlugen sich ihre Gedanken, und zuerst registrierte Lara gar nicht, dass ihr Name aufgerufen wurde. Ein ehrlich überraschter Ruck durchfuhr ihren Körper, als die Sprecherin mit der toupierten Frisur sagte: «Der Preis als Kreative Geschäftsfrau des Jahres geht an Oh-moo laa ... ähm ...»

Die Frau versuchte es ein letztes Mal, dann gab sie auf. «Miss O. Reid!», verkündete sie rasch, und Applaus brandete auf. Lara trat zu ihr auf die Bühne, und nach einem Händedruck nahm sie ihren Preis, ein gläsernes Dreieck, entgegen. Als die Sprecherin entschuldigend die Augen verdrehte und mit den Schultern zuckte, lächelte Lara ihr herzlich zu. An die holprigen Versuche, mit denen andere ihren Namen aussprachen, würde sie sich gewöhnen.

Es wurde still im Saal, als sich Lara umwandte und ihre Familie und Freunde ansah. Ihre große, bunte, alles andere als normale, wunderbare Familie: Brian, der Agnes' Hand drückte, Annie und Keely neben Jason, der sich mächtig anstrengte, Sandi nicht in den Ausschnitt zu glotzen, gleich daneben ein strahlender Tyler, dann Jean. Hinter Mum und Yomi, die Schulter an Schulter nebeneinandersaßen – beide wie erstarrt vor Nervosität und Stolz –, fochten Dad und Granny einen stummen Kleinkrieg aus, wer von beiden länger wach bleiben konnte. Und schließlich saß da noch eine Großmutter, mit einem offenen Lächeln, und sah mehr denn je wie ein Double von Queen Elizabeth aus.

Laras Familie.

«Diese Auszeichnung ist eine große Ehre ...», begann Lara. Ihre Worte hallten laut durch den Saal, und alle Gesichter wandten sich ihr zu. Doch ihre blitzenden Augen blieben unverwandt auf ihre Familie gerichtet. Sie nahm deren Kraft wahr, sog deren Liebe in sich auf und spürte die Bedeutung des Augenblicks, als sie von den Schwierigkeiten des Erwachsenwerdens sprach. Und anders als das Wahlkomitee und ihre Familie glaubten wahrscheinlich viele im Publikum, dass sie die normalen Probleme Heranwachsender meinte.

Lara erzählte einige Episoden aus ihrem Studium, ging auf die Internet-Revolution ein, und kam schließlich darauf zu sprechen, was es bedeutete, heutzutage eine berufstätige Frau zu sein.

Und dann das Beste.

«In Nigeria sagt man: ‹Ein Kind ist das, was du ihm mitgibst.› Deshalb möchte ich zuerst meinem großartigen Dad danken, der immer für mich da war. Der mich so viel gelehrt hat, während wir zwischen den Gartenzwergen in seinem Schuppen saßen, nur wir zwei.» Dad hob sein Glas, und einige Zuhörer, die zu ihm hinüberschauten, wunderten sich ein wenig, als sie einen rundlichen, weißhaarigen Mann sahen, der nur halbwach war, aber vor Stolz strahlte.

«Und meinen zwei besten Freunden, Sandi und Tyler. Die eine hat mir gezeigt, was lieben heißt, der andere, was es heißt, geliebt zu werden.» Sandi verdrehte die Augen, und Tyler zwinkerte ihr strahlend zu.

«Ich danke auch meiner englischen Großmutter. Ich freue mich darauf, dich besser kennenzulernen und wieder deinen fabelhaften Biskuitkuchen genießen zu dürfen – tut mir leid, Mum, der ist der Beste, den ich je gegessen hab.»

Lachen aus dem Publikum und ein Lächeln von Grandma.

«Meiner nigerianischen Granny – du bist die klügste, bewundernswerteste Frau, die ich je die Ehre hatte, kennenzulernen. Ich liebe dich, Granny, und ich bin froh, dass ich dich habe. Es hat lange genug gedauert.» Granny winkte hoheitsvoll, genoss die Aufmerksamkeit der Gäste.

«Und schließlich möchte ich meinen beiden Mums danken, die dort hinten sitzen –»

Alle Köpfe schnellten zu dem Tisch im Hintergrund herum, gezupfte Augenbrauen wölbten sich irritiert. Lara stockte, sammelte sich und sprach dann weiter. «Mum, du hast mir immer bedingungslos den Rücken gestärkt. Als ich Astronautin werden wollte, hast du gesagt, ich könnte das schaffen. Als ich Ballerina werden wollte, hast du gesagt, das wäre möglich, obwohl ich sehr große Füße habe.»

Lachen.

«Und als ich fliegen wollte, hast du gesagt, wenn du das wirklich …» Unsicherheit überkam sie, weil ihr plötzlich Tränen in die Augen stiegen. «Du hast gesagt, wenn du das wirklich willst …»

«Du hast mich auch Disziplin gelehrt – und ich muss zugeben, das hat mir nicht immer gefallen.»

Wieder lachte das Publikum, nur Mum nicht, die Lara mit ihrem «Gleich heul ich los»-Blick anschaute.

Lara selbst lächelte unter Tränen, als sie weitersprach. «Du hast mir Grenzen gesetzt, die mir Geborgenheit gaben. Liebe. Es war so viel Liebe um mich herum. Was braucht ein Kind mehr?» Lara versagte die Stimme. Dann wandte sie sich Yomi zu. «Und du, meine andere Mutter … Ich bin dir unendlich dankbar, dass du mich geboren hast. Dass du mir das Leben geschenkt hast und die Chance, in einer wundervollen und großartigen Umgebung aufzuwachsen.» Yomi warf ihr eine Kusshand zu.

«Und ich danke dir für diese guten Gene. Wenn ich mir Grannys Teint ansehe, brauche ich mir wohl keine Sorgen zu machen. Sie sieht aus wie ein Teenager!» Das Publikum brach in schallendes Gelächter aus, und Laras zwei Mütter waren durch eine unsichtbare Macht miteinander verbunden, die sie drei auch in Zukunft zusammenhalten würde.

Lebhaft interessierte Gesichter wandten sich hin und her,

während Lara den Beifall genoss und froh war, ihre ungewöhnliche Familie hier so selbstbewusst und ohne Scham präsentieren zu können.

Sie war Omolara Reid, eine fast einunddreißigjährige Kreative Geschäftsfrau des Jahres, die auf einer Bühne stand und sich staunend darüber freute, wie sich ihr Leben verändert hatte. Wie *sie* sich verändert hatte. Alles ergab endlich einen Sinn und vollendete das Bild der *Omolara Reid.*

Als ihre Rede zu Ende war, wurde der Applaus lauter, doch Lara blendete die Geräusche aus und konzentrierte sich stattdessen auf ihre Mutter, die ihrer Mum etwas ins Ohr flüsterte, ehe sich die beiden vorsichtig umarmten. Genau in dem Moment, als sie sich wieder voneinander lösten, fingen sie Laras Blick auf.

Lara hätte gern eine Kamera gehabt, ein Aufzeichnungsgerät, irgendetwas, um diesen Moment festzuhalten. Doch dann lächelte sie, weil ihr klarwurde, dass sie die Erinnerung an diesen Anblick und an die unbeschreiblichen Gefühle, die er auslöste, für immer in ihrem Herzen bewahren würde.

Es spielt keine Rolle, wie ich an diesen Punkt gelangt bin.

Wichtig ist, was ich von nun an aus meinem Leben mache.

Na, wenn das kein Mantra war!

Rezepte

Nans 888-Kuchen

Zu sagen: «Ich liebe Kuchen» ist glatt untertrieben. Ich bin ganz verrückt nach Kuchen, und wenn ich ein Stück von Nans Kuchen esse, weckt das immer meine schönsten Kindheitserinnerungen. Klein oder groß, rechteckig oder rund, mit oder ohne Glasur, ob zu Geburtstagen, an Wochenenden oder ... einfach so. Für Kuchen ist immer Zeit.

Ich finde auch, es gibt kaum etwas Schöneres, als eine klebrige Teigschüssel in die Hand gedrückt zu bekommen, um sie dann genüsslich auszulecken, ohne sich darum zu scheren, ob man hinterher Bauchweh hat oder nicht.

120 g Mehl	1/2 TL Backpulver
120 g Margarine	4 Eier
120 g Zucker	2 EL Milch

Backofen auf 180 Grad vorheizen. Zutaten in einer großen Rührschüssel vermengen.

Eine Springform von 20 cm Durchmesser einfetten und mit Backpapier auslegen (etwas Margarine darauf verstreichen, um das Papier zu glätten).

Den Teig in die Form füllen und etwas länger als eine Stunde (je nach Backofen) backen.

Butterglasur
60 g Margarine
85 g Puderzucker

Gut verrühren, bis die Masse luftig, schaumig und köstlich ist!

Wenn der Kuchen abgekühlt ist, einmal quer teilen.

Die Butterglasur auf den Innenseiten der beiden Teile verstreichen (nach Wunsch eine Schicht Konfitüre hinzufügen). Die Teile wieder aufeinanderlegen.

Die restliche Butterglasur auf der Oberseite des Kuchens verteilen. Hart werden lassen. Fertig!

(Für 1 bis 8 Personen – je nachdem, wie viel man selbst verputzen will …)

Mamas Puff-Puffs

Wenn in Nigeria ein Neugeborenes vierzig Tage alt ist, gibt es zur Feier des Tages Puff-Puffs. Auch bei christlichen Totenwachen werden Puff-Puffs an die Trauernden verteilt, normalerweise am Tag vor der Beisetzung.

Ich finde Puff-Puffs einfach köstlich! Die weichen Donuts versetzen mich mit jedem Bissen in die Zeit zurück, als ich neun Jahre alt war und mir beim Spielen im Hof der Duft der frischen Puff-Puffs in die Nase stieg. Dann wartete ich ungeduldig auf den Ruf: «Komm probieren!»

120 g Mehl
2 1/4 TL Hefe
150 ml Wasser
Zucker (nach Geschmack)
1 Prise Salz
Speiseöl (zum Frittieren)

Zutaten (ohne das Öl) in einer Schüssel mit den Fingerspitzen vermengen, bis der Teig weich und luftig ist (das kann eine Weile dauern und ist ziemlich anstrengend). Gut kneten, bis sich die Masse leicht von einem Löffel löst. Mindestens vier Stunden oder über Nacht abgedeckt an einem warmen Ort ruhen lassen.

Öl in einer tiefen Pfanne erhitzen. Die richtige Temperatur ist erreicht, wenn ein probeweise hineingegebener Tropfen Teig gleich wieder an die Oberfläche steigt. Teigbällchen in der Pfanne goldbraun ausbacken. Vorsichtig mit einem Schaumlöffel herausheben. (Achtung, das Öl ist sehr heiß!) Zum Abtropfen auf Küchenpapier legen und auf Wunsch mit Zucker bestreuen. Fertig sind die Puff-Puffs.

Warm oder kalt servieren.

(Für 1 bis 2 Personen – je nachdem, wie hungrig Sie sind.)

Guten Appetit!

Danksagung

Meine Liebe und mein allerallergrößter Dank gelten:

Gott.

Grace und Sheila – den stärksten, schönsten und inspirierendsten Frauen, denen ich je begegnet bin. Dieses Buch ist reine Erfindung, aber im realen Leben habt ihr beide dazu beigetragen, dass meine wahre Geschichte ihren harmonischen Gang gehen und mich hierherführen konnte.

Michael – für deine begeisterten Worte («Du hast ein Buch geschrieben? Wow!»), die Tafel, die Uhr und deine kluge Unterstützung.

Jen (Pooley) und Esi (Sogath) – für den Glauben und das Jasagen.

Meinen vier Brüdern, meinen Verwandten, Freunden, Kollegen, Lesern und ALLEN, die sich je die Zeit genommen haben, meine Bücher zu kaufen / auszuleihen / zu besprechen oder mir eine E-Mail zu schreiben oder mir bloß ein freundliches Wort zu sagen. Ich bin und werde stets dankbar und demütig sein (und ein klein wenig fassungslos, dass meine Bücher tatsächlich gelesen werden!).

Zu guter Letzt:

Beim Schreiben dieses Buches wurden keine Cupcakes gequält oder misshandelt – sie wurden gegessen.

MIX
Papier aus verantwortungsvollen Quellen
FSC® C083411

Das für dieses Buch verwendete FSC®-zertifizierte Papier
Munkenprint Cream liefert Arctic Paper Munkedals, Schweden.